Michael Stoffers

Das Geheimnis

des

gelben Pergaments

Bibliografische Information der Deutschen Nationalbibliothek: Die Deutsche Nationalbibliothek verzeichnet diese Publikation in der Deutschen Nationalbibliografie; detaillierte bibliografische Daten sind im Internet über dnb.dnb.de abrufbar.

© 2021 Michael Stoffers

Umschlagfotos- und grafiken: Levke Grote, Thomas Wüppermann

Umschlaggestaltung: Christina Retzdorff

Herstellung und Verlag

BoD - Books on Demand, Norderstedt

ISBN 978-3-753-46162-5

Für Heidi und Volker,

die mir auf Helgoland ein zweites Zuhause
gaben und das größte Glück in die Welt
setzten, das mir dieses Leben schenken
konnte.

Ihre Tochter.

Kapitel 1
Kursänderung

Sprottes Ferien waren im Eimer!

Daran konnte nach diesem Anruf gar kein Zweifel bestehen. Er beendete das Telefonat und starrte wie unter Schock aus dem Fenster. Seine Eltern saßen draußen im Garten und tranken Kaffee. Ein typisches und friedliches Bild für einen sommerlichen Samstagnachmittag in einer Hamburger Reihenhaussiedlung. Nicht mehr lange, dachte er und schüttelte sich.

Mit einem unsicheren Blick streifte er die große Reisetasche, die schon fertig gepackt in seinem Zimmer stand. Morgen wollte er mit seinem besten Freund und dessen Vater zu einer Camping-Tour nach Norwegen aufbrechen. Zumindest war das bis eben noch der Plan für die Sommerferien gewesen.

Er verließ sein Zimmer und ging in den Garten zu seinen Eltern. Mit einem lauten Seufzen ließ er sich in einen der Stühle fallen.

„Kuchen?", fragte seine Mutter.

Sprotte schüttelte den Kopf.

„Ist was passiert?", fragte sein Vater.

„Das kann man so sagen. Norwegen fällt aus."

Es klapperte laut, als Sprottes Vater seine Tasse abstellte. „Wie bitte? Ihr wolltet doch morgen los!"

„Leons Oma ist plötzlich krank geworden, und jetzt will sein Vater hierbleiben", sagte Sprotte und verzog das Gesicht, als hätte ihm jemand einen Schlag in die

Magengrube verpasst. „Was mache ich denn jetzt?"

„Wir können unmöglich so kurzfristig noch umbuchen", sagte seine Mutter. Mit einem kaum merklichen Kopfschütteln sah sie ihren Mann an.

Sprotte ahnte, dass sie Recht hatte. Ihre Ferienreisen waren genau aufeinander abgestimmt. Er sollte am Sonntag nach Norwegen aufbrechen und seine Eltern einen Tag später, früh am Morgen, auf die Kanaren fliegen.

„Dann müssten wir stornieren", sagte sein Vater. „Das wird teuer."

Entschieden schüttelte Sprottes Mutter den Kopf. „Das kommt überhaupt nicht in Frage. Du brauchst die Erholung. Eigentlich bist du schon überfällig."

„Aber wir können Sprotte nicht alleine hierlassen", sagte er.

„Och ...", sagte Sprotte, doch sein Vater unterband den Einwand sofort.

„Nein, du bist erst dreizehn, das geht nicht", sagte er.

„Dann fahren wir dich morgen zu Tante Betty", sagte seine Mutter. Ihre Stimme hatte den Klang angenommen, der immer mit einer bereits gefällten Entscheidung einherging.

Sprotte sackte nicht nur innerlich in sich zusammen. Er hatte seinen Vater, was die Körpergröße anging, schon fast erreicht, auch wenn er noch deutlich schlaksiger war. Aber in diesem Moment schrumpfte er auf die Größe eines zu kurz geratenen Achtjährigen.

Tante Betty!

Sprotte hatte nichts gegen sie. Sie war nett, keine Frage. Aber sie lebte an dem wahrscheinlich langweiligsten Ort der Welt. Dort gab es nichts, und für alles, was man unternehmen konnte, musste man mindestens eine Stunde Autofahrt in Kauf nehmen. Und wenn er sich richtig erinnerte, hatte sie nicht einmal eine vernünftige Internet-Anbindung!

Das wären dann nicht sechs Wochen Ferien, das wären

nicht einmal sechs Wochen Straflager. Das wären sechs Wochen - Tod!

„Muss das sein?", sagte Sprotte maulig.

Das war wirklich nicht seine Woche. Erst am Tag zuvor hatte er den Brief von der Polizei erhalten, in dem ihm höflich, aber sehr bestimmt mitgeteilt wurde, dass er dort noch kein Praktikum machen konnte. Er war zu jung, hieß es und müsste mindestens ein Jahr warten. Dass jetzt auch noch seine Reise ausfiel, war schlimm genug. Aber ihn dann ausgerechnet zu seiner Tante in die Einöde schicken zu wollen - das war der Gipfel!

„Vielleicht gibt es noch eine andere Möglichkeit", sagte Sprottes Vater und lächelte seine Frau verschmitzt an.

Sprottes Mutter bekam große Augen und versteifte sich. „Auf gar keinen Fall!", sagte sie.

„Ich mein ja nur ... Für Sprotte ist es vielleicht spannender, wenn er mit Matti ..."

„Auf keinen Fall schicken wir ihn zu deinem missratenen Bruder!"

Sprottes Herz machte einen Hüpfer! Daran hatte er noch gar nicht gedacht! Ferien mit Onkel Matti!

Wie immer die aussehen würden - lustiger als bei Tante Betty wären sie bestimmt! Erwartungsvoll sah er seine Mutter an, doch die legte gleich noch einmal nach.

„Dieser Berufsjugendliche! Der will einfach nicht einsehen, dass er keine Zwanzig mehr ist. Außerdem juckelt der mit Sicherheit gerade wieder durch die Weltgeschichte und treibt sich auf irgendwelchen komischen Festivals herum."

„Finden wir es heraus", sagte Sprottes Vater und nahm sein Smartphone zur Hand. Er ignorierte den Protest seiner Frau und hatte wenig später seinen Bruder am Telefon. Er schaltete den Lautsprecher ein und sagte: „Matti, es gibt hier ein kleines Problem."

Ein leises Lachen erklang am anderen Ende der Leitung.

„Natürlich! Das habe ich dir damals gleich gesagt. Aber du wolltest ja unbedingt heiraten!"

„Matti!"

„Das habe ich gehört", sagte Sprottes Mutter.

„Hast du mich etwa laut gestellt? Na, vielen Dank Bruderherz ... Hallo, allerliebste Schwägerin! Wie geht's dir an diesem wunderschönen Tag?"

„Bis eben ging's noch", sagte sie und erntete ein weiteres leises Lachen.

„Hallo Onkel Matti!", sagte Sprotte, bevor es noch eine Beschwerde gab.

„Ha! Moin mein Großer! Alles gut bei dir?"

„Na ja", sagte Sprotte. „Geht so."

„Klingt, als hätte das Problem mit dir zu tun."

„Ja, meine Ferien sind abgesagt worden."

„Was? Norwegen? Hey, das ist blöd. Tut mir leid, das zu hören. Und was machst du stattdessen?"

„Das ist genau die Frage", sagte Sprottes Vater. „Wir fliegen am Montag und müssen bis dahin noch irgendwas organisieren. Eine Möglichkeit wäre natürlich, dass wir ihn gleich morgen zu Betty fahren und ..."

„Zu Betty? Hat der Junge euch was getan oder seid ihr einfach nur irre? Sprotte, was sagst du denn dazu?"

„Ich? Ich würde lieber was anderes machen."

„Hmm ... Ja, das kann ich nachvollziehen." Onkel Matti machte eine Pause, so als müsste er in Gedanken ein oder zwei Dinge durchgehen. Dann sagte er:

„Was hältst du von Ferien auf Helgoland?"

Viel gab es da für Sprotte nicht zu überlegen.

Mit Onkel Matti würde er jede Menge Spaß haben. Fuhr er zu Tante Betty, wäre tödliche Langeweile sein ständiger Begleiter. Bei seinem Onkel gab es immer irgendetwas zu lachen, während die Schwester seiner Mutter eher spaßbefreit war. Heiterkeitsausbrüche kamen da nur selten vor. Außerdem konnte Onkel Matti sich als sehr inspirierend erweisen, wenn es um die Erfindung neuer Dummheiten ging. Selbstredend konnte Tante Betty auch in dieser Disziplin nicht mithalten.

Aber vor allem wollte Onkel Matti an einen Ort fahren, der für Sprotte etwas völlig Neues war. Helgoland war in seiner Welt bestenfalls ein Name, aber ansonsten nur eine unbekannte Insel. Ein weißer Fleck auf der Landkarte, von dem er sich nicht einmal eine Vorstellung machen konnte. Seine Neugierde war geweckt. Wenn er in den Ferien schon nicht mit seinem besten Freund Norwegen erkunden konnte, wollte er wenigstens etwas anderes entdecken. Und warum sollte das nicht Helgoland sein?

Die einzige Bedingung, die er erfüllen musste, war am nächsten Morgen rechtzeitig fertig zu sein. Onkel Matti wollte früh los, was Sprotte aber nur wenig Kopfzerbrechen bereitete.

Ein Aufbruch lange vor dem Frühstück war ohnehin geplant gewesen. Sein Gepäck stand bereit und musste nur noch verladen werden. Wenn er auf eine Camping-Tour durch Norwegen vorbereitet war, dann galt das mit Sicherheit auch für eine Fahrt nach Helgoland.

Pünktlich um sieben Uhr am nächsten Morgen hielt Onkel Matti am Bordstein vor der Tür und stieg aus seinem alten Auto aus. Wie üblich war er ganz in schwarz gekleidet. Die Füße steckten in schweren Stiefeln und unter seiner Lederjacke trug er den unvermeidlichen Kapuzenpullover von einem Helgoländer Musikfestival, auf dem ein als Pirat verkleidetes Skelett prangte.

Die grauen Haare ließen keinen Zweifel daran, dass seine Zwanziger tatsächlich schon vor einiger Zeit zu Ende gegangen waren. Aber seine Augen blitzten trotz der Uhrzeit fröhlich und lebhaft und seine Vorfreude war fast mit Händen greifbar.

Ohne große Umstände verschwand Sprottes Gepäck im Kofferraum und sie verabschiedeten sich. Beide bekamen von den Eltern noch zu hören, was sie tun und vor allem besser lassen sollten, aber dann war es endlich so weit. Sie setzten sich ins Auto und fuhren los.

Zu Sprottes Überraschung ging es auf direktem Weg zur Autobahn. Er hatte damit gerechnet, dass sie den Wagen wegbringen und dann mit öffentlichen Verkehrsmitteln zu den Landungsbrücken fahren würden.

Nach dem, was er im Internet gelesen hatte, war das der einfachste Weg, um von Hamburg nach Helgoland zu gelangen.

Doch Onkel Matti fuhr über Büsum, weil das Schiff, auf dem er gebucht hatte, nur von dort abfuhr. Augenzwinkernd versicherte er Sprotte, dass es ein besonderes Schiff war. Und dass es ihm ganz sicher gefallen würde.

Sprotte dachte sich nichts weiter dabei. Das würde ja nicht seine erste Schiffsreise werden.

Der Parkplatz in Büsum lag direkt am Hafen. Sprotte stieg aus dem Auto und zog seine Jacke an. Er atmete tief ein. Die Luft war frisch und roch nach Salz und Tang. Am Himmel zog eine einzelne Möwe ihre Kreise und gab einen klagenden Schrei von sich.

Keine zehn Meter von ihm entfernt sah er am Kai die elegant geschwungenen Aufbauten einer großen Yacht. Sprottes Herz machte einen Satz. Das würde wirklich keine normale Überfahrt werden! Wie kam sein Onkel bloß immer an solche Gelegenheiten?

Ein Mann und eine Frau kamen auf sie zu. Der Mann musste der Eigentümer der Yacht sein. Zumindest schloss Sprotte das aus der Kapitänsmütze und dem Schriftzug „Captain", der in dicken weißen Buchstaben auf der schwarzen Weste des Mannes prangte.

„Guten Morgen!", rief Onkel Matti und holte die ersten Taschen aus dem Kofferraum.

„Ich glaube, so früh habe ich dich noch nie auf den Beinen gesehen", sagte der Mann. Statt einer Begrüßung lachte er nur.

„Doch, aber nur nach einer durchgefeierten Nacht", sagte die Frau an seiner Seite. Beide umarmten Onkel Matti herzlich und der zog sogleich Sprotte zu sich heran. Mit einem kräftigen Schulterklopfen stellte er ihn vor: „Und das hier ist mein Neffe, Sprotte. Er fährt mit uns."

Sprotte sah sich zwei aufmerksamen, freundlichen Augenpaaren ausgesetzt. Der Mann schüttelte ihm die Hand und stellte sich vor. „Ich bin Claus", sagte er. „Und das ist Anke, eine gute Freundin von uns."

„Sprotte?", fragte Anke. „Ist das wirklich dein Name?"

Sprotte verzog das Gesicht, als hätte ihn jemand vors Schienbein getreten.

„Nein, nicht wirklich", sagte er. Eigentlich hieß er Sebastian, vollständig: Sebastian Pinktus Rottman. Das einzig Gute an diesem Namen war, dass man ihn mit „Sprotte" abkürzen konnte. Familie und Freunde hatte er schon erfolgreich an seinen Spitznamen gewöhnt und selbst die meisten seiner Lehrer kamen ihm mittlerweile entgegen. Aber Fremde zeigten da anfangs selten Verständnis. Glücklicherweise waren Claus und Anke anders.

„Ist schon in Ordnung", sagte Claus. „Sprotte klingt doch gut. So, und jetzt verrate ich dir gleich mal ein Geheimnis. Denn dein Onkel lässt dich da garantiert ins offene Messer laufen. Das hier war der letzte Händedruck für die nächsten... Wie lange bleibt ihr noch einmal?"

„Sechs Wochen", sagte Onkel Matti. Er lächelte wissend.

„Dann war das der letzte Händedruck für die nächsten sechs Wochen."

Sprotte sah die Drei erstaunt an. „Wie kommt ihr denn darauf?"

„Gut, vielleicht nicht ganz der letzte", sagte Anke. „Du wirst in den nächsten Tagen ja noch einige Leute kennenlernen. Dabei schüttelt man sich schon die Hände. Aber danach nicht mehr. Jedenfalls nicht auf Helgoland. Außer zu Silvester ... Und so lange bleibt ihr ja auch wieder nicht."

„Und warum?", fragte Sprotte, doch Onkel Matti winkte ab.

„Das klären wir später, vielleicht unterwegs. Wir sollten erst einmal unsere Sachen an Bord schaffen und zusehen, dass wir ablegen. Wir haben ja noch die eine oder andere Seemeile vor uns."

Sprotte war sofort Feuer und Flamme. Er schnappte sich zwei seiner drei Taschen und ging direkt auf die wunderschöne, weiße Yacht zu. Er hatte gerade einmal ein paar Meter hinter sich gebracht, da hörte er den Ruf seines Onkels.

„He Sprotte! Wo willst du hin? Da geht's lang."

Sprotte folgte dem Fingerzeig, den Onkel Matti ihm vorgab. Erstaunt stellte er fest, dass dort nur eine leere Stelle am Kai zu finden war. Stirnrunzelnd änderte er die Richtung, allerdings nicht, ohne einen sehnsüchtigen Blick auf die Yacht zu werfen. Das wäre mit Sicherheit eine spitzenmäßige Fahrt geworden, dachte er. Er erreichte die Kante des Kais und schaute sich suchend um. Von einem Schiff war weit und breit nichts zu sehen, abgesehen von ...

Die Taschen rutschten Sprotte aus den Händen und schlugen dumpf auf dem Kai auf. Das war hoffentlich nur ein Scherz!

Unter ihm dümpelte ein offenes, weißes Holzboot. Nicht eben klein, das musste er schon zugeben. Aber es war dennoch „nur" ein Boot, bestenfalls zehn Meter lang mit einer umlaufenden Bank und mehreren Querbänken. Am Heck fand sich eine Pinne zum Steuern und an einer kurzen Stange hing eine Flagge mit drei farbigen Querstreifen.

Grün, rot und weiß. Die Farben von Helgoland.

„Wir fahren doch wohl nicht damit!", rief er entrüstet aus.

„Aber natürlich", antwortete Onkel Matti und reichte Claus die ersten Gepäckstücke herunter.

Entsetzt sah Sprotte, wie der Skipper eine Tasche unter den Bänken verstaute. Die meinten das tatsächlich ernst!

„Wie lange soll das denn dauern?", fragte er entgeistert und sah sich schon bei Wind und Wetter eine kalte Nacht auf dem offenen Meer verbringen.

„Das hängt von dir und deinem Onkel ab", sagte Claus. Er wühlte auf dem Bootsdeck herum und holte schließlich etwas hervor, das Sprotte im ersten Moment für eine hölzerne Stange oder einen Bootshaken hielt, doch dann begriff er!

Ein Ruder!

Claus hielt allen Ernstes einen langen Riemen in der Hand, wie Sprotte sie aus alten Seefahrerfilmen kannte! Dort wurden die meist von einer ganzen Anzahl von Matrosen benutzt, um so ein Boot vorwärtszubewegen.

„Also ich würde sagen, wenn ihr euch richtig ins Zeug legt, können wir so in vierzehn bis sechzehn Stunden da sein. Dann ist es sogar noch hell", fügte er schmunzelnd hinzu.

Sprotte blieb die Spucke weg. Mit offenem Mund stand er da und musste feststellen, dass Ferien bei Tante Betty soeben mächtig an Reiz gewonnen hatten. Wieder kam ihm die Frage in den Sinn, wie sein Onkel nur immer an solche Gelegenheiten herankam!

Anke kam unvermutet zu seiner Rettung. „Jetzt langt's aber!", lachte sie und legte schützend einen Arm um den erstarrten Jungen. „Hast du ihm vorher nichts gesagt?", fragte sie Onkel Matti.

Der freute sich wie ein Schneekönig. „Und mir dieses Gesicht entgehen lassen? Auf gar keinen Fall!"

Sprotte stand immer noch da, atemlos, wie unter Schock. „Aber wir fahren doch nicht wirklich damit nach Helgoland, oder?", sagte er.

Onkel Matti guckte etwas ernster, aber seine Augen glitzerten fröhlich und voller Vorfreude. „Doch, genau mit diesem Boot fahren wir nach Helgoland. Mach dir mal keine Sorgen. Das ist ein Börteboot, das ist hochseetauglich und statistisch gesehen das sicherste Verkehrsmittel Deutschlands. Und Claus ist ein erfahrener Skipper. Der hat das schon mehr als nur ein paar Mal gemacht. Außerdem ist das die beste Art und Weise, um nach Helgoland zu gelangen."

Claus kam wieder auf den Kai geklettert und sprang Onkel Matti bei. „Die See ist ruhig, wir werden wenig Wind und viel Sonne haben. Das größte Risiko in den nächsten paar Stunden heißt Sonnenbrand. Ich hoffe, ihr habt was zum Eincremen dabei."

„Und wie navigiert man so ein Börteboot?", wollte Sprotte wissen.

„Ach, notfalls damit." Demonstrativ hielt Claus sein Smartphone hoch. „Ich hab ‚ne App dafür. Nein!", fügte er schnell, aber lachend hinzu, als er Sprottes Gesicht sah. „Nur ein Scherz. Ich habe ein GPS an Bord. Aber du kannst ja mal gucken, was du im Internet zu unserer Route findest."

Sprotte holte sein eigenes Smartphone heraus und rief den Routenplaner auf. Dann gab er „Büsum - Hafen" als Startpunkt und „Helgoland" als Ziel ein.

„Sieben Stunden!", rief er aus. Das würde ja ewig dauern!

Aber Claus winkte gleich ab. „Ach was, das Internet lügt, das weiß doch jeder. Bei dieser ruhigen See würde ich mal von entspannten fünf Stunden ausgehen, sechs, wenn wir es richtig gemütlich angehen lassen." Er sah auf seine Armbanduhr. „Also bis zum Kaffee mit einem Stück Apfelkuchen im Falmcafé sollten wir es schaffen", sagte er.

Zweifelnd sah Sprotte auf die Route, die der Planer ihm vorgeschlagen hatte. Sieben Stunden und ein paar Minuten für insgesamt siebenundsechzig Komma drei Kilometer. Dann fiel ihm die Bemerkung über der Routenbeschreibung auf: „Achtung: Die Route kann Abschnitte beinhalten, die für Fußgänger und Radfahrer ungeeignet sind."

Sprotte sah über die Kaimauer hinweg auf die Nordsee. „Ach was", grummelte er.

Das konnte ja was werden!

Der Rest des Gepäcks war schnell verladen. Anke verabschiedete sich und gab Sprotte noch mit, dass er sich von den beiden Kasperköpfen nicht unterkriegen lassen sollte. Dann stieg sie ins Auto und brauste davon.

„Na, dann wollen wir mal!" Onkel Matti klatschte begeistert in die Hände und half Sprotte auf die Leiter, die die Kaimauer herunter zum Börteboot führte.

„Wenn Mama das rauskriegt, bringt sie dich um", sagte er, als er zum ersten Mal das schwankende Bootsdeck betrat.

Im Heck lachte Claus kurz auf. „Da wird sie sich aber hinten anstellen müssen!"

Mit einem Spotzen startete der Motor und ging schnell in ein gemächliches und gleichmäßiges Tuckern über. Onkel Matti löste die letzte Leine und sprang behände an Bord. Dann legten sie ab und glitten zielstrebig durch die Hafenausfahrt.

Das Börteboot ging sanft und gleichmäßig durch die Dünung. Nach und nach verstummten die Gespräche der drei Besatzungsmitglieder und eine eigentümliche Ruhe breitete sich aus. Eine einzelne Möwe flog im Tiefflug über sie hinweg und warf einen Schatten auf das Boot und seine Besatzung.

Claus stand entspannt im Heck an der Pinne, während Matti an Backbord saß und die Nase in den Wind hielt. Sprotte hatte nie darüber nachgedacht, ob sein Onkel glücklich war, aber in diesem Moment sah es ganz danach aus.

Er setzte sich auf die Querducht und beobachtete, wie das Boot scheinbar mühelos zwischen den Wellen hindurch glitt. Der Fahrtwind strich über seinen Kopf, er wurde sanft hin und her geschaukelt und unter sich spürte er das tiefe und regelmäßige Brummen des Dieselmotors. Er gähnte und seine Augenlider wurden schwer. Ein paar Mal riss er sich zusammen, als ihm sein Kopf auf die Brust fiel, doch der Schlaf war letztlich stärker. Er streckte sich aus und schlief ein.

Als er wieder erwachte und sich langsam aufrappelte, erschrak er.

Wasser! Wohin er auch blickte: Nur Wasser, so weit das Auge reichte!

Er war auf hoher See!

„Guten Morgen Schlafmütze!", hörte er seinen Onkel hinter sich. „Ausgeschlafen?"

„Wie weit sind wir?", fragte er.

„Ein oder zwei Stunden haben wir noch. Also keine Panik. Du hast nichts verpasst."

Sprotte reckte und streckte sich. So eine Querducht war nicht gerade der ideale Platz für ein Nickerchen. Der Seegang hatte etwas zugenommen. Die Bewegungen des Bootes waren deutlich zu spüren und Claus wirkte an seiner Pinne aktiver und konzentrierter als bei ihrer Abfahrt. Weitere Seevögel kamen auf sie zu, überquerten das Boot und kreisten eine Weile über ihnen. Dann verschwanden sie wieder.

„Möchtest du etwas essen?" Onkel Matti setzte sich neben ihn und reichte ihm ein Schinkenbrot.

Sprotte nickte. Er hatte einen Bärenhunger!

Schweigend aßen sie ihr Brot und sahen auf den Horizont.

Als sie fertig waren, räusperte Onkel Matti sich. Sprotte hatte das untrügliche Gefühl, dass er ihm gleich etwas mitteilen würde, was er zwar für nötig hielt, aber im Grunde gar nicht wollte. Er hatte sich nicht getäuscht.

„Ich bin nicht dein Vater und ich werde in den nächsten Wochen auch keine Anstalten machen, diesen Part zu übernehmen", sagte er und klang dabei ein wenig gequält. „Aber so ein paar Grundregeln brauchen wir schon."

„Und woran dachtest du da so?"

„Nicht viel. Helgoland ist ein ziemlich entspannter Ort. Du musst mir nicht großartig erzählen, wo du hingehst. Irgendjemand wird dich sowieso gesehen haben und so ohne weiteres kommst du ohnehin nicht von der Insel runter. Also kannst du im Großen und Ganzen machen, was du willst.

Aber drei Regeln gibt es und die sind mir wirklich wichtig." Onkel Matti begann an den Fingern abzuzählen:

„Erstens: Du trittst dort bitte niemandem auf die Füße. Helgoland ist einer der schönsten Flecken Erde, die ich kenne, und vielleicht willst du ja auch mal wieder zurückkommen."

Sprotte nickte. Das war eine harmlose Regel. Damit würde er schon klar kommen.

„Zweitens: Es wird nicht in den Tetrapoden oder unter den Molen herumgeklettert. Das ist einfach zu gefährlich. Da holt man sich sonst was: Stürze mit Knochenbrüchen, Schnittwunden mit Entzündungspotential, weil alles verrostet ist oder plötzlich einsetzendes Hochwasser, das einem den Rückweg abschneidet ... Man kann die Reihe noch beliebig verlängern. Also, egal wie reizvoll es erscheint. Bleib von den Tetrapoden weg."

Wieder nickte Sprotte. Auch das schien nachvollziehbar und leicht zu befolgen.

„Und drittens: Du kommst jetzt ja in ein Alter, in dem man schon mal das eine oder andere Experiment wagt. Solange wir zusammen auf der Insel sind, gilt aber für dich bitte: Finger weg vom Alkohol! Das betrifft insbesondere die lokale Spezialität, den Eiergrog."

Sprotte zuckte mit den Schultern. Wenn das alles war, konnte er gut damit leben.

Onkel Matti stand kurz auf und kam einen Augenblick später mit einem kleinen Beutel wieder.

„Eine Sache wäre da aber noch", sagte er, „und die ist mindestens genauso wichtig. Eigentlich sogar wichtiger als alles andere. Du wirst ja auch Leute auf der Insel kennenlernen. Dann kommt unter Umständen auch mal die Frage, wie du hergekommen bist, wer du bist und was du so machst. Also, es ist eigentlich ziemlich egal, was du darauf antwortest, solange du eine Sache nicht sagst. Eins darfst du auf gar keinen Fall sagen, nicht einmal im Spaß."

„Und das wäre?"

„Dass Du Segler bist! Egal, was passiert, du kannst alles Mögliche sein, aber kein Segler!"

„Aber ..."

„Kein aber! Ich weiß, dass du nicht segeln kannst, das ist auch völlig egal. Du bist kein Segler, und falls irgendjemand fragen sollte, was du denn sonst bist, dann kannst du ihm irgendwas sagen. Aber die beste Antwort lautet immer: Pirat!"

„Ich soll mich als Piraten ausgeben? Ist das dein Ernst?" Erstaunt sah Sprotte seinen Onkel an und suchte nach Anzeichen, dass er ihn mal wieder durch den Kakao zog. Aber wie schon am Morgen mit dem Börteboot, schien er das durchaus ernst zu meinen.

Auch Claus nickte und brummte eine knappe Bestätigung: „Pirat ist gut. Ist im Grunde die beste Antwort überhaupt." Mit dem Daumen zeigte er über die Schulter auf die Stange am Heck. Die Flagge Helgolands war durch eine Piratenflagge ersetzt worden. Ein weißer Totenkopf mit zwei gekreuzten Säbeln leuchtete auf schwarzem Grund. Darunter stand: „Rock 'n' Roll Butterfahrt".

„Und damit das auch glaubwürdig rüberkommt, habe ich da noch was für dich." Onkel Matti wühlte in dem Beutel herum und förderte einen Kapuzenpullover zutage. „Zieh mal an, der müsste dir eigentlich passen."

Sprotte sah sich den Hoodie genauer an. Er war genauso schwarz, wie die, die Onkel Matti immer anhatte. Ein Totenkopf mit Dreispitz, der eine Laterne hochhielt, war neben einem alten Segelschiff und einer von Vögeln umschwärmten ‚Langen Anna' abgebildet. Der Aufdruck war ein wenig gruselig, aber vor allem war er …

„Cool", flüsterte Sprotte und zog den Pullover über. Er passte wie angegossen.

„Jetzt bist du ein echter Pirat", stellte Onkel Matti zufrieden fest.

„Warum eigentlich gerade Helgoland?", wollte Sprotte wissen. „Du könntest doch auch sonst wohin fahren. An richtig exotische Plätze zum Beispiel."

„Da war ich doch schon", sagte Onkel Matti. Er lächelte versonnen. „Außerdem ist ein Aufenthalt auf Helgoland weniger ein Urlaub, sondern eher eine Therapie."

„Eine Therapie? Wogegen denn?"

„Buntsandsteinmangel."

„Was für ein Ding?"

„Buntsandsteinmangel. Den kriegt man fast automatisch, wenn man oft oder lange genug auf Helgoland war und dann für längere Zeit nicht wieder zurückkommt." Augenzwinkernd stupfte Onkel Matti ihn in die Seite.

„So oft, wie du mittlerweile hinfährst, ist das kein Buntsandsteinmangel mehr. Eher so eine Art Festlandallergie", machte Claus sich vom Heck aus bemerkbar.

Sprotte runzelte die Stirn. Was hatte Anke ihm noch einmal wegen der „Kasperköpfe" geraten?

Die nächsten Stunden verbrachte er damit, mit dem Smartphone seine ersten Nordseefotos zu schießen. Der eine oder andere Schnappschuss vom Käpt'n und der kleinen Besatzung war dabei, ebenso wie Versuche, anfliegende Möwen abzulichten. Aber ganz gleich, wie still und unauffällig er sich verhielt, sie kamen nie so dicht heran, dass er ein gutes Bild machen konnte.

„Mach dir nichts draus", beruhigte ihn Claus. „Auf der Insel kommst du nah genug heran. Versprochen."

„Ja", sagte Onkel Matti. „Da brauchst du dir wirklich keine Gedanken machen. Die kommen sogar ganz von alleine zu dir. Vor allem, wenn du was zu essen dabei hast." Er grinste, wurde aber gleich wieder ernst.

„Warum wollte deine Mutter dich eigentlich unbedingt zu Betty schicken?"

Sprotte zuckte die Schultern. „Keine Ahnung", sagte er schließlich. „Wahrscheinlich weil Tante Betty immer da ist und nie etwas vor hat."

„Das könnte es natürlich sein." Onkel Matti sah ihn von der Seite an und lächelte. „Vielleicht wollen sie dich aber auch nur davon abhalten, wieder irgendwelche Dummheiten zu machen?"

„Dummheiten? Was für Dummheiten sollte ich denn ... Oh, nein! Bitte nicht! Komm' mir nicht mit dieser alten Geschichte!"

„Die gute, alte Rohrepisode", sagte Onkel Matti und lachte leise. „Geh mal lieber davon aus, dass sie dir ewig anhaften wird."

Sprotte seufzte. „Ja, die werde ich wohl nicht mehr los. Sobald mir irgendetwas Ungewöhnliches auffällt und ich darüber rede, fängt es wieder von vorne an. Ich habe neulich nur einmal angedeutet, dass jemand in der Parallelklasse vielleicht ein gestohlenes Tablet hat ... Du hättest mal Mamas panischen Gesichtsausdruck sehen sollen!"

„Den kann ich mir gut vorstellen. Andererseits hast du ihnen damals einen ganz schönen Schrecken eingejagt. Kein Wunder, dass bei den beiden etwas hängen geblieben ist."

Das verstand Sprotte zwar, aber er fand, dass es ihn selbst viel härter getroffen hatte. Schließlich hatte sein erstes Abenteuer als Ermittler für ihn Folgen gehabt, die er bis zu diesem Tag spürte.

„Fahren wir eigentlich auch über Büsum zurück?", fragte er, um das Thema zu wechseln.

„Nein, Anke fährt das Auto gerade nach Hamburg. Auf der Rückfahrt fahren wir mit dem Katamaran bis zu den Landungsbrücken."

Onkel Matti tippte Sprotte an die Schulter. „Siehst du den Schatten da hinten? Das ist Helgoland."

Sprotte schirmte die Augen gegen die Sonne ab.

In der angegebenen Richtung erkannte er etwas, das von weitem wie ein kleiner, eckiger Kasten aussah. Nur langsam klärten sich die Konturen und die Kanten des Rechtecks erschienen weniger regelmäßig. Punkte tauchten auf und allmählich waren ein Sendemast und ein Leuchtturm zu erkennen.

„Was ist das für ein heller Streifen, dort, gleich neben der Insel?", erkundigte er sich.

Onkel Matti sah in die Richtung, in die Sprotte zeigte. „Das ist die Düne", sagte er. „Sobald es irgendwie passt, fahren wir da rüber. Das wird dir gefallen."

Eine gute Stunde später passierten sie den Südstrand der Düne mit dem kleinen Leuchtturm und hielten auf Helgolands Nordosthafen zu. Onkel Matti atmete innerlich auf, als die Hafeneinfahrt in Sicht kam, denn den Rest der Fahrt hatte er damit verbracht, Sprotte alle möglichen Fragen über die Düne zu beantworten. Ihre Herkunft, die Entstehung in der Sturmflutnacht von 1721, die Sache mit dem Flughafen, und und und ...

Claus winkte der Besatzung eines kleinen Katamarans, der kurz darauf ihr Kielwasser kreuzte und sich der Düne näherte. Wenig später durchfuhren sie die Hafeneinfahrt. „Alles klar zum Anlegemanöver", sagte Claus und steuerte das Boot sicher an einen der Liegeplätze. Er versetzte den Motor in den Leerlauf, ließ ihn einmal kurz in die Gegenrichtung aufheulen und schaltete ihn schließlich ganz aus.

Schnell sprang Onkel Matti auf den Steg und machte die erste Leine fest. Als das Boot vertäut war, baute er sich glücklich und zufrieden vor den anderen auf.

„Willkommen auf Helgoland!", rief er Sprotte zu.

Hinter ihnen wurden Stimmen laut. Irgendwo im Hafen war es zu einem heftigen Streit gekommen. Zwei Männer in Segelkleidung waren aneinandergeraten und offensichtlich nicht mehr weit davon entfernt, aufeinander loszugehen.

„Na, das fängt ja gut an", sagte Onkel Matti und warf Claus einen vielsagenden Blick zu.

Der schüttelte nur den Kopf und sagte zu Sprotte: „Siehst du. Segler. Keine Piraten." Er ließ ein Schnauben hören und reichte Onkel Matti die erste Tasche. Beim Blick nach oben entfuhr ihm ein Seufzen. Eine uniformierte Gestalt eilte rasch die Kaimauer entlang und bog dann zielstrebig in Richtung der beiden Streithähne ab. „Auch das noch. Matti, schau mal. Da kommt dein besonderer Freund."

Onkel Matti grinste und zuckte in gespielter Resignation die Schultern.

Kapitel 2
Neue Gäste

Polizeihauptkommissar Robert Blankenburg trat durch die Rathaustür ins Freie und machte ein Gesicht wie sieben Tage Regenwetter.

Unter seiner Dienstmütze sträubten sich rote, schon leicht angegraute Haare und um seinen Mund spielte ein griesgrämiger Zug.

Gerade hatte er im Rathaus eine volle Stunde bei Besprechungen vergeuden müssen. Gespräche dieser Art lagen ihm ohnehin nicht besonders, aber als Polizeichef konnte er sie kaum vermeiden.

Er sah auf seine Uhr. Zeit, ins Revier zurückzukehren, wo er auch hingehörte. Schließlich hatte er die Leitung und gerade die jüngeren Kollegen brauchten seine Führung, was er jeden Tag aufs Neue feststellte.

Ein Knistern, gefolgt von einem Piepen, ließ ihn zu seinem Funkgerät greifen.

„Was gibt's denn?", fragte er.

„Chef?", sagte die Stimme einer jungen Frau. „Wäre es ihnen möglich, einen kurzen Abstecher in den Nordosthafen zu machen? Wir hatten gerade einen Anruf vom Hafenmeister und ..."

„Das ist doch jetzt nicht ihr Ernst Frau Bartels!", sagte Blankenburg. Den Rest wollte er gar nicht mehr hören. Das war klassischer Streifendienst und keine Führungsaufgabe.

„Ich weiß, was sie sagen wollen, Chef, aber der Hafenmeister befürchtet, dass es zu Handgreiflichkeiten kommen könnte. Und wir haben sonst niemanden, der verfügbar ist und so schnell da sein kann."

Die kleinen, ohnehin schon stechenden Augen des Polizeihauptkommissars verengten sich und er ließ ein leises Schnauben hören. Er hasste es, wenn er auf diese Art und Weise an die Personalknappheit seiner Dienststelle erinnert wurde. Außerdem war gegen die Argumentation der Kollegin nichts mehr einzuwenden.

„Also gut", sagte er. „Aber sehen sie zu, dass Kaffee da ist, wenn ich wiederkomme."

Er schaltete das Funkgerät aus und stapfte mit schweren Schritten zum Nordosthafen. Trotz eines schmerzenden Knies und eines ewig rutschenden Gürtels, der sich partout nicht mit seinem Bauch arrangieren wollte, legte er ein beachtliches Tempo vor. Während des Gehens richtete er sich zu seiner vollen Autorität auf und hatte schnell den Anleger erreicht.

Aus dem Augenwinkel sah er, wie ein Börteboot einlief und einen der Liegeplätze ansteuerte. Unwillkürlich runzelte er die Stirn. Das war ungewöhnlich. Die Börteboote gehörten jetzt gefälligst an die Landungsbrücke, damit sie die Tagestouristen demnächst wieder an Bord der Schiffe bringen konnten. Doch bevor er sich damit befasste, würde er erst einmal die Sache regeln, wegen der er hergekommen war.

Er musste nicht lange suchen, sondern konnte seine Kunden schon von Weitem hören. Allein die Tonlage und Lautstärke der Streithähne reichten aus, um seine ohnehin miserable Laune noch weiter zu verschlechtern. Wahrscheinlich hatten die beiden Kontrahenten schon etwas tiefer ins Glas geschaut. Dabei war es erst Nachmittag.

Der Polizeihauptkommissar ließ sich kurz erklären, worum es ging und bedachte den Hafenmeister mit einem ärgerlichen Blick. Wegen so etwas die Polizei zu belästigen! Er nahm die Personalien der Streitenden auf und bestellte sie für den nächsten Tag in die Dienststelle ein. „Wir klären das dann morgen, wenn sie beide wieder nüchtern sind. Und bis dahin will ich von diesem Unfug nichts weiter hören, verstanden? Für heute herrscht hier Ruhe", sagte er und beendete damit das Gespräch. Sollte sich doch Sofie Bartels mit diesem Kinderkram herumärgern.

Blankenburg rückte seinen Gürtel zurecht und gestattete sich ein zufriedenes Nicken. Als er sich zum Gehen wandte, fiel sein Blick wieder auf das Börteboot, das mittlerweile festgemacht hatte. Drei Personen luden Gepäck aus, zwei Männer und ein Junge. Alle in schwarz gekleidet, einer mit Kapitänsmütze und am Heck flatterte eine Piratenflagge.

„Oh nein", knurrte er. „Nicht *der*!" Heute blieb ihm aber auch gar nichts erspart!

Im selben Augenblick schaute einer der beiden Männer auf. Er setzte ein freundliches, aber freches Grinsen auf und winkte. „Hallo Robert!", rief er betont fröhlich. „Wie geht es dir? Alles im Lot auf der Insel?"

Der andere mit der Kapitänsmütze brummelte etwas Unverständliches.

Blankenburg war sich sicher, dass es irgendeine Frechheit war. Diese Typen kannte er zur Genüge. Trotzdem betrat er gemessenen Schrittes den Anleger.

„Was machst du denn hier?", fragte er und klang dabei genauso barsch, wie er es beabsichtigt hatte.

Der Mann hob die letzte Tasche aus dem Boot auf den Anleger. „Urlaub", sagte er. Dann fügte er der trockenen Feststellung noch schnell hinzu: „Ich bin die nächsten sechs Wochen hier. Ach, und ich hab Verstärkung mitgebracht. Das hier ist mein Neffe Sprotte."

„Sechs Wochen? Und ein Neffe, wie?" Blankenburg maß den Jungen mit einem kurzen Blick. Er hatte wenig für den Onkel übrig und das hatte sich in Sekundenbruchteilen auch auf den Neffen übertragen.

„Na, dann baut hier keinen Mist. Sowas hat seit Kurzem

Konsequenzen. Spürbare Konsequenzen, wenn du weißt, was ich meine."

Onkel Matti lachte. „Ja, habe ich schon gehört. Es ist ein neuer Sheriff in der Stadt!"

Blankenburg ignorierte den Spott. Seine Haltung straffte sich und ohne eine weitere Bemerkung, aber mit einem deutlichen Fingerzeig auf seinen Gesprächspartner verließ er den Anleger.

Claus trat zu Sprotte und Onkel Matti hinzu. Kopfschüttelnd sah er Robert Blankenburg nach. „Der ist jetzt tatsächlich der Chef hier. Wollen wir mal hoffen, dass die Kriminellen dieser Welt das nicht als Einladung auffassen."

„Er scheint dich nicht sonderlich zu mögen", stellte Sprotte fest und sah seinen Onkel an. „Die Warnung war ja mehr als eindeutig."

„Warnung? Nein, das war keine Warnung", sagte Onkel Matti und grinste. „Das war eine unverhohlene Drohung. Und dass er mich nicht sonderlich mag, ist noch eine sehr freundliche Umschreibung."

„Was hat er denn gegen dich?", fragte Sprotte.

„Ach", sagte Onkel Matti vorsichtig und kratzte sich etwas verlegen am Kopf. „Das ist eine ganz alte Geschichte. So alt, dass, na ja, da kannten sich noch nicht einmal deine Eltern. Ich war damals ein ziemlich junger Kerl, ein bisschen unreif könnte man sagen…"

„Könnte man immer noch", sagte Claus.

„Auf jeden Fall gab es da dieses Mädchen. Ich dachte, dass sie Single war."

„War sie aber nicht", schaltete sich Claus wieder ein. „Sie war mit einem gewissen Polizeischüler verbandelt. Und wie es dann halt manchmal so kommt, taucht plötzlich noch ein anderer auf und bringt alles gehörig durcheinander."

„Und dieser Andere warst du?", schlussfolgerte Sprotte.

„Richtig", sagte Onkel Matti. „Ich bekam das Mädchen und Robert eine Abfuhr."

„Das ist aber nicht alles", sagte Claus. „Da war ja auch noch die Sache mit dem Einbruch im Getränkelager."

„Einbruch?" Erstaunt sah Sprotte seinen Onkel an. „Davon hast du nie was erzählt."

„Weil es da nichts zu erzählen gibt. Das ist damals einfach dumm gelaufen. Irgendjemand ist in das Lager eingestiegen, ich war in der Nähe und ein erboster Polizeischüler hat mich angeschwärzt. Mehr war da nicht."

„Immerhin hat man dich auf die Wache bestellt und befragt. Und wäre es damals nach diesem Blankenburg gegangen, hätte man dich gleich da behalten", gab Claus zu bedenken.

„Stimmt", sagte Onkel Matti und lachte leise. „Der Schuss ist aber nach hinten losgegangen. Ich hatte ja ein astreines Alibi, nämlich ein gewisses Mädchen. Damit war ich aus der Sache raus und Robert stand ziemlich dumm da.

Seine Kollegen hatten natürlich längst spitzgekriegt, was da zwischen uns lief. Nach allem, was ich mitbekommen habe, hat er sich nicht nur einen ziemlichen Rüffel abgeholt, sondern auch eine schlechte Bewertung samt Akteneintrag bekommen. Frei nach dem Motto, dass der Polizeianwärter Blankenburg sich zu sehr von seinen Emotionen leiten lässt.

Insgesamt hat ihn die ganze Geschichte so mitgenommen, dass er irgendwelche Prüfungen in den Sand gesetzt hat. Kurz gesagt: Seitdem wirft er mir nicht nur den Liebeskummer seines Lebens, sondern auch die Behinderung seiner Karriere vor."

„Und wie es aussieht, hat er sich von alledem bis heute nicht erholt", sagte Claus knurrend zu Sprotte. „Der würde die erste Gelegenheit nutzen und deinen Onkel für ein paar Monate einbuchten. Das wäre für ihn wie Ostern, Geburtstag und Weihnachten zusammen."

Onkel Matti grinste ihn schief an. „Netter Vortrag. Aber soweit wird's schon nicht kommen. Lass uns lieber den Kram hier aufs Oberland schaffen."

„Was ist denn das Oberland?", wollte Sprotte wissen.

„Sag mal, hast du ihm überhaupt irgendwas erklärt?" Claus schüttelte den Kopf. „Mann, mann, mann! Das sind doch nun wirklich die Grundlagen."

Onkel Matti zeigte auf die dem Hafen gegenüber liegende Felskante. „Das da oben ist das ‚Oberland'", erklärte er, „und das hier unten ist folglich das ‚Unterland'."

Sprotte verstand. Er sah sich die diversen Taschen an, die sich auf dem Anleger angesammelt hatten und warf dann einen Blick nach oben. Das konnte ja eine schöne Schlepperei werden!

Zum Glück organisierte Onkel Matti einen Handkarren, der bis auf einen Rucksack ihr gesamtes Gepäck aufnehmen konnte.

Sie verabschiedeten sich von Claus und während sie sich auf den Weg machten, begann Onkel Matti mit einer ersten Einweisung in die Örtlichkeiten, was er aber schnell wieder unterließ. Schon nach der zweiten Bemerkung konnte er sehen, wie sich im Kopf seines Neffen ungefähr zwei bis dreihundert Fragen bildeten, die er spätestens bis heute Abend wohl noch beantworten musste.

Sie kämpften sich durch das Gedränge am „Lung Wai", einer der beliebtesten Einkaufsstraßen Helgolands, die zu dieser Uhrzeit ohne weiteres mit der Hamburger Innenstadt an einem Samstag mithalten konnte.

Als sie die Menschenmassen hinter sich gelassen hatten, atmete Sprotte erleichtert auf. Nicht nur, dass er wieder normal gehen konnte - es gab auch einen Fahrstuhl, der sie aufs Oberland brachte!

Wenige Minuten später erreichten sie ihr Ziel.

Sprotte fand sich in einem kleinen, aber gemütlichen Haus wieder, das ihm schon im ersten Moment seltsam vertraut vorkam. Sie brachten das Gepäck ins Obergeschoß und Onkel Matti führte einen kurzen Kontrollgang durch. Kaum war er damit durch, klingelte es schon an der Tür.

„Das ging ja schnell", sagte er und öffnete.

Sprotte, der hinter ihm stand, musste einen Satz zur Seite machen, um nicht niedergewalzt zu werden. Eine Art laut quietschender Schatten sprang auf Onkel Matti zu und im Nu schob sich ein Knäuel aus umarmenden Menschen in den schmalen Flur. Es wurde geherzt und gedrückt und bevor Sprotte es sich versah, wurde er wie selbstverständlich miteinbezogen.

„Ich bin Lina", stellte der Schatten sich vor und entpuppte sich als ihre Vermieterin und als eine alte Freundin von Onkel Matti. „Du musst Sprotte sein. Willkommen auf Helgoland."

Sprotte starrte sie mit offenem Mund an. Sie waren doch gerade erst durch die Tür gekommen! Woher wusste sie so schnell, dass er und Onkel Matti angekommen waren?

Lina lachte fröhlich auf, als sie die Frage hörte. „Die Fahrstuhlführerin hat es mir gesagt. Dein Onkel ist ja kein Unbekannter auf unserer Insel", fügte sie verschmitzt hinzu. „Dazu kommt er schon zu lange und zu oft hierher. Eigentlich wollte ich euch noch ein paar Minuten länger geben, aber ich muss gleich selbst noch einmal los. Deshalb nur ein kurzer und ganz schneller Besuch, um euch zu begrüßen. Ach ja, und um euch einzuladen. Heute Abend um halb acht bei uns? Wir haben es tatsächlich geschafft, mal wieder frische Knieper zu bekommen."

„Wir kommen!" Onkel Mattis Antwort kam wie aus der Pistole geschossen und sein Gesicht leuchtete vor Vorfreude.

„Wunderbar! Und jetzt seht mal zu, dass ihr euch hier ein wenig einrichtet und dann raus an die Luft." So schnell Lina über sie hereingebrochen war, so schnell war sie auch wieder weg. In der Ferne tutete ein Schiffshorn.

Onkel Matti sah auf die Uhr. „Perfektes Timing!", sagte er.

„Die Schiffe legen wieder ab. Jetzt können wir uns mal raus wagen und der langen Anna einen ersten Besuch abstatten."

Gemütlich schlenderten sie den Klippenrandweg entlang. Die Luft war weich und salzgeschwängert. Möwen und Basstölpel glitten über sie hinweg. Ohne die Tagestouristen war es auf dem Oberland herrlich ruhig.

Staunend blieb Sprotte vor dem riesigen Trichter stehen, den eine Fünftausend-Kilo-Bombe im Fels hinterlassen hatte und warf kurz danach einen Blick auf den Nordstrand. Schließlich sah er das erste Mal in seinem Leben die lange Anna. Unzählige Seevögel nisteten auf der freistehenden Felsnadel und erfüllten die Luft mit ihrem Geschnatter und Kreischen.

Sprotte machte mit dem Smartphone ein paar Fotos und wunderte sich, dass der Felsen eher weiß, als rot aussah. Die Erklärung kam schnell, als sie weitergingen.

Lange bevor sie den Lummenfelsen erreichten, konnten sie ihn bereits riechen! Sprotte rümpfte die Nase. An den besser einsehbaren Abschnitten der Felskante, war deutlich zu erkennen, warum der rote Felsen nicht mehr wirklich rot war. Über und über mit Vogelkot bedeckt, waren viele Stellen schneeweiß. Doch trotz des Geruchs blieb Sprotte fasziniert stehen. Die Vögel brüteten bis an den Zaun heran und waren zum Greifen nah. Er machte ein Foto von einem Basstölpel, der nicht einmal einen halben Meter von ihm entfernt war. Nie wäre er auf die Idee gekommen, ein solches Foto ohne ein Teleobjektiv machen zu können!

Zum Abschluss bestiegen sie den Pinneberg. Onkel Matti warf einen seeligen Blick über die Nordsee und zeigte dann auf das Gipfelkreuz. „Für Helgoland ist das fast schon alpin", sagte er und lächelte glücklich.

„Einundsechzig Komma drei Meter - Höchste Erhebung des Kreises Pinneberg", las Sprotte laut vor. „Ein Wunder, dass wir ohne Sauerstoffgeräte auskommen!"

Sie ließen den Berg hinter sich und kehrten nach Hause

zurück. Es war an der Zeit auszupacken. Sprotte verstaute seine Kleidung in einer kleinen Kommode und nahm seinen Rucksack zur Hand. Ganz egal, wie der Abend weitergehen würde - wenn er ins Bett ging, musste er noch einen Augenblick lesen. Eine Gewohnheit, von der es nur wenige Ausnahmen gab. Routiniert glitt seine Hand in die vordere Tasche des Rucksacks. Er erstarrte.

Hatte er seinen E-Book-Reader entgegen seinen Gewohnheiten in das große Fach gesteckt? Ein weiteres Mal griff er ins Leere. Er kippte den gesamten Rucksack auf seinem Bett aus. Ohne Erfolg. Ein ungutes Gefühl machte sich in seiner Magengegend breit. Die Reisetasche hatte er bereits komplett ausgepackt, trotzdem schaute er nach, aber mit dem Ergebnis, das er befürchtet hatte.

Er war auf einer Insel, sechs Wochen Ferien lagen vor ihm und er hatte seinen E-Book-Reader zu Hause vergessen!

Die nächsten Stunden boten Sprotte wenig Gelegenheit, mit diesem Schicksal zu hadern. Nach dem Auspacken mussten zunächst einige Vorräte beschafft werden, was Onkel Matti nur ungern auf den nächsten Tag verschieben wollte.

So zielstrebig wie möglich zogen sie durch zwei Supermärkte und einen Duty-free-Shop, was aber nicht ganz einfach war. Der Bekanntheitsgrad seines Onkels verschlug Sprotte regelrecht die Sprache. Wo sie auch längs gingen, immer wieder mussten sie anhalten und Bekannte begrüßen. Sprotte wurde so oft vorgestellt, dass er sich die vielen Namen, die auf ihn einprasselten, gar nicht merken konnte.

„Das ist hier so", sagte Onkel Matti auf dem Rückweg. „Ich weiß auch nicht mehr genau, wann das angefangen hat. Aber ab einem bestimmten Zeitpunkt konnte ich nicht mehr einfach von A nach B gehen, ohne mindestens zwei Bekannte zu treffen."

Pünktlich um halb acht standen sie bei Olli und Lina vor der Tür. Lina begrüßte sie mindestens so herzlich, wie am Nachmittag. Allerdings musste Sprotte dieses Mal nicht zur Seite springen.

„Kommt rein!", rief sie fröhlich. „Dann sind wir jetzt ja vollzählig. Olli! Sie sind da!"

Aus der Küche schaute ein Kopf heraus. Olli trug eine Schutzbrille und tippte sich mit einem handelsüblichen Zimmermannshammer zum Gruß an die Stirn. „Schön, dass ihr da seid! Ich bin gleich bei Euch."

Noch bevor Sprotte fragen konnte, wozu man in der Küche Hammer und Schutzbrille brauchte, verschwand Olli wieder. Einen Moment später erklang lautes Klopfen und Sprotte wurde mit sanftem Druck ins Wohnzimmer geschoben. Auf einem großen Tisch standen drei Schüsseln mit Soßen bereit und frisch aufgebackenes Baguettebrot verströmte einen herrlichen Duft.

„Bevor wir loslegen, können wir euch ja vielleicht noch einmal schnell vorstellen. Matti, Sprotte - das ist Wolfgang Kallmann."

Der Mann, der nun auf Sprotte zukam, war groß. Er musste weit über eins achtzig sein und machte mit seinem schlanken Körperbau einen sportlichen Eindruck. Sprotte fand ihn auf Anhieb sympathisch und reichte ihm ganz automatisch die Hand zum Gruß.

Kallmann ergriff sie, lächelte dabei aber herzlich und sagte: „Eigentlich geben wir uns hier auf der Insel gar nicht die Hand."

Sprotte warf seinem Onkel einen schiefen Blick zu. Richtig! Da war ja noch was!

„Oh Mann!", entfuhr es Onkel Matti. „Stimmt, das hatte ich ganz vergessen, Dir zu erklären."

„Was gibt es denn da großartig zu erklären?", sagte Lina. Sie schmunzelte. „Wir leben auf der Insel alle so dicht beieinander, dass wir uns andauernd über den Weg laufen.

Wenn wir uns da bei jeder Gelegenheit die Hände schütteln würden, hätten wir ja alle kaputte Handgelenke!"

„Das glaube ich gerne", sagte Sprotte. Er erinnerte sich nur zu gut an die kleine Einkaufstour vom Nachmittag. In der Küche verstummte das Hämmern.

Olli kam ins Wohnzimmer und stellte lächelnd eine weitere Schüssel auf den Tisch. Sie verströmte einen leichten Duft nach Meer und Fisch.

Sprotte reckte den Hals.

„Das sind die berühmten Helgoländer Knieper", sagte Olli.

In der großen Porzellanschale lag eine Unmenge an Krebsscheren. Sprotte bemerkte tiefe Risse in den Schalen und abgeplatzte Stücke, die das Fleisch freilegten. An einer Bruchstelle war gut zu erkennen, wie dick der Krebspanzer war. Dazu hatte Olli den Hammer und die Schutzbrille also gebraucht! Er hatte die Schalen aufgeklopft!

„Aber was anderes", sagte Olli zu Onkel Matti. „Ich glaube nicht, dass ihr euch schon kennt, oder? Wolfgang ist hier etwas ins Rampenlicht gerückt, nachdem er einige Immobilien erwerben konnte. Kennst du die Neubauten in der Nähe der Schule?"

Onkel Matti ließ einen leisen Pfiff hören. „Nicht schlecht! Damit haben sie natürlich Aufmerksamkeit auf sich gezogen."

„Wir können gerne beim Du bleiben. Wir sind hier ja unter Freunden. Das mit der Aufmerksamkeit stimmt aber. Leider. Denn nun weiß jeder, dass ich es bin, der hier nachts gerne einmal durch die Gegend schleicht."

„Warum das?", fragte Sprotte.

„Ich leide an Schlaflosigkeit", sagte Wolfgang. „Und wenn es besonders schlimm wird und das Wetter es zulässt, gehe ich eben spazieren. Sogar mitten in der Nacht", fügte er mit einem Augenzwinkern hinzu.

„Das ist natürlich tragisch, Wolfgang", sagte Olli ohne den geringsten Versuch seine Ungeduld zu verbergen. „Aber ich leide gerade auch. Und zwar an nagendem Hunger. Setzt euch und lasst uns essen."

Es dauerte ein bisschen, bis Sprotte herausgefunden hatte, wie man am besten an das Krebsfleisch herankam. Die Hummergabel bereitete ihm weniger Schwierigkeiten, aber die Knieper selbst erwiesen sich gerne als geradezu störrisch.

Dennoch hatte er nach einigen Minuten eine stattliche Portion Knieperfleisch auf dem Teller. Mit dem frischen Baguette und den Soßen war das eine absolute Köstlichkeit.

Sogar für jemanden wie ihn, der sich aus Essen selten etwas machte, es sei denn, dass es sich um Pizza handelte.

Es war eine kurzweilige Runde, die sich redlich mühte, Sprottes Fragen zu Helgoland zu beantworten. Und da waren seit seiner Ankunft so einige zusammen gekommen.

„Du willst es aber genau wissen!", lachte Olli und freute sich dabei ganz offen über das Interesse, das ihnen so ungebremst entgegenschlug.

Auch Sprottes Wunsch, später einmal Polizist zu werden, kam zur Sprache.

Wolfgang Kallmann nickte anerkennend. „Ein hehres Ziel. Gute Polizisten werden gebraucht. Und wie wichtig das ist, lernen wir hier gerade auf sehr schmerzhafte Weise."

„Ist es so schlimm?", fragte Onkel Matti.

Olli und Lina seufzten. „Man ist ja schon immer froh, wenn Robert keinen Schaden anrichtet."

„Aber er ist der Chef der Polizei", sagte Sprotte. „Da muss er doch was können."

„Sollte man meinen", sagte Olli. „Aber eine Position erlangen, heißt eben nicht automatisch, dass man sie auch ausfüllen kann."

„Das würde aber zumindest die Frage aufwerfen, was dermaßen schief gelaufen ist, dass er der Chef werden konnte," sagte Onkel Matti. „Seine Kompetenz und sein freundliches Wesen werden ja wohl eher nicht den Ausschlag gegeben haben."

Olli schüttelte den Kopf. „Es war eigentlich jemand anders vorgesehen. Aber die Kollegin hat vor drei Monaten eine Stelle in Plön vorgezogen. Aus familiären Gründen, wie es heißt."

„Und Blankenburg war die einzige Alternative?" Onkel Matti verzog das Gesicht. „Na, Prost Mahlzeit!"

„Im Großen und Ganzen hat man mit ihm ja nicht viel zu tun", sagte Lina. „Und falls doch kann man nur hoffen, dass er einem gewogen ist."

Olli nickte. „Wenn er mit dir noch ein Hühnchen zu rupfen hat, hast du unter Umständen ein Problem."

„Was für dich bedeutet, dass du dich notfalls in Acht nehmen musst, Matti", sagte Lina. Ihre Miene drückte echte Besorgnis aus. „Der wirft dir immer noch diese alte Geschichte vor und wenn er eine Gelegenheit finden sollte, dir eins auszuwischen ..."

„Jetzt übertreibt mal nicht", sagte Onkel Matti und winkte ab. „Da passiert schon nichts. Ansonsten boxt Sprotte mich da raus. Der hat schon als Ermittler gearbeitet, da war er noch nicht einmal halb so alt wie jetzt!"

Sprotte zuckte merklich zusammen. Er befürchtete das Schlimmste. Es konnte nur eine Frage von Sekunden sein, bis jemand wissen wollte, was damit gemeint war.

In diesem Fall war Wolfgang Kallmann dieser Jemand.

Sprotte warf seinem Onkel einen mürrischen Blick zu. „Danke Onkelchen", sagte er knurrend, denn nun kam er nicht mehr darum herum, diese leidige Geschichte zu erzählen.

Mit sechs Jahren hatte er sich in den Kopf gesetzt, Polizist zu werden. Und zu der Zeit hatte er auch das erste Mal auf eigene Faust ermittelt. Er war damals der Meinung gewesen, dass auf einer Baustelle in der Nachbarschaft in großem Maßstab Material gestohlen wurde.

An einem Wochenende hatte er beschlossen, die weiteren Vorgänge direkt vor Ort zu beobachten. Als Versteck hatte er sich einen Stapel großer Rohre ausgesucht. Er hatte noch gar nicht lange darin gelegen, als von hinten eine riesige Ratte über ihn hinweggelaufen war. Erschrocken hatte Sprotte versucht, aufzuspringen, und sich dabei nicht nur gehörig den Kopf gestoßen, sondern gleich den ganzen Stapel ins Wanken gebracht. Der war schnell ins Rutschen gekommen, wobei die Rohre sich so unglücklich verkantet hatten, dass Sprotte gefangen war und weder vor noch zurückkonnte. Obendrein hatte sich eines der Rohre dermaßen quer gelegt, dass er im Dunkeln lag.

Es waren Stunden vergangen, bevor man ihn vermisste, und bis man ihn gefunden hatte, hatte es noch länger gedauert. Erst am späten Abend war jemand auf die Idee gekommen, auf der Baustelle nachzuschauen.

Was folgte, war die größte Ansammlung von Standpauken, die man sich vorstellen konnte. Die Feuerwehr, die ihn aus den Rohren befreit hatte, sagte ihm genauso die Meinung, wie die Polizei und der Bauleiter, der besonders erfreut gewesen war, dass er am Sonntagabend auf seiner Baustelle vorbeischauen durfte.

Und schließlich waren seine Eltern an die Reihe gekommen. Seitdem hegten sie die Befürchtung, dass es früher oder später zu einer Wiederholung kommen würde. Die war bislang allerdings ausgeblieben und das aus gutem Grund. Seit jenem Tag verabscheute Sprotte nichts so sehr, wie enge und dunkle Räume. Allein die Vorstellung, sich an einem solchen Ort wiederzufinden und sich nicht rühren zu können, löste Panik in ihm aus.

Trotzdem nickte Wolfgang Kallmann anerkennend, als Sprotte seine Erzählung beendet hatte. „Das ist deutlich mehr Engagement und Einsatzbereitschaft, als gewisse andere Herren an den Tag legen."

Onkel Matti lachte leise. „Vielleicht kannst du den Posten ja übernehmen. Du müsstest dich nur mit der Ausbildung ein wenig beeilen."

„Ja, klar", sagte Sprotte grummelnd. Onkel Mattis Bemerkung hatte ihn wieder an die Absage seiner Praktikumsanfrage erinnert.

„Ganz so dringend ist es dann vielleicht doch nicht", sagte Olli. „Aber wenn du irgendein Problem hast, das gelöst werden muss - versuch es lieber ohne unsere Polizei zu lösen. Zumindest ohne einen gewissen Herrn Blankenburg."

„Wir wollen hoffen, dass dieser Fall gar nicht erst eintritt", sagte Wolfgang und lächelte.

Wieder ein Augenzwinkern. Sprotte erwiderte das Lächeln. Onkel Matti nannte solche Menschen gerne ,einnehmend'.

„Ach, genug davon", sagte Olli. „Hier kannst du genug andere Sachen anstellen. Und wenn du nur auf der Düne am Strand liegst und liest."

Sprotte seufzte. Ungewollt hatte Olli ihm seinen vergessenen E-Book-Reader ins Gedächtnis gerufen. Zu seinem Erstaunen traf er mit diesem Problem auf vollstes Verständnis.

„Eigentlich ist das nicht so schlimm", befand Olli. „Wir haben ja eine Bücherhalle, da wirst du schon genug Lesestoff finden. Aber jetzt haben die natürlich schon zu. Das heißt, du müsstest nachher, ohne zu lesen, ins Bett." Nach einer kurzen Pause sagte er: „Das geht nicht! Lina? Haben wir nicht irgendwas, womit wir ihm aushelfen könnten?"

Lina machte ein nachdenkliches Gesicht und ging im Geiste einige Möglichkeiten durch. Dann hellte sich ihre Miene auf. „Natürlich!", rief sie. „Warte mal einen Augenblick!"

Sie stand auf und kehrte kurz danach mit einem dicken, grünen Schuber zurück. „Das ist bestimmt was für dich!", sagte Lina. „Und nicht nur für heute Abend. Das reicht auch noch ein bisschen länger. Ich hatte es zwar gerade selbst aus der Bücherhalle ausgeliehen, aber wahrscheinlich komme ich in den nächsten Wochen ohnehin nicht dazu. Wenn du möchtest, nimm es gerne mit."

Sprotte drehte den Titel nach vorne. „Der Herr der Ringe", las er laut vor. „Na, die Filme waren ziemlich gut, aber als Buch …"

„Das wird dir schon gefallen", sagte Olli. „Außerdem ist in den Filmen nicht alles aus den Büchern verarbeitet. Und es ist die Taschenbuchausgabe. Die kannst du sogar mit auf die Düne nehmen."

„Ich hätte nur eine Bitte", sagte Lina. Sie stand auf und nahm aus einem Regal zwei weitere Bücher und legte sie auf den Tisch. Es waren Krimis, die eindeutig auf Helgoland spielten, wenn man nach dem Buchumschlag ging. „Gib doch bitte diesen Schund in der Bücherei ab."

„Schund?", fragte Sprotte.

„Ich hab das Erste gelesen. Danach habe ich mir das Zweite erspart."

Zweifelnd sah Sprotte sich den Schuber mit den drei Büchern an. Er bedankte sich und befand, dass es für den Moment immerhin besser war, als gar nichts. Aber dass ihn das nun in seinem Urlaub weiterbringen würde? Das konnte er sich nicht wirklich vorstellen.

Zumindest noch nicht.

Die „Funny Girl" ankerte im Hafen. Gleißendes Sonnenlicht beschien sie und ließ ihre weißen Aufbauten leuchten. Es war noch früh am Morgen.

Trotz dieses heiteren Anblicks beschlich Arne Trabert ein ungutes Gefühl. Er überquerte die Gangway und schlug direkt den Weg in den Salon ein. An Steuerbord ließ er sich an einem leeren Tisch mit zwei Bänken nieder und nahm eine Reisetablette. Hoffentlich nutzte die auch was. Bei seiner letzten Fahrt, Ende Dezember, hatte er sich hundeelend gefühlt und den größten Teil der Reisezeit mit einer Papiertüte vor dem Gesicht verbracht.

Er seufzte. Auf eine weitere Reise nach Helgoland hätte er

gerne verzichtet. Ganz abgesehen, dass er sich weder auf dem Wasser noch auf Inseln besonders wohlfühlte, verband er mit diesem Ort kaum etwas Angenehmes. Der Job im Dezember hatte zwar gut angefangen, aber das Endergebnis war eine Katastrophe gewesen! Immerhin waren sie heil wieder von der Insel runtergekommen.

Arne griff in seine Jacke und holte eine Postkarte hervor. „Grüße aus Helgoland" stand in großen bunten Lettern darauf. Auf der Rückseite befand sich nur eine kurze, für den unbeteiligten Leser unverständliche Mitteilung: „Ich wollte schon immer einmal eine wirklich lange Geschichte schreiben. Das ist nun vollbracht und dort ist alles, was ich hatte!"

Allein der Erhalt dieser Karte hatte ihm einen eiskalten Schauer über den Rücken gejagt. Die Handschrift war eindeutig die des Professors. Es musste ihm offensichtlich etwas passiert sein und er hatte ihren Plan nicht mehr zu Ende bringen können. Zwei Tage lang hatte Arne vergeblich versucht, Kontakt zu ihm aufzunehmen und dann beschlossen, selber aktiv zu werden. Auch wenn das hieß, dass er nach Helgoland zurückkehren musste. Er brauchte das Geld, und zwar dringend!

Der Form halber hatte er versucht, auch den Dritten zu erreichen, der an ihrem Job beteiligt gewesen war. Erleichtert hatte er herausgefunden, dass der gerade wegen eines schiefgelaufenen Raubes in Untersuchungshaft saß. Arne konnte das nur Recht sein. Für das, was es noch zu tun gab, brauchte er ihn nicht unbedingt.

Jetzt ging es nur darum, möglichst schnell und unauffällig nach Helgoland zu kommen.

Das anschwellende Gebrumm der Schiffsdiesel ließ Arnes Adrenalinpegel steigen. Die Anspannung wuchs, als sie die Hafenausfahrt passierten und er die ersten Bewegungen zu spüren glaubte. Doch alles blieb ruhig. Vor dem Fenster glitzerte die Sonne auf den Wellen. Die „Funny Girl" glitt durch sie hindurch, wie ein Messer durch Butter und bewegte sich dabei nicht viel mehr als ein Bus auf einer Landstraße. Arne konnte sein Glück kaum fassen und bestellte sich ein Frühstück mit einem großen Becher Kaffee. Das gute Wetter sollte die meisten Passagiere nach draußen locken. Vielleicht sorgte das dafür, dass er seinen Tisch für sich alleine hatte.

„Ach wie schön, da ist ja noch was frei! Los, rein mit dir!"

Ein Junge von etwa fünf Jahren wurde in die Bank geschubst und zog sich gleich in die Ecke zurück. Polternd fiel ein Rucksack auf den Tisch und verfehlte Arnes Frühstücksteller nur um Haaresbreite. Augenblicklich versteifte er sich und warf der Frau, die sich ihm gegenüber breitmachte, einen unfreundlichen Blick zu. Schnell brachte er seinen Kaffeebecher in Sicherheit.

„Jetzt sitz da nicht einfach nur herum. Mach es dir gemütlich", sagte die Frau zu dem kleinen Jungen.

Arne musterte sie. Sie war nicht unattraktiv, aber um ihren Mund herum spielte ein verhärmter Zug. Ihre Bewegungen waren resolut, geradezu zackig und trotz des cremeweißen Kleides erinnerte ihr ganzes Auftreten eher an einen Spieß auf dem Kasernenhof, als an eine Mutter. Wenn er schon Gesellschaft bekam, musste es dann unbedingt diese sein?

„Es macht ihnen ja sicher nichts aus, dass wir uns hier hinsetzen, oder?", fragte sie plötzlich.

Arne setzte ein gespielt freundliches Lächeln auf. „Und wenn es so wäre? Würden sie dann woanders hingehen?" Er spürte den irritierten Blick der Mutter und die Überraschung des Jungen. Wahrscheinlich erlebte der Kleine es nicht allzu häufig, dass seiner Mutter widersprochen wurde.

„Kann ich vielleicht sonst noch was für sie tun?", sagte die Mutter mit einem Hauch von Angriffslust in der Stimme.

„Für den Anfang wäre es sehr freundlich, wenn sie ihren Rucksack aus meinem Frühstück nehmen könnten."

Die Mutter verstaute mit einem genervten Gesichtsausdruck ihr Gepäck und rief nach der Bedienung.

Arne holte sein Smartphone hervor und steckte sich seine Kopfhörer in die Ohren. Je weniger er von dieser Person mitbekam, desto besser. Er sah auf seine Uhr. Bis nach Helgoland dauerte es noch. Er seufzte lautlos. Als die Bedienung kam, bestellte er vorsorglich einen neuen Kaffee. Er würde ihn sicherlich brauchen, dachte er und rief an seinem Tablet die Website eines Computermagazins auf.

Doch an Lesen war nicht wirklich zu denken. Dafür herrschte auf der Bank gegenüber zu viel Betrieb. Der Junge hatte seine Malsachen vor sich ausgebreitet und versuchte verzweifelt, ein Bild zu malen. Doch seine Bemühungen scheiterten an den andauernden Kommentaren und Anweisungen seiner Mutter. In einer Tour redete sie auf ihren Sohn ein und gönnte ihm keine ruhige Minute.

Arne atmete immer flacher. Sein Blickfeld verengte sich, wie es sonst nur der Fall war, wenn er ein Schloss aufbrechen wollte. Er rieb seine Hände an den Hosenbeinen. Der Junge tat ihm einfach nur leid. Wenigstens einmal fünf Minuten Ruhe würden ihm mit Sicherheit guttun. Arne sah in seinen Becher nach, wie viel Kaffee er noch hatte.

„Warum hat denn der Mann sechs Finger? Das geht nicht. So was malt man doch nicht", sagte die Mutter. „Das musst du anders machen. Hier, nimm mal diesen Stift."

Arnes Magen zog sich allein wegen des belehrenden Tonfalls zusammen. Wie lange ging das jetzt eigentlich schon so? Er stand auf und begann aus seiner Bank herauszurutschen. Im richtigen Augenblick hakte er wie zufällig hinter den Henkel seines Bechers und riss ihn mit.

In einem langen, pechschwarzen Strom ergoss sich der Kaffe über den Tisch und schwappte über die Kante auf das cremeweiße Kleid der Mutter.

Mit einem gellenden Schrei sprang sie auf und stieß sich beide Knie gewaltig an der Tischplatte, als sie von der Bank flüchtete. Sprachlos stand sie im Gang und starrte auf den riesigen braunen Fleck, der langsam immer größer wurde.

Dann glitt ihr Blick zu Arne. „Sie ...", sagte sie leise. Ihre Stimme zitterte leicht und ihre Augen sprühten Gift und Galle.

„Oh, das tut mir schrecklich leid", sagte Arne und setzte sich wieder.

„Sehen sie sich mal diese Bescherung an!"

Arne kramte in seinem Gepäck herum und holte ein einzelnes Papiertaschentuch heraus. „Hier", sagte er. „Vielleicht können sie sich damit etwas abtupfen."

Mit einem Wutschnauben machte die Mutter auf der Stelle kehrt und rauschte ab in Richtung der Toiletten.

Arne schaute ihr zufrieden nach und zwinkerte dem Jungen zu. „So. Jetzt hast du wenigstens mal fünf Minuten Ruhe."

Ein schüchternes Lächeln glitt über das Gesicht des Kleinen. „Aber eigentlich hat sie Recht", sagte er. „Ein Mann hat ja keine sechs Finger."

„Quatsch", sagte Arne. „Ich kannte mal einen, der tatsächlich sechs Finger an der Hand hatte. Außerdem könnte es ja auch ein Außerirdischer sein, oder?"

Der Junge zuckte nur die Schultern, aber er sah zufrieden aus.

Einen Augenblick später kehrte die Mutter zurück.

„Das werden sie aber bezahlen", sagte sie tonlos und fixierte Arne mit einem giftigen Blick.

„Natürlich", sagte Arne. Er griff nach seinem Portmonee und legte einen Fünf-Euro-Schein auf den Tisch. „Bitte schön. Für die Reinigung."

„Das wird wohl kaum reichen", sagte die Mutter. Selbstgefällig lehnte sie sich zurück und verschränkte die Arme vor der Brust.

Arne reichte den Schein an den Jungen weiter und zwinkerte ihm zu. „Dann ist der für dich. Kauf dir ein paar schöne Ohrenstöpsel."

Der Mutter entglitten die Gesichtszüge und ihre Kinnlade klappte kurz herunter. „Das ist doch wohl ..." Sie musste tief

Luft holen und ihr Gesicht nahm eine ungesunde, rötliche Färbung an. „Das wird noch Folgen haben! Verlassen sie sich drauf!"

Demonstrativ steckte Arne sich seine Kopfhörer wieder in die Ohren. Mit einem freundlichen Lächeln nahm er sein Tablet zur Hand und gab vor, den nächsten Artikel zu lesen.

Eine Stunde später kam Unruhe im Schiff auf. Helgoland war in Sicht und ein paar Spaßvögel sorgten für eine mittlere Panik, indem sie lauthals damit angaben, ihre Visa schon vor Wochen beantragt zu haben. So würden sie gleich bei der Einreise viel schneller durchkommen und keinerlei Probleme haben. Anders als die armen Teufel, die den Reisepass nicht dabei hatten und vielleicht sogar wieder nach Hause geschickt würden.

Arne schüttelte den Kopf. Die ganze Geschichte wurde so platt und aufgesetzt vorgetragen, dass man sie kaum ernst nehmen konnte. Und trotzdem funktionierte sie. Pässe und Personalausweise wurden gesucht und schnell kam es zu heftigen Diskussionen und Streitgesprächen, die am Ende in der Frage gipfelten, ob man mit Euro zahlen konnte oder ob man in Helgoland eine eigene Währung hatte. In Helgoland … Arne schnaubte verächtlich. Es hieß, wenn überhaupt, „auf" Helgoland. So viel hatte er bei seinem ersten und einzigen Besuch gelernt. Und Euros wurden selbstverständlich akzeptiert. Wenn man sie denn hatte. Arne hatte sie meistens nicht und deswegen war er hier. Er verstaute seine paar Habseligkeiten und nahm seinen Rucksack.

„Das ist für dich", sagte der Junge und reichte ihm ein Blatt Papier.

Arne sah ihn überrascht an. „Für mich?"

Der Junge nickte. „Es ist ein Außerirdischer."

„Richtig", sagte Arne. Er lächelte und stand auf. „Sechs Finger an jeder Hand. Der ist eindeutig nicht von unserem Planeten. Gut beobachtet."

Der Junge lachte vergnügt und strahlte ihn an.

„Na, dann einen schönen Aufenthalt", sagte Arne. Er rollte das Bild zusammen und verließ den Tisch, ohne die Reaktion der Mutter abzuwarten.

Am Ausstieg erwartete ihn eine böse Überraschung. Daran hatte er gar nicht mehr gedacht. Dieses Schiff legte nicht im Hafen an, sondern ankerte in der Reede. Unter ihm dümpelte ein großes weißes Eichenholzboot. Ungelenk stolperte er hinein und schwankte zum nächstbesten Sitzplatz. Das war einfach keine Umgebung für ihn.

Arne wurde immer unruhiger und es fiel ihm schwer, die Bewegungen des Bootes zu ignorieren. Ein paar wenige Passagiere wurden noch aufgenommen, dann setzten sie endlich auf die Insel über.

Als das Börteboot an der Landungsbrücke anlegte, atmete er erleichtert auf. Ein Besatzungsmitglied reichte ihm beim Aussteigen eine helfende Hand, aber Arne schaffte es trotzdem, auf dem Bootsrand auszurutschen. Jedenfalls beinahe. „Immer langsam", sagte der ganz in Blau gekleidete Mann, der ihn aufgefangen hatte und lächelte freundlich.

Arne setzte sich auf die nächste Bank und kramte in seinem Rucksack herum. Als eine Polizistin an ihm vorbeiging, drehte er schnell den Kopf zur Seite. Je seltener die Uniformierten ihn sahen, desto besser, dachte er. Man konnte ja nie wissen.

Er holte einen Zettel heraus und stieß dabei seinen Rucksack um. Klatschend ergoss sich der Inhalt auf den Boden. „Verflixt nochmal!", fluchte Arne. Er war schon ein Tollpatsch.

Er sammelte alles ein und nahm wieder den Zettel zur Hand, den er eigentlich haben wollte. Wo war sein Hotel noch einmal? Er prüfte die Adresse auf der Buchungsbestätigung und versuchte, sich anhand der Skizze auf dem Ausdruck zu orientieren.

Es war eine andere Unterkunft, als beim letzten Mal. Und

das war auch beabsichtigt. Wer weiß, wie gut das Erinnerungsvermögen seiner damaligen Vermieter war. Wenn man bedachte, welche Aufregung auf der Insel zum Zeitpunkt seiner Abreise geherrscht hatte, dann konnte er auf ein Wiedersehen gut verzichten. Und darauf, erkannt zu werden, ohnehin.

„Da! Das ist er! Ich möchte Anzeige erstatten!"

Arne spürte, wie Hitze in ihm aufstieg und sich sein Inneres zusammenzog. Er drehte sich um und sah, wie die Mutter mit der Polizistin im Schlepptau wie eine Furie auf ihn zukam. Sie hatte den Jungen an der Hand und schleifte ihn regelrecht hinter sich her. Das konnte ja heiter werden.

„Das war eindeutig Sachbeschädigung! Er ist dafür verantwortlich! Und dann hat er sich prompt geweigert, Schadensersatz zu leisten!"

„Nun mal ganz langsam", sagte die Polizistin und versuchte, die Mutter zu beruhigen.

Arne setzte eine Unschuldsmiene auf. „Kann ich ihnen helfen?", fragte er.

„Die Dame behauptet, sie hätten ihr mit Absicht Kaffee über das Kleid gegossen", sagte die Polizistin.

„Tatsächlich? Also, dass da Kaffee auf dem Kleid ist, kann ich sehen. Aber wie kommt sie darauf, dass ich das war?"

„Sie haben uns doch gegenüber gesessen und als sie aufgestanden sind, haben sie ..."

„Vielleicht nicht ganz so laut", sagte die Polizistin und legte der Mutter eine Hand auf den Unterarm.

„Also, ich kann mich da nicht dran erinnern. Möglicherweise handelt es sich ja auch um eine Verwechslung. Es heißt immer, dass ich ein ziemliches Allerweltsgesicht habe."

„Sind sie sich ganz sicher, dass es dieser Herr war?", fragte die Polizistin.

„Aber selbstverständlich! Mein Sohn hat ihn ja auch gesehen."

„Das ist er aber doch gar nicht, Mama", sagte der Junge. Er zupfte sich am Ohr und trat einen Schritt hinter seine Mutter zurück. „Der mit dem Kaffee hatte doch einen Bart."

Arne musste seine ganze Selbstbeherrschung aufbringen, um seine Gesichtszüge unter Kontrolle zu halten. Am liebsten hätte er breit gegrinst, beließ es aber bei seiner Unschuldsmiene. „Also, einen Bart habe ich ja offensichtlich nicht", sagte er.

„Sind sie sich wirklich ganz sicher, was den Herrn hier angeht?", fragte die Polizistin noch einmal.

Die Mutter stand mit offenem Mund da und starrte fassungslos ihren Sohn an. Lautlos bewegte sich ihr Unterkiefer auf und ab, während der Junge wie unbeteiligt zum Südstrand schaute. „Schau mal Mama! Ein weißer Rabe!"

„Ich glaube, dann sind wir hier fertig", sagte die Polizistin und nickte Arne zu. „Entschuldigen sie bitte die Störung."

„Kein Problem", sagte er und schaute wieder auf die Umgebungsskizze seiner Buchungsbestätigung.

Die Mutter stapfte mit dem Jungen an der Hand die Landungsbrücke entlang.

Als Arne noch einmal hochsah, drehte der Kleine sich um und lächelte ihn an. Arne zeigte einen erhobenen Daumen. Zwinkernd lächelte er zurück.

Kapitel 3
Ein Sturm zieht auf

An der Landungsbrücke hatte sich eine lange Schlange gebildet. Sprotte schluckte, als er die Menge der Wartenden vor dem Einstieg zur Dünenfähre sah. So voll, wie es war, würden sie die Fähre sicherlich verpassen und laut Plan fuhr die nur alle halbe Stunde. Sprotte stieß angesichts der Wartezeit, die auf sie zukam, einen Seufzer aus.

Onkel Matti hingegen freute sich. „Na, passt doch! Wir kommen genau richtig", sagte er.

Wie um ihn zu bestätigen, bewegte die Schlange sich langsam aber sicher in Richtung des kleinen Katamarans namens „Witte Kliff". Stetig ging es voran, bis wider Erwarten alle eingestiegen waren und die Landungsbrücke verwaist dalag.

Eine kurze und ruhige Fahrt über die Reede brachte sie auf die Düne. Sprotte stand am Ausstieg und wippte auf den Fußballen hin und her. Onkel Matti hatte viel erzählt und nun würde er sehen, was stimmte und was Übertreibung war.

„Eins noch", sagte Onkel Matti, als sie vom Anleger aus ins Innere der Düne gingen. „Wenn wir am Strand sind, versuch immer, zu den Robben dreißig Meter Abstand zu halten. Auch wenn sie neugierig sind und auf dich zukommen sollten. Die Kegelrobbe ist das größte, freilebende Raubtier in Deutschland und damit nicht unbedingt der ideale Kandidat zum Kuscheln. Und pass auf, wo du lang gehst. Man glaubt es kaum, aber man übersieht sie leicht."

Nach einer Weile bog er scharf links ab und führte Sprotte einen schmalen Pfad entlang. Sie gingen durch die Dünen hindurch, bis sie den Nordstrand erreichten. Vor ihnen erstreckte sich die Nordsee. In weiter Ferne ragten ein paar winzig kleine Nadeln aus dem Wasser, die sich bei näherem Hinsehen als Windkraftanlagen entpuppten.

Links und rechts von ihnen zog sich der Sandstrand dahin, dessen Rand von drei oder vier Reihen bunter Strandkörbe gesäumt war. Die Sonne schien und die leichte Brise war durchsetzt mit dem gelegentlichen Kreischen der Möwen.

Zielsicher steuerte Onkel Matti auf ihren Strandkorb zu und entfernte das Holzgitter. Während er sich dort einrichtete, lief Sprotte wie von einer unsichtbaren Kraft angezogen, ans Wasser.

Die Gezeiten hatten alle paar Meter große Steinfelder herangespült. Interessiert beobachtete Sprotte, wie andere Badegäste, den Blick starr auf den Boden gerichtet, diese Felder abgingen und hier und dort etwas aufhoben.

Was sie aufsammelten, blieb ihm zunächst schleierhaft. Bis er sein erstes Stück Meerglas fand. Eigentlich war es eine einfache Glasscherbe, aber vom Meer rundgeschliffen und mit einer samtweichen Oberfläche.

Schnell war er bei der Suche sehr erfolgreich und seine Hosentasche beulte sich beträchtlich aus.

„Bitte halten sie dreissig Meter Abstand von den Kegelrobben!", schallte es plötzlich über den Strand.

Sprotte sah auf. Kurz vor den Dünen konnte er eine Flagge der DLRG und ein kleines Wachhäuschen ausmachen. Gut organisiert sind sie hier, dachte er und wandte sich wieder seinem Steinfeld zu. Schon kam die nächste Durchsage:

„Bitte halten sie dreissig Meter Abstand von den Kegelrobben!", drängte die Stimme erneut.

Sprotte schüttelte den Kopf. Das konnte doch nicht so schwer sein! Wenn man schon aufgefordert wurde, sollte man einfach mal die Richtung ändern, dann ist die Sache erledigt. Da! Noch ein Stück Glas! Dieses Mal sogar ein schneeweißes. Er hielt es hoch gegen das Licht. Es war makellos.

„Halten sie dreissig Meter Abstand von den Kegelrobben! Bitte!!!" Die Stimme aus dem Megaphon hatte nun etwas sehr Bestimmtes an sich.

Welcher Idiot das wohl gerade nicht auf die Reihe bekam, dachte Sprotte und sah sich um. Niemand schien sich um die Durchsage zu kümmern.

„Hey, Kollege!", rief jemand.

Sprotte sah einen Jungen, ungefähr in seinem Alter, der ihm mit einem breiten Lächeln zuwinkte. Nach kurzem Zögern winkte er zurück.

Der andere lachte nur und zeigte auf eine Stelle, keine fünf Meter von Sprotte entfernt. Direkt vor seiner Nase lag eine junge Kegelrobbe!

Erschreckt machte er einen Satz zurück. Na toll! Der Idiot, über den er sich gerade aufregen wollte, war er selber! Langsam bewegte er sich rückwärts. Angesichts der Warnung, war man vielleicht besser vorsichtig. Aber die Robbe sah ihn nur verträumt an, gähnte herzhaft und döste weiter.

Trotzdem machte er einen großen Bogen um sie und ging auf den Jungen zu, der ihn neugierig und feixend musterte.

„Na! Glatt übersehen was?", sagte der zur Begrüßung. „Passiert bei den Jungtieren aber auch schnell. Die verschmelzen regelrecht mit dem Strand."

„Gut, dann scheine ich ja nicht der erste Blinde gewesen zu sein", sagte Sprotte und war beruhigt.

Der Junge lachte wieder. „Nein, das passiert eigentlich dauernd. Auch uns Einheimischen oft genug. Ich bin letzte Woche fast über einen ausgewachsenen Bullen gestolpert. Wie ich das hingekriegt habe, weiß ich selber nicht", sagte er und lächelte Sprotte vergnügt an.

Der Junge stellte sich als Finn vor. Finn Fabian Flensen.

Wie Sprotte verbrachte er seine Ferien hier, nur mit dem Unterschied, dass er Helgoländer war und auf der Insel wohnte.

„Dann hast du das hier sozusagen immer vor der Haustür?"

„Jep", sagte Finn und strahlte über das ganze Gesicht. „Nicht schlecht, oder? Gut, die Winter sind manchmal ein bisschen langweilig. Aber bei gutem Wetter ist man selbst zu Schulzeiten ganz schnell hier drüben. Das hat schon was. Tüm hoog!, kann ich da nur sagen!"

„Wie bitte?" Den letzten Teil hatte Sprotte nicht verstanden. Tüm was?

„Tüm hoog! Das ist Halunder und heißt ‚Daumen hoch'. Ist so ein Spruch von meinem alten Herrn", sagte Finn.

Aufmerksam musterte Sprotte den ersten Helgoländer, den er nicht durch seinen Onkel kennengelernt hatte. Finn war eine Handbreit größer als er und recht kräftig gebaut. Dass er ebenso kräftig wirkende Hände hatte, erklärte Finn damit, dass er ab und an in der Tischlerei seines Vaters mit anpackte. „Nicht, dass ich ein Tischler wäre, aber zum Festhalten und zum Werkzeugschleppen reicht es", sagte er lachend. Er hatte strahlend blaue Augen und einen hellblonden Schopf, der völlig unkontrollierbar wirkte. Darunter lugte ab und zu eine quer über die Stirn verlaufende Narbe hervor. Insgesamt schien er kein Kind von Traurigkeit zu sein.

„Und was treibst du hier so den ganzen Tag?", wollte Sprotte wissen.

„Heute suche ich roten Flint", sagte Finn. „Na ja, und was ich so an Donnerkeilen finde, geht natürlich auch mit. Aber auf der Suche bin ich tatsächlich hiernach." Er hielt Sprotte auf der flachen Hand einen Splitter entgegen. Er war wirklich klein, fast schon winzig. Nur in etwa so groß wie der Nagel an seinem kleinen Finger. In der Mitte war er dunkelrot gefärbt, umgeben von schwarzem Gestein und mit etwas Weißem an der Außenseite. Ohne den roten Fleck in der

52

Mitte wäre es ein ganz gewöhnlicher Feuerstein gewesen.

„Aha", sagte Sprotte. „Und ist das was besonderes?"

„Pfffffffff", machte Finn und sah ihn an, als wäre das gerade eine der dümmsten Fragen des Jahrhunderts gewesen. „Noch nie was vom Helgoländer Feuerstein gehört, wie?"

Sprotte schüttelte den Kopf. „Nein. Ich bin gestern erst angekommen."

„Ach daher. Gut, dann muss man das nicht wissen. Also: Den roten Feuerstein gibt es nur hier auf Helgoland. Das ist schon seit der Steinzeit so. Früher waren Schmuckstücke daraus richtig wertvoll und man hat geglaubt, dass sie magische Kräfte haben, was natürlich Quatsch ist. Aber teuer sind sie immer noch."

„Und findet man viel davon hier?"

„Mal mehr, mal weniger. Heute anscheinend eher weniger. Das ist manchmal eben so."

Sprotte sah auf den Boden und fragte sich, wie schwer es wohl tatsächlich sein mochte, diese Steine zu finden. Wie man diesen Winzling von Splitter entdecken konnte, den Finn ihm gezeigt hatte, wollte ihm nicht so ganz in den Kopf. Aber der dort drüben? Sprotte machte einen halben Schritt nach links und hob einen Stein von der Form und Größe eines Daumens auf. Eine Seite war abgebrochen und offenbarte ein tiefdunkles Rot im Inneren.

„Du meinst sowas hier, oder?", fragte Sprotte.

Finn starrte ihn verblüfft an. Wortlos sah er sich den Stein von allen Seiten an und gab ihn kopfschüttelnd zurück. Dann brach er in schallendes Gelächter aus.

„Du bist richtig! Kommst vorbei, hast keine Ahnung und hebst so mir nichts, dir nichts den Fund des Tages auf, als wäre es das Normalste auf der Welt! Ganz großes Kino! Ehrlich!"

Lachend klopfte Finn Sprotte auf die Schulter. Der konnte sich ein zufriedenes Grinsen nicht verkneifen.

„Gestern bist du angekommen?", fragte Finn.

„Ja", sagte Sprotte.

„Dann hast du ja nochmal Glück gehabt. Heute Nacht soll ein Sturm aufziehen, also haben wir wohl zwei, drei Tage mieses Wetter. Mit ein bisschen Pech vielleicht sogar länger. Soll ein richtig fieses Ding werden, habe ich gehört. Und dann macht so eine Fahrt echt keinen Spaß. Wenn sie überhaupt stattfindet."

„Was ist denn ein fieser Sturm?" Sprotte sah seine neue Bekanntschaft schief an. War das ein Versuch, ihn zu veräppeln? Falls es so war, ließ Finns Reaktion nicht darauf schließen.

„Es gibt Stürme, es gibt Orkane und dann gibt es noch die fiesen Dinger", sagte er. „Die ersten beiden sind so weit in Ordnung, nicht schön, aber es kommt schon mal vor. Bei den fiesen Dingern ist das anders. Da geht richtig was kaputt, und es kann sogar sein, dass man nicht nach draußen gehen soll. Das passiert aber nur selten. Ich selbst habe es erst einmal erlebt. Und das war im Herbst. Vielleicht sind deswegen einige auf der Insel so unruhig, weil ein Sturm dieser Größenordnung jetzt auch im Sommer auftaucht."

Sprotte nickte. Er glaubte, verstanden zu haben.

„Bist du mit dem Katamaran gekommen?"

„Mit dem Börteboot."

„Nee, im Ernst jetzt." Ein verschmitztes Lächeln zeigte, dass Finn die Antwort gefiel, auch wenn er sie nicht glaubte.

„Ist mein Ernst" wiederholte Sprotte.

„Echt?" Finns Augen weiteten sich.

„Wir sind von Büsum aus gefahren. Mein Onkel kennt da einen Skipper namens Claus, der so ein Boot hat und ..."

„So einer mit Kapitänsmütze?", unterbrach Finn ihn. „Trägt meist ne schwarze Weste und ist nicht auf den Mund gefallen?"

„Ja, genau der. Ich war ja auch ein wenig überrascht, als ich das Boot gesehen habe" untertrieb Sprotte schamlos, wurde aber von Finn sofort wieder unterbrochen.

Krachend fiel dessen Pranke erneut auf seine Schulter.

„Was machst du morgen Nachmittag?", fragte er und seine Augen leuchteten.

„Keine Ahnung. Bisher habe ich noch nichts vor."

„Jetzt schon!"

„Und was?", wollte Sprotte wissen.

Finn lächelte hintersinnig und kratzte sich am Kinn. Eine geradezu diebische Vorfreude schien ihn zu erfüllen.

„Morgen, mein Freund, spielen wir beide Wellenducken!"

Bereits im Laufe des Abends begann Finns Vorhersage einzutreten. Dunkle Wolken türmten sich über der Insel auf und als Sprotte mit Onkel Matti nach Hause kam, fielen die ersten Regentropfen. Der Wind schwoll stetig an, bis ein unheimliches Jaulen die Luft erfüllte. Wolkenfetzen schossen unter dem dunklen Grau des Himmels hindurch.

In der Nacht nahm der Sturm weiter an Stärke zu. Der Wind pfiff über das Dach und rüttelte an allem, was ihm in den Weg kam. Regen ergoss sich in Böen über die Insel und peitschte ans Fenster, als würden eimerweise Kieselsteine dagegen geworfen. Ein Knattern, wie von einem zerfetzten Segel, weckte Sprotte in den frühen Morgenstunden.

Verschlafen rieb er sich die Augen. In den Bäumen rauschte es, als strömten ganze Wasserfälle durch sie hindurch. Hinter den Vorhängen sah er flatternde Schatten und ein Heulen erfüllte das Dunkel seines Zimmers. Sprotte drehte sich wieder um und genoss das Wissen, bei diesem Wetter warm und trocken im Bett zu liegen.

Während eine weitere Bö eine Sturzsee aus Regenwasser gegen das Fenster trieb und der Donner grollte, zog Sprotte sich die Bettdecke über den Kopf und schlief wieder ein.

Am Morgen hörte es auf zu regnen. Ein fahles Licht schien auf die Insel herab und die ersten Vögel waren wieder in der Luft.

Nach dem Frühstück betrachtete Sprotte die Wolkendecke und suchte nach Anzeichen für eine Wetterbesserung. Der Wind pfiff immer noch um die Insel. Wirklich einladend sah es draußen nicht aus.

Onkel Matti hingegen war anderer Meinung. Fröhlich im Kreis grinsend klatschte er in die Hände. „Na denn mal los, Sprotte! Wetterfest anziehen und ab Richtung Pinneberg!"

Sprotte starrte ihn entgeistert an. Was hatte der Mann bloß gefrühstückt? Bei dem Wetter wollte er jetzt unbedingt einen Spaziergang machen?

„Ja, ich weiß, das klingt völlig verrückt, aber wenn man hier schon mal so einen Sturm hat, dann sollte man ihn da draußen erleben. Ach, was sag ich – erleben! Genießen muss man das! Das wird dir gefallen. Es ist wie, wie …" Offensichtlich beeinträchtigte die aufflammende Begeisterung Onkel Mattis Sprachzentrum. Deutlich sah Sprotte, wie er nach den richtigen Worten suchte. „Das ist, als ob die Kraft des Windes, direkt in dich hineinfließt!"

Alle Bedenken, die Sprotte dennoch hatte, halfen da nichts. Hatte Onkel Matti sich so ein Vorhaben erst einmal in den Kopf gesetzt, konnte er quengelig wie ein Fünfjähriger sein.

Fünf Minuten später stapften sie gemeinsam an der Schule vorbei in Richtung Klippenrandweg. Onkel Matti bog bei der ersten Gelegenheit nach links in die Kartoffelallee ab und nahm die Abkürzung zur Westküste. Hier war es wenigstens noch ein bisschen windgeschützt. Doch als sie aus dem Windschatten der Steigung traten, kam es knüppeldick.

Sprotte musste gegen eine unsichtbare Wand gelaufen sein! Er kämpfte um sein Gleichgewicht und lehnte sich nach vorne, bis er langsam wieder ein Bein vor das andere setzen konnte. Am Wegesrand standen ein paar Schafe und schauten desinteressiert zu. Das Wetter schien sie wenig zu kümmern.

Je weiter sie den Klippenrandweg entlang gingen, desto besser verstand Sprotte, was Onkel Matti aus dem Haus getrieben hatte. Die Urgewalt der Natur wirkte tatsächlich aufputschend! Innerhalb nur weniger Meter wechselte der Wind komplett seine Richtung. Kam der Sturm ihnen eben noch mit aller Macht entgegen, schien er an der nächsten Biegung völlig verschwunden zu sein. Aber nur, um sie drei Schritte weiter wieder von hinten kräftig anzuschieben.

Plötzlich hörte Sprotte ein leises Heulen, eine Art Pfeifen, als ob jemand in eine halbvolle Glasflasche blies. Er hielt inne und lauschte aufmerksam.

Onkel Matti zeigte auf die Abbruchkante hinter dem Zaun. „Der Wind fängt sich in den alten Rohrleitungen. Das sind Überreste der Bunkeranlagen", sagte er und musste fast schon schreien, um sich im Sturm verständlich zu machen.

In den roten Felsen erkannte Sprotte tatsächlich ein paar alte, rostbraune Stümpfe, die aus dem Gestein herausragten. Beklommen schüttelte er den Gedanken ab. Bunkeranlagen. Na, Prost Mahlzeit! Das war genau das, was er nicht brauchte. ‚Bunker' klang nach dunkel und eng. Da schaute er lieber die Felskante hinunter.

Von hier oben wirkte der Sturm gar nicht so schlimm. Am Horizont konnte er trotz der schlechten Sicht einige Schiffe ausmachen. Keines schien sich besonders heftig zu bewegen und auch dicht vor der Küste, auf der anderen Seite der Wellenbrecher wirkten die Wogen nicht besonders hoch. Vielleicht war so ein Sturm ja gar nicht so schlimm, wie er in alten Seefahrerfilmen dargestellt wurde. Da sah es immer dramatisch aus, wenn sich ein Rahsegler um Kap Hoorn herumkämpfte.

„Ich muss mir jedes Mal wieder vor Augen führen, dass wir hier oben vierzig oder fünfzig Meter über dem Meer sind", sagte Onkel Matti. „Wenn man da draußen auf einem Schiff ist, sieht die Welt wahrscheinlich ein bisschen anders aus. Oder wenn man da unten steht … Von hier aus sehen die Wellen ja gar nicht so hoch aus."

Sprotte sah seinen Onkel überrascht an. Hatte der ihm

gerade in den Kopf geguckt? Er beobachtete einige schaumbekrönte Wellen, wie sie sich auf die Insel zubewegten und an der Brandungsmauer zerbarsten. Was hatte Finn eigentlich mit ‚Wellenducken' gemeint'?

Auf dem Weg in Richtung Vogelfelsen packte eine Bö Sprotte heftig in der Seite und schubste ihn von einer Sekunde auf die andere wenigstens einen Meter über den gepflasterten Weg hinaus. Noch einen Schritt weiter und er wäre den nächsten Abhang hinunter gestolpert.

Lachend zog Onkel Matti ihn wieder auf den Weg. „Wenn es zu schlimm wird, können wir immer noch auf allen vieren kriechen." Sprotte fragte nicht weiter nach, war sich aber ziemlich sicher, dass sein Onkel nur einen Scherz gemacht hatte.

Auf dem Pinneberg drehte Sprotte sich mit dem Gesicht in den Wind. Es war tatsächlich, wie Onkel Matti gesagt hatte: Die Energie der Natur floss direkt in ihn hinein. Seine Jacke knatterte und die Böen pfiffen in seinen Ohren. Langsam lehnte er sich nach vorne. Der Wind war so stark geworden, dass er den Kopf etwas zur Seite drehen musste, um überhaupt richtig atmen zu können.

Und er trug ihn!

Immer weiter verlagerte er sein Gewicht, bis er in einem Winkel von fast fünfundvierzig Grad da stand. Das also war Sturm! Unwillkürlich musste er lachen. Ganz egal, was Finn nachher vorhatte - es würde bestimmt super werden!

Irgendwann rüttelte Onkel Matti ihn an der Schulter und rief: „Ich glaube, das reicht jetzt! Lass uns zurückgehen, solange man es hier noch halbwegs aushalten kann. Außerdem dürfte es hier bald ziemlich ungemütlich werden!" Er zeigte über den Lummenfelsen hinweg.

Dichte Schwaden aus Regen peitschten die Wogen. Lange würde es nicht mehr dauern, bis sie die Insel erreichten und den Niederschlag der vergangenen Nacht wie einen Frühlingsschauer aussehen ließen.

Vorsichtig kletterten sie vom Pinneberg herunter und machten sich auf den Heimweg. Erneut riss eine Bö Sprotte zur Seite.

Sturm machte Spaß!

Lachend kehrte er auf den Weg zurück, nur um gleich noch einmal fortgetrieben zu werden. Ein Basstölpel raste über sie hinweg und verschwand Sekunden später hinter der Felskante.

„Herrlich!", schwärmte Onkel Matti, als es kurz vor den Schrebergärten um sie herum etwas windstiller wurde. „Einfach nur herrlich!"

Sprotte lächelte still in sich hinein und strahlte mit seinem Onkel um die Wette.

„Ein schöner Anblick, zwei so gutgelaunte Menschen! Und das bei diesem Wetter!"

Sprotte musste zweimal hinschauen, bis er in der Person, die ihnen mit einem eigentümlich wippenden Gang entgegenkam, Wolfgang Kallmann erkannte. Es lag wohl an der seltsamen Mütze, die für sein ohnehin eher langes Gesicht nicht wirklich passen wollte.

„Und? Hast du mit deinem Buch schon angefangen?", fragte Wolfgang. „Oder ist Helgoland noch spannend genug, dass du gar keine Zeit zum Lesen hast?"

„Sowohl als auch", sagte Sprotte. „Aber weit bin ich noch nicht gekommen. Der Anfang ist etwas sperrig."

„Das ist allerdings wahr", sagte Onkel Matti. „Außerdem hast du einen ersten Freund gefunden. Seid ihr nicht für heute Nachmittag verabredet?"

Erfreut hoben sich Wolfgangs Augenbrauen. „Na wunderbar! Zwei Jungs in eurem Alter wird bei diesem Wetter etwas einfallen, womit sie sich beschäftigen können. Da wünsche ich viel Vergnügen."

„Was habt ihr denn eigentlich vor?", wollte Onkel Matti wissen, als Wolfgang sich hinter ihnen entfernte.

„Keine Ahnung", sagte Sprotte. Er wich der Frage lieber

aus. Falls Onkel Matti wusste, was es mit „Wellenducken"
auf sich hatte, würde er vielleicht versuchen ihn davon
abzuhalten! Zugegeben: Diese Variante war eher
unwahrscheinlich, aber warum ein Risiko eingehen?

Sie schafften es genau rechtzeitig wieder nach Hause. Die
mächtigen Schwaden, die sie vom Pinneberg aus gesehen
hatten, waren angekommen. Von einem Moment auf den
anderen schüttete es wieder wie aus Kübeln!

Sprotte zog sich aus und strahlte. Sein Gesicht prickelte
herrlich und das frische Gefühl, das der Wind in ihm
hinterlassen hatte, vermischte sich auf höchst angenehme
Weise mit der Wärme des Hauses.

Während sie aßen, trieben die Böen den Regen immer
wieder klatschend gegen die Fensterscheiben. „Und du willst
heute tatsächlich noch raus?", schmunzelte Onkel Matti. Er
selbst war offensichtlich mehr als froh, dass er sich nicht
weiter rühren musste. Sein Buch lag schon auf dem Couch-
Tisch bereit.

„Ein bisschen Zeit habe ich ja noch", sagte Sprotte.
„Vielleicht beruhigt sich das Wetter bis dahin so weit, dass
ich wenigstens trocken zu ihm hinkomme."

Onkel Matti wünschte ihm viel Glück, und Sprotte
beschloss, die Zeit bis zu seiner Verabredung mit Lesen zu
verbringen. Schließlich streifte er sich sein Regenzeug samt
Mütze über und machte sich auf den Weg. Der Regen hatte
zwar nachgelassen, aber trocken würde er es nicht zu Finn
schaffen. Aber immerhin war das hier eine Nordseeinsel. Da
musste man mit einem anständigen Regenguss genauso
rechnen, wie mit Wind, Sturm und Wellen.

Sprotte lief durch den Regen die Treppe zum Unterland
hinunter und stand kurz darauf vor dem Haus der Familie
Flensen. Er klingelte. Ein gutgelaunter Finn öffnete ihm und
freute sich mehr als deutlich, dass seine neue Bekanntschaft

der Einladung gefolgt war. Schnell stülpte er sich Stiefel über die Füße, die zweifellos für das Tragen bei schlimmstem Wetter gemacht waren.

Sprotte betrachtete den Rest von Finns Regensachen.

Er trug eine dicke Hose mit breiten, auf dem Rücken über Kreuz verlaufenden Trägern und die Jacke, die er vom Haken nahm, machte einen ähnlich stabilen Eindruck. Der Gipfel war aber der Hut, den Finn sich zum Abschluss aufsetzte. Die Krempe klappte an der Stirn nach oben und reichte im Nacken bis über den Jackenkragen hinaus. Ein echter Südwester!

Bei diesem Anblick kam Sprotte sich mit seiner eigenen Regenkleidung, die er sonst zu Hause beim Radfahren trug, ziemlich mickerig vor.

„So! Fertig!", sagte Finn. Er schob Sprotte nach draußen und rief zum Abschied einen Gruß nach drinnen. Dann zog er die Tür hinter sich zu.

„War noch jemand bei dir zu Hause? Hätte ich da nicht zumindest mal guten Tag sagen sollen?", fragte Sprotte.

Entschieden schüttelte Finn den Kopf. „Nein, auf gar keinen Fall! Meine Ooti ist da und die fragt am Ende noch, was wir vorhaben. Sowas macht hier übrigens sonst niemand. Angeblich ist es ganz egal, was wir machen: Irgendjemand wird uns irgendwo schon gesehen haben. Zumindest denken die Erwachsenen das."

Sprotte hingegen glaubte das sofort. Er war erst den dritten Tag hier, hatte aber bereits selbst das Gefühl, dass er keine zehn Meter weit kam, ohne jemandem zu begegnen, den er kannte.

„Ooti ist da anders", fuhr Finn fort. „Das muss wohl mit ein paar Sachen zusammenhängen, die mein Vater angestellt hat."

„Was ist denn eine Ooti?", wollte Sprotte wissen. Es klang nicht nach einem Namen, sondern eher nach einer Bezeichnung.

Finn sah ihn verdutzt an, bis ihm einfiel, dass er es ja nicht mit einem Einheimischen zu tun hatte. „Meine Ooti ist meine Großmutter. Wir sagen hier nicht Oma, wie ihr auf dem Festland, sondern eben Ooti. Das ist Halunder, also unser eigenes Helgoländer Friesisch. Aber los jetzt. Je schneller wir den Kringel hinter uns lassen, desto besser!"

Kringel? Sprotte wäre nicht Sprotte gewesen, hätte er Finn nicht umgehend Löcher in den Bauch gefragt.

„Das ist der Bombentrichter auf dem Mittelland. Der Abschnitt hinter der Anhöhe wird aber auch oft ‚Kringel' genannt. Es kommt darauf an, wen du fragst. Für mich ist der Kringel aber das hier."

Vor ihnen lag ein großes, kreisrundes Gelände, gleich daneben sah Sprotte das Krankenhaus. Sie überquerten die Straße und folgten dem Pfad durch den Kringel auf die Anhöhe.

„Den haben wir den Engländern und ihrer Sprengung zu verdanken", sagte Finn brummelnd. „Nach dem Krieg wollten sie alle militärischen Anlagen zerstören und haben das mit dem sogenannten ‚Big Bang' versucht."

„Aber wirklich geklappt hat das nicht, oder?", warf Sprotte ein. Vom „Big Bang" hatte er schon gehört. „Helgoland steht ja noch."

„Lass dir da mal nichts erzählen. Man wollte ja nicht gleich die ganze Insel sprengen. Wenn es soweit gekommen wäre, hätte sich in England wahrscheinlich niemand beschwert, aber das eigentliche Ziel waren die Anlagen. Und das haben sie wohl geschafft. Schöner Mist!"

„Warum?"

„Weil ich mir diese Bunker gerne einmal von innen angeguckt hätte! So viel gibt es hier nun auch nicht zu sehen, und mal ehrlich: So ein echter alter Bunker, und dann mit dem ganzen Kram, der dazu gehört, den Geschützen, Munitionskammern und so ... Das wäre doch mal was!"

Sprotte verzog das Gesicht. Seine Faszination hielt sich in

Grenzen. „Ich bin nicht so unbedingt ein Freund von allem, was sich unter der Erde befindet", sagte er und hoffte, dass Finn ihm diese Zurückhaltung nicht übel nahm. Doch der hatte das anscheinend gar nicht gehört. Stattdessen erklärte er weiter, wie es zum Kringel gekommen war.

„Auf jeden Fall hat man damals einen Riesenhaufen Sprengstoff in die Luft gejagt, um es mal vorsichtig auszudrücken. 6.700 Tonnen! Die größte nicht-nukleare Sprengung aller Zeiten! Und hier an der Südspitze ist der Druck dann zur Seite ausgebrochen. Die Gesteinsmassen rutschen ab und zack! Fertig war das Mittelland. Tja, unverhofft kommt oft."

Sie erreichten den Kamm der Anhöhe und schauten auf die Südküste hinab. Riesige Betongebilde, die Tetrapoden, lagen dicht an dicht an der Uferlinie und brachen die heranrauschenden Wellen. Wände aus Wasser zerplatzten an ihnen, schlugen schäumend über die Uferbefestigungen und strömten dann zurück ins Meer.

Angesichts der Wucht und der Energie dieser Naturgewalten, fühlte Sprotte sich mit einem Mal sehr klein. Auf dem Pinneberg hatte er sich ein paar Stunden zuvor ein ganz anderes Bild gemacht.

Er folgte Finn den Hang hinunter, bis sie vor einer Absperrung standen. Es war ein großes, dreiteiliges Gittertor, das sich vom senkrecht aufragenden Felsen auf der rechten, bis über die Brandungsmauer auf der linken Seite erstreckte. Dort reichte es weit über die Mauer hinweg und verhinderte so jeden Versuch, es zu umgehen. Um die Abschreckung komplett zu machen, war der gesamte äußere Rahmen des Gitters von eisernen Dornen gesäumt.

„Und jetzt?", fragte Sprotte.

Weiter kam man hier offensichtlich nicht. Und die Schilder, die an dem Tor hingen, deuteten darauf hin, dass das auch genauso gedacht war. Gleich drei Institutionen hatten Verbotsschilder aufgehängt. Die oberste

Naturschutzbehörde des Landes Schleswig Holstein, das Wasser- und Schifffahrtsamt Tönning und die Gemeinde Helgoland vertreten durch den Bürgermeister. Alle argumentierten ein wenig anders, wollten aber hauptsächlich auf eines hinaus: Nämlich, dass man jenseits des Tores absolut nichts zu suchen hatte. Weswegen also waren sie hier?

„Der beste Platz zum Wellenducken ist etwa fünfzig bis hundert Meter in die Richtung", sagte Finn und strahlte dabei über das ganze Gesicht.

Sprotte beobachtete die Wellen, die geradewegs auf die Küste zurollten und auf die Betonmauer einschlugen. Jede Woge schien größer zu sein als ihre Vorgängerin. Ein stetes Donnern und Rauschen erfüllte die Luft.

Wer hatte vorhin auf dem Oberland eigentlich diesen Unsinn gefaselt, dass die Wellen gar nicht so schlimm aussahen?

„Und was ist mit dieser Absperrung? Es sieht so aus, als wäre es verboten, hier durchzugehen.", sagte Sprotte.

„Jaaaaaa", sagte Finn etwas gedehnt. „Theoretisch ist das natürlich richtig und es gibt tatsächlich Leute, die meinen, dass man sich von diesem Abschnitt der Insel fernhalten sollte, ja ..."

„Und praktisch?"

„Praktisch habe ich das hier, um mich damit nicht weiter zu befassen." Finn holte etwas hervor, das wie ein langer und breiter Gürtel aussah. Flugs legte er ihn um die äußere Strebe des Gitters, so dass beim Schließen eine große Schlaufe entstand. Bevor Sprotte noch etwas sagen konnte, stemmte Finn die Füße gegen die Betonkante, lehnte sich mittels des Gürtels über das Wasser hinaus und schwang einmal um die Absperrung samt ihrer Dornen herum. Nur einen Augenblick später, grinste er ihn von der anderen Seite des Gitters an. „Na also, funktioniert bestens. Tüm hoog! Und jetzt du!", sagte er.

Sprotte zögerte. Er wollte später einmal zur Polizei und da war es für ihn eigentlich selbstverständlich, dass man sich an solche Verbotsschilder hielt. Außerdem vermied man damit unnützen Ärger, wie zum Beispiel im Dunkeln in engen Rohren eingesperrt zu werden.

Andererseits wollte er vor Finn nicht als Spaßbremse dastehen, die sich nichts traut. Das wäre kein guter Start für eine Freundschaft. Außerdem könnte Finn beleidigt sein, weil er den Schritt ja schon gemacht hatte. Also griff hier Onkel Mattis Regel Nummer eins: „Du trittst niemandem auf Helgoland auf die Füße!" Still vergnügt grinste Sprotte in sich hinein. Finn war unbestritten ein Helgoländer und ihn jetzt auf der anderen Seite der Absperrung einfach hängen zu lassen, wäre schon deutlich mehr, als das, was er laut Onkel Matti vermeiden sollte.

Beherzt griff er nach dem Gürtel und schwang sich herum.

„So!", sagte er und grinste Finn an. „Wenn wir jetzt erwischt werden, dann zusammen. Und so allmählich will ich wissen, was es mit dem Wellenducken auf sich hat."

Finn strahlte von einem Ohr zum anderen und rieb sich die Hände. „Erwischt werden! Pah! Nicht bei diesem Wetter! Da kommt hier keiner raus", sagte er.

Sie drangen weiter in den verbotenen Bereich ein. Links war die Brandungsmauer, über die immer wieder Gischt spritzte, manchmal sogar ein ganzer Schwall aufgewühlten Seewassers. Rechts davon war ein schmaler Grasstreifen, auf dem sie liefen. Dieser ging fast unmittelbar in ein Geröllfeld über, das sich bis zu den steil aufragenden Felsen hinweg zog. Von dort aus wurde es anscheinend regelmäßig durch abrutschendes Gestein mit Nachschub versorgt. Misstrauisch sah Sprotte die Felswand empor.

Irgendwann blieb Finn stehen und kletterte auf den unteren Teil der Brandungsmauer.

Die Mauer war an ihrer Innenseite wie ein grosses L gebaut, so dass Finn dort bequem stehen und einen Blick auf die nahenden Wellen werfen konnte. Er winkte Sprotte, ihm zu folgen. Der tat wie ihm geheißen und hockte sich zu seinem neuen Freund hinter den brüchig wirkenden Beton.

„Das Spiel ist denkbar einfach!", sagte Finn. Er freute sich und spähte kurz über die Mauer. „Wir haben perfekte Bedingungen. Sturm aus West und richtig schöne Wellen, die genau auf uns zugerollt kommen. Also: Wir stehen auf und warten bis die Welle kommt. Und kurz bevor sie uns trifft, ducken wir uns. Wellenducken eben. Ganz einfach!"

Ein leiser Zweifel beschlich Sprotte. Das war alles? Dafür riskierten sie hier erwischt zu werden und richtig Ärger zu bekommen? Trotzdem stand er auf und stellte sich neben Finn, der es offensichtlich kaum erwarten konnte.

Der erste Brecher rollte heran!

Eine Wand aus Wasser kam ihnen entgegen! Die Welle musste mindestens vier Meter hoch sein, vielleicht sogar höher! Und je näher sie kam, desto weiter schien sie zu wachsen! Der Wellenkamm beugte sich wie ein schäumendes Ungeheuer auf sie herab und Sprotte spürte, wie er selbst immer kleiner wurde.

Er erinnerte sich an etwas, das er über Tsunamis gelesen hatte. Dass deren zerstörerische Kraft vor allem darauf beruhte, dass sie in flachem Wasser immer gewaltiger wurden. War der Grund direkt vor der Insel wirklich *so* flach? Sprottes Magen zog sich zusammen. Nervös sah er zur Seite.

Finn stand kerzengerade da und grinste wie ein Honigkuchenpferd.

Egal! Sprotte ging hinter der Mauer in Deckung.

Eine Sekunde später saß auch Finn neben ihm und ein ganzer Schwung Wasser spritzte über sie hinweg.

„Was machst du denn schon hier?", frotzelte Finn. „So schnell sind diese Viecher auch wieder nicht. Ein bisschen länger kannst du ruhig stehen bleiben."

Sprotte war sich nicht sicher, ob Finns Äußerungen nun

Kritik oder Ermutigung waren. Wahrscheinlich beides. Sie standen wieder auf und warteten auf die nächste Welle. Dieses Mal duckte er sich nur Sekundenbruchteile, bevor Finn ebenfalls in Deckung ging.

„Nicht schlecht!", lachte Finn. „Tüm hoog! Weiter so!"

Welle auf Welle stürzte sich über sie und die Mauer hinweg und Sprotte war mit seinem Regenzeug mehr als zufrieden. Den Härtetest „Wellenducken" hatte es bis jetzt gut überstanden. Langsam aber sicher bekam er ein Gefühl für die Wellen. Immer besser konnte er sie „lesen" und abschätzen, wie schnell sie waren, ob sie früh brechen und nur Spritzwasser bringen würden oder ob es eine Sturzsee war, die sich bis zum Schluss aufrecht hielt und dann mit aller Macht über die Mauer donnerte. Aber immer noch duckte Finn sich jedes Mal ein wenig später.

Sprottes Ehrgeiz war geweckt.

Natürlich war es Unsinn, einen Wettbewerb daraus zu machen. Trotzdem! Nur einmal, wenigstens einmal, wollte er länger stehenbleiben als Finn. Schon rollte der nächste Brecher heran.

„Oha!", rief Finn. „Aufpassen! Das wird ein guter!"

Doch dieser Hinweis war gar nicht mehr notwendig. Sprotte sah auch so, was da auf sie zukam. Mittlerweile hatte er genau genug beobachtet, um sicher zu sein, dass die größte Welle des Tages auf sie zuraste. Ein echtes Monster! Und es kam im Sprint auf sie zu!

In seinen Ohren rauschte es. Für einen Moment bildete er sich ein, das Knirschen zu hören, das der Brecher auf dem Meeresgrund verursachte. Der Wind heulte, zerrte an ihm und schnitt ihm eiskalt ins Gesicht. Diese Welle war mächtig. Sie türmte sich haushoch auf, bis ihr weißer Kamm sich quälend langsam auf sie hinab neigte. Nur noch einen oder zwei Meter, so kam es Sprotte zumindest vor, doch er blieb stehen. Er achtete nicht mehr darauf, was Finn tat. Er wollte einfach nur stehen bleiben.

Nur noch eine Sekunde, eine noch ... Vielleicht noch eine halbe ...

„Oh, da hol mich doch der ... Runter jetzt!", brüllte Finn, aber es war zu spät! Er wollte Sprotte noch mit nach unten ziehen, doch seine Hand glitt an dem nassen Regenzeug ab.

Der Brecher traf Sprotte mit voller Wucht! Eine riesige Faust aus Wasser hämmerte ihm auf die Brust und warf ihn nach hinten. Alle Energie, die in der Welle gebündelt war, erfasste ihn schlagartig und drang in ihn ein. Seine Schuhe verloren den Kontakt mit dem Boden und er fühlte, wie er abhob.

Er konnte fliegen!

Für eine bizarre Sekunde schwebte er in der Luft, dann stürzte er und prallte hart auf dem Geröllfeld auf. Die Reste des Brechers schwappten über ihn hinweg und ließen ihn in einer riesigen Pfütze aus eisigem Nordseewasser zurück.

Die Wucht der Welle hatte ihm die Kapuze samt Mütze vom Kopf gerissen und seinen Kragen arg in Mitleidenschaft gezogen. Er spürte, wie am Hals das kalte Wasser langsam in seine Kleidung eindrang und sich in seinem Nacken sammelte. Er hustete und spuckte.

Dann war Finn neben ihm.

„Ist dir was passiert? Mann! Bei so einem Ding so lange stehen zu bleiben! Du musst doch völlig bescheuert sein!" Finns Gesichtsausdruck ließ keinen endgültigen Schluss zu, ob er nun wütend oder beeindruckt war.

Mühsam rappelte Sprotte sich auf. Als er wieder auf den Beinen war, eroberte das kalte Wasser auch den Rest seiner Kleidung. Pulli, T-Shirt, Hose ... Nicht mehr lange und er würde erbärmlichst frieren. Er schüttelte seine Mütze aus und dicke Tropfen spritzten durch die Gegend. Sprotte setzte sie wieder auf und ein feines Rinnsal lief in seinen Nacken. Er erschauerte.

Doch eins war sicher: „Ich stand länger als du!", sagte er und boxte Finn gegen die Schulter.

Der lachte nur, erleichtert, dass seinem neuen Freund nichts passiert war. „Du hast wirklich einen an der Klatsche!"

„Aber: Ich stand länger als du!" Ganz egal, wie durchnässt er war, diesen kleinen Triumph wollte er auskosten.

„Ja! Und trotzdem hast du einen mächtigen Sockenschuss. Wir gehen jetzt erstmal zu mir nach Hause und legen dich trocken."

Sprotte schniefte und versuchte, die Kälte zu ignorieren. „Vielleicht sollte ich lieber direkt nach Hause gehen. Da kann ich mich dann gleich unter die heiße Dusche stellen."

„Ja, und dein Onkel bekommt aus erster Hand mit, was du angestellt hast. Nein, nein. Du kommst mal schön mit zu mir. Warmes Wasser haben wir auch. Deine Sachen stopfen wir in den Trockner und dann überlegen wir uns eine Ausrede, falls dein Onkel Fragen stellen sollte."

Mit einem ersten Zittern zeigte Sprotte einen erhobenen Daumen. „Tüm hoog", sagte er bibbernd. „Aber was wird deine Ooti sagen?", fragte er, doch Finn winkte nur ab.

„Ich werde mir wahrscheinlich ein bisschen was anhören müssen, weil ich dich zu einem solchen ... also, zu sowas hier überredet habe, aber danach hält sie dicht. Die kennt mich ja zur Genüge!

Und außerdem - wenn man patschnass ist, getrocknet und aufgewärmt werden muss, weil einen gerade die böse Nordsee erwischt hat, dann gibt es niemanden, den man lieber um sich haben will, als meine Ooti!"

In Rekordzeit brachten sie den Rückweg hinter sich.

Sprotte lief so schnell er konnte, doch es half nichts. Kälte und Nässe waren tief in ihn eingedrungen und ließen ihn unkontrolliert erzittern. Er sah aus, als hätte man ihm gerade eben einen Eimer Wasser über den Kopf gegossen. Von allen Säumen und Aufschlägen tropfte es und wären die Wege nicht ohnehin schon nass gewesen, hätte er zweifellos eine Spur aus Pfützen hinterlassen.

Vor der Haustür fingerte Finn umständlich an seinem Ölzeug herum. „Verflixt!", sagte er leise, als sich irgendetwas verhedderte und er den Schlüssel fallen ließ.

„Mach schon", sagte Sprotte und klapperte mit den Zähnen.

Endlich war die Tür offen. Sprotte sprang hinein und riss sich die nassen Klamotten vom Leib.

Finn schloss die Haustür und hängte seinen Südwester an die Garderobe. Im selben Augenblick öffnete sich die Tür zum Wohnzimmer und eine kleine und sehr resolut aussehende, ältere Frau erschien.

„Finn Fabian Flensen! Was um alles in der Welt hast du wieder ..." Unvermittelt brach sie ab. Kurz und knapp musterte sie die Jungen und fasste vor allem Sprotte näher ins Auge. „Ach herrje", sagte sie und warf Finn einen missbilligenden Blick zu.

Der trat die Flucht nach vorne an. „Hallo Ooti!", rief er fröhlich. „Wir sind wieder da!"

„Ja, das sehe ich." Sie schüttelte den Kopf. Ein unausgesprochenes „Oh, dieser Junge!", hing in der Luft.

„Das ist übrigens ein neuer Freund von mir. Er heißt Sprotte und will später einmal Wellenbrecher werden", sagte Finn.

Sprotte unternahm einen bibbernden Versuch, seinen Berufswunsch klarzustellen, doch Ooti unterbrach ihn.

„Ich kenne dich zwar nicht, aber hier erfriert keiner. Schon gar nicht, wenn er offensichtlich von meinem sauberen Herrn Enkel zu fürchterlichem Blödsinn angestiftet wurde."

„Ach Ooti, wir haben doch nur ein bisschen ..."

„Kein Wort mehr! Raus aus dem Ölzeug und ab in die Küche. Du setzt Teewasser auf, während ich dem jungen Mann hier erst einmal etwas Trockenes zum Anziehen raussuche. Der holt sich ja sonst noch den Tod."

Ootis Stimme ließ keinen Widerspruch zu. Sie brummte irgendetwas nur halbwegs Verständliches, das nach „eigentlich zu alt für solchen Blödsinn" klang.

Finn verschwand mit einem Augenzwinkern in der Küche und Sprotte fand sich kurz danach neu eingekleidet im Wohnzimmer wieder. Der Jogginganzug war zu groß, aber er war warm und sehr weich. Seine Füße hatte Ooti in dicke Wollsocken gestopft. Sprotte hielt das für übertrieben, aber sein Widerstand blieb erfolglos. Die Frau wusste, was sie wollte. Und sie wusste, was sie tat, das musste Sprotte ihr lassen.

Die Kälte verließ seinen Körper und eine angenehme Trägheit bemächtigte sich seiner, während er sich an einem heißen Becher die Hände wärmte. Mit einem wohligen Seufzen blies er in den dampfenden Tee.

„Muss ich fragen, was ihr angestellt habt?", fragte Ooti.

Finn schüttelte den Kopf. „Nö, nicht wirklich."

„Na, ich kanns mir denken. Sag mir wenigstens, dass ihr an der Südküste geblieben seid ..."

„Aber das geht doch gar nicht mehr! Mit den ganzen Tetrapoden und so, da gibt's doch keine freie Stelle, wo die Wellen mal durchkommen können!"

„Du bist also wieder über den Zaun geklettert?"

„Geklettert nicht gerade", sagte Sprotte. „Wir sind da eher so drum herum ..."

Er wollte es noch näher ausführen, verstummte aber, als Ootis Blick ihn in etwa so heftig traf, wie zuvor die Welle.

„Ich habe mich ja immer gefragt, wer der größere Rabauke ist. Mein Sohn oder mein Enkel. Aber wenn der jetzt auch noch Verstärkung bekommt ..." Wieder schüttelte sie den Kopf. Aber ein leises Lächeln konnte sie sich dann doch nicht verkneifen. „Lassen wir das", sagte sie schließlich. „Deine Sachen sind im Trockner. Ein wenig wird es aber noch dauern, bis du damit nach Hause kannst."

Die Wartezeit war Sprotte egal.

Er freute sich, dass ihm wieder warm wurde und lümmelte gemeinsam mit Finn auf dem Sofa. Ooti stellte ihnen obendrein noch ein paar Kekse hin, was Finn mit einem strahlendem „Du bist doch einfach die Beste!", kommentierte.

„Was ist das eigentlich auf deiner Stirn?", fragte Sprotte Finn. Er zeigte auf die Narbe, die ihm schon bei ihrer ersten Begegnung auf der Düne aufgefallen war. „Die sieht ja dramatisch aus."

„Das war eine tolle Geschichte!", sagte Finn. „Als ich noch klein war, hab ich immer gerne Handstand auf dem Badewannenrand gemacht und ..."

Sprotte ließ seinen Keks fallen und sammelte ihn schnell wieder auf. „Handstand? Auf dem Badewannenrand? Am besten, während du gebadet hast?"

„Ja, klar. Wann denn sonst? Hat ja auch immer geklappt."

„Lass mich raten: Bis auf einmal, da bist du dann abgerutscht."

„Nicht nur das", sagte Ooti. „Er ist erst mit der Stirn und anschließend mit der Schulter auf dem Wannenrand aufgeschlagen. Eine schlimme Platzwunde, die fürchterlich geblutet hat. Eine schöne Bescherung war das!"

„Ich sag's ja, eine tolle Geschichte. Das Bad sah aus wie in einem Horrorfilm. Ach ja, und das Schlüsselbein habe ich mir dabei auch gebrochen."

„Gut gemacht! Machst du sowas öfter? Ich meine, dann kann ich notfalls rechtzeitig in Deckung gehen."

Finn winkte ab. „Ach was, ich bin ja harmlos. Mein alter Herr hat da noch ganz andere Sachen abgezogen. Als er seine Lehre gemacht hat, kamen gerade diese Nagelpistolen auf. Die eignen sich hervorragend, um damit auch auf einige Entfernung Nägel in Wände zu schießen. Er hat das natürlich ausprobiert."

„Da war er aber nicht der Einzige!", sagte Ooti.

„Jaaaaa", seufzte Finn. „Ich bin ein fürchterlicher Junge,

ich weiß. Auf jeden Fall wollte mein Vater wissen, wie schnell er ziehen konnte. Blöderweise ist das Ding dabei losgegangen."

„Und hat er getroffen?"

„Jep! Einen Gesellen, den er ohnehin nicht besonders leiden konnte. Ein sauberer Treffer in den Allerwertesten. Viel besser war aber die Geschichte, als er von der Düne zurück auf die Insel schwimmen wollte."

„Das war eine ganz furchtbare Geschichte!" Ooti schüttelte den Kopf und man konnte ihr ansehen, dass allein die Erinnerung an diese Episode sie erschauern ließ.

„Die Strömung in der Reede ist ziemlich stark und kann einen leicht aufs Meer hinausziehen. Das ist lebensgefährlich! Zum Glück hatte er ein paar Freunde, die ihn davon abgehalten haben. So machen das Freunde nämlich, mein lieber Finn! Sie halten einander von Dummheiten ab und stacheln sich nicht gegenseitig dazu an!"

Statt einer Antwort warf Finn Sprotte einen verschwörerischen Blick zu. Die Jungen knufften sich in die Schulter. Zu Dummheiten anstacheln, klang irgendwie vielversprechend.

„Nicht zu vergessen, dass dein Vater einmal fast die ganze Straße in die Luft gesprengt hätte!"

„Wie bitte?"

Sprotte merkte, wie ihm ein Schluck Tee über den Becherrand schwappte. Wenigstens hatte er dieses Mal keinen Keks in der Hand. Es wäre ihm peinlich gewesen, wenn er das Sofa noch weiter vollgekrümelt hätte.

„Jetzt übertreibst du aber, Ooti", sagte Finn. „Da war doch gar nichts los."

„Er ist immerhin mit einer Bombe auf dem Arm durch die Straße spaziert und hat allen ganz stolz gezeigt, was er gefunden hat. So, als ob nichts wäre. Da hätte sonst was passieren können!"

„Eine Bombe?" Sprotte stellte vorsichtshalber den Becher auf den Tisch.

„Vermutlich war es gar keine Bombe. Nach dem, was Papa mir erzählt hat, war es wohl eher eine Flakgranate. Eine Fliegerbombe hätte er gar nicht tragen können. Aber wäre das Ding tatsächlich hochgegangen, säßen wir jetzt nicht hier."

„Und wo hatte er die Bombe, oder was es auch immer war, her?"

„Gefunden", sagte Finn knapp. „Das ist ja schon ein bisschen her, da lag hier noch überall alte Munition rum. Ich hab selbst auch schon mal welche gefunden", sagte er und in seiner Stimme schwang etwas Stolz mit.

„Eine ganze Kiste voller alter Patronen. Aber die war viel zu schwer, um sie einfach mitzunehmen. Also habe ich nur ein paar davon in die Hosentasche gesteckt. Blöderweise hat man mich erwischt und gezwungen, zu verraten, wo der Rest war.

Danach war natürlich alles weg. Und noch schlimmer: Es hatte so ausgesehen, als ob man von dort weiter in den alten Bunker reinkommen könnte. Aber nachdem die Munition weg war, habe ich da nichts mehr gefunden, was als Eingang getaugt hätte."

„Und das ist auch gut so!", sagte Ooti. „Selbst wenn da noch was übrig sein sollte, ist das kein Spielplatz, Finn Fabian Flensen! Wenn ich jemals hören sollte, dass du dich in so etwas herumtreibst, erlebst du ein Donnerwetter, das du niemals vergessen wirst!"

„Nichts darf man ..." Grummelnd und nach Unterstützung heischend sah Finn zu Sprotte herüber.

Aber der musste die unangenehmen Bilder unterdrücken, die bei dem Wort „Bunker" wieder in ihm aufstiegen. Schnell schüttelte er die Vorstellungen von engen Räumen und absoluter Dunkelheit ab.

Im Flur ertönte der Klingelton von Sprottes Smartphone,

die Titelmelodie aus ‚Indiana Jones'. Wahrscheinlich wollte Onkel Matti wissen, wann er zum Essen zurück sein würde. Just in diesem Augenblick verkündete im Keller ein leises Ping, dass der Trockner fertig war.

Sprotte wurde wieder gewahr, dass er ja geliehene Kleidung trug. Was für ein verrückter Nachmittag!, dachte er. Auf Helgoland war mehr los, als er gedacht hatte.

Viel mehr.

Kapitel 4
Die Bücherhalle

Arne Trabert schritt ein letztes Mal die Bücherregale ab. Er ging nicht mehr davon aus, dass er finden würde, wonach er suchte, aber diesen einen Versuch wollte er noch unternehmen. Blindlings griff er irgendein Buch aus dem Regal heraus, blätterte ein wenig darin herum und beobachtete seine unmittelbare Umgebung.

In der Bücherhalle herrschte reges Treiben. Bei diesem Trubel würde sich wenigstens niemand an ihn erinnern, schon gar nicht diese Bibliothekarin, die jede Frage mit dem Hinweis beantwortete, dass sie nur die Urlaubsvertretung war. Viele Kinder waren mit ihren Eltern da, vermutlich, um sich für die nächsten beiden Sturmtage mit Lesestoff einzudecken.

Arne brach seine Suche ab und verließ die Bücherhalle. Gemächlich schlenderte er die Kurpromenade zum Südstrand entlang, die Hände in den Taschen und die Nase im Wind. Das Bild eines entspannten Urlaubers, der sich nicht einmal aus dem zunehmend schlechter werdenden Wetter etwas machen wollte.

Doch in den Hosentaschen waren seine Hände zu Fäusten geballt und er atmete flach und schnell. Ein unangenehmes Kribbeln stieg in seinem Magen hoch und breitete sich im ganzen Körper aus. Der Optimismus, mit dem er auf der Insel angekommen war, hatte sich vollständig verflüchtigt.

„Verdammter Mist", sagte er leise und kickte ein kleines Steinchen durch die Gegend.

Am Südstrand blieb er stehen und sah auf den Spielplatz. Drei hängende Gebilde, die wie übergroße Vogelkäfige aussahen, fielen ihm auf. In jedem saß ein Kind und schaukelte fröhlich durch die Gegend. Arne lächelte und ließ sich für einen Moment von den Kindern ablenken.

Wenn er es genau betrachtete, hatte er drei Möglichkeiten, wie er weiter vorgehen konnte.

Er konnte natürlich warten und der Bücherhalle jeden Tag einen Besuch abstatten. Alles, was von dort kam, ging irgendwann auch wieder dorthin zurück. Aber wie lange würde das dauern? Im Zweifel zu lange.

Die zweite Möglichkeit bestand darin, nachts noch einmal wiederzukommen. Die Tür sah zwar stabil aus, würde aber für jemanden mit seiner Erfahrung kein Problem darstellen. Das war machbar, auch wenn es nicht seine bevorzugte Arbeitsweise war.

Der Computer am Schreibtisch der Bibliothekarin war die dritte Möglichkeit. Er war sicher, dass dieser Rechner über das Internet erreichbar war. Wahrscheinlich gab es irgendeine Art von Absicherung, aber er rechnete nicht damit, dass diese über eine handelsübliche Firewall hinausging. Einen Versuch war es auf jeden Fall wert.

Er kehrte in seine Unterkunft zurück und startete seinen Laptop. Das Gästenetzwerk ignorierte er und meldete sich stattdessen im Verwaltungsnetz des Hotels an. Den Zugangscode hatte er schon gleich am ersten Abend geknackt.

Bei seinen folgenden Aktivitäten gaukelte er vor, dass er der Rechner der Rezeption war. Er verschleierte seine Spur weiter, indem er den Datenstrom über mehrere ausländische Server steuerte, bis er schließlich digital in die Bücherhalle auf Helgoland zurückkehrte.

Mit einem Extra-Programm knackte er das Passwort des Rechners und rief die Datenbank der Ausleihe auf. Die richtige Liste hatte er schnell gefunden, aber zu seiner

Enttäuschung war dort nichts zu finden. Dreimal sah er die Aufstellung durch und setzte verschiedene Filter.

Diese Urlaubsvertretung war nicht nur wenig auskunftsfreudig, sie hing auch mit ihrer Arbeit hinterher. Das letzte Ausleihdatum lag laut Datenbank schon fast eine Woche zurück. Die gute Frau hatte sich wohl eher auf die Papierarbeit konzentriert und wollte den Computer erst später mit den Daten „füttern".

„Immer das gleiche", brummte er. Da war nichts zu machen. Er meldete sich von allen Systemen ab und trennte die Verbindungen. Also musste er doch auf die zweite Möglichkeit zurückgreifen, ob er wollte oder nicht.

Er klappte den Laptop zu und rief sich noch einmal den Eingang der Bücherhalle ins Gedächtnis. Für sein Vorhaben waren die Örtlichkeiten fast optimal.

Die Tür lag etwas zurück und war schlecht einsehbar. Unschön waren aber die Toiletten nebenan und vor allem der Nordosthafen mit seinen Segelbooten. Da war fast immer mit jemandem zu rechnen. Selbst mitten in der Nacht. Aber das musste er wohl als Restrisiko eingehen.

Nachdenklich sah er aus dem Fenster. Regentropfen klatschten an die Scheibe und eine einzelne Bö pfiff um das Haus. Vielleicht konnte der Sturm ihm weiterhelfen.

Er hatte deutlich an Stärke zugenommen und laut Wetterbericht würde es morgen sogar noch schlimmer werden. Erst in der Nacht vom zweiten auf den dritten Sturmtag rechnete man mit dem Höhepunkt. Aus aufgeschnappten Gesprächsfetzen, wusste er, dass es sogar soweit kommen konnte, dass man aufgefordert wurde, die Häuser nicht zu verlassen.

In den nächsten beiden Nächten würde also auf den Straßen nicht besonders viel los sein. Vor allem in der Zweiten. „Noch eine Nacht warten", sagte Arne. Dann könnte er aktiv werden, auch wenn ihm die Wartezeit nicht behagte.

Er holte eine kleine Tasche aus seinem Gepäck hervor und prüfte deren Inhalt. Der große Schraubenzieher sollte reichen. Die Zange konnte er noch als Reserve mitnehmen, aber er ging nicht davon aus, dass er sie tatsächlich brauchen würde.

Zuletzt griff er nach einer braunen Flasche und einigen Lappen. Würde er soweit gehen müssen? Wohl kaum. Es würde ihm schon niemand begegnen, den er betäuben müsste.

Aber diese Frau auf dem Schiff, die ihren kleinen Jungen so gegängelt hatte ... Er stellte sich vor, wie er ihr einen dieser Lappen auf Mund und Nase drückte und sie langsam immer stiller wurde. Er hätte dem Jungen so viel mehr an Ruhe verschaffen können.

Sprotte verbrachte den Sturm, so gut es ging, mit Lesen und Fernsehen. Beides gestaltete sich aber angesichts der Geräuschkulisse als schwierig. Das Heulen und Jaulen hatte zwar irgendwann nicht mehr so beängstigend geklungen, aber dadurch war es nicht leiser geworden.

Endlich hatte er sich durch den Anfang des ‚Herrn der Ringe' gekämpft und atemlos verfolgt, wie die Hobbits das erste Mal auf die schwarzen Reiter trafen.

In etwa zur gleichen Zeit, fielen ihm auch erstmals die Karten in die Hände, die den Büchern beigelegt waren. Eine kannte er aus den Filmen und eine weitere zeigte eine genauere Darstellung von Rohan und Gondor.

Und dann gab es noch eine dritte Karte, aus der er nicht schlau wurde.

Sie schien überhaupt nichts mit dem ‚Herrn der Ringe' zu tun zu haben. Sie war aus einem anderen Papier, gelblich und pergamentartig, und zeigte nur einen Umriss. Dafür war sie mit seltsamen Angaben und Beschreibungen übersät, die wie blanker Unsinn klangen.

Er zeigte Onkel Matti die Karte, doch auch der zuckte nur mit den Schultern.

Am Morgen des dritten Sturmtages besserte sich das Wetter endlich. Der Orkan flaute zu einem Sturm ab und verlor solange an Kraft, bis es nur noch „pustig" war, wie Onkel Matti sich gerne ausdrückte.

Gähnend trat Sprotte vor die Tür. Am liebsten hätte er sich direkt auf den Weg zur Bücherhalle gemacht. Er wollte nachzusehen, ob sich dieses gelbe Pergament in anderen Ausgaben des ‚Herrn der Ringe' ebenfalls fand. Aber zunächst war es Zeit, zum Bäcker zu gehen und Brötchen zu holen.

Ein mittlerer Menschenauflauf vor der Schule ließ ihn innehalten. Stirnrunzelnd beobachtete Sprotte, wie die Menge auf den Schulhof strömte.

Sein Magen knurrte. Eigentlich wollte er ja Frühstück holen. Aber seine Neugierde war stärker. Kurz hinter dem Tor kam ihm Wolfgang Kallmann breit lächelnd entgegen. „Das wird dir gefallen", sagte er. „Komm' mit und sieh es dir selbst an." Wolfgang lotste ihn durch die Menge und verschaffte ihm etwas Raum.

Sprotte traute seinen Augen nicht! Irgendjemand machte sich hier ganz sicher einen Spaß, um sturmgeschädigte Touristen auf den Arm zu nehmen! Er trat einen Schritt an das Objekt heran, das auf dem Asphalt lag und dort absolut nicht hingehörte.

Vor ihm auf dem Schulhof lag ein Fisch!

Ungläubig drehte er sich zu Wolfgang um.

„Echt jetzt?", sagte er zögernd.

Wolfgang nickte. „Ich kann es selbst kaum glauben."

„Soll das heißen, dass dieser Fisch vom Sturm aus dem Wasser heraus, erst fünfzig Meter hoch in die Luft und dann auch noch mehrere hundert Meter weit auf die Insel, bis hierhin ‚geweht' wurde?"

Wolfgang hob entschuldigend die Hände. Man sah ihm die

Erklärungsnot an. „Zugegeben", sagte er. „Das passiert nur sehr, sehr selten."

Das machte die Angelegenheit für Sprotte nicht glaubhafter. Hinter ihm kam Unruhe auf, weil sich jemand durch die Menge drängelte.

Etwas rüpelhaft schob Finn sich in die erste Reihe, bis er neben Sprotte stand.

„Ist es wahr?", sagte er.

„Wenn du das da meinst", sagte Sprotte und zeigte auf den Fisch, „dann lautet die Antwort: Ja."

„Ist ja der Hammer!" Finn holte sein Smartphone hervor und machte ein Foto. „Ich hab hier ja schon eine Menge irrer Sachen gesehen. Gerade bei Sturm! Manche stellen dann ja die verrücktesten Dinge an", sagte er und zwinkerte Sprotte schelmisch zu. „Aber ein Fisch, der auf den Schulhof geweht wird - das ist neu!"

„Das ist doch bestimmt ein Scherz", sagte Sprotte und beobachtete wie sein Widerspruch auf Finn wirkte. Er suchte nach Anzeichen, die ihm verraten würden, dass sein Helgoländer Kumpel vielleicht etwas damit zu tun hatte und sich alles nur als ein Scherz für die Touristen herausstellte. Doch Finn sah ihn nur verständnislos an.

„Ein Scherz? Nee! Echt nicht! Und wenn du das nicht glaubst, dann guck mal da oben hin." Finn zeigte auf die Spitze des Kirchturms. „Da kannst du sehen, was so ein Orkan bewerkstelligen kann. Und bevor du die Frage stellst: Von uns ist keiner hochgeklettert, um den Kram da festzutüddeln."

Sprotte blinzelte ins Zwielicht und hatte zum zweiten Mal an diesem Morgen ein Problem, seinen Augen zu trauen.

An der Spitze des Kirchturms hatte sich offensichtlich etwas Seetang verfangen und flatterte nun wie eine zerfetzte Fahne in den letzten Resten des Sturms. „Unglaublich", murmelte er.

Finn knuffte ihn freundschaftlich in die Seite. „Die

perfekte Beschreibung für Helgoland! Ich muss leider gleich wieder los. Papa will mich in der Werkstatt haben weil er wegen eines Notfalls weg muss. Wir sehen uns später. Ich ruf dich an!"

Beim Bäcker traf Sprotte Lina und zwei andere Bekannte seines Onkels, an deren Namen er sich trotz aller gedanklichen Anstrengungen, nicht mehr erinnern konnte. Auch dort waren der Fisch und der Seetang Gesprächsthema Nummer eins. Alle schwebten irgendwo zwischen Faszination und Entsetzen und die Helgoländer bildeten dabei keine Ausnahme.

So schwer es Sprotte auch fiel: Er musste wohl oder übel davon ausgehen, dass es sich hier tatsächlich um „echte" Sturmfolgen handelte und nicht um eine Art „fortgeschrittenes Seemannsgarn", das für Touristen gesponnen wurde.

„Wollen wir nach dem Frühstück auf die Düne fahren?", fragte Onkel Matti. „Bei dem Sturm ist der Strand bestimmt gut durchgepflügt worden. Beste Bedingungen, um Donnerkeile zu finden."

Sprotte lächelte. Zwischen ihnen war ein Wettbewerb entstanden, wer mehr von den versteinerten Tentakeln fand. Anfangs war Sprotte ziemlich erfolglos gewesen, bis Onkel Matti ihn darauf hingewiesen hatte, dass ein Donnerkeil oft wie eine kleine Granate aussah. Von da an war Sprottes Erfolgsquote in beachtliche Höhen geschossen.

„Gut Idee!", sagte Sprotte. „Ich würde aber gerne erst noch Linas Bücher abgeben."

„Wie du meinst", sagte Onkel Matti und schenkte sich Kaffee nach. „Ich kann ja schon mal vorfahren und du musst eben sehen, wie du meinen Vorsprung aufholst."

„Moment!", sagte Sprotte. „Das ist unfair!"

„Okay." Onkel Matti lächelte. „Ich packe meine Sachen ganz langsam. Also beeil dich lieber ..."

Sprotte schnappte sich die beiden Bücher und stürmte los. Den Frühstückstisch überließ er ungefragt seinem Onkel. Das würde ihm noch ein bisschen Zeit verschaffen!

In rekordverdächtigem Tempo brachte er den Weg zur Treppe hinter sich und stürzte sie herunter. Fast hätte er dabei die letzte Stufe übersehen. Sein Fuß trat ins Leere, er strauchelte und gewann erst in allerletzter Sekunde sein Gleichgewicht zurück.

Ein einzelner Schweißtropfen lief seinen Nacken herunter. Sprotte atmete tief durch. Nun mal ganz langsam, ermahnte er sich selbst. Er war in den Ferien und er hatte Zeit. Viel Zeit.

Aber andererseits wollte er Onkel Matti auch nicht einfach gewinnen lassen! Er rannte weiter, bog zur Bücherhalle hin ab - und kam abrupt zum Stehen.

Rund um den Eingangsbereich war eine Absperrung aufgebaut. Zuerst dachte er an Reparaturarbeiten.

„Bestimmt irgendein Sturmschaden", sagte er und grummelte leise vor sich hin. Kein Wunder, dass hier was kaputt gegangen war. Wenn der Seetang schon bis an die Kirchturmspitze flog.

Sprotte ging die Absperrung entlang und suchte nach einer Lücke. Vielleicht gab es ja einen Durchgang und die Bücherhalle war trotz der Arbeiten geöffnet. Vor dem Eingang stand ein blau lackierter Handkarren, mit der Aufschrift „H. Flensen - Inseltischlerei Helgoland".

Sprotte reckte den Hals, um über die Absperrung hinweg sehen zu können. Aber der Eingang lag soweit zurück, dass er nicht einsehbar war. Schließlich bewegte sich doch etwas. Eine Polizistin kam aus der Bücherhalle! Sie war jung und ein langer blonder Zopf kam unter der Dienstmütze zum Vorschein. Konzentriert machte sie sich ein paar Notizen auf einem kleinen Block, drehte sich noch einmal zur Tür hin um, als müsste sie etwas überprüfen und kritzelte dann weiter.

Wie angewurzelt blieb Sprotte stehen. Wenn sogar die Polizei hier war, musste es erhebliche Schäden geben. Wahrscheinlich war man aus Sicherheitsgründen gezwungen, abzusperren.

Scheinbar gemächlich umrundete er den kleinen, flachen Bau. Am Gebäude selbst war nichts zu entdecken. Dafür aber etwas anderes.

Durch die großen Fenster des Lesesaals konnte er drei Personen gut erkennen. Eine Frau unbestimmbaren Alters in zivil und zwei Polizisten. Blankenburg und eine ebenfalls noch jüngere Beamtin, mit dunklen Haaren.

Die Polizei war gleich mit drei Leuten angerückt! Das konnte keine Lappalie sein! Sprottes Herz begann schneller zu schlagen!

Hier hatte ein Verbrechen stattgefunden!

Diese Erkenntnis durchzuckte ihn wie ein Stromstoß und löschte alle Gedanken an das gelbe Pergament oder an die Düne. Sollte Onkel Matti ruhig seinen Vorsprung an Donnerkeilen ausbauen. Das hier war mit Sicherheit spannender!

Er versuchte, aus den Gesten herauszulesen, was passiert war, aber die beiden Polizeibeamten rührten sich so gut wie gar nicht, sondern nickten nur von Zeit zu Zeit.

Anders als die Frau, die vermutlich die Bibliothekarin war. Die wirkte sehr aufgebracht und ratlos.

Wie es den Anschein hatte, stellte ein zusehend ungeduldig werdender Blankenburg immer wieder Fragen, die sie mit Schulterzucken oder Kopfschütteln beantwortete.

Doch so war nichts herauszufinden. Sprotte beendete seine Runde und war schnell wieder beim Eingang angekommen. Er musste eine gefühlte Ewigkeit warten, bis wenigstens Gesprächsfetzen zu hören waren.

Blankenburgs Stimme dröhnte, so als wollte er sich größer machen, als er tatsächlich war. „Na Hanke? Was sagt der Fachmann dazu?"

Die Antwort war ein Brummen. Sprotte musste angestrengt lauschen, um zumindest ein paar Brocken zu verstehen. Ein furchtbares Genuschel.

Schließlich drangen doch noch Wortfetzen zu ihm durch, die wie „sauber aufgehebelt" klangen. Dann folgte wieder unverständliches Gemurmel. Der Sprecher musste den Kopf in eine ungünstige Richtung gedreht haben. Kurz darauf wurde es wieder klarer.

„Fast schon fachmännisch gemacht. Aber der Beschlag ist hin und den muss ich erst bestellen. Bis dahin kann man die Tür nur verschrauben."

„Aber dann kommt ja keiner mehr rein, du Experte!", sagte Blankenburg.

Die beiden Männer traten aus dem Eingangsbereich heraus. Endlich konnte Sprotte sie deutlich hören und sehen. Der eine war wie erwartet Robert Blankenburg, der andere eindeutig die ältere Ausgabe von Finn.

„Das ist ja auch der Sinn der Sache. Oder willst du das Gebäude offen stehen lassen?", sagte Hanke Flensen.

Blankenburg gab ein ungehaltenes Grunzen als Antwort.

„Am Ende müsst ihr das wissen. Ich würde heute Abend noch mal vorbei kommen und die Tür dichtmachen, dann hab ich sie morgen, spätestens übermorgen fertig. Und in der Zwischenzeit kann zumindest nichts passieren."

„Ist die Bücherhalle heute geschlossen?", sagte Sprotte und schaltete sich ungefragt in die Unterhaltung ein. „Ich wollte gerne etwas abgeben und dann habe ich hier die Absperrung gesehen. Kann ich vielleicht nur ganz kurz rein?"

„Jetzt nicht", knurrte Blankenburg. Es war ihm deutlich anzumerken, dass er diese plötzliche Unterbrechung wie eine ungebührliche Störung empfand. Sein ohnehin unfreundlicher und abweisender Blick wurde geradezu eisig, als er Sprotte erkannte.

„Was willst du denn hier?", blaffte er ihn an.

Sprotte setzte das unschuldigste Gesicht auf, zu dem er

fähig war. „Na, etwas abgeben. Wie gesagt ..." Zur Bestätigung hielt er die beiden Bücher hoch.

„Hervorragendes Timing. Hier gibt's jetzt nichts. Weder zum Abholen noch zum Abgeben. Und es gibt hier nichts zu sehen und schon gar nichts zu erzählen. Also, ab nach Hause mit dir."

Sprotte zuckte die Schultern. Hier war nichts mehr in Erfahrung zu bringen. Dieser Mensch hatte aber auch eine schlechte Laune. Fast hätte man meinen können, dass nicht in der Bücherhalle, sondern bei ihm zu Hause eingebrochen worden war. Während er sich langsam entfernte, hörte er, wie Blankenburg sich wieder an Finns Vater wandte.

„Also gut", knurrte der mit unterdrücktem Ärger. „Wenn es nicht anders geht. Aber kein Wort zu irgend jemanden, hast du verstanden?"

Finns Vater bejahte und nickte der dunkelhaarigen Polizistin zu, die zu ihrem Chef trat.

„Die gute Frau hat ihr Handy gezückt, kaum dass wir draußen waren", sagte sie. „Selbst, wenn wir hier sofort alles dichtmachen ... Ich fürchte, spätestens heute Mittag weiß die ganze Insel Bescheid."

„Na toll. Das hat mir gerade noch gefehlt. Noch mehr Gerede."

„Ist ja auch eine merkwürdige Sache. Ein Einbruch in der Bücherhalle." Die junge Polizistin schüttelte den Kopf.

„Ja, man sollte meinen, dass es Objekte mit lohnenderer Beute gibt", sagte Hanke Flensen und handelte sich damit ein erneutes Grunzen von Robert Blankenburg ein.

„Ich hätte mir ja zumindest noch Vandalismus vorstellen können" sagte die Polizistin, „aber abgesehen von der Eingangstür ist ja nichts kaputt gegangen. Und wenn das nicht gewesen wäre ... Also, ich würde fast behaupten, dass man dann den Einbruch nicht einmal bemerkt hätte."

„Mag ja sein", sagte Blankenburg widerwillig. Er mochte es nicht, wenn andere sich seine Gedanken machten.

„Trotzdem haben wir jetzt diese Sache am Hals und ich muss klären, ob wir Kriminaltechniker einfliegen lassen müssen. Also bleibt die Absperrung erst einmal. Aber vor allem bedeutet das wieder eins: Papierkram! Und zwar jede Menge davon. Mann! Das ist echt nicht mein Tag!" Blankenburgs ohnehin schon schlechte Laune hatte sich durch diesen Vorfall nicht gebessert.

„Gibt es denn irgendeinen Anhaltspunkt?", fragte Hanke Flensen. „Also, ich meine - wer könnte es gewesen sein?"

Blankenburg sah ihn schief an. „Im Prinzip jeder. Fragt sich immer nur, was ein Täter davon hat, was gewinnt er durch das Verbrechen?"

Sprotte hatte sich so langsam von der Unterhaltung entfernt, dass er alles mitbekommen konnte. Innerlich nickte er. ‚Cui bono?', dachte er. Ein wesentlicher Grundsatz in der Ermittlungsarbeit, den er sich angelesen hatte. Wer profitiert von der Tat? Vielleicht war dieser Blankenburg doch gar nicht so dumm, wie alle dachten.

„Was hat man denn von einem Einbruch in die Bücherhalle?", sagte Hanke Flensen. „Da muss man ja schön bescheuert sein."

„Ja", sagte Blankenburg. Seine Stimme hatte plötzlich eine unheilvolle Kälte angenommen. „Oder man will einfach nur Ärger machen. Ein bisschen Unruhe stiften, um die Polizei auf Trab zu halten ..."

„Ach, das glaubst du doch nicht im Ernst, oder? So was macht doch keiner." Hanke Flensen runzelte ungläubig die Stirn.

„Und ob", sagte Blankenburg. „Einen gibt es hier, der so was machen würde. Da bin ich mir ganz sicher. Und das passt auch rein zeitlich. Kurz vor dem Sturm ist er mit seinen Kumpanen auf einem Börteboot angekommen. Und dann hat dieser Punker das schlechte Wetter gleich für diese Aktion hier genutzt. Ich kann mir richtig gut vorstellen, wie er mitten in der Nacht hier in seinem schwarzen Totenkopf-

Pullover auftaucht und die Tür aufbricht. Einfach nur, weil er es kann. Außerdem wäre es nicht das erste Mal, dass er versucht, mir mit solchen Mitteln das Leben schwer zu machen."

Sprotte erstarrte und von einem Moment auf den anderen erfasste ihn eine Eiseskälte!

Nur mühsam konnte er einen empörten Aufschrei unterdrücken. Fast hätte er kehrtgemacht, um Blankenburg zu fragen, ob er völlig den Verstand verloren hatte! Doch eine innere Stimme riet ihm davon ab.

Er erinnerte sich an die Warnung, die Lina ausgesprochen hatte. Was hatte sie noch zu Onkel Matti gesagt?

„Wenn er eine Gelegenheit finden sollte, dir eins auszuwischen ..."

Mit einem dicken Kloß im Hals rannte Sprotte nach Hause. Im Lung Wai konnte er nur knapp einer älteren Dame ausweichen und verhedderte sich dabei in der Leine, an der sie ihren Hund ausführte.

Auf der Treppe übersprang er immer drei Stufen auf einmal und wurde auch dann nicht langsamer, als er die letzten Steigungen bis zu ihrem Haus in Angriff nahm. Schwer atmend hetzte er durch die Tür.

„Onkel Matti!" Er warf einen hektischen Blick in das leere Wohnzimmer und jagte die Treppe nach oben. Doch auch dort war niemand. Onkel Matti war schon auf der Düne!

„Verdammt!" Sprotte zückte sein Telefon und rief ihn kurzerhand an. Das hätte er auch gleich machen können, schalt er sich.

Im Wohnzimmer erklang Gitarrenmusik und eine Stimme besang einen Himmel so blau wie Curaçao. Onkel Mattis Klingelton! Er hatte sein Telefon nicht mitgenommen!

„Verdammt!", fluchte Sprotte noch einmal, dieses Mal aber lauter.

Er ließ sich in den Sessel fallen und raufte sich die Haare. Langsam beruhigte sein Atem sich, aber sein Herz klopfte immer noch rasend schnell.

Mit fahrigen Händen öffnete er eine Wasserflasche. Er nahm einen kräftigen Schluck und unterdrückte im letzten Moment den Impuls, die Flasche nach dem Absetzen umgehend an die Wand zu werfen.

Die Absage für sein Praktikum, das Theater um seine Ferien, der Sturm - und jetzt diese Geschichte. In Sprotte brodelte es.

Wie kam dieser Blankenburg nur auf die schwachsinnige Idee, sich schon dermaßen früh auf Onkel Matti als Verdächtigen festzulegen? Er hatte ja noch nicht einmal mit den Ermittlungen begonnen. Und so, wie er geredet hatte, bezweifelte Sprotte, dass er damit überhaupt wirklich anfangen würde.

Hatte Wolfgang Kallmann nicht fehlendes Engagement beklagt? Es stand zu befürchten, dass für Blankenburg die Lösung des Falles nicht darin bestand, den richtigen Täter zu finden. Hauptsache er konnte das Thema schnell zu den Akten legen.

Der Leidtragende wäre dann Onkel Matti. Im besten Fall hätte er nur einen Haufen unnötigen Ärger am Hals. Blankenburg würde ihn festnehmen und damit genau das tun, was Claus befürchtete: „Der würde die erste Gelegenheit nutzen und deinen Onkel für ein paar Monate einbuchten."

Bei dem Gedanken schluckte Sprotte trocken und ballte die Fäuste. Dann traf ihn die Erkenntnis wie ein Keulenschlag!

Ohne Onkel Matti wären seine Tage auf Helgoland gezählt! Niemand ließ einen dreizehnjährigen Jungen alleine Ferien machen! Nicht einmal hier.

Olli und Lina waren zwar nett, aber dass sie sich wochenlang um ihn kümmerten, war dann vielleicht doch etwas viel verlangt. Was bedeutete, dass Blankenburg nicht nur Onkel Matti in den Knast, sondern damit auch Sprotte zu

Tante Betty schicken würde! Ein leichtes Zittern ging durch seinen Körper und für einen Moment wich jede Farbe aus seinem Gesicht.

„Nein!"

Geräuschvoll stellte er die Wasserflasche zurück auf den Tisch. Das würde er nie und nimmer zulassen!

Onkel Matti war ganz sicher nicht der Einbrecher. Sie hatten den gestrigen Abend zu Hause verbracht und den Rest des Sturms mit einem Serienmarathon ausgesessen.

Das war nicht nur gemütlich gewesen, sondern hatte sie auch in eine angenehme Trägheit versetzt. Dass sein Onkel dann nachts noch einmal aufgestanden war, nur um aus Jux und Dollerei irgendwo Türen aufzubrechen, hielt Sprotte für völligen Unsinn.

Außerdem hätte Onkel Matti niemals etwas kaputt gemacht, um Blankenburg zu ärgern. Und eine Bücherhalle hätte er schon gar nicht angerührt. Denn Bücher waren seinem Onkel noch heiliger als seine Butterfahrt-Hoodies und T-Shirts. Und er hätte einen Totenkopf hinterlassen. Ob als Zettel, Graffiti oder sonst wie.

Onkel Matti schied also aus dem Kreis der Verdächtigen schon einmal aus.

Folglich musste jemand anderes der Täter sein. Und diesen Jemand galt es zu finden. Aber dass ausgerechnet Blankenburg sich dieser Aufgabe annehmen und sie zu Ende führen würde, konnte Sprotte sich beim besten Willen nicht vorstellen.

Es gab nur eine Möglichkeit. Und die konnte nicht nur seinem Onkel helfen, sondern vielleicht auch die Sache mit dem Praktikum regeln.

Die Titelmusik aus ,Indiana Jones' hinderte ihn, den Gedanken zu Ende zu denken. Finn war am Telefon.

„Hey, wollen wir nachher Minigolf spielen? Mein Vater braucht mich heute doch nicht, und da dachte ich ..."

„Ich muss dir was erzählen", sagte Sprotte. Als er Finn

alles berichtet hatte, hörte er ihn leise pfeifen.

„Krass!", sagte er. „Und jetzt?"

„Ich werde den Fall selber lösen!"

„Ja, klar. Und wie? Niemand muss mit dir reden, wenn er nicht will, und du hast niemanden, der dir Spuren untersucht oder was es da sonst noch gibt."

„Egal", sagte Sprotte. Seine Stimme hatte einen scharfen und entschiedenen Klang angenommen. „Hauptsache, mein Onkel muss nicht ins Gefängnis. Irgendwie kriege ich das schon hin. Ich habe ein Smartphone und das Internet, das ist ja schon mal ein Anfang. Und dass ich ansonsten auf mich allein gestellt bin, ist mir völlig klar."

Draußen schrie eine Möwe und füllte die kurze Stille, die eingetreten war.

„Na ja, ganz allein bist du nicht", sagte Finn. „Ich lasse doch niemanden hängen, der mit mir ‚Wellenducken' spielt. Also, womit willst du anfangen."

„Ich sollte zuallererst Onkel Matti warnen. Der sammelt auf der Düne noch Donnerkeile und weiß von gar nichts."

„Klingt gut, aber ich glaube, das hat Zeit. Blankenburg ist ein träger Sack, wie unser Nachbar immer so schön sagt. Der wird eher heute Abend bei euch vor der Haustür aufschlagen, als das er jetzt auf die Düne fährt. Was das angeht, musst du dich also nicht beeilen."

„Dann will ich mal hoffen, dass Blankenburg und Kollegen an der Bücherhalle schon fertig sind."

„Wieso das?"

„Na, ich kann doch schlecht den Tatort untersuchen, solange die Polizei noch da ist!"

Finn lachte leise. „Guter Punkt. Ich glaube sogar, dass ich dir in der Bücherhalle etwas unter die Arme greifen kann."

„Dann treffen wir uns da", sagte Sprotte. „In einer Viertelstunde."

Kapitel 5
Die Jagd beginnt

Sprotte erreichte die Bücherhalle als Erster. In ihm rumorte es immer noch, aber seine Gedanken kreisten nun weniger um Blankenburgs Dummheit, sondern vielmehr um den Fall, den es zu lösen galt.

Zum ersten Mal sah er beim Blick auf die Bücherhalle nicht nur das kleine flache Gebäude am Hafen. Jetzt sah er einen Tatort! Jeder Hinweis, den er hier fand, konnte wichtig sein. Glücklicherweise war die Polizei schon abgezogen.

Sprotte atmete tief durch und verdrängte die letzten Reste seiner Wut. Jetzt war ein kühler Kopf gefragt.

Sein Blick glitt über den Hafen und den Eingangsbereich. Alles sah wie immer aus. Ein paar Anschläge in den Schaukästen. Boote, die im Hafenbecken vor sich hindümpelten, Touristen, die vorbeischlenderten.

Und Finn, der schnurstraks um die Ecke auf ihn zugelaufen kam und dabei fast eine ältere Frau über den Haufen rannte.

„So Herr Kommissar", sagte er grinsend. „Da bin. Und jetzt?"

„Jetzt untersuchen wir den Tatort und befragen die Bibliothekarin", sagte Sprotte. „Ich hoffe nur, dass sie auch mit mir redet."

„Mach dir keine Sorgen. Sie ist eine alte Freundin meiner Mutter. Die wird uns schon nicht gleich rausschmeißen."

Sie fanden die Bibliothekarin an ihrem Schreibtisch, gleich neben dem Eingang.

„Hallo Marlies", sagte Finn vielleicht etwas fröhlicher, als nötig. Die erhoffte Wirkung blieb jedoch nicht aus. Die Bibliothekarin, eine Frau mittleren Alters, starrte ihn verdutzt an.

„Was machst du denn hier? Hast du dich verlaufen?"

„Nein, ganz und gar nicht."

„Aber ... Du? Hier? Du weißt schon, dass das hier eine Bücherhalle ist, oder?"

„Jaaaah ... Aber eine Bücherhalle, in die heute Nacht eingebrochen wurde. Und da mein neuer Kumpel Sprotte hier, sich für so was unheimlich interessiert, habe ich gedacht, ich komme einfach mal mit und leiste ihm etwas Schützenhilfe."

„Schützenhilfe? Ich verstehe nicht ganz ..."

„Wenn es für sie in Ordnung ist, möchte ich mir ein eigenes Bild machen", sagte Sprotte.

„Tatsächlich? Bist da dafür nicht etwas zu jung?"

„Ich glaube nicht", sagte Sprotte und ahnte schon, was als Nächstes kommen würde.

„Ich soll über die Vorgänge hier auch gar nicht reden. Ich habe zwar wenig Vertrauen zu unserem Polizeichef ... Aber ich bin unmissverständlich aufgefordert worden, mit niemandem zu sprechen. Und dass nur, weil ich vorhin kurz telefoniert habe."

Sprotte nickte verständnisvoll und machte eine bekümmerte Miene. „Ich fürchte nur, dass die Polizei den Einbruch einem Unschuldigen anhängen will."

Die Bibliothekarin verzog das Gesicht. „Wie furchtbar", sagte sie. „Aber besser, den Falschen verhaften als gar keinen. Das würde zumindest zu einem gewissen Jemand passen."

„Ich wundere mich überhaupt, dass sie schon wieder auf haben", sagte Sprotte. Er deutete auf den Eingangsbereich und die offen stehende Tür. „Sollte hier nicht noch alles abgesperrt sein?"

„Ja, aber davon hat man schnell wieder abgesehen. Es hätte

Gerede auf der Insel gegeben, verärgerte Gäste ... Und am Ende hätte Robert Blankenburg diese Maßnahmen im Rathaus wohl erklären müssen."

„Was er ganz sicher nicht will", sagte Sprotte. Er murmelte, so als würde er zu sich selbst sprechen. Was er hier sah, war nicht gerade das, was er sich unter vorbildlicher Polizeiarbeit vorstellte. „Haben sie was dagegen, wenn ich mir die Tür einmal näher anschaue? Damit würden sie mir ja nichts erzählen und offiziell haben sie ja auch geöffnet ..."

Die Bibliothekarin presste die Lippen zusammen und auf ihrer Stirn bildete sich eine nachdenkliche Falte. „Ich weiß nicht ...", sagte sie.

„Ach komm schon, Marlies", sagte Finn. „Ist doch nichts dabei. Das merkt keiner, du sprichst mit niemandem und Blankenburg kriegt davon garantiert nichts mit."

„Ich ... Also ..." Sie seufzte, nickte aber schließlich. „Na gut. Ich könnte ja sowieso nichts dagegen tun, falls ihr beim Rausgehen genauer hinseht."

Finn grinste und zwinkerte Sprotte zu.

Dessen Blick glitt über das Türblatt. „Dein Vater meinte, die Tür wäre sauber aufgehebelt worden. Also dürften die Spuren irgendwo direkt am Schloss sein."

„Da", sagte Finn und zeigte auf eine tiefe Delle. „Da ist er mit dem Schraubenzieher rein ... Meine Herren! Ein ganz schöner Flurschaden, den er da drin angerichtet hat. Der Beschlag ist hin, der muss komplett raus und ... Was grinst du so?"

„Das hat dein Vater auch gesagt", sagte Sprotte und lächelte. „Sogar fast im gleichen Tonfall. Aber red ruhig weiter."

„Äh, ja ... Also, Flurschaden ... Guck dir das mal an. Alles verbogen und wenn ich mich nicht ganz schwer täusche, ist da sogar ein Stück abgebrochen. Na, sauber geht anders. Würde mich nicht wundern, wenn das Schließblech auch was abgekriegt hat."

„Das was?", fragte Sprotte.

„Das Schließblech. Das ist das Stück Blech, das im Rahmen steckt und in das sich der Riegel beim Abschließen hineinschiebt. Na, wer sagt's denn. Da, völlig verbogen."

Ein kleines Stück Metall ragte etwa einen Zentimeter weit aus der Türzarge heraus. Aber ein winziges Detail irritierte Sprotte. Etwas, das augenscheinlich nicht dort hingehörte, das den metallischen Farbton unterbrach - und sich zu bewegen schien. Er zückte sein Smartphone, machte ein Foto und vergrößerte den Schnappschuss.

„Dachte ich es mir doch. Guck mal ... Da hängt was dran. Ein blauer Faden. Und da ist noch was ..."

„Sieht aus wie ein kleiner brauner Fleck", sagte Finn. „Meinst, dass das ..."

Sprotte nickte. „Ja, das könnte Blut sein. Das würde bedeuten, dass der Täter beim Aufhebeln der Tür hängen geblieben ist und sich verletzt hat."

„Was für ein Grobmotoriker", sagte Finn. „Das muss man wirklich erstmal hinkriegen."

„Wenn er sich mehr als nur einen Kratzer geholt hat, müssten wir hier weitere Spuren finden", sagte Sprotte. Auf der Rückseite der Tür fand sich tatsächlich ein kleiner, verwischter Streifen, der eine ähnliche Farbe hatte. Sprotte suchte auch den Fußboden ab, aber er fand nur drei Flecken auf der Fußmatte, die nicht eindeutig waren. Dann hatte er eine Idee und ging noch einmal zur Bibliothekarin.

„Mal abgesehen von der Tür - woran haben sie noch gemerkt, dass etwas nicht stimmte?", fragte er.

Wieder seufzte die Bibliothekarin. „Ich soll doch nichts sagen. Wie hat die Polizei das noch genannt? Laufende Ermittlungen oder so ähnlich ..."

„Na gut ... Wenn sie nichts weiter wissen", sagte Sprotte. „Dass nichts gestohlen wurde, weiß ich ja bereits. Und alles andere sind wahrscheinlich nur Details, die ihnen sowieso nicht auffallen würden."

Ein kaum merklicher Ruck durchlief die Frau und für einen winzigen Moment verengten sich ihre Augen. „Natürlich merke ich es, wenn hier was nicht stimmt", sagte sie. Ihre Stimme hatte an Schärfe gewonnen.

„Wenn jemand meine Papiere durchwühlt, dann kriege ich das mit. Selbst wenn er sie wieder halbwegs ordentlich hinlegt. Der hat mein ganzes System durcheinandergebracht."

„Dann schauen sie die Papiere noch einmal durch", sagte Sprotte. „Es würde mich nicht wundern, wenn sie dort den einen oder anderen braunen Fleck finden würden."

„Da ist mir nichts aufgefallen. Aber an der Tischkante war etwas."

„Da sollten sie auf gar keinen Fall beigehen", sagte Sprotte. „Falls doch noch die Kriminaltechnik kommt, ist das mit Sicherheit ein wichtiger Beweis."

„Aber das habe ich doch schon längst abgewischt."

„Wie bitte?"

„Ja, aber ich habe unseren Polizeichef vorher gefragt und er hat gesagt, dass das in Ordnung ist."

Sprotte starrte die Bibliothekarin entgeistert an.

Als sie wieder draußen waren, musste Sprotte tief durchatmen. Sein Puls raste und die Wut vom Vormittag stieg erneut in ihm auf.

„So dämlich kann man doch gar nicht sein", sagte er leise.

„Du meinst, dass sie den Fleck weggewischt hat?"

„Nein, ich meine, dass Blankenburg gesagt hat, dass das in Ordnung ist. Oder er hat tatsächlich vor ..."

Er stockte und für einen Moment wich die Farbe aus Sprottes Gesicht. „Je weniger Beweise auf jemand anders hindeuten ..."

„... desto leichter hat er es, die Sache deinem Onkel anzuhängen!" Finn pfiff leise. Dann brummte sein Handy.

„Verdammt!", sagte er. „Ich muss zum Essen nach Hause. Da sind meine Eltern echt pingelig."

Finn verabschiedete sich und ließ Sprotte gezwungenermaßen alleine zurück.

Der setzte sich auf die nächste Bank und grübelte. So sehr ihn die Sache mit dem Fleck auch aufregte - dieser erste Schritt in seinen Ermittlungen war gar nicht schlecht gelaufen.

Er wusste nun, dass der Einbrecher etwas Blaues getragen hatte. Höchstwahrscheinlich hatte er sich verletzt und er hatte den Schreibtisch durchsucht ... Das war zwar nicht viel, aber immerhin mehr, als er noch vor einer Stunde wusste. Die nächsten Ansatzpunkte mussten sich hier draußen befinden, aber er hatte keinerlei Vorstellung, was das sein sollte.

Echte Spuren konnte er sich nicht mehr erhoffen. Der Regen hatte in der Nacht alles fortgespült. Trotzdem ging er mehrfach die Umgebung ab. Gab es vielleicht ein Lokal, das in Sichtweite war. Oder ein Hotelzimmer? Er hielt sogar nach Sicherheitskameras Ausschau, fand aber nichts dergleichen.

Bis er am Hafenbecken vorbeiging, um den kleinen, flachen Verwaltungsbau am Nordosthafen zu überprüfen ...

Die Anlegeplätze waren mittlerweile gut gefüllt. Nur wenige Meter entfernt lag eine Motoryacht. Das Oberdeck war so weit erhöht, dass es die meisten Boote rechts und links überragte. Es war überdacht und ganz oben erkannte Sprotte gleich vier dunkle, kugelartige Gebilde.

Kameras!

„Hallo!", rief er und ging einen Schritt an das Boot heran. „Jemand an Bord?"

Aus der Bugluke erschien ein Kopf und ein Mann schaute ihn etwas verdutzt an. Sein Gesicht war von der Sonne wie gegerbt und die lockigen Haare waren genauso grau wie sein Bart. Beides verlieh ihm das Aussehen eines zotteligen Riesen aus einem Märchen.

„Was gibt's denn?"

„Ich bin nur neugierig", sagte Sprotte und lächelte freundlich. „Sind das da Überwachungskameras?"

Der Skipper kletterte aus der Luke heraus und stellte sich breitbeinig auf das Deck. „Allerdings", sagte er. „Dreimal sind irgendwelche Mistkerle in mein Boot eingestiegen. In drei verschiedenen Häfen. Da wird man misstrauisch."

„Das denke ich mir. Sagen Sie - ich interessiere mich für diese Technik. Kann ich mir die vielleicht mal aus der Nähe ansehen? Und was für Bilder die so machen?"

„Du willst an Bord kommen und gucken, wie meine Sicherheitsmaßnahmen aussehen? Das kommt ja gar nicht in Frage! Davon abgesehen, kenne ich dich überhaupt nicht."

Sprotte musterte den Mann. Er wirkte wie jemand, der sehr von sich überzeugt war. Wahrscheinlich nahm er von allem immer nur das beste und im Zweifelsfall würde er das auch beweisen wollen.

„Sie haben natürlich recht", sagte er und zuckte die Schultern, so als ob es ihm egal wäre. „Das wäre für sie ein unkalkulierbares Risiko. Und außerdem ..." Sprotte warf einen demonstrativ abschätzigen Blick auf die Kameras, „... sind das wahrscheinlich ohnehin ältere Modelle."

Der Mann straffte sich und warf Sprotte von oben herab einen giftigen Blick zu. „Pass mal auf, Söhnchen. Die Dinger sind brandneu, das Beste vom Besten. Was die nicht aufzeichnen, das existiert auch nicht."

„Ja, vielleicht am Tag. Aber die sehen mir nicht danach aus, als hätten sie eine Infrarotfunktion, damit sie auch bei Nacht Aufnahmen machen können, geschweige denn, dass ein Bewegungssensor ..."

„Also jetzt reicht's! Rauf mit dir! Ich werde dir mal zeigen, was meine Kameras so alles können!"

Brummelnd führte der Mann Sprotte in die Kajüte im Unterdeck. Neben einer Küchenzeile und einer Sitzecke war ein Bereich offensichtlich ganz der Navigation und

Schiffstechnik gewidmet. Der Skipper klappte ein Notebook auf und zeigte auf eine kleine Box, in einem Regal.

„Das da ist der Rekorder", sagte er, „und jetzt schauen wir uns mal an, was die Kamera so kann. Keine Nachtaufnahmen! Dass ich nicht lache ... Du wirst gleich Augen machen."

Sprotte hielt den Atem an. Seine rechte Hand ergriff die linke, um zu verbergen, dass er vor Aufregung zitterte.

Auf dem Computermonitor erschienen vier Bilder. Rechts oben erkannte er die Kaimauer und dahinter die Bücherhalle. Der obere Rand war ein klein wenig zu tief, aber der Eingang war gut zu sehen.

„Na, was sagst du jetzt! Das sind mal Nachtaufnahmen, was? Fehlt eigentlich nur noch, dass sie in Farbe sind. Ich sag ja - was Besseres gibt es gar nicht!"

„Na ja ...", sagte Sprotte. „Das sind tatsächlich ganz nette Bilder. Aber als Standbild bringt das nicht viel, oder?"

„Pah ... Du hast ja keine Ahnung!" Der Skipper rief ein Menü auf, klickte zweimal und schon setzten sich alle vier Bilder in Bewegung. Wie ein Film lief die letzte Nacht vor Sprottes Augen ab. Noch einmal wurde der Sturm lebendig und peitschte Regenschwaden im Zeitraffer über die Bücherhalle hinweg.

„Da staunst du was?", sagte der Mann triumphierend. „Und das ist nur die letzte Nacht. Der Speicher dieses Rekorders ist so groß, ich könnte dir sogar noch die Aufnahmen vom vorigen Monat zeigen! Hey? Was ist das denn?"

Auf dem Monitor bewegte sich etwas. Durch den Regen lief eine dunkle Gestalt auf die Bücherhalle zu und verschwand im Eingang. Nur wenige Augenblicke später kam sie wieder zum Vorschein, griff sich unvermittelt an den Kopf und entfernte sich aus dem Blickfeld der Kamera.

„Können wir das noch einmal sehen?", fragte Sprotte. „Und wenn ihre Kameras schon so brillante Nachtbilder machen, dann ist da doch bestimmt auch ein Zoom möglich."

„Auch das, Söhnchen", sagte der Mann.

Er wirkte zufrieden, weil er Sprotte anscheinend endlich davon überzeugt hatte, dass er die besten Kameras der Welt besaß.

Mit ein paar weiteren Klicks war das Erscheinen und Verschwinden der Gestalt aus dem Bildmaterial ausgeschnitten und vergrößert. Sprotte konnte sein Glück kaum fassen.

Das Bild war nur schwarz-weiß, aber die Tönung ließ darauf schließen, dass die Jacke, die der Einbrecher trug, zu dem Faden am Schließblech passte. Außerdem hielt er beim Rauskommen den linken Arm in einer eigenartigen Haltung.

Das Wichtigste zeigte aber erst die Vergrößerung.

Der Mann trat vor die Bücherhalle, verharrte eine Sekunde und hielt seinen Arm. Eine Böe ließ ihn schwanken und im letzten Moment konnte er verhindern, dass der Sturm ihm die Mütze vom Kopf riss. Und in diesem kurzen Augenblick war sein Gesicht zu erkennen.

„Na? Zufrieden? Ich sag ja: Meine Kameras kriegen alles mit. Zumindest alles, was sich nicht in der Quantenebene abspielt."

„Jetzt müsste man dieses Bildmaterial nur noch kopieren können", sagte Sprotte lächelnd.

„Du hast doch bestimmt ein Smartphone mit Quickcopy-Funktion. Mach mal dein Bluetooth an ..."

Wieder zwei Klicks und Sprottes Telefon brummte. Er bestätigte die Anfrage, ob eine Datenübertragung zugelassen werden sollte, und sah zu, wie das Überwachungsvideo hochgeladen wurde.

„Sonst noch irgendwelche Wünsche?", sagte der Mann und der Triumph stand ihm deutlich ins Gesicht geschrieben.

Sprotte schüttelte den Kopf. „Nein", sagte er. „Sie haben zweifellos die großartigsten Kameras der Welt!"

„Haben sie diesen Mann schon einmal hier gesehen?"
Sprotte hielt der Bibliothekarin das Smartphone mit einem
Standbild aus dem Überwachungsvideo vor die Nase. Seine
Hand zitterte leicht und das Beben in seiner Stimme ließ sich
kaum unterdrücken.

Die Bibliothekarin runzelte die Stirn, unterließ aber
weitere Einwände. Es dauerte einen Moment, dann sagte sie:

„Ja, der war hier. Das muss gestern oder vorgestern
gewesen sein. Er hat hier lange gesucht, am Ende aber nichts
geliehen oder nach einem Bibliotheksausweis gefragt. Na,
mir war es ganz recht, denn da ging es hier drunter und
drüber."

„Wissen sie auch noch, wann das war?"

„Irgendwann am Vormittag. Vielleicht so gegen elf."

„Und haben sie den Mann vorher schon einmal hier auf der
Insel gesehen?"

Die Bibliothekarin schüttelte den Kopf. „Nein, der ist mir
völlig unbekannt."

„Also ein Tourist", sagte Sprotte, sprach aber schon mehr
mit sich selbst.

Er verließ die Bücherhalle und ging die Mole bis zum
Ende.

Noch einmal sah er sich das Video an. Er entspannte sich
etwas. Mit dieser Aufnahme hatte er zumindest etwas in der
Hand, falls es wirklich darum gehen sollte, ob Onkel Matti
der Täter war. Aber da war natürlich noch eine andere Frage.

„Wer bist du?", fragte er. „Du fährst nach Helgoland ...
Aber wann eigentlich? Gestern warst du schon hier, bist also
spätestens am Vortag gekommen. Aber an dem Tag und dem
davor ist wegen des Sturms kein Schiff gefahren. Du bist
also schon seit mindestens vier Tagen hier ...

Du hast in der Bücherhalle etwas gesucht. Etwas, wonach
du nicht fragen konntest, wahrscheinlich, weil du wusstest,
dass du es ohne weiteres nicht bekommen würdest. Und du
hast dich verletzt ..."

Nachdenklich glitt Sprottes Blick über den Hafen und die Reede.

Eins der Boote passierte die Einfahrt und setzte das Großsegel. In der Mitte prangte ein großer Flicken. Das Segel musste irgendwann gerissen und dann repariert worden sein, dachte er.

Sofort kehrte die Anspannung in ihm zurück. „Du hast dich verletzt", nahm er seinen Gedanken wieder auf. „Und wenn man verletzt ist, braucht man Verbandsmaterial. Vielleicht auch etwas, um die Wunde zu desinfizieren. Du kannst nicht einfach zum Arzt gehen, weil das eventuell Fragen nach sich ziehen könnte. Fragst du in deinem Hotel nach? Unwahrscheinlich. Denn da würde mit Sicherheit gefragt werden, was passiert ist. Nein, du wirst dir selbst etwas besorgen."

Zufrieden klatschte Sprotte in die Hände. Zum Glück gab es auf Helgoland nur eine einzige Apotheke.

Die Sache hatte nur einen Haken: Wie Finn richtig festgestellt hatte, war niemand gezwungen, mit ihm zu reden. Die Bibliothekarin hatte sich schon geziert und den Mann auf dem Boot hatte er, nun ja, „überreden" müssen ...

Für die Apotheke musste er sich etwas anderes einfallen lassen. Einfach reinzugehen und das Foto vorzuzeigen, war wahrscheinlich keine gute Idee. Aber vielleicht gab es noch eine andere Möglichkeit ...

Mit einem freundlichen „Guten Tag" betrat Sprotte die Apotheke und trat an den Tresen.

„Was kann ich denn für dich tun?", fragte der Apotheker. „Magen-Darm? Oder brauchst du was gegen Seekrankheit?"

„Glücklicherweise weder noch", sagte Sprotte und setzte eine Unschuldsmiene auf, der er schnell noch eine Spur Besorgnis hinzufügte. „Ich komme auch gar nicht meinetwegen. Ich wollte nur wissen, ob Peter schon hier war.

Er sollte Pflaster und Verband kaufen, weil er sich am Arm verletzt hat, aber wir haben jetzt nichts mehr von ihm gehört und mein Vater macht sich Sorgen, denn Peter ist ja sein bester Freund, schon seit der Schule und ..."

„Moment, Moment, Moment ...", sagte der Apotheker. „Nun beruhig dich erstmal. Das klingt ja nicht nach einem großen Drama. Und notfalls haben wir ja auch einen Arzt und ein Krankenhaus auf der Insel."

„Das ist es ja", sagte Sprotte. Ein leichtes Beben in der Stimme, gepaart mit einer zitternden Unterlippe half jetzt bestimmt weiter!

„Peter würde ja nie zum Arzt gehen, geschweige denn in ein Krankenhaus. Einmal hat er fast eine Blutvergiftung bekommen, weil er statt eines Verbandes ein altes Handtuch um eine Wunde gewickelt hat. Und dann war da die Lungenentzündung im letzten Jahr, da hat er ..."

„Ich verstehe schon", sagte der Apotheker. „Ich würde dir ja gerne helfen, aber der Name Peter alleine sagt mir nichts. Hast du vielleicht ein Foto, dann könnte ich dir eventuell einen Tipp geben, ob der schon einmal hier war. Auch wenn ich das streng genommen wahrscheinlich gar nicht darf. Aber in so einem Fall ..."

„Ein Foto", sagte Sprotte. Er wischte sich einmal die Nase und schniefte, während er so tat, als müsste er nachdenken. „Ja, doch ... Eins habe ich. Aber es sieht etwas seltsam aus. Wir haben da neulich mit so einer Foto-App herumgespielt."

Aufmerksam betrachtete der Apotheker das Standbild aus dem Video.

„Ja, das sieht wirklich etwas seltsam aus. Richtig gut erkennen kann man ihn nicht. Aber er kommt mir schon bekannt vor. Renate, guck doch auch mal."

Die Frau des Apothekers kam hinzu. Augenblicklich verzog sie das Gesicht, als sie das Bild sah.

„Ach der ... Das ist ein Freund deines Vaters? Na, der hat aber einen merkwürdigen Umgang."

„Mit dem war doch was, oder?", fragte der Apotheker.

„Ja, der kam gleich heute Morgen rein und hat sich einen kompletten Erste-Hilfe-Kasten zusammengestellt."

„Wirklich?", sagte Sprotte aufgeregt. „Dann hat er es dieses Mal tatsächlich getan?"

„Sieht so aus", sagte die Apothekerin. „Mullbinden, Pflaster, Jodtinktur ... Der hat genug gekauft, um seine Verbände die nächsten vier Wochen lang täglich zu wechseln. Aber eine ziemlich seltsame Type ist das. Sehr unfreundlich, wenn du mich fragst."

„Ach! Jetzt weiß ich's!", sagte der Apotheker und schnippte mit den Fingern. „Das ist doch der, den Karin gegrüßt hat. Und der hat sie dann so links liegen gelassen!"

„Sag ich ja. Unfreundlich. Das kannst du ihm gerne ausrichten, wenn du ihn wieder siehst", sagte die Apothekerin und sah Sprotte dabei etwas mitleidig an.

„Das mache ich", sagte er. „Aber Peter ist schon ein ziemlich spezieller Fall. Es wundert mich, dass ihre Freundin überhaupt seine Bekanntschaft gemacht hat. Er ist da normalerweise sehr zurückhaltend."

„Was heißt Bekanntschaft? Karin betreut fünf Hotels und in einem davon ist dieser Freund deines Vaters offenbar Gast. Es ist nicht ungewöhnlich, dass man da ein Gesicht wieder erkennt und einfach mal einen guten Morgen wünscht."

„Stimmt", sagte Sprotte. „Aber nur mal aus reiner Neugier: Wenn jemand fünf Hotels gleichzeitig betreut, dann ist das doch bestimmt ein Haufen Arbeit. Sind da auch die großen mit dabei?"

„Nein", sagte der Apotheker. „Das sind alles kleinere. Aber du hast natürlich recht: Das ist viel Arbeit."

Sprotte bedankte sich und tat, als wollte er gehen. Dann drehte er sich noch einmal um und sagte: „Sind diese Hotels eigentlich gut? Also, wenn sie einen Freund unterbringen müssten, würden sie ihm eines davon empfehlen?"

„Ja, auf jeden Fall. Warum fragst du?"

„Na ja, wir sind privat untergebracht und meine Eltern fänden es schöner, wenn man sich bei unserem nächsten Helgoland-Urlaub morgens einfach an einen fertigen Frühstückstisch setzen könnte."

„Verstehe", sagte der Apotheker. „Ja, da kann man alle fünf ohne Vorbehalt empfehlen. Wenn es dich für den nächsten Urlaub tatsächlich interessiert, kann ich dir ja mal die Namen geben. Warte mal, das ist einmal das ‚Haus Windjammer', dann wären da noch ‚Zum Bootsmann', das ‚Halunder Hüs', ‚Hotel Rainboch' ... Ach ja, und ‚Das Kaffeehaus'. Und, wie gesagt, eines wie das andere empfehlenswert. Aber wenn es wirklich um das Frühstück geht, würde ich das ‚Halunder Hüs' nehmen. Nur so als Tipp."

Sprotte tippte die fünf Namen in sein Smartphone ein.

„Vielen Dank", sagte er. „Dann bin ich beruhigt, was Peter angeht. Und die Hotels werden wir uns bestimmt einmal angucken." Strahlend verabschiedete er sich und trat vor die Tür.

Wenn er sich nicht ganz schwer täuschte, war das „Haus Windjammer" gleich um die Ecke.

Binnen weniger Minuten hatte Sprotte das erste Hotel erreicht. Und genauso schnell, wie er dort ankam, kam er auch wieder heraus.

Der Mitarbeiter an der Rezeption fragte höflich, womit er behilflich sein könnte, doch als Sprotte das Bild des Einbrechers vorzeigte, verfinsterte sich das freundliche Gesicht. Der Mann setzte eine ernste Miene auf und schüttelte den Kopf.

Er warf nur einen kurzen Blick auf das Smartphone und verwies auf den Datenschutz, und dass er deshalb die Frage gar nicht beantworten dürfte. Vor allem, wenn es sich bei der

Person auf dem Foto um einen Gast handeln würde. Sprotte verabschiedete sich und verließ das „Haus Windjammer".

Das Gespräch hatte ihn verunsichert. Diese Datenschutzgeschichte behagte ihm gar nicht. Nicht nur, dass niemand mit ihm reden musste, weil er kein offizieller Ermittler war - offensichtlich durften sie es in bestimmten Fällen auch gar nicht! Das konnte ja heiter werden!

Allerdings hatte er in seinem Leben schon genug Erwachsene erlebt, um eins genau zu wissen. Sie waren unheimlich gut darin, Regeln aufzustellen. Das Einhalten von diesen Regeln war dann aber etwas völlig anderes. Er musste es ganz einfach versuchen. Irgendetwas würde dabei schon herauskommen.

Die nächste Stunde verbrachte Sprotte damit, ein Hotel nach dem anderen abzuklappern. Doch überall blitzte er auf dieselbe Art und Weise ab. Datenschutz, Datenschutz, Datenschutz! Es war zum Verrücktwerden. Zumindest klärte eine junge Angestellte im „Halunder Hüs" ihn auf, was es damit auf sich hatte, und dass es extrem wichtig war.

„Stell dir einfach vor, ich würde deinen Lehrer fragen, wie du in Physik bist. Er sagt es mir, weil das ja alles nicht so wichtig ist, und ich erzähle es dann dem Rest der Welt. Würde dir das gefallen?"

Sprotte zuckte bei dem Gedanken innerlich zusammen. Warum hatte sie gerade Physik als Beispiel gewählt? Wusste sie von den beiden Fünfen, die er zuletzt geschrieben hatte, und dass er sich nur mit Hängen und Würgen noch auf eine Vier hatte hocharbeiten können?

Ein unangenehmes Gefühl stieg in ihm auf, doch die Erkenntnis, dass Datenschutz nicht nur eine Berechtigung hatte, sondern absolut notwendig war, half ihm in diesem Moment nicht weiter. Wenn er keine klaren Antworten bekam, musste er eben zwischen den Zeilen lesen.

Er setzte seine Tour durch die Hotels fort, bis sein Telefon samt ‚Indiana Jones'-Klingelton ihn stoppte.

Onkel Matti war auf dem Rückweg von der Düne und lud zum Pizzaessen ein. Sprotte hakte in seiner Liste das „Hotel Rainboch" ab und machte sich auf den Weg zum Pizzaladen ins Unterland.

„Das Kaffeehaus" musste bis zum nächsten Tag warten.

An diesem Morgen trieb die Ungeduld Sprotte deutlich vor seiner Zeit aus dem Bett. In den Fingern spürte er ein Kribbeln, das sich schnell über seinen ganzen Körper ausbreitete.

Irgendwann nach der Pizza hatte sich in ihm das seltsame Gefühl breitgemacht, dass er der Lösung ganz nahe war. Es war, als hätte man ihn nach einem Namen gefragt, den er eigentlich kannte, der ihm aber just in diesem Moment um nichts in der Welt einfallen wollte. Es fühlte sich wie eine kribbelnde Nase an. Nur dass das Niesen ausblieb.

Er machte sich auf den Weg zum „Kaffeehaus" und schlenderte scheinbar entspannt an den Frühstückstischen vorbei, die bei diesem guten Wetter draußen aufgestellt waren.

Die Luft war klar und angenehm. Eine sanfte Brise glitt durch Helgolands Straßen und Gassen, in denen langsam das tägliche Leben wieder erwachte. In einem Gebüsch nebenan lärmte eine Horde Spatzen und forderte wohl, dass sich noch mehr Hotelgäste draußen zum Frühstück niederließen. Der Nachschub an Krümeln, die man aufpicken konnte, sollte schließlich nicht abbrechen.

Sprotte ging um die Ecke und betrat das Hotel durch den Haupteingang. Am Tresen der Rezeption saß eine junge Frau und tippte auf einer Tastatur. Als sie ihn bemerkte, lächelte sie professionell und sah ihn fragend an. „Ja, bitte?"

„Ich habe nur eine kurze Frage", sagte Sprotte und holte das Smartphone heraus.

„Haben sie diesen Mann hier schon einmal gesehen? Ich

habe gehört, dass er hier ist und ... Nun ja, er ist ein alter Freund meines Vaters und die beiden wissen gar nicht, dass sie zur gleichen Zeit hier sind. Es wäre für beide eine so tolle Überraschung."

„Ganz sicher", sagte die Rezeptionistin. Sie sah auf das Bild und runzelte kurz die Stirn. „Tut mir leid. Zu unseren Gästen darf ich keine Angaben machen. Es sei denn, du wärst Polizist."

Fast wäre Sprotte ein „Noch nicht" herausgerutscht. Stattdessen nickte er verständnisvoll. „Da haben sie natürlich recht. Entschuldigen sie bitte die Störung", sagte er und verließ das Hotel wieder.

Vor der Tür erstarrte er mit einem Mal. Das Gefühl, die Lösung bereits zu kennen, hatte sich nicht einfach in ihm zurückgemeldet. Es hatte ihm einen kräftigen Klaps auf den Hinterkopf gegeben!

Die junge Frau hatte gerade nicht viel gesagt, aber ihre Formulierung, war bemerkenswert. „Zu unseren Gästen darf ich keine Angaben machen ..." Wie hatte der Mann im „Haus Windjammer" sich noch ausgedrückt? „... selbst wenn es sich um einen Gast handeln würde ..."

Und die Rezeptionistin hatte vor ihrer Antwort kurz gezögert. Sprotte war sich sicher, dass sie den Mann erkannt hatte.

Ähnliche Reaktionen hatte es bei den anderen nicht gegeben. Zwei hatten sogar noch mit dem Kopf geschüttelt, bevor sie feststellten, dass es besser war, nicht zu antworten. Hier war er richtig! Der Einbrecher wohnte im „Kaffeehaus"!

Sprotte ging wieder an dem kleinen Außenbereich mit seinen Frühstückstischen vorbei, wo die Spatzen weiter auf ihre Krümel warteten. Das Gezwitscher und Geschnatter hatte noch zugenommen. Fast klang es schon nach Beschwerde und Protest.

Wie auf Kommando kamen ein Pärchen und ein älterer Herr aus dem Hotel und belegten zwei weitere Tische. Ein

Klirren und Scheppern wurde laut. Gleich danach hörte man jemanden fluchen. „Pass doch auf du Dummbatz!"

Sprotte fuhr herum und sah einen Becher zerborsten und zersplittert am Boden liegen.

Das Pärchen war dabei mit Servietten den Tisch sauber zu wischen und die Brötchen aus der Kaffeepfütze zu retten, bevor sie völlig durchweichten.

„Das geht ja wieder gut los heute", sagte die junge Frau. „Fast hättest du noch den Nachbartisch erwischt und das Sitzpolster ruiniert."

Halb so wild, dachte Sprotte, selbst wenn der Becher soweit gekommen wäre. Die Jacke über der Lehne, hätte wohl das meiste abgefangen. Und das konnte ihren Zustand kaum verschlechtern. Sie sah schäbig aus, verwaschen und abgewetzt. Ein Ärmel hing lose herunter und wies einen langen Riss auf, der nur notdürftig mit einem grob vernähten Faden geflickt war.

Sprotte rief in seinem Smartphone das Foto auf, das er von dem Faden an der Tür gemacht hatte. Es war etwas schwierig zu erkennen, aber die Farbe konnte passen. Langsam und vorsichtig ging er auf die Jacke zu, so als wäre sie ein Hund, von dem man nicht genau wusste, ob er zuschnappen würde, wenn man ihm zu nahe kam.

Ohne weiter auf seine Umgebung zu achten, untersuchte er den Ärmel. An den Rändern war das Material noch dunkel, der Riss musste also verhältnismäßig neu sein. Und an seinem unteren Ende zeigte sich bei näherem Hinsehen ein bräunlicher Fleck. Dieselbe Farbgebung, wie er sie auch in der Bücherhalle gefunden hatte.

„Blut", flüsterte er und machte ein Foto von dem Ärmel.

Sein Blick glitt über den Tisch. Ein leerer Brötchenkorb, ein vollgekrümelter Teller, mit einem letzten Rest Mett und einem vergessenen Zwiebelwürfel.

Aber irgendetwas fehlte da ...

Hinter ihm klirrte es erneut. Dem Mann war eine der

aufgesammelten Scherben wieder heruntergefallen. Kaffee!, durchfuhr es Sprotte. Auf dem Tisch stand kein Kaffeebecher und auch kein anderes Getränk! Die Jacke hingegen war noch da. Das hieß, dass ihr Besitzer jeden Augenblick ...

„Suchst du etwas bestimmtes?"

Als Sprotte sich umdrehte, traf ihn der misstrauische Blick einer Kellnerin. Erleichtert atmete er auf.

„Nein", sagte er. „Ich dachte nur, dass ich die Jacke kenne, weil ein Cousin meiner Mutter auch so eine hat. Aber die hier fühlt sich ganz anders an."

„Aha", sagte die Kellnerin. Ihr Blick schien ihn durchbohren zu wollen und ihre Stimme klang entsprechend scharf: „Ich glaube, es ist besser, du gehst jetzt."

Sprotte nickte. „Es war ja ohnehin die falsche Jacke", sagte er und entschuldigte sich ein weiteres Mal für die Störung.

Nach einigen Metern entspannte er sich etwas und grübelte, ob er mit dem, was er bisher herausgefunden hatte, schon zur Polizei gehen sollte? Doch ein paar zusätzliche Informationen wären wahrscheinlich gar nicht schlecht, überlegte er.

„Das Kaffeehaus" war nicht gerade riesig, auch wenn es für Helgoländer Verhältnisse schon recht groß wirkte. Er würde einfach im Internet nachsehen, wie viele Zimmer es dort gab. Wenn das halbwegs überschaubar war, konnte sich vielleicht sogar eine Überwachung lohnen. Doch sein Magen erhob knurrend Einspruch. Die Recherche musste bis nach dem Frühstück warten.

Hinter ihm erklangen aus dem Kirchturm zwei Glockenschläge. Sprotte sah auf seine Uhr und gönnte sich ein zufriedenes Lächeln. Es war halb zehn. In weniger als vierundzwanzig Stunden hatte er ein Bild des Täters und dessen Aufenthaltsort ermittelt.

Ob Robert Blankenburg auch schon so weit war?

Arne trank den letzten Rest seines Espressos und sah durch die Fensterscheibe, wie der Junge sich davonmachte. Sein Verstand sagte ihm, dass nichts passiert war, doch sein Bauch war anderer Meinung. Irgendetwas war seltsam. Warum sollte sich irgendein Junge so mir nichts dir nichts für seine Jacke interessieren?

Er stellte die leere Tasse am Frühstückstresen ab und ging hinaus.

„Und?", fragte er die Kellnerin, doch die zuckte nur die Schultern.

„Keine Ahnung. Er dachte wohl, er kennt die Jacke. Jedenfalls hat er das gesagt."

„Aha."

„Ja, aber dann meinte er, dass sie sich anders anfühlte ... Na, ich glaube nicht, dass der sich noch einmal blicken lässt."

„Verstehe", sagte Arne. Allerdings war er nicht ganz so zuversichtlich.

Er nickte der Kellnerin kurz zu und folgte dem Jungen. Er sah ihn gerade noch am Ende der Straße abbiegen. Arne beschleunigte seine Schritte und konnte den Abstand verkürzen.

Es war ärgerlich, dass er den Jungen nicht richtig hatte sehen können. Als er ihn entdeckt hatte, hockte er bereits vor dem Stuhl, sodass das Gesicht verdeckt war. Und als die Kellnerin ihn ansprach, war er so schnell herumgefahren, dass er nur noch den Rücken sah. Immerhin hatte er so schon einmal den großen Totenkopf auf dem Kapuzenpullover gesehen. Zusammen mit dem Schriftzug „Rock 'n' Roll Butterfahrt" war das ein prächtiges Erkennungsmerkmal.

Aber auch das half nicht, als mit einem Mal eine ganze Touristengruppe die Straße flutete. Seit wann begann die erste Inselführung denn so früh?

Arne erkannte einen der Fremdenführer wieder. Vielleicht eine extra organisierte Sonderaktion. Die Teilnehmer sahen allesamt etwas betagt aus und waren entsprechend langsam.

Arne stieß innerlich einige wilde Flüche aus, blieb äußerlich aber ruhig. Höflich fragend schob er sich durch die Gruppe hindurch. Als er die Meute endlich hinter sich gelassen hatte, nahm er sein altes Tempo wieder auf, doch es war bereits zu spät.

Der Junge war weg.

Arne lief die Straße, in der er ihn zuletzt gesehen hatte noch zu Ende, aber dort war weit und breit keine Spur mehr von ihm zu sehen. Dieses Mal fluchte er laut.

Wieder rührte sich zuerst sein Verstand und versuchte, ihn zu beruhigen. Der Bengel war weg. Na und? Er hatte ohnehin keine Bedeutung.

Noch einmal widersprach sein Gefühl. Wenn der Junge meinte, die Jacke zu kennen, warum wartete er dann nicht einfach auf den Besitzer? Die Jacke fühlte sich anders an? Eine lausige Ausrede, und mit Ausreden kannte Arne sich aus. Er musste den Jungen wiederfinden. Aber wie?

Sein Blick ging zum Himmel. Ein paar harmlose Wolken zogen schnell durch das satte Blau. Ein Pärchen grüßte ihn freundlich und zog an ihm vorbei. Beide waren leicht bekleidet und trugen große Taschen, aus denen Handtücher heraushingen.

Die Düne. Höchstwahrscheinlich würde es den Jungen auch an den Strand ziehen. Arne machte kehrt und ging zum Falm. Am Supermarkt, der dem Treppenabgang direkt gegenüber lag, kaufte er sich eine Flasche Wasser, setzte sich auf eine Bank und wartete. Wenn er richtig lag, würde der Junge früher oder später hier vorbeikommen. Nicht zwangsläufig, aber von allen Möglichkeiten, die es gab, war es die mit Abstand wahrscheinlichste.

Es dauerte über eine Stunde, bis sich seine Ahnung bewahrheitete. Der Junge zog an ihm vorbei und lief die Treppe herunter. Auch er mit einer großen Tasche und einem Handtuch unter dem Arm. Perfekt!

Unten angekommen sah Arne nur kurz nach, welchen Weg der Junge zur Landungsbrücke einschlug und nahm dann einen anderen.

Zum Glück hatte er seine Fahrkarte für die Dünenfähre mit dabei. Ein schwaches Lächeln glitt über sein Gesicht. Er hatte die Karte im Dezember in der Kurverwaltung gekauft. Es hatte damals ein echtes Theater gegeben, weil er noch keine Kurkarte hatte und eine resolute ältere Dame hinter dem Tresen, hatte darauf bestanden, dass er das vorher noch erledigte. Mittlerweile hatte er aber auch schon gehört, dass die jüngeren Mitarbeiter das nicht mehr ganz so genau nahmen.

Aber jetzt zahlte sich dieser Aufwand aus. Kurz hinter dem Jungen reihte er sich in die Schlange ein. Endlich konnte er ihn klar erkennen! Sie bestiegen die „Witte Kliff" und fuhren auf die Düne. Ihn dort weiter im Auge zu behalten, war ein Kinderspiel. Arne folgte ihm, bis er einen Strandkorb erreichte. Er beobachtete, wie der Junge seine Habseligkeiten verstaute und dann den Korb aus dem Wind drehte. Auf der Rückseite kam ein weißes Schild zum Vorschein. Nummer dreiundvierzig. Das wurde ja immer besser!

Arne ging zurück zum Anleger und stattete der Strandkorbvermietung einen Besuch ab. Er gab vor, nur für einen Tag mieten zu wollen, und erkundigte sich direkt nach Nummer dreiundvierzig. Aber der war leider schon vermietet.

„Morgen vielleicht?", fragte Arne, doch der Mann in der kleinen Hütte schüttelte den Kopf. „Der ist für die ganze Saison gemietet. Da werden sie erst in ungefähr sechs Wochen wieder was."

Arne verzichtete auf einen anderen Strandkorb und bedankte sich. Entspannt ging er an den Strand zurück und suchte sich einen Platz, an dem er nicht auffiel und von dem aus er den Jungen beobachten konnte.

Er überlegte, ob er ihm bei Gelegenheit eine Botschaft

hinterlassen sollte. Nur vorsorglich, für den Fall, dass sein Bauch Recht hatte.

Arne begann, seine Hosentaschen mit kleinen Steinen vollzustopfen.

Ächzend ließ Sprotte sich in seinen Strandkorb fallen. Der Tag hatte am „Kaffeehaus" so gut angefangen. Noch vor dem Frühstück hatte er im Internet nachgesehen, wie viele Zimmer es dort gab. Die Anzahl von fast zwanzig hatte ihn etwas ernüchtert, machte aber eine Observierung nicht unmöglich. Doch dann war er über die Buchungsseite gestolpert, was ihn fast automatisch zu einer ganz anderen Frage geführt hatte?

Wie lange würde die Person, die er ermittelt hatte, überhaupt auf der Insel bleiben?

Es konnte sein, dass er innerhalb der nächsten Tage abreiste, eventuell noch bevor Sprotte ihn vor dem „Kaffeehaus" abfangen und weitere Informationen beschaffen konnte. Vielleicht reiste er sogar schon heute ab?

Sprotte sah aufs Meer. Sein Fuß wippte auf und ab und seine Finger tippelten auf dem Polster herum. Ein frischer Nordostwind wehte frontal in die Öffnung des Strandkorbs und ließ ihn erschauern.

Grummelnd stand er auf und drehte den Korb. Wieder setzte er sich, hielt es aber keine zwei Minuten lang aus. Er musste sich irgendwie ablenken.

Außerdem hatte Onkel Matti sich gestern einen ganz guten Vorsprung beim Sammeln von Donnerkeilen erarbeitet. Es war Zeit, dagegenzuhalten.

Langsam ging Sprotte die Wasserkante entlang und suchte ein Steinfeld nach dem anderen ab. Als Folge des Sturms war die Ausbeute mehr als ergiebig. Schnell füllten sich seine Taschen und er musste den Sitz seiner Strandshorts häufiger korrigieren.

Und er war nicht einmal annähernd so weit gekommen, wie er gedacht hatte. Als er aufsah, hatte er wohl keine zwanzig Meter zurückgelegt.

Es lag also noch jede Menge Strand vor ihm! Wie die Zeilen auf einem dunkel gefärbten Blatt Papier lagen die Steinfelder da. Als ob jemand eine Liste geschrieben hätte.

Eine Liste?

Ein Zucken durchlief Sprotte. Im „Kaffeehaus" gab es ganz sicher eine Gästeliste. Vielleicht nicht gerade in Papierform oder einem Buch, wie man das in sehr alten Filmen sehen konnte. Aber wenn man eine Website betrieb, dann hatte man auch ein Gästesystem. Und aus diesem konnte man ganz sicher eine Liste erzeugen, in der stand, wer gerade in welchem Zimmer wohnte und wer wann abreiste.

Aber wie sollte er an eine solche Liste herankommen? Einfach hingehen und fragen war kaum möglich. Die Rezeptionistin war zwar freundlich und hatte sich verplappert. Aber wenn er mit einer solchen Frage auftauchen würde, war es mit der Freundlichkeit wahrscheinlich schnell vorbei. Von der Kellnerin ganz zu schweigen.

Nein, auf direktem Wege war da nichts zu machen. Er musste etwas tricksen, aber alleine würde er das nicht schaffen. Er brauchte Hilfe. Er brauchte jemanden, der verrückt genug war, irgendeinen Blödsinn anzustellen, damit die Rezeption wenigstens kurzzeitig nicht besetzt war.

Finn würde sicherlich etwas einfallen!

Sprotte kehrte zu seinem Strandkorb zurück. Ein paar Meter davor blieb er wie angewurzelt stehen. Irgendetwas stimmte nicht. Auf den ersten Blick konnte er nicht sagen, was es war, aber etwas war anders.

Misstrauisch trat Sprotte an den Strandkorb heran. Sein Handtuch fiel ihm auf. Es lag nicht mehr so da, wie er es hinterlassen hatte. Es wirkte so steif. Dann sah er, dass es an allen vier Ecken des Sitzpolsters mit Steinen beschwert war.

Zuerst dachte er, dass irgendein Spaßvogel ihm einfach nur einen Streich spielen wollte.

„Ist ja völlig eingesaut", sagte er leise vor sich hinfluchend. Die Sitzfläche war mit Steinen, Muscheln und Zweigen übersät. Ganz rechts lag ein Donnerkeil, sogar ein ziemlich guter und gleich darunter eine Muschel. Es sah aus wie Ausrufezeichen.

Sprotte bekam eine Gänsehaut, die nichts mit dem frischen Wind zu tun hatte. Das war tatsächlich ein Ausrufezeichen! Er machte einen Schritt zurück.

Irgendjemand hatte mit Steinen und Muscheln etwas auf sein Handtuch geschrieben. Es waren nur drei Worte, aber er konnte sich denken, was damit gemeint war:

„Lass es sein!"

Kapitel 6
Operation „Kaffeeknall"

„Das sieht wirklich wie eine Warnung aus", sagte Finn. Nachdenklich sah er auf das Beweisfoto, das Sprotte vor dem Säubern des Handtuchs geschossen hatte.

„Was sollte es sonst sein? Gestern Morgen habe ich mehr oder weniger die Bestätigung erhalten, dass der Täter hier abgestiegen ist." Sprotte deutete in Richtung des „Kaffeehauses", das ganz in der Nähe der kleinen Grünanlage lag, in der sie sich getroffen hatten. „Und keine drei Stunden später finde ich diese Botschaft auf meinem Handtuch."

„Das heißt, dir ist jemand von hier bis auf die Düne gefolgt. Er hat gewartet, bis du den Strandkorb verlassen hast und dir dann die Nachricht hinterlassen. Auch wenn er ein Ignorant ist, der einen Donnerkeil nicht zu schätzen weiß - Geduld hat er. Und Ausdauer. Bist du dir sicher, dass du weitermachen und dich mit so jemandem anlegen willst?"

Sprotte spürte Hitze in sich aufsteigen und kniff die Augen zusammen. Finns Frage war mehr als berechtigt, aber in ihm wuchs ein ungeahnter Widerstand gegen jede Art von Aufgeben.

Außerdem war er immer noch nicht ganz überzeugt, dass er schon genug Beweise gesammelt hatte, um Onkel Matti vollständig entlasten zu können.

„Vor allem bin ich mir sicher, auf der richtigen Spur zu sein", sagte er. Seine Stimme nahm eine ungeahnte Schärfe an. Ein unausgesprochenes „Jetzt erst recht!", lag in der Luft.

Finn hob die Augenbrauen. „Okay", sagte er und räusperte sich. „Ich habe mich mal ein bisschen vorbereitet. Operation ‚Kaffeeknall' kann starten." Ein schelmisches Grinsen überzog sein Gesicht.

Sprotte hatte schon damit gerechnet, dass Finn das Ganze als einen lustigen Streich ansehen würde. Hauptsache es funktionierte.

„Klingt vielversprechend", sagte er. „Und was genau ist Operation ‚Kaffeeknall'?"

Finn nahm eine Papiertüte und eine Thermoskanne aus seinem Beutel. „Ganz einfach", sagte er. „Ich habe Kaffee dabei, und es wird knallen! Komm mit, ich zeig's dir."

Auf einem Umweg näherten sie sich dem ‚Kaffeehaus'. Finn erklärte kurz, was er sich ausgedacht hatte und zeigte auf einen Seiteneingang, der in den Gastraum des Hotels führte.

„Um diese Zeit ist da nichts los", sagte er. „Und wer auch immer gerade an der Rezeption sitzt, dürfte jetzt alleine sein. Also, ich würde sagen, du hast wenigstens zwei bis drei Minuten. Ich werde versuchen, mehr herauszuschinden, aber das kann ich nicht garantieren."

„Probieren wir es aus!", sagte Sprotte.

Er ging um die Ecke, bis er den Hoteleingang und die Rezeption im Blick hatte. Eine einzelne Mitarbeiterin saß dort und tippte ein wenig auf der Tastatur herum. Sie wirkte gelangweilt. Nicht mehr lange, dachte Sprotte und wählte Finns Mobilnummer. Er ließ es einmal klingeln.

Es waren nur eine oder zwei Minuten, aber für Sprotte fühlten sie sich wie ein bis zwei Ewigkeiten an. In Gedanken versuchte er, sich vorzustellen, wie er sich am schnellsten orientieren konnte. Sah er zuerst auf den Bildschirm oder sollte er Papiere durchgehen, die dort lagen? Nach welchen Menüpunkten musste er im System des Hotels gucken?

Ein lauter Knall hämmerte wie ein Donnerschlag durch das Erdgeschoss des „Kaffeehauses"!

‚Die Papiertüte!', ging es Sprotte durch den Kopf. Er hatte sich schon gefragt, was Finn damit wollte!

Wie ein Feuerwehrmann beim Alarm sprang die Rezeptionistin auf. Für einen Moment schien sie irritiert zu sein. Aber nur so lange, bis dem Knall ein Scheppern und Klirren folgte und Finns Stimme zu hören war.

„Oh nein!"

Mit einem Schnauben stürmte sie in Richtung Frühstücksraum davon. Es hatte geklappt!

Sprotte eilte an den Tresen und verschaffte sich einen Überblick. Viele Papiere lagen nicht herum, sodass er sich gleich den Computer vornahm.

Finns Ablenkungsmanöver mit der Papiertüte und einem offensichtlich zerdepperten Becher hatte so grandios funktioniert, dass die Rezeptionistin nicht einmal den Sperrbildschirm aktiviert hatte. Sprotte sah die offenen Programme durch und klickte auf eines mit der Bezeichnung Hotelmanagement.

Schnell hatte er einen Menüpunkt „Gäste" gefunden. Im Hintergrund hörte er eine aufgeregte Frauenstimme. Und immer wieder Finn, der sie unterbrach. Wortfetzen drangen an sein Ohr. „... nicht meine Schuld", „... dumme Ausreden!", und schließlich so etwas wie „... aufwischen!" und vor allem „Riesensauerei!"

Sprotte hatte Finn nicht gefragt, was er genau vorhatte, aber mittlerweile konnte er es sich denken. In dem Frühstücksraum stand ein großer Kaffeeautomat und Finn hatte todsicher einen „Unfall" inszeniert. Die Thermoskanne! Wie viel Kaffee er wohl verschüttet hatte?

Er versuchte, sich auf die Liste zu konzentrieren. In Filmen sah so etwas immer viel einfacher aus.

Sprotte spürte, wie ihm der Schweiß auf die Stirn trat. Wie aus weiter Ferne hörte er ein regelmäßiges Klopfen. Es dauerte einen Moment, bis er begriff, dass es sein eigener Herzschlag war.

Endlich hatte er eine passende Liste zusammengestellt und herausgefunden, wie er sie drucken konnte. Als er den entsprechenden Button anklickte, ging am Drucker ein Licht an. Mit Entsetzen sah Sprotte auf dem kleinen Display die Anzeige „Aufwärmen". Er hielt die Luft an. Wie lange sollte das denn dauern?

So viel Zeit hatte er nicht! Ewig würde Finn die Rezeptionistin schließlich nicht von ihrem Arbeitsplatz fernhalten können. Er holte sein Smartphone heraus und fotografierte den Bildschirm.

Dann ratterte der Drucker endlich los. Quälend langsam kam die erste Seite zum Vorschein gefolgt, von einer zweiten. Die letzten drei Zentimeter waren die schlimmsten.

Wie ein Staffelläufer, der auf die Übergabe wartet, stand Sprotte hinter dem Tresen. Eine Hand über den Ausdrucken, sein Körper bis aufs äußerste gespannt und bereit, jederzeit loszusprinten.

Die letzte Seite glitt in den Ausgabeschacht. Sprotte griff zu und jagte um den Tresen herum. Kurz vor der Türschwelle zwang er sich, stehenzubleiben. Mit zitternden Händen faltete er die Papiere zusammen und steckte sie ein. Dann atmete er einmal tief durch. Scheinbar gelassen verließ er das „Kaffeehaus".

Draußen kreuzte ein älteres Ehepaar seinen Weg. Wie selbstverständlich machten sie einen Schlenker um, so als wäre er ein Baum, den sie umgehen mussten.

So musste das sein, dachte er. Bloß nicht auffallen! Etwas wacklig auf den Beinen ging er zurück in die kleine Grünanlage und steuerte die Bank an, an der er sich mit Finn getroffen hatte.

Er musste sich setzen.

Keine zwei Minuten später, kam Finn feixend aus dem Hotel. „Tüm hoog!", sagte er und gab Sprotte mit einem Kopfnicken zu verstehen, dass es besser war, zu verschwinden. Sie verließen den Ort des Geschehens und liefen zur Treppe und dann den Falm herunter.

Auf der Mauer gegenüber dem Berliner Bären ließen sie sich nieder. Sprotte erkannte auf den ersten Blick, dass sich der Aufwand gelohnt hatte. Anders gesagt:

„Operation Kaffeeknall" war ein voller Erfolg!

Die Liste enthielt alle Angaben, die in Hotels über die Meldescheine erfasst wurden. Namen, Adressen, Geburtsdaten sogar die Passnummern. Und natürlich die An- und Abreisetage.

Schnell konnte Sprotte den Großteil der Gäste ausschließen. Einige waren zu jung, andere zu alt, wieder andere waren zu spät angekommen oder schon viel zu lange auf der Insel.

Übrig blieben fünf Alleinreisende, davon zwei Frauen. „Einer von diesen dreien muss es sein", sagte er und tippte auf die Liste. Bei dem Einbrecher handelte es sich um Max Wildermann, Ernst Rabenau oder Arne Trabert.

Während Finn sich nach seinem gelungenen Streich in der Werkstatt seines Vaters blicken lassen musste, machte Sprotte sich wieder daran, das Hotel zu beobachten. Lange Zeit tat sich nichts, bis ein sympathischer älterer Herr aus der Tür trat. Er ging ein paar Schritte, dann kam plötzlich eine der Hotelangestellten hinter ihm her gelaufen und rief: „Hallo Herr Wildermann! Sie haben was vergessen!"

Sprotte sah zu, wie die junge Frau eine kleine Tasche übergab und Herr Wildermann sich bedankte. Gedanklich strich er den Namen von seiner Liste. Der Mann auf dem Bild der Überwachungskamera hatte ohnehin nicht wie ein Max ausgesehen.

Doch das war das letzte Ergebnis des Tages. Sprottes Smartphone meldete piepend eine neue Textnachricht. Onkel

Matti teilte ihm mit, dass Claus für den Abend einen Dämmertörn zugesagt hatte. Eine private Inselrundfahrt mit dem Börteboot! Auch nicht schlecht, dachte er. Dafür konnte man die Ermittlungen schon einmal verschieben.

Eilig verließ er seinen Beobachtungsposten und schlug den Weg nach Hause ein. Wahrscheinlich war Onkel Matti bereits ganz hippelig. Sprotte konnte sich nur zu gut an das freudige Glitzern in seinen Augen erinnern, als sie über die Nordsee gefahren waren. Besser, er ließ ihn nicht unnötig warten.

Statt um den Friedhof und die Kirche herum zu gehen, ging er ausnahmsweise mitten hindurch. Vor ihm erhob sich der Kirchturm. Erst jetzt sah er, dass dieser nicht wie bei den meisten anderen Kirchen ein Teil des Gebäudes war, sondern für sich allein daneben stand. Zwischen dem Turm und dem Kirchenschiff befand sich ein Durchgang, auf den der Weg zuführte.

Hinter ihm wurden schnelle Schritte laut. Offensichtlich hatte jemand die gleiche Idee wie er und wollte über den Friedhof abkürzen.

Die Schritte näherten sich. Sprotte ging an die Seite, um Platz zu machen. Wer es so eilig hatte, wollte ganz sicher nicht aufgehalten werden.

Kurz vor dem Kirchturm bekam er einen heftigen Stoß in den Rücken! Ein empörter Fluch entglitt ihm. Er wollte sich schon umdrehen, um dem Rempler die Meinung zu sagen - doch er konnte nicht. Kaum hatte er Luft geholt, wurde ihm schon das Wort abgeschnitten.

„Halt die Klappe!"

Eine eisenharte Hand packte ihn im Nacken und verhinderte, dass er nach hinten sah. Unnachgiebig schob sein Widersacher ihn voran.

„Da hinein", sagte er und drängte Sprotte in den Kirchturm. Bis auf eine Gießkanne und einen Rechen war der Raum leer und sah verlassen aus. So schnell würde sich hier niemand mehr blicken lassen. Sprotte schluckte trocken. Der Griff in seinem Nacken verstärkte sich noch einmal schmerzhaft und der Mann zwang ihn in die nächstgelegene Ecke.

„Wenn du nur einen Mucks machst und versuchst, dich umzudrehen, hämmer ich dir den Schädel gegen die Wand, verstanden?"

„Verstanden", sagte Sprotte. Seine Stimme kratzte und er spürte, wie ein leichtes Zittern und Beben durch seinen Körper hindurchlief.

„Also gut", sagte der Mann, „dann lass es uns kurz machen."

Sprotte ballte die Fäuste und sein Atem begann schneller zu gehen.

„Ich will nicht wissen, wer du bist oder was du vor hast. Aber du hörst damit auf, ist das klar? Und zwar sofort! Ich kann es überhaupt nicht leiden, wenn man mir zu sehr auf die Pelle rückt."

„Ist klar", sagte Sprotte.

„Wirklich? Ich will nicht, dass wir dieses Gespräch noch einmal wiederholen müssen. Also, falls du dich fragst, was passiert, wenn du diese Warnung genauso wenig ernst nimmst, wie die letzte, dann hilft dir das hier vielleicht auf die Sprünge."

Es raschelte kurz, und Sprotte fühlte, wie etwas Metallisches in seinen Rücken gedrückt wurde. Im ersten Moment schnappte er nach Luft und wartete auf den stechenden Schmerz, den ein eindringendes Messer verursachen musste, doch der Gegenstand war rund und es blieb bei einem dumpfen Druck.

„So ein neun Millimeter Projektil kann ganz hübsche Schäden anrichten. Stell mich also lieber nicht auf die Probe!"

Sprotte nickte. Endlich ließ der Druck in seinem Rücken nach.

„Zähl bis hundert", sagte der Mann. „Und lass dir ja nicht einfallen, auch nur eine Sekunde früher rauszukommen, sonst knallt's!"

Sprotte atmete schwer und an seinen geballten Fäusten traten die Knöchel weiß hervor. Nur mühsam konnte er die Finger wieder lösen. Die Nägel hatten sich in die Handflächen gebohrt und tiefe Spuren hinterlassen.

Er dachte nicht im Traum daran, bis hundert zu zählen. Dennoch wartete er, bis er den Kirchturm wieder verließ. Nach der letzten Ansage erschien es ihm nicht ratsam, ein unnötiges Risiko einzugehen und seinen Widersacher zu provozieren.

Außerdem konnte er nicht ausschließen, dass der andere ihm draußen auflauerte.

Als er wieder ins Freie trat und sich umsah, war außer einem Gärtner niemand zu sehen. Schnaubend und fluchend, ging Sprotte noch einmal den Weg in beide Richtungen ab. Der Mann war verschwunden.

„Gab es was Interessantes im Turm?", fragte der Gärtner. Offensichtlich war das die freundliche Umschreibung für den Hinweis, dass er dort nichts verloren hatte.

„Haben sie einen Mann gesehen, der kurz vor mir rausgekommen ist?"

Der Gärtner runzelte die Stirn. „Also, eigentlich hatte ich ja was gefragt ..."

„Haben sie oder haben sie nicht?"

„Nein", sagte der Gärtner. Kopfschüttelnd widmete er sich wieder seiner Arbeit.

Sprotte fluchte noch einmal. Der Mann war verschwunden.

Er lief nach Hause und zog sich um. Für einen Abend auf dem Wasser würde er mehr brauchen, als nur ein T-Shirt. Als er das Hemd in den Wäschekorb werfen wollte, fiel ihm auf der Rückseite ein kleiner runder Fleck auf.

Ungefähr an der Stelle, wo der Mann ihm die Pistole in den Rücken gebohrt hatte. Doch irgendetwas war seltsam.

Sprotte sah sich den Fleck genauer an. Er war kreisrund, aber für den Lauf einer Waffe zu klein. An den Rändern war Rost und im Inneren waren deutlich zwei gerade Linien zu erkennen. Unwillkürlich glitt seine Hand zu der entsprechenden Stelle in seinem Rücken. Es tat immer noch ein wenig weh. Er stellte sich vor den Spiegel und fand einen kleinen Bluterguss. Und auch dort deuteten sich diese beiden Linien an.

„Eine Pistole war das nicht", sagte er grummelnd. Wahrscheinlich war es eher ein Vierkantschlüssel oder irgendein anderes Werkzeug. Fluchend versenkte er das Shirt in den Wäschekorb, wie ein Basketball-Spieler einen Slamdunk.

Der Mistkerl hatte geblufft! Sprotte atmete tief durch und versuchte, seiner Wut einigermaßen Herr zu werden. Mittlerweile hatte er genug Material zusammengesammelt, um selbst einen Robert Blankenburg davon überzeugen zu können, dass Onkel Matti mit dem Einbruch nichts zu tun hatte. Aber das war jetzt zweitrangig.

Ganz egal wer dieser Einbrecher auch war, der ihn da in den Turm gedrückt und bedroht hatte - er würde es ihm zeigen!

Die Zeit bis zur Abfahrt war hart für Sprotte. Mit zusammengebissenen Zähnen und verkniffenem Gesichtsausdruck versuchte er, seinen Unmut einigermaßen im Zaum zu halten. Doch lange blieb das nicht unbemerkt und als Onkel Matti ihn fragte, was los sei, sah er sich gezwungen, irgendetwas zu erfinden.

Als sie endlich ablegten, wirkte das leise Tuckern und Schwanken des Börteboots beruhigend. Sprotte saß auf der Ducht vor dem Ruder, die Hände legten sich wieder entspannt auf seine Knie und er blinzelte in das warme Abendlicht.

„Ich hoffe das Wetter bleibt so", sagte Claus als sie die Mole des Südhafens entlang der Biologischen Anstalt passierten. „Nachher soll eine Nebelbank heranziehen. Es kann also sein, dass wir zügig zurückmüssen."

Sie umrundeten die Südspitze und glitten gemächlich die Westküste entlang. Sprotte genoss die frische Brise, die ihm um die Nase wehte. Außer dem Gluckern des Wassers am Bootskörper, war alles still und die Luft roch nach Salz und Tang. Meeresduft.

Hinter der Absperrung zum Klippenkontrollweg suchte Sprotte die Stelle, an der Finn und er Wellenducken gespielt hatten. Ein langer Einschnitt in den Fels gab ihm eine ungefähre Orientierung. Nur ein kleines Stückchen dahinter musste es gewesen sein. Aber es war wenig zu sehen, bis unvermittelt Bewegungen am Fels erkennbar wurden. Eine gut sichtbare Staubfahne zog sich lautlos aus dem oberen Drittel der Felswand bis hinunter an deren Fuß.

„Steinschlag", sagte Claus und beantwortete die unausgesprochene Frage. „Das kann da jederzeit vorkommen. Hat schon seinen Grund, warum jeder, den sie da mal hinlassen einen Helm tragen muss. Ganz egal, ob Geologe, Ornithologe oder sonst was. Die Ecke ist nicht ungefährlich. Ist ja auch nicht rein zufällig abgesperrt."

Sprotte hoffte, dass er in diesem Moment nicht zu schuldbewusst aussah. Allzu viele Schwierigkeiten hatte die Absperrung ihnen nicht bereitet. Ob da hinten gerade besonders große Steine niedergegangen waren?

„Ganz egal, was passiert", fuhr Claus fort, „von dort hält man sich besser fern. Völlig gleichgültig, wer dich da mitschnacken will. Ich stehe ja nicht so auf Verbote, aber da hat man wirklich nichts zu suchen. Das ist ungefähr so bekloppt, wie auf die ‚Witte Kliff' zu springen, bevor sie angelegt hat!"

Onkel Matti lachte und schüttelte den Kopf. Offensichtlich war Clauss Bemerkung nicht nur ein Spruch, sondern hatte einen ganz bestimmten Hintergrund, der ihm bestens bekannt war.

„Habt ihr eigentlich schon eine Bunkerführung gemacht?", fragte Claus.

Bei dem Wort „Bunker" verzog Sprotte unwillkürlich das Gesicht. Ein leichtes Unwohlsein kam in ihm auf.

„Nein", sagte Onkel Matti. „Ich war schon oft genug drin und bisher war das Wetter entweder zu gut oder zu schlecht. Abgesehen davon ... Es sind lange Betonröhren. Das ist nicht so unbedingt Sprottes Fall ..."

„Ja, aber die Holztoiletten sollte man schon mal gesehen haben, oder?"

„Holztoiletten?", fragte Sprotte.

„Die Bunker sind nicht die militärischen aus dem Zweiten Weltkrieg", sagte Onkel Matti. „Die wurden erst später fertiggestellt, zu Zeiten der Kuba-Krise. Und um Geld zu sparen, hat man keine richtigen Toiletten eingebaut, sondern nur die Holzvarianten."

Sprotte rümpfte die Nase. Dafür würde er sich ganz sicher nicht unter die Erde wagen.

Sie fuhren gemütlich weiter, bis sie etwa auf Höhe des Vogelfelsens waren. Claus drosselte den Motor und stellte ihn zu guter Letzt ganz ab. Sanft dümpelten sie in der Dünung dahin und alles um sie herum wurde still.

Onkel Matti holte sein Fernglas heraus und richtete es auf die Westküste. „Immer wieder faszinierend", sagte er. „Vom Vogelfelsen aus macht man sich gar keine Vorstellung davon, wie viele Vögel da tatsächlich an den Felsen nisten. Guck dir das mal an." Er übergab das Glas an Sprotte.

Abwechselnd beobachteten sie das Treiben der Seevögel. Claus stand derweil schweigend an seinem Ruder und genoss die Abendstimmung.

Weit vor ihnen, hinter der „Langen Anna", deutete sich das

Ende dieses Tages an. Der Himmel verfärbte sich, während die Sonne immer weiter herabsank und die ersten diesigen Schichten und Wolken erreichte. Ein kalter Wind strich über die Nordsee und das kleine Boot.

Sprotte setzte seine Kapuze auf und hauchte warme Atemluft in seine Hände. Von einem Moment auf den anderen umfing sie ein erster, leichter Dunst. Sprotte machte seine Jacke bis oben hin zu.

„Schätze das mit dem Nebel stimmt doch", stellte Claus fest und deutete auf den Horizont. Von Norden kam etwas auf sie zu. Die Sonne verschwamm zusehends und die goldroten Lichtstrahlen verkamen zu einem dunklen Schleier aus Blau und Grau.

„Ich bin ungern der Spielverderber, aber wir sollten wieder los. Keine Ahnung, wie groß die Nebelbank ist, aber im Zweifelsfall kann sie schon ein bisschen Ärger machen."

Da niemand ohne Sicht auf dem Meer treiben und dort die Nacht verbringen wollte, enthielten sich Sprotte und Onkel Matti jeglichen Widerspruchs. Aber die Inselrundfahrt konnten sie noch zu Ende zu bringen.

Claus setzte die Positionslichter und sie schickten sich an, die „Lange Anna" zu umschiffen. So dicht wie möglich fuhr er an die Wellenbrecher heran und Sprotte schoss noch einige Fotos von der hoch aufragenden Felsnadel, die man normalerweise nur aus einer erhöhten Position vom Oberland aus betrachten konnte.

Von hier unten aus gesehen, erschien sie viel größer. Bedrohlich, wie ein Riese aus den Wolken neigte sie sich auf ihn zu. Er drückte noch einmal auf den Auslöser der Kamera. Nebelschwaden zogen an ihnen vorbei und der Anblick der Insel mit ihren verschwommenen Konturen nahm etwas Geisterhaftes an.

„Nichts für ungut", sagte Claus, „aber wir müssen ein bisschen mehr Fahrt machen. Das geht mit dem Nebel verflixt noch mal viel schneller, als ich dachte."

Claus gab Gas und Sprotte machte sich flugs auf in den Bug. Er genoss den Fahrtwind genauso, wie die kalten, salzigen Spritzer aus Meerwasser, die ihn trafen.

„Ich glaube, da vorne ist etwas!", rief er plötzlich.

Backbord voraus meinte er, einen Schatten gesehen zu haben. Eine Robbe? Dann tauchte der Schatten erneut zwischen den Nebelfetzen auf. Die scharfen Umrisse waren zu groß für eine Robbe oder einen Seehund.

Claus drosselte den Motor und starrte angestrengt in den Nebel hinein. „Siehst du etwas Matti?"

„Ich weiß nicht." Onkel Matti stellte sich breitbeinig neben Sprotte im Bug auf. „Wo denn?"

Sprotte musste sich konzentrieren. Der Schatten war verschwunden, doch er war sich sicher, dass er etwas gesehen hatte. Dann war es wieder da! Deutlich erkennbar, erschien vor ihrem Backbordbug ein anderes Boot. Es war unbeleuchtet und drauf und dran, ihren Kurs zu kreuzen!

Onkel Matti wollte Claus etwas zurufen, aber der hatte das Boot bereits gesehen. Er legte das Ruder um und nahm Fahrt auf, um auszuweichen, doch der andere Bootsführer hatte offenbar die gleiche Idee.

Laut fluchend steuerte Claus in die Gegenrichtung und ließ den Motor heulend rückwärts laufen.

Das Boot rauschte an ihnen vorbei und verschwand in Nebel und Dunkelheit.

„Ahoi! Du Süßwassermatrose! Hast heute wohl schon zu viel Grog gehabt! So eine Sauerei! Setz verdammt noch mal deine Positionslichter!"

Ihr Börteboot kam ins Schwanken, bäumte sich im Kielwasser des vorbeigezogenen Bootes auf und fiel schnell wieder hinab. Alle drei kamen ins Straucheln.

Ein seltenes Zornesblitzen zeigte sich in Claus Augen. Sein Gesicht hatte eine seltsame Röte angenommen und an den Schläfen waren kleine, pochende Äderchen zu erkennen. „Was für ein Vollidiot! Wenn ich den einen Augenblick später gesehen hätte ..." Man hörte, wie er mit dem Stiefel aufstampfte.

Sprotte atmete tief durch und sah zurück. Doch dort fand er nur noch dunklen Dunst und Nebelschleier. Von dem anderen Boot fehlte jede Spur. „Konnte irgendjemand den Namen erkennen?", fragte er.

„Das war knapp", sagte der Bootsführer und bedachte seinen einzigen Passagier mit einem vorwurfsvollen Seitenblick. In einem weiten Bogen drehte er nach Steuerbord ab und ließ das Börteboot mit seinem schimpfenden Skipper hinter sich.

Als er die Insel wieder vor dem Bug hatte, nahm er den Gashebel zurück. Das Boot machte nun nur noch äußerst langsame Fahrt. Vorsichtig und ohne Positionslichter tastete es sich durch den Nebel an die Insel heran. Angestrengt lauschte der Bootsführer in den Dunst. Alle Geräusche klangen gedämpft und weit entfernt, so als wäre die Welt als Ganzes plötzlich in Watte eingewickelt.

„Ich hoffe, wir sind bald da", sagte der Passagier. Er gab ein wütendes Knurren von sich und die Muskeln an seinem Kiefer traten deutlich hervor. Etwas huschte aus der Kajütentür an ihm vorbei.

„Verdammtes Vieh! Musste dieser Kater unbedingt mit?"

Ein schwarzer Schatten hielt kurz auf dem Bootsdeck. Zwei Augen glühten aus schmalen Schlitzen und ein Fauchen wurde laut.

„Rasmus ist auf dem Boot immer dabei. Ist so eine Art Glücksbringer. Und wenn ich noch einmal erlebe, dass du etwas nach ihm wirfst, gehst du über Bord, ist das klar Asger?"

Asger grinste hässlich. Das würde er gerne sehen wollen. Wie dieser Wasserfloh versuchte, ihn hochzustemmen und über die Reling zu bugsieren. Ungeduldig strich er sich durch die streichholzkurzen, hellblonden Haare, die seinen runden Schädel bedeckten. In ihm brodelte es, denn er war spät. Vielleicht sogar schon zu spät.

Er wollte bereits seit Tagen hier sein, aber erst hatte sich die Abfahrt immer wieder verzögert und dann hatte das Übersetzen weitaus länger gedauert, als er erwartet hatte. Aber bei dieser Art der Anreise bekam wenigstens niemand etwas von seiner Ankunft mit. Nicht so, wie im Januar, als sein Aufenthalt nachvollziehbar gewesen war, und zwar genau für die Leute, mit denen er nichts zu tun haben wollte.

„Wie lange denn noch? Ich kann den Leuchtturm schon seit über einer Stunde sehen."

„In klaren Nächten kannst du den bis nach Cuxhaven sehen, das hat nichts zu sagen. Aber vielleicht ist dir ja der Nebel aufgefallen. Da sollte man nicht zu schnell unterwegs sein. Außerdem ist an dieser Ecke sowieso Vorsicht geboten", sagte der Bootsführer. „Die Mole ist nicht mehr die Jüngste und es sind noch jede Menge alte Pfeiler im Wasser. Gefallen hin oder her, mein Boot setze ich für dich nicht aufs Spiel. Und hier aufzulaufen, würde dir kaum weiterhelfen. Selbst wenn wir ohne Hilfe an Land kämen, würde das Boot auffallen. Und irgendjemand würde anfangen, Fragen zu stellen."

Asger grunzte zur Antwort und gab einen grimmigen Blick zurück. Man konnte auch zu vorsichtig sein. Und das tat selten gut, jedenfalls war das seine Erfahrung.

Der Bootsführer drosselte den Motor bis kurz vor den Leerlauf und für einen Moment trieben sie auf der Stelle.

An Steuerbord war das Licht des Leuchtturms trotz des Nebels gut zu erkennen. Alle anderen Markierungen verkamen zu einem gelegentlichen Blinzeln, das den Dunst nur noch schemenhaft durchdrang.

Wieder horchte er in den Nebel und lauschte auf das leise Plätschern von Wellen, die an Holz und Metall schlugen. Er richtete den Bug nach dem geisterhaft wirkenden Licht aus, das das Ende der Mole markierte und nahm kleine Fahrt auf. Gemessen an den Abständen zum Leuchtturm und der Düne konnte es nicht mehr weit sein.

Kaum hatte er den Motor erneut anlaufen lassen, drosselte er ihn auch schon wieder. Kurz vor seinem Steuerbordbug tauchte etwas aus dem Nebel auf. Zentimeter um Zentimeter ließ er sich darauf zu treiben, bis er endlich sicher sein konnte, dass sie ihr Ziel erreicht hatten.

Er legte das Ruder um und steuerte das Boot routiniert an die Längsseite der Mole am Nordstrand. Eine gespenstische Stille umfing sie, als er den Motor abschaltete. Die Fender knarrten und Wasser schwappte leise an den Rumpf.

„Gut, Asger. Da wären wir", sagte er flüsternd. „Wie vereinbart. Du hast vierzehn Tage, dann bin ich wieder hier, und zwar um zwei Uhr morgens. Sei pünktlich, ansonsten bin ich weg und du kannst zusehen, wie du von der Insel runterkommst."

Asger Mortensen grinste schief, dann schoss seine Hand vor, packte den Bootsführer an der Jacke und schloss sich wie ein Schraubstock um den Stoff. Drohend zog er ihn zu sich heran und zischte: „Du wirst genau dann hier wieder auftauchen, wenn ich dich brauche und wenn ich es dir sage, hast du verstanden?" Er wartete eine Bestätigung gar nicht erst ab, sondern fuhr direkt fort: „Solltest du das nicht hinkriegen, dann weiß ich, wo ich dich finde. Mitsamt deinem Boot, deiner Frau und deinem verdammten Kater, der dir dann garantiert kein Glück mehr bringen wird!"

Wortlos setzte er auf die Insel über und stapfte die Mole entlang. In seinem Rücken legte das Boot ab und entfernte sich mit zunehmender Geschwindigkeit. Als er den Nordstrand erreichte, flammten die Positionslichter auf und verschwanden kurz darauf im Nebel.

Schnell brachte er den Strand hinter sich und fand sich vor jener Felswand wieder, in der irgendein Wahnsinniger eine Treppe angelegt hatte. Den Jägerstieg.

Das war nicht gerade der angenehmste Weg, um das Oberland zu erreichen, aber die 256 Stufen hatten einen Vorteil: Bei diesem Nebel und zunehmender Dunkelheit war er hier allein. Niemand würde sich fragen, was dieser einzelne Mann, mit dem unangenehmen, ja brutalen Äußeren und der Reisetasche auf der Schulter hier trieb.

Schnaufend brachte er die letzten Stufen hinter sich. Auf der Bank beim Ausgang des Jägerstiegs nahm Asger sich einen Augenblick, um wieder zu Atem zu kommen. Er war zwar noch nicht alt, gerade Mitte dreißig, aber sein Lebensstil war einer guten Kondition nicht eben förderlich.

Nur wenn es wirklich einmal drauf ankam, war er in der Lage, körperlich Beachtliches zu leisten. Stinknormales Treppensteigen gehörte allerdings nicht in diese Kategorie.

Langsam kam er wieder zu Atem und betrachtete den Himmel. Die Sicht war schlecht, was ihm nur recht sein konnte, dennoch wollte er warten, bis es noch etwas dunkler wurde. Solange es nicht stockdunkel war, würde er sein „Domizil" schon wiederfinden.

Bei seinem Aufenthalt im Januar hatte er es zufällig entdeckt. Das perfekte Versteck! Besser ging es einfach nicht, und dass es in der Zwischenzeit gefunden worden war, hielt er für ausgeschlossen. In den letzten sechzig, fast siebzig Jahren war niemand darüber gestolpert. Außer ihm.

Er tastete in seiner Jackentasche nach einem Päckchen Zigaretten. Seine Hand stieß an eine Postkarte. Asger verzog das Gesicht, als hätte er in eine aufgespannte Mausefalle gegriffen.

Als er aus der Untersuchungshaft kam, hatte ein Stapel Post auf ihn gewartet. Im Großen und Ganzen Rechnungen, Mahnungen oder Werbeschreiben, unnützes Zeug, das er sogleich im Müll entsorgt hatte, ohne sich weiter darum zu kümmern.

Aber diese Postkarte hatte etwas in ihm ausgelöst. Auch ohne Unterschrift hatte er sofort gewusst, von wem sie war und welchen Wert sie darstellte. Einen verdammt Hohen, um es vorsichtig auszudrücken! Aber auf der Karte stand nur ein einziger Satz. Und der sagte ihm so wenig, dass ihm sofort die Galle hochgekommen war und er laut geflucht hatte.

Was bildete sich dieser Kerl eigentlich ein? Gepackt von einer unbändigen Wut hatte eine Flasche Bier dran glauben müssen und einen Fleck an der Küchenwand hinterlassen.

Jetzt war er also wieder hier, an einem Ort, den er am liebsten nie wieder gesehen hätte.

Eigentlich hatte er diesen Job und alles, was damit zu tun hatte, längst abgeschrieben. Der einzige Lohn, den er dafür verbucht hatte, war, nicht geschnappt worden zu sein. Aber Geld hatte es nicht gegeben. Eine Enttäuschung ohnegleichen, die allerdings abzusehen gewesen wäre, hätte man einfach mal nachgedacht.

Aber er hatte nur gesehen, wie simpel seine Aufgabe war, und was er dafür einheimsen sollte. Dass es da eine Kleinigkeit gab, die ihm und den anderen dummerweise erst später aufging, hatte er schlicht nicht bedacht. Und dass er sich auf diese „Lösung" eingelassen hatte, machte die Sache nicht besser.

Im Gegenteil.

Das ganze Vorgehen hatte lediglich dazu geführt, dass er nun eigentlich gar nichts wusste. Nur, dass der dritte Beteiligte sich bereits hier auf der Insel befand. Glücklichweise hatte der Kollege eine auskunftsfreudige Nachbarin, die Asger gar nicht lange bearbeiten musste. Eine kurze Frage und ein schiefes Lächeln und die alte Dame hatte mit allem herausgerückt, was er wissen wollte.

Aber diese Person war auch schon alles, was er hatte, sein einziger Ansatzpunkt. Ein gehässiges Grinsen verzerrte sein Gesicht.

Ob Arne sich wohl freuen würde, ihn zu sehen?

Die bunten Fassaden der Hummerbuden begannen im dichter werdenden Nebel zu verblassen. Die Außenbeleuchtungen am Scheibenhafen verströmten ein fahles Licht und eine bleierne Stille hatte sich über die Insel gelegt. Selbst die gelegentlichen Schreie der Möwen wurden vom Nebel gedämpft und klangen weit entfernt.

An der Mole ging Finn schnellen Schrittes auf und ab. Nach ein paar Metern machte er auf dem Absatz kehrt und stiefelte leise vor sich hinfluchend in die andere Richtung. Dann blieb er stehen, knabberte kurz an einem Finger und tigerte weiter den Anleger entlang.

Nach der überaus erfolgreichen Operation „Kaffeeknall" hatte er den Rest des Tages mit seinem Vater zugebracht und diverse Kunden der Tischlerei besucht.

Ein ereignisreicher Arbeitstag, bei dem er Dinge aufgeschnappt hatte, die er seinem neuen Freund unbedingt mitteilen musste. Aber als er bei Sprotte geklingelt hatte, war der nicht zu Hause gewesen und als er ihn daraufhin anrief, konnte er hinter dem Küchenfenster Sprottes Klingelton, die Titelmusik aus ‚Indiana Jones' hören.

Erst in diesem Moment hatte er die Textnachricht gesehen: „Muss dich unbedingt sprechen. Bin jetzt auf Dämmertörn, wir legen später im Scheibenhafen an." Eine Zeitangabe fehlte. Umso mehr brannte Finn nun unter den Nägeln, was er heute bei der Arbeit aufgeschnappt hatte. Sprotte würde einen Luftsprung machen, wenn er davon hörte!

Von Weitem konnte er endlich die Kapitänsmütze des Skippers erkennen. Unruhig trat er von einem Fuß auf den anderen. Ein kleiner Fitzel Nagelhaut trieb ihn schier in den Wahnsinn und er knabberte weiter an seinem Zeigefinger herum.

Das Boot drehte bei und steuerte den Hafen an. Finn winkte hektisch, als er sah, dass Sprotte sich im Bug zum Aussteigen bereit machte. Diese letzten Minuten waren die schlimmsten.

„Das hat aber gedauert!", rief er und glühte vor Aufregung.

„Ich muss dir unbedingt was erzählen", sagte Sprotte. Er überging den leichten Vorwurf und wäre beim Aussteigen fast gestolpert.

„Dürfen wir vielleicht erst noch die Leinen fest machen, bevor der Herr von Bord geht?", rief Claus. Seine Stimme hatte ihre Schärfe nach der Begegnung mit dem fremden Boot noch nicht ganz verloren.

„Immer mit der Ruhe, Sprotte", sagte Onkel Matti.

Sprotte winkte den beiden zu und ging mit Finn ein paar Schritte. „Das glaubst du mir nie!", sagte er. „Und es passt so hundertprozentig ins Bild."

„Nee, erst komme ich", sagte Finn. Entschieden schüttelte er den Kopf. „Ich hab jetzt immerhin schon ein paar Stunden auf dich gewartet."

„Und wir sind sogar noch deutlich früher reingekommen, weil die Sicht so schlecht wurde."

„Macht Sinn", sagte Finn und zog ihn auf die Seite. Sie blieben besser außer Hörweite der Erwachsenen.

Sprotte hob die Augenbrauen. „Na, da bin ich ja mal gespannt. Aber ich sag's dir gleich. Du kannst eh nicht toppen, was ich zu erzählen hab."

„Abwarten", sagte Finn. „Das Ganze ist natürlich streng vertraulich. Also sag es auf keinen Fall weiter." Er schaute sich schnell noch einmal um, ob ihnen irgendjemand zu nahe kam und senkte seine Stimme zu einem verschwörerischen Flüsterton.

„Ich habe heute bei meinem Vater geholfen, mehr als mir lieb gewesen wäre, aber egal ... Rate mal, was wir gemacht haben? Fenster reparieren! Und zwar gleich drei Stück!"

„Kaputte Fenster sind jetzt noch nicht so ungewöhnlich oder?"

„Nein, es sei denn, dass sie allesamt aufgebrochen oder besser gesagt, aufgehebelt wurden. Und zwar immer auf genau die gleiche Art und Weise."

„Alle drei?", sagte Sprotte. Er ahnte er schon, was kam, als Finn breit grinste.

„Alle vier, um genau zu sein. Denn die Fenster wurden genauso geöffnet, wie die Tür der Bücherhalle. Papa sieht so was. Er ist sich sogar ziemlich sicher, dass es immer der gleiche Schraubenzieher war."

Sprotte sog hörbar die Luft ein. „Und was sagt die Polizei dazu?"

„Blankenburg? Na, das Übliche. Er hat drei Anzeigen wegen Einbruchs aufnehmen müssen und sich erst einmal über den Papierkram beschwert, der ihn erwartet."

„Und dass es vielleicht immer der gleiche Täter war – was sagt er dazu?"

„Papa hat ihm das erklärt. Auch in Verbindung mit der Bücherhalle, aber davon wollte er nichts wissen, weil wir von sowas ja keine Ahnung haben. Er ist ja schließlich der Polizist und deswegen weiß er, dass es so was wie Serieneinbrecher nicht gibt, zumindest nicht auf Helgoland. Vor allem ..."

„... weil bei keinem der Einbrüche etwas gestohlen wurde", sagte Sprotte.

„Wie man's nimmt. Dass gar nichts gestohlen wurde, kann man nicht sagen. Wenn ich mich nicht verhört habe, ist bei allen eine Armbanduhr abhandengekommen. Aber das war's dann auch schon. Und immer hieß es, dass es sowieso ein altes Billigteil war, das niemand vermissen würde."

„Das zählt nicht. Wer begeht denn wegen einer alten Armbanduhr einen Einbruch? Oder besser gesagt: Gleich drei?"

Finn zuckte nur mit den Schultern.

„Irgendetwas läuft da", sagte Sprotte. „Die Gemeinsamkeiten sind zu eindeutig. Es ist denkbar, dass es etwas gibt, das auf alle drei Einbruchsopfer zutrifft."

„Ich wüsste nicht was", sagte Finn. „Zwei kannte ich gar nicht oder nur flüchtig. Die Dritten, bei denen wir heute waren, waren übrigens eure Vermieter."

„Lina und Olli? Damit wäre Onkel Matti dann aus dem Schneider. Nicht einmal Blankenburg ist dusselig genug, um anzunehmen, dass er bei Leuten einbricht, mit denen er seit Jahren eng befreundet ist."

„Vorausgesetzt, dass Blankenburg selbst zu dem Schluss kommt, dass es sich immer um den gleichen Einbrecher handelt. Und darauf würde ich nicht wetten." Finn zog eine Grimasse, als hätte ihm jemand auf den großen Zeh getreten.

„Auch wieder wahr", sagte Sprotte.

„Und was machen wir jetzt?", fragte Finn.

Nachdenklich rieb Sprotte sich das Kinn. „Zuerst mal kein Wort zu irgendeinem Erwachsenen."

„Auch nicht zu deinem Onkel?"

„Pffffff, der würde sich ja nicht einmal selbst als Erwachsenen bezeichnen. Nein, der muss davon jetzt auch noch nichts wissen. Und der Polizei müssen wir schon gar nichts sagen, weil dein Papa das schon erledigt hat. Und die wollen es anscheinend ja gar nicht wissen, von daher …" Der grüblerische Ausdruck grub sich noch tiefer in seine Züge. „Ich muss mir das mal überlegen", sagte er schließlich, aber es klang, als würde er mit sich selbst reden.

„Ja, aber erst sagst du mir noch, was deine Neuigkeiten sind. Bin gespannt, wie du mich überbieten willst!" Finn verschränkte die Arme und grinste selbstzufrieden.

Sprotte lächelte milde und sagte: „Ich bin überfallen worden."

Finns Grinsen zerbröselte wie ein alter Keks und er starrte Sprotte mit offenem Mund an. „Echt jetzt?"

Sprotte erzählte, was sich auf dem Weg über den Friedhof und im Kirchturm zugetragen hatte.

„Wenn ich das mit den neuen Einbrüchen zusammen bringe, muss ich mir nicht mehr lange die Frage stellen, ob es immer der gleiche Täter ist. Das ist für mich sonnenklar. Das Einzige, das völlig im Dunkeln liegt, ist das Motiv. Warum macht er das? Ich glaube, ich muss mich am Hotel weiter auf die Lauer legen. Je mehr ich über diesen Typen rausfinde, desto besser!"

„Nach dem, was heute passiert ist? Bist du sicher?" Finn sah Sprotte schief an.

„Ich muss eben vorsichtig sein. Und ich wüsste zu gerne, was die anderen Opfer eventuell gemeinsam hatten. Kannst du da vielleicht was rausfinden?"

„Ich kann's ja mal probieren. Was morgen angeht, bin ich aber leider erstmal raus. Papa hat schon angekündigt, dass ich gleich früh morgens wieder mit raus soll. Und abends haben wir ein total wichtiges Familienessen, zu dem ich mit muss," sagte er und verdrehte die Augen.

„Das ist zwar blöd, aber wohl nicht zu ändern. Vielleicht können wir übermorgen ..."

„Hey, Sprotte!" Onkel Matti winkte sie heran. Bisher hatte er mit Claus am Geländer gestanden. Vermutlich hatten die beiden sich noch über das Boot mit den fehlenden Positionslichtern ausgelassen. Als er mit Finn näher kam, sah er, dass die zwei nicht mehr alleine waren. Außer Claus stand nun auch Wolfgang Kallmann neben ihm, der sie mit einem herzlichen Lächeln begrüßte.

„Na, was habt ihr zwei ausgeheckt?", fragte Onkel Matti.

„Wir? Ääääh ... Gar nichts?", antworteten sie fast gleichzeitig, was bei den drei Männern eine unerklärliche Heiterkeit auslöste.

Onkel Matti räusperte sich und wurde ungewohnt ernst. „Wolfgang hat es uns gerade eben erzählt. Bei Olli und Lina ist eingebrochen worden", sagte er.

„Nein!", sagte Sprotte und versuchte so erschrocken, wie möglich auszusehen. „Wer macht denn sowas? Und vor allem: warum?"

Kapitel 7
Ein rätselhafter Zettel

Dieses „Warum" in Bezug auf die Einbrüche ließ Sprotte nicht mehr los. Die ganze Nacht lang arbeitete es in ihm und seine Gedanken kreisten immer wieder um die Frage, warum jemand in Häuser einstieg, ohne dabei nennenswerte Beute zu machen.

Am nächsten Tag nutzte er jede freie Minute, um das Hotel zu beobachten. Die Begegnung mit dem Fremden im Glockenturm hatte ihn endgültig davon überzeugt, auf der richtigen Spur zu sein.

Sie hatte ihn aber auch dazu veranlasst, sich für seine Observierung ein besseres Versteck zu suchen.

Ganz einfach war es nicht gewesen, doch nach einigem Hin und Her, hatte er eine stille Ecke entdeckt, die nicht auffiel, von der man aber gleich beide Eingänge des Hotels gut im Blick hatte.

Die meiste Zeit passierte nichts. Sprottes ohnehin überschaubare Geduld wurde auf eine harte Probe gestellt. Aber er musste wissen, was dieser Mann so trieb. Und vor allem, ob er noch weitere Einbrüche plante.

Leise wisperte der Wind in den Bäumen. Die Büsche, die ihn verbargen, raschelten und Spatzen knatterten durch die Luft. Es ging schon auf den Abend zu. Die Rückkehrer von der Düne strömten an ihm vorbei und mehr als einmal konnte er mithören, wie Kinder mit ihren Eltern diskutierten, warum man denn vom Strand zurückmusste, wenn es noch hell war.

Auch ins „Kaffeehaus" kam Bewegung. Die Gäste kamen und gingen und der Außenbereich füllte sich, wie die anderen Restaurants Helgolands auch. Dann legte sich die Unruhe scheinbar wieder. Die Zahl der Fußgänger ging zurück und das Geschnatter und Gelächter konzentrierte sich auf die Tische, die vor den Lokalen im Freien standen.

Vielleicht war das der Moment, um für den heutigen Tag abzubrechen, dachte Sprotte. Sein Verdächtiger hatte sich bisher nicht blicken lassen, nicht einmal zum Essen. Irgendwie hatte er seine Zweifel, dass er heute überhaupt noch herauskommen würde.

Er war schon fast aus seinem Versteck heraus, als er im Haupteingang des Hotels eine rasche Bewegung wahrnahm. Erst war es nur ein Schattenspiel oder ein Lichtreflex, der kurz unterbrochen wurde. Dann zeichnete sich die Gestalt eines Mannes ab, der zögerlich und sich vorsichtig umschauend vor die Tür trat.

Auch ohne die blaue Jacke mit den beiden Flicken und den Riss im Ärmel, erkannte Sprotte ihn sofort. Er hielt mitten in der Bewegung inne und zog sich langsam wieder zurück. Eine Sekunde lang fürchtete er, entdeckt worden zu sein, aber nichts deutete daraufhin, dass seine Zielperson ihn bemerkt hatte.

Er trug eine blaue Baseball-Mütze, Jeans und ein langärmeliges T-Shirt. Im ersten Moment erschien Sprotte der Mann viel zu warm angezogen, doch dann erinnerte er sich an die Wunde an dessen Unterarm. Der Verband war mit Sicherheit auffällig genug, dass man sich an ihn erinnern würde. Falls denn eine Situation eintrat, in der man sich an ihn erinnern musste. Zum Beispiel, weil man wegen eines Einbruchs befragt wurde.

Ein leichtes Prickeln setzte in Sprottes Nacken ein. Schnell kroch es über seine Schultern die Arme entlang und entlud sich in einem unsagbaren Kribbeln in den Fingerspitzen. Endlich war es soweit!

Der Mann verschwand um die Ecke und Sprotte glitt geräuschlos hinter den Büschen hervor. So schnell es ging, verkürzte er den Abstand und beobachtete, wie seine Zielperson an einer Kreuzung stehen blieb und etwas aus der Jackentasche hervorholte. Sie orientierte sich kurz, nestelte wieder an der Tasche herum und verschwand um die nächste Ecke.

Sprotte spürte, wie sein Herz schneller schlug. Er rannte los und sah vorsichtig in die Straße hinein. Auf keinen Fall wollte er noch einmal entdeckt werden.

Aber die Straße war leer!

Sprotte ließ einen Fluch hören, für den ihn wohl selbst Onkel Matti zur Rede gestellt hätte. Er jagte die Straße hinauf und warf einen schnellen Blick, in die schmalen Gassen, die von ihr abgingen. Irgendwo hier musste der Mann abgebogen sein.

An einer Ecke stellte ein kleiner weißer Hund die Vorderpfoten auf den Gartenzaun und bellte, als er an ihm vorbeikam. Sprotte bedachte ihn mit einem Stirnrunzeln. Eben war der Hund noch still gewesen, dachte er.

Der Mann war also wahrscheinlich schon vorher abgebogen! Sprotte rannte zurück und in die nächste Gasse hinein, doch er musste sich eingestehen, dass es zu spät war. Der Mann war ihm entwischt. Es blieb ihm nur noch, die Gegend systematisch abzugehen.

Er brauchte einen Glückstreffer.

Vorsichtig sah Arne Trabert hinter der Gardine hervor und versuchte, einen Blick in die schmale Gasse zu erhaschen. Draußen war es genauso still, wie in dem Wohnzimmer, in dem er stand. Nur ein Schwarm Spatzen lärmte in einem Baum an der Ecke.

Hauptsache die Bewohner des Hauses kamen nicht innerhalb der nächsten paar Minuten zurück. Er peilte einen

Sicherheitsabstand von wenigstens hundert Metern zwischen sich und dem Tatort an, und zwar bevor man den Einbruch entdeckte.

Den erfolglosen Einbruch, fügte er zähneknirschend hinzu.

Er hatte sich alles so schön einfach vorgestellt. In der Bücherhalle vorbeischauen, holen, was er brauchte und diesen vermaledeiten Job endlich abschließen. Aber nein, er war gezwungen gewesen, dort einzubrechen, weil sein erster Besuch alles andere als planmäßig verlaufen war. Und danach hatte sich so etwas wie eine Schnitzeljagd entwickelt!

Abgesehen von der Bücherhalle war er mittlerweile in drei Häuser eingestiegen, ohne dass es ihn weitergebracht hätte. In zweien wohnten eindeutig Kinder, was ihm überhaupt nicht behagte. Das Eigentum anderer zu beschädigen und es sich im Zweifelsfall anzueignen machte ihm nichts weiter aus. Aber wenn Kinder im Spiel waren ...

Arne zog die Gardine beiseite und öffnete das Fenster. Ein leises Quietschen erklang und wirkte in der sonst herrschenden Stille so laut, dass er sicher war, dass man es bis zum Südhafen gehört haben musste. Sicherheitshalber warf er noch einen Blick nach links und rechts. Er horchte auf näherkommende Schritte und schwang sich dann durch das Fenster hinaus. Vorsichtig zog er es hinter sich zu.

Arne zog sich die Handschuhe aus und warf einen letzten Blick zurück. Von draußen merkte man nicht, dass mit dem Fenster etwas nicht stimmte.

Er drehte sich zum Gehen und machte blind den ersten Schritt in Richtung Straße. Doch statt des ebenen Pflasters fand sein Stiefel etwas Großes, Steiniges, das ihm im Weg lag.

Zu spät sah er wieder nach vorne und bemerkte die Mini-Tetrapode vor ihm! Er konnte gerade noch deren Konturen erkennen, dann war es um sein Gleichgewicht geschehen. Er stolperte, schlug lang hin und riss im Fallen einen kleinen, alten Stuhl um, dessen einzige Aufgabe darin bestand, seine

Farbe abblättern zu lassen und einen Blumentopf zu beherbergen.

Klirrend zersprang der Topf auf dem Gehweg. „Verdammt!" Fluchend rieb er sich das Knie und schaute die Straße hinunter. Ein weiterer Fluch blieb ihm im Hals stecken.

„Was zum Teufel ...", sagte er leise und erstarrte.

An der nächsten Ecke, keine zwanzig Meter von ihm entfernt, stand dieser Junge und sah ihn an.

Das konnte nicht sein! Er hatte ihn gewarnt! Zweimal! Sogar Gewalt hatte er angedroht und trotzdem war der Bursche jetzt hier.

Für einen Moment überlegte Arne, ob er zum Angriff übergehen sollte. Würde der Junge flüchten? Vielleicht. Und wenn nicht?

Ja, sagte Arne zu sich selbst. Was, wenn er nicht flüchtet? Wirst du dann diese eine Grenze überschreiten? Kannst du ihm weh tun? So weh, dass er endlich versteht? Sein Magen grummelte. Mühsam richtete er sich auf und heftete seinen Blick auf den Jungen.

„He! Sie da!", erklang urplötzlich eine dunkle und sehr bestimmt klingende Stimme. „Was machen sie da? Haben sie den Topf heruntergerissen?"

Arne sah sich nach dem Rufer um und zog seine Mütze tiefer ins Gesicht. Aus einem Fenster im ersten Stock des Nachbarhauses schaute ein älterer Mann heraus.

Arne fluchte wieder. Nichts wie weg hier! Ansonsten würde sein Einbruch nicht nur sehr viel schneller auffliegen als ihm lieb war, sondern todsicher auch mit ihm in Verbindung gebracht werden.

Arne zeigte drohend mit dem Finger auf den Jungen, dann spurtete er los. Sein Knie schmerzte. Er rannte die Straße herunter, in die nächste Querstraße hinein und bog noch einmal ab. Immer wieder schaute er sich um, ob der Junge ihm noch folgte. Aber der schaffte es nicht nur, mitzuhalten, sondern den Abstand auch noch zu verkürzen! Und irgendwo dahinter, meinte er sogar, den Alten aus dem Nachbarhaus bemerkt zu haben. Die Einheimischen nahmen es hier echt genau!

Das wäre ja die Krönung, dachte er bei sich. Aufgeflogen, weil er beim Verlassen eines Tatorts einen Blumentopf zerdeppert hatte! Er legte noch einen Zahn zu und lief kreuz und quer durch die Straßen des Oberlands.

Als er den Friedhof erreicht hatte, konnte er seine Verfolger nicht mehr sehen. In normalem Tempo ging er zwischen Kirchenschiff und Turm hindurch. Sekunden später verließ er das Friedhofsgelände, musste aber erkennen, dass er sich erneut geirrt hatte. Der Alte war zwar verschwunden, aber der Junge war ihm immer noch auf den Fersen.

Arne rannte geradewegs die Straße herunter auf die Schule zu! Vielleicht war es ihm möglich, sich schnell genug nach rechts durchzuschlagen und dort die Richtung zu wechseln. Vorzugsweise an einer Stelle, mit so vielen Abzweigungen, dass sein Verfolger nur noch raten konnte, welchen Weg er eingeschlagen hatte.

Er erreichte die Schule und lief in die nächste Straße hinein. Ein Blick über die Schulter verriet, dass sein Verfolger ihm immer noch dicht an den Fersen klebte! Er musste noch schneller werden!

Arnes Oberkörper wurde so plötzlich nach hinten gerissen, als hätte ihn eine Abrissbirne frontal erwischt! Irgendetwas stoppte ihn binnen eines Sekundenbruchteils, während er noch in vollem Lauf war. Ein Schrei hallte in seinen Ohren und vom Ellenbogen aus verbreitete sich ein dumpfer Schmerz durch seinen ganzen Körper. Seine Brust brannte und vibrierte. Japsend versuchte er, die Luft wieder einzusaugen, die der Zusammenstoß aus seinen Lungen herausgetrieben hatte.

Vor ihm lag ein Mann und stöhnte. Wo um alles in der Welt war der plötzlich hergekommen? Arne unterdrückte einen Fluch. Er sprang auf und rannte wieder los. Hinter dem letzten Haus hielt er sich links, um notfalls wirklich in die Schrebergärten zu flüchten. Wenn es ganz schlecht lief, konnte er immer noch versuchen, sich über den Klippenrandweg und den Jägerstieg ins Unterland abzusetzen. Spätestens in der Nähe der Jugendherberge würde er jeden Verfolger abhängen.

Aber als er einen weiteren Blick zurück riskierte, sah er, dass das gar nicht mehr nötig war. Der Junge war stehen geblieben und kümmerte sich um den am Boden liegenden Mann. Für einen Moment beobachtete Arne die Szene und sah zu, wie der Junge dem anderen auf die Beine half und mit ihm redete. Während dieses kurzen Gesprächs stockte der Junge plötzlich, beugte sich herunter und hob etwas auf.

Instinktiv glitt Arnes Hand in seine Jackentasche.

Sie war leer.

Sprotte lag noch ein ganzes Stück hinter dem Flüchtigen zurück. Dennoch konnte er den Aufschlag hören. Es war wie beim Fußball, wenn das Aufeinanderprallen der Spieler und der Schrei des Gefoulten bis auf die Tribüne zu hören waren. Ein Beutel flog durch die Luft und die beiden Männer gingen zu Boden. Wie vom Blitz niedergestreckt lagen sie da, ein zuckendes Knäuel von Gliedmaßen, das irgendwie versuchte, sich zu sortieren.

Er stoppte mitten im Lauf und hielt die Luft an. Was sollte er tun, wenn der Einbrecher da lag und sich nicht mehr rühren konnte? Oder schlimmer - er konnte es, der andere aber nicht? War Sprotte selbst in der Lage ihn festzusetzen? Zweifelnd griff er nach seinem Smartphone, um notfalls die Polizei rufen zu können.

Doch das war gar nicht mehr nötig. Mit einem Stöhnen und viel schneller, als Sprotte das erwartet hatte, kam der Einbrecher wieder auf die Füße und rannte davon.

Der andere Mann lag nach wie vor am Boden und tastete sich ab. Auf den ersten Blick waren keine Verletzungen an ihm zu sehen, aber das musste nichts heißen. In einem Buch hatte er einmal gelesen, dass jemand nach einem Unfall völlig unversehrt schien, und dennoch einige Stunden später plötzlich tot umfiel. Die inneren Blutungen hatten etwas Zeit gebraucht, um ihn umzubringen.

„Ist alles in Ordnung?", fragte Sprotte den Mann, der nur langsam wieder zu Atem kam. „Brauchen sie Hilfe?"

Der Mann schnappte nach Luft, schüttelte aber den Kopf. „Nein, nein. Ich bin okay."

„Sicher? Nicht, dass sie eine Gehirnerschütterung haben. Ist ihnen schwindelig? Oder fühlen sie sich flau im Magen?"

Der Mann lächelte ihn an. „Mir geht es gut, danke. Und wenn es mir schlechter gehen sollte, gehe ich noch zum Arzt, einverstanden?"

Sprotte nickte und ging nicht weiter darauf ein. Etwas anderes hatte seine Aufmerksamkeit auf sich gezogen. Gleich neben dem Beutel, den der Mann beim Zusammenstoß hatte fallen lassen, lag etwas.

Ein Zettel.

Er sah so neu aus, dass er noch nicht lange dort liegen konnte. Sprotte hob beides auf und reichte dem Mann den Beutel. Dann zeigte er ihm den Zettel: „Ist das ihrer?"

Wieder schüttelte der Mann nur den Kopf.

Vorsichtig faltete Sprotte das Papier auseinander. Es war ein einfaches, kariertes Blatt in DIN-A5-Format, mit einigen handschriftlichen Notizen. In mehreren Blöcken waren Buchstaben und Zahlen miteinander kombiniert. Stirnrunzelnd ging Sprotte alles einmal durch. Er konnte keinerlei Sinn darin erkennen. Er vermutete, dass der Einbrecher diesen Zettel verloren hatte, aber konnte er sich da wirklich sicher sein?

Und selbst wenn diese Angaben irgendetwas zu bedeuten hatten - was sollte das sein?

Arne drehte sich um und setzte seine Flucht fort. Nur wenige Momente später verschluckte ihn der Bewuchs der Schrebergartenkolonie. Er hatte immer noch einen dicken Kloß im Hals und sein Puls raste.

Was für ein Desaster! Der Einbruch war erfolglos gewesen, er war entdeckt worden und der Junge hatte seinen Zettel gefunden. Mit etwas Glück konnte er nichts damit anfangen, aber bei diesem Gedanken konnte Arne nur müde lächeln.

Dieser Bengel hatte nicht einmal vierundzwanzig Stunden gebraucht, um ihn nach seinem Einbruch in der Bücherhalle ausfindig zu machen. Er hatte zwei Warnungen ignoriert, ihn heute Abend wieder aufgestöbert und wusste wahrscheinlich deutlich mehr über ihn, als Arne lieb sein konnte.

Der Vorfall mit dem angeblich explodierten Kaffeeautomaten hätte ihn normalerweise nicht weiter gekümmert. Aber dann wurde die Vermutung laut, dass ein Unbefugter sich am Rezeptionsrechner zu schaffen gemacht hatte. Und das alles geschah nur einen Tag, nachdem der Junge auf den Plan getreten war. Es sah so aus, als müsste er den Bengel wirklich ernst nehmen.

Er rannte den Weg durch die Schrebergärten weiter, bis zum Klippenrandweg und machte sich über den Jägerstieg auf ins Unterland. Ein fürchterlicher Umweg, aber der direkte Weg ins Hotel war im Moment viel zu riskant.

Wie sollte er nur mit dem Jungen umgehen? Eine dritte Warnung? Das war unvermeidlich. Und er musste den Zettel wiederbeschaffen. Ohne diese Angaben wäre sein weiteres Vorgehen noch schwieriger und der Ausgang ungewisser, als dies ohnehin schon der Fall war.

Auf halben Weg den Jägerstieg hinab blieb er stehen und sah über den Nordstrand. Eine Gruppe junger Leute saß dort zusammen und Arne sah, wie jemand eine Flasche an den Mund setzte. Auch auf die Entfernung konnte er erkennen, dass es das typische Braun einer Bierflasche war.

„Eine braune Flasche", sagte Arne leise zu sich selbst. So eine hatte er auch. Nur, dass kein Bier drin war. Sein Blick glitt über die Jugendherberge hinweg auf die Düne.

Dort würde es am einfachsten sein. In seinem Kopf entstand ein sehr klarer Plan, wie er den Zettel zurückbekommen und den Bengel endlich auf Abstand halten würde.

Nach den Ereignissen des Tages verbrachte Sprotte eine weitere unruhige Nacht. Immer wieder wälzte er sich hin und her. Doch die Unkenntnis über den Hintergrund dieses seltsamen Zettels und das Gefühl, dass der Einbrecher ihm durch die Lappen gegangen war, ließen ihn nicht zur Ruhe kommen.

Der nächste Vormittag verlief nicht viel besser. Gleich nach dem Frühstück rief er Finn an, aber der war nicht zu erreichen und Ooti vertröstete ihn auf den frühen Nachmittag. Also schnappte er sich seine sieben Sachen und fuhr auf die Düne. Der Einbrecher würde an diesem Tag wahrscheinlich nicht mehr aktiv werden und erst einmal Ruhe einkehren lassen.

Entsprechend ließ auch Sprotte an diesem Tag alles etwas langsamer angehen. Er verzichtete auf ausgedehnte Touren, um Donnerkeile und roten Flint zu erbeuten, und nahm dabei in Kauf, dass er seinen Rückstand auf Onkel Matti nicht verkürzen konnte.

Stattdessen steckte er sich am Nordstrand ein Areal für ein Bauprojekt ab. Aus Sand schichtete er ein großes Oval auf, das er im weiteren Verlauf zu einem Fußballstadion ausbauen wollte. Das Spielfeld war schnell geglättet und früher als gedacht, konnte er die Tribünen errichten. Zur Mittagszeit waren drei von vier Seiten fertig und als er begann, nach Fertigstellung der Vierten, mit einer

Muschelschale vorsichtig die ersten Sitzreihen in den Sand zu schneiden, tauchte Finn endlich auf.

„Nicht schlecht", sagte er anerkennend. „So groß, wie du das gebaut hast, könnte man glatt meinen, dass du auch noch Zugangstunnel in die Gebäude bauen willst."

„Das ist der Plan."

Nicht umsonst hatte Sprotte die Längsseite seines Stadions auf gute zwei bis drei Meter angelegt. Damit waren die Tribünen von ihrer Masse her so stabil, dass man an ihrer Basis gefahrlos ein Loch bohren und etwas aushöhlen konnte.

„Aber ich habe noch was anderes. Komm mal mit!"

Auf dem Weg zum Strandkorb erzählte Sprotte von seinem Erlebnis am Vorabend und holte den Zettel aus seiner Tasche.

„Und den hast du von dem ..."

„Von dem Einbrecher, ja!", sagte Sprotte. Er war gespannt, was Finn dazu sagen würde.

„Das weißt du aber nicht sicher, oder? Der lag da halt einfach so rum, als du dem anderen geholfen hast?"

„Stimmt schon, aber ..."

„Ich geb ja zu, dass es möglich ist. Nur ganz sicher kann man sich da eben nicht sein." Finn studierte den Zettel und runzelte die Stirn. „Keine Ahnung, was das bedeuten soll. Es sind genau zwei Paare von Buchstaben, die sich wiederholen. Nur die Zahlen sind unterschiedlich. Das kann sonst was sein. Hast du gesehen, wie er dem anderen aus der Tasche gefallen ist?"

„Nein, das nicht gerade, aber ..."

Finn sah ihn schief an. „Kann es sein, dass du einfach willst, dass der Zettel, was mit den Einbrüchen zu tun hat? Sei doch mal ehrlich: Du kannst dir selbst keinen Reim darauf machen. Es gibt nicht den geringsten Hinweis, der aus diesen Notizen folgt und dir in irgendeiner Weise weiterhilft. Das Wahrscheinlichste ist, dass es einfach ein x-beliebiges

Stück Papier ist, das mit der ganzen Sache überhaupt nichts zu tun hat."

„Aber was die Angaben sonst zu bedeuten haben, kannst du auch nicht sagen, richtig?"

„Wie gesagt: Vermutlich ist es nur irgendein Stück Papier. Komm, lass uns lieber das Stadion zu Ende bauen. Das bringt dich auf andere Gedanken", sagte Finn.

Sprottes Augen verengten sich zu schmalen Schlitzen und er unterdrückte ein genervtes Seufzen.

„Ich glaube, ich muss erst einmal zum Klo", sagte er. Er machte auf dem Absatz kehrt und stapfte durch den Sand zum Holzbohlenweg.

Finn sah ihm mit erhobenen Augenbrauen nach.

Aufmerksam beobachtete ein weiteres Augenpaar, wie Sprotte zwischen den Dünen verschwand.

„Na endlich", sagte Arne Trabert leise. Seine Stimme bebte leicht. Er hatte schon befürchtet, dass der Junge sich heute gar nicht mehr wegbewegen würde.

Seit dem Vormittag war er am Nordstrand der Düne und spielte den Helgoland-Urlauber. Es war gar nicht so einfach, entspannt auszusehen, wenn man tatsächlich wie auf glühenden Kohlen saß. Er wollte diesen Zettel wieder haben und das so schnell wie möglich.

Eine kurze Nachricht eines alten Bekannten und Arbeitskollegen hatte ausgereicht, um ihn in höchste Alarmbereitschaft zu versetzen. „Er wurde entlassen und soll angeblich an die See gefahren sein", hieß es da.

Das hatte ihm gerade noch gefehlt. Die ganze Sache hier auf Helgoland war so schon nicht leicht, aber mit der Nummer Drei von ihrem Winter-Job im Schlepptau würde es noch schwieriger werden.

Je schneller er aktiv werden konnte, desto besser, aber in den letzten Stunden war er darauf angewiesen gewesen, dass der Junge den Strand wenigstens für kurze Zeit einmal verließ. Endlich war es soweit.

Arne folgte dem Jungen mit dem für einen Touristen typischen langsamen, watscheligen Gang auf dem Sand. Zufrieden sah er, dass der andere Junge stehen geblieben war und sich jetzt wieder etwas widmete, was aus der Entfernung wie ein riesiger Sandhaufen aussah. Auf dem Holzbohlenweg ging er schneller und als er sich endlich gänzlich unbeobachtet fühlte, lief er das letzte Stück.

Gerade eben noch konnte er sehen, wie der Junge auf das Flughafengebäude zuging und in einer Doppeltür verschwand. Darüber hing ein großes Schild. „Toiletten und Waschräume".

Er warf einen schnellen Blick in seine Tasche. Das kleine braune Fläschchen war da, ein weicher Lappen und für den absoluten Notfall zwei Kabelbinder. Er konnte sich zwar nicht vorstellen, dass er den Jungen fesseln musste, aber man wusste ja nie, wie die Leute reagierten.

Wie jemand, der dringend zum Klo musste, rannte er los, stürmte in das Gebäude und knallte die Tür einer der Kabinen hinter sich zu. Mit ein paar Geräuschen der Erleichterung übertönte er seine letzten Vorbereitungen. In der einen Hand hatte er den Lappen mit dem Chloroform parat, mit der anderen zog er langsam und geräuschlos die Tür auf.

Der Junge betätigte die Spülung am Urinal und machte sich auf zum Waschbecken.

Arne ignorierte das flaue Gefühl im Magen und atmete tief durch. Dann sprang er aus der Kabine hervor und machte zwei schnelle Schritte auf den Jungen zu.

In einer einzigen raschen Bewegung packte er ihn, hielt seine Arme umklammert und drückte ihm den Lappen auf Mund und Nase.

Er musste seine ganze Kraft aufbringen, um der Gegenwehr des Jungen Herr zu werden. Der zappelte und strampelte, doch das Chloroform im Lappen wirkte schnell. Sein Widerstand bröckelte und nach wenigen Augenblicken war alles vorbei.

Arne schleppte ihn in die nächstgelegene Kabine. Der Junge war plump und schwer, wie ein Sack Mehl. Schnell durchwühlte er die Taschen seines Opfers, bis er endlich gefunden hatte, wonach er suchte.

Kapitel 8
Noch ein Geheimnis

Aus weiter Ferne drang eine Stimme zu Sprotte hindurch.

Er ahnte, dass sie seinen Namen rief, konnte sie aber nicht genau verstehen. Sein Kopf fühlte sich an, als steckte er in einem riesigen Haufen Watte und um ihn herum war die Welt grau und konturlos, wie im dichtesten Nebel.

Es begann zu regnen. Erst nur ein bisschen. Einige wenige Tropfen fielen, dann mussten es ein paar mehr sein, denn sie sammelten sich und liefen kalt an seinem Gesicht herunter. Schließlich erwischte ihn ein heftiger Wolkenbruch.

„Was zum Teufel ..." Sprotte versuchte aufzustehen, sackte aber gleich wieder zusammen.

„Na, wirst du allmählich wieder klar?"

Sprotte blinzelte in die ungewohnte Helligkeit. Vor ihm stand Finn und sah ihn besorgt an. In der Hand hielt er einen leeren Plastikbecher.

„Wie? Klar? Was meinst du?" Er sah sich um und erblickte das Innere einer Toilettenkabine. „Was tue ich hier? Ich war doch nur pinkeln. Und zwar da drüben ..."

„Das ist über eine Stunde her", sagte Finn. „Irgendwann fand ich, dass du etwas zu lange brauchst, und habe lieber mal nachgesehen. Und da habe ich dich hier auf der Schüssel gefunden."

„Aha", sagte Sprotte. Er reichte Finn eine Hand und ließ sich von ihm hochziehen. Er war noch etwas wacklig auf den Beinen und sein Kopf dröhnte wie eine Kesselpauke.

„Bist du wirklich okay?", fragte Finn.

„Ja", sagte Sprotte. Er ging zum Waschbecken und spritzte sich noch mehr kaltes Wasser ins Gesicht.

„Was ist denn passiert?", fragte Finn. „Du hast da drin doch keine Pause gemacht."

Sprotte trocknete sich ab und ging noch einmal alles durch, woran er sich erinnern konnte. Schließlich dämmerte es ihm. Hektisch suchte er die Taschen seiner Strandshorts ab, doch bis auf ein zerknülltes Bonbonpapier und zwei Donnerkeile waren sie leer.

„Der Zettel ist weg!", sagte er. „Vorhin hatte ich ihn noch in der Hosentasche!"

„Bist du sicher?", fragte Finn. „Vielleicht ist er dir nur herausgefallen."

Sie suchten den Vorraum und sämtliche Toiletten ab, doch ohne Ergebnis. Der Zettel war verschwunden!

Sprotte trank einen Schluck Wasser direkt aus dem Hahn. Seine Kehle war knochentrocken.

„Das war ein Überfall", sagte er. Ein leichtes Beben lag in seiner Stimme und kalte Wut überspülte ihn wie eine Nordseewelle. „Jemand ist mir gefolgt und hat mich hier betäubt."

„Wegen des Zettels?", fragte Finn zweifelnd.

„Fehlt denn sonst noch etwas?"

„Nein. Aber selbst, wenn du recht hast. Er ist weg, und was immer diese komischen Notizen bedeuten sollten - du wirst es nicht mehr rausfinden können."

„Abwarten", sagte Sprotte und setzte ein grimmiges Gesicht auf.

So schnell sein Zustand es zuließ, kehrten sie zum Strandkorb zurück. Er platschte auf den Sitz und wühlte aus seinem Rucksack das Smartphone heraus.

„Hier", sagte er triumphierend und hielt Finn den kleinen Bildschirm unter die Nase.

„Du hast ein Foto davon gemacht?"

„Ja, ich hielt es in dem Moment für eine gute Idee."

„Schön, aber das sagt dir immer noch nicht, was das Ganze bedeuten soll."

Sprotte grunzte. Seine Finger trommelten auf der Sitzfläche und er presste die Lippen zusammen. Er brauchte Zeit zum Nachdenken. „Lass uns mal das Stadion zu Ende bauen", sagte er.

Es dauerte nicht mehr lange, bis sie fertig waren. Endlich standen alle vier Tribünen, samt Sitzplätzen, einer Brüstung aus Muschelschalen und Zugangstunneln. Sprotte nahm sich einen kleinen Zweig und ritzte etwas in eine der Rückseiten.

„Was hast du denn jetzt vor", fragte Finn.

„Die Tunnel brauchen noch Nummern. Die kann man dann auf die Karten bei den Sitzplatznummern aufdrucken und der Zuschauer weiß genau, wo er längs gehen muss."

„Gute Idee." Finn hob anerkennend die Augenbrauen und beobachtete, wie Sprotte die erste Nummer in den Sand ritzte. Doch er hatte seine „400" etwas zu weit links angesetzt. Er ergänzte einen Bindestrich und eine „410", sodass die Beschriftung mittig platziert war. Sie wirkte nun, als würde sie einen Hinweis auf ein ausgeklügeltes System geben.

„So! Fertig!" Sprotte stand auf, nachdem er auch die anderen Tore beschriftet hatte, und begutachtete zufrieden ihr gemeinsames Werk. „Jetzt brauchen wir nur noch ein paar Figuren, die wir da rein setzen können. Was ist?"

Finn stand an der gegenüberliegenden Seite und sah die Nummern nachdenklich an. „Das ist schon eigenartig", sagte er. „Das wäre natürlich völlig verrückt, aber es könnte sein."

„Was denn?"

„Kann ich das Foto von dem Zettel nochmal sehen?"

Finn vergrößerte die Aufnahme und ging einen Nummernblock nach dem anderen durch. Bei einem nickte er, dann bei einem zweiten. Zwei weitere Male zuckte er nur die Schultern, bis sein Finger auf einer Kombination aus Zahlen und Buchstaben wieder hängen blieb.

„Ich glaube, ich weiß jetzt, was das bedeutet. Und wenn ich Recht habe, sollte die Polizei das unbedingt wissen."

Sprottes unterdrückte Wut machte einer Art elektrischer Ladung Platz. Hätte ihm jemand gesagt, dass seine Haarspitzen sich gerade aufstellten, und kleine rote Funken sprühten – er hätte es sofort geglaubt.

„Und? Was bedeutet es?"

„Wir müssen rüber auf die Insel", sagte Finn. „Ich muss da noch eine Sache überprüfen, aber das geht nur in der Werkstatt. Ansonsten können wir das nicht weitergeben, das gibt sonst nur einen Riesenärger mit Blankenburg. Herrje! Ich mag es ja nicht einmal dir sagen, ohne dass ich nachgesehen habe! Wenn ich jetzt damit rausrücke und mich nachher irre, kriegst du einen Herzkasper, so wie du gerade aussiehst! Oder du reißt mir einfach den Kopf ab."

So sehr Sprotte sich auch bemühte - mehr war in diesem Moment aus Finn nicht herauszubekommen. Also packten sie ihre Sachen zusammen, ließen das Stadion Stadion sein und machten sich auf den Weg zum Anleger, wo sie der „Witte Kliff" gerade noch zusehen konnten, wie sie den Hafen verließ.

Sprotte schimpfte wie ein Rohrspatz! Er war gespannt wie ein Flitzbogen und jetzt musste er noch eine weitere halbe Stunde warten. Wieder versuchte er, Finn zu bewegen, ihm schon mal einen Hinweis zu geben, aber eher hätte er einen ausgewachsenen Kegelrobbenbullen einhändig über den Strand geschoben.

Endlich kehrte die „Witte Kliff" zurück. Sie fuhr an diesem Tag aufreizend langsam, wie Sprotte fand. Als sie wieder ausstiegen, musste er gar nicht mehr zur Eile drängen. Finn sprang noch vor ihm von Bord und lief den Anleger entlang. Sie legten einen Sprint in Richtung Südhafen ein und stürmten in die Tischlerwerkstatt.

Mit Sprotte auf den Fersen durchquerte Finn die kleine Halle und stürzte ins Büro. Er griff sofort nach einem dicken,

roten Buch und schlug die letzte Seite auf. „Foto!",
kommandierte er, riss das Smartphone regelrecht an sich und
ging alle Angaben noch einmal durch.

„Tüm hoog!", rief er plötzlich und so laut, dass Sprotte
kurz zusammenzuckte. „Ich hatte recht!" Finn strahlte über
das ganze Gesicht, so als hätte er gerade erfahren, dass er
dieses Jahr zweimal Geburtstag hatte.

„Jetzt sag schon endlich, was du herausgefunden hast!",
drängelte Sprotte. „Sonst reiße ich dir nämlich wirklich den
Kopf ab!"

„Oh Mann! Du haust mich, wenn du das gleich blickst.
Vor allem, weil es so einfach ist. Siehst du die Buchstaben
hier?"

Sprotte nickte. „Ja, es sind zwei Kombinationen. OL und
UL. Und?"

Finn sah ihn erwartungsvoll an. „Du kommst nicht drauf,
oder? Gut, ich habe auch die Zahlen gebraucht, um daraus
schlau zu werden. Aber es ist wirklich simpel. Das heißt
einfach nur ‚Oberland' und ‚Unterland'. OL und UL eben!
Und die Zahlen sind die Hausnummern."

„Das leuchtet zwar ein, aber die Nummer alleine hilft ja
nicht weiter. Da fehlt noch der Straßenname."

„Bei euch auf dem Festland hättest du damit absolut recht.
Aber hier auf Helgoland gibt es jede Nummer nur ein
einziges Mal. Und diese drei hier", er tippte erst auf das
Foto, dann zur Bestätigung auf das Buch, „sind genau die,
bei denen wir in den letzten Tagen die Einbruchschäden
repariert haben!"

Sprotte hielt den Atem an. Erst jetzt bemerkte er Linas und
Ollis Hausnummer, korrekt angegeben mit OL für
„Oberland". Sie hatten hier nichts weniger, als die Liste,
nach der der Einbrecher offenbar vorging! Und wenn erst
drei davon einen Einbruch zu verzeichnen hatten, dann hieß
das ...

„Mann! Wir können die anderen warnen!" Sprotte klopfte

Finn auf die Schulter. „Wenn das nicht was für die Polizei ist – dann weiß ich auch nicht mehr! Die könnten ihm sogar eine Falle stellen und ihn auf frischer Tat erwischen!"

„Ja, das könnten sie", sagte Finn und grinste breit. „Es gibt da nur ein Problem."

„Und welches?"

„Unseren Polizeichef!"

Robert Blankenburg starrte auf die Akte, die vor ihm lag. Offensichtlich sollte Gewerberaum anders genutzt werden, als es eigentlich vorgesehen war. Der Haken war nur, dass dafür die notwendige Genehmigung fehlte. Insgesamt also eine Angelegenheit, die ihn so gar nicht interessierte.

Schließlich hatte er ganz andere Sorgen. Sich um die Befindlichkeiten eifersüchtiger Ladeninhaber kümmern zu müssen, behagte ihm ganz und gar nicht. Außerdem brachte ihn der Schmerz in seinem Knie schier um den Verstand.

Warum zum Teufel war es auf dieser Insel eigentlich nicht möglich, irgendetwas vertraulich zu behandeln? Seit gestern war er bereits vier Mal auf die Einbrüche angesprochen worden. Vier mal! Obendrein hatte, von einer Ausnahme abgesehen, jeder von einer „Serie" gesprochen, so als würden die einzelnen Vorkommnisse miteinander in Verbindung stehen. Und das war etwas, wovon Blankenburg nicht im mindesten überzeugt war.

Noch mehr ärgerte ihn allerdings, dass man allem Anschein nach nicht auf ihn hörte. Jedem einzelnen der betroffenen Hausbewohner, ob einheimischer Besitzer oder Tourist, hatte er eingebläut, nicht darüber zu reden.

„Laufende Ermittlungen, sie wissen schon", hatte er gesagt und sein ernstestes und autoritärstes Gesicht aufgesetzt. Er hatte nicht darum gebeten, er hatte es verlangt, schließlich war er nicht nur von der Polizei, sondern hier sogar der hochrangigste Beamte. Damit erübrigten sich aus seiner

Sicht alle weiteren Diskussionen. Und dem Handwerker, diesem Flensen, hatte er das gleiche mit auf den Weg gegeben und sogar noch damit gedroht, dass notfalls öffentliche Aufträge ausbleiben würden. Ein Bluff, zugegeben, aber der Zweck heiligte die Mittel.

Dennoch schien jeder auf der Insel Bescheid zu wissen. Sogar seine Kollegen hatten ihm in der täglichen Besprechung berichtet, dass sie mindestens zweimal am Tag auf die Vorfälle angesprochen wurden. Vor allem die jüngeren Beamten meinten, dass sich viele auf der Insel mittlerweile Sorgen machten, denn es gab ja auch immer noch diesen nicht aufgeklärten Einbruch vom Anfang des Jahres.

An diesem Punkt hatte Blankenburg die weitere Diskussion abgebrochen. Am Ende kam noch jemand auf die Idee, einen Zusammenhang zwischen diesen beiden Fällen herzustellen.

Dann wäre die Hysterie perfekt, dachte er. Niemand könnte mehr klar denken, und jeder Hinweis würde nur noch daraufhin überprüft, ob er zu dieser abwegigen Idee passte oder nicht.

Da hieß es, kühlen Kopf zu bewahren und gerade die jüngeren Kollegen fachlich einwandfrei und professionell zu lenken. Ein Glück, dass das seine Aufgabe war und nicht irgendein Inselfremder vom Festland die Leitung übernommen hatte.

„Ich mach dann mal meine Runde", sagte Sophie Bartels, die Jüngste in seinem Team. Ihre Dienstmütze unter den Arm geklemmt öffnete sie die Tür. Kaum war diese einen Spalt offen, sah Blankenburg zwei halbwüchsige Burschen seine Dienststelle stürmen. Sophie schaffte es gerade noch, einen Satz zurückmachen, um nicht von der Tür direkt vor den Kopf gestoßen zu werden. „Immer langsam!", rief sie, konnte sich aber ein Lächeln angesichts der offenkundigen Aufregung der Jungen nicht verkneifen.

„Es ist superwichtig!", sagte der eine sofort und sah Sophie Bartels mit einem entschuldigenden Augenaufschlag an, der einen Stein zum Schmelzen hätte bringen können.

Blankenburg musterte die beiden. Wenn Jugendliche in diesem Alter bei ihm auftauchten, dann wurden sie normalerweise gebracht und stellten sich nicht freiwillig. Außerdem kamen ihm beide bekannt vor.

Der eine, groß und kräftig, wirkte angespannt. Aber die Gesichtszüge waren genauso eindeutig, wie das strubbelige, blonde Haar. Das war Hanke Flensens Junge, kein Zweifel.

Und der andere?

Der hatte dunkle, sehr weich wirkende Haare und war etwas kleiner und schlaksiger. Einem zweiten Blick und einem grübelnden Stirnrunzeln folgte Verärgerung. Das war doch der Neffe von diesem unerzogenen Punker und selbsternannten Piraten! Ihm schwante Böses.

Aber Blankenburg hatte keine Wahl - er würde sich mit den beiden befassen müssen. Doch er war sicher, dass er gar nicht wissen wollte, weshalb sie hier waren.

Geräuschvoll klappte er die Akte zum Thema Gewerberaum zu und richtete sich zu seiner vollen Größe auf. Mit todernstem und, wie er fand, extrem autoritärem Gesicht, sah er die beiden von oben herab an.

„Und?", fragte er. „Was gibt's?"

„Es geht um die Einbrüche", begann der Dunkelhaarige und wühlte in seiner Tasche herum.

Blankenburg seufzte. Noch zwei selbsternannte Experten, die ihn nötigten, sie zu belehren! Ein stechender Schmerz fuhr durch sein Knie und hinter seiner Stirn setzte ein unangenehmes Pochen ein. Er hatte es geahnt! Warum musste er mit sowas immer recht behalten? Obendrein hatte Sophie Bartels die Tür wieder geschlossen. Allerdings von innen und wenn er sie nicht rausschmeißen wollte, was sicherlich zu Unruhe auf dem Revier geführt hätte, dann würde sie sich jetzt kein Wort entgehen lassen.

„Es war so", fuhr der Junge fort „ich habe gestern einen Einbrecher verfolgt und ..."

„Welchem Umstand verdankst du die Erleuchtung und das Wissen, dass er ein Einbrecher war?", unterbrach Blankenburg ihn sofort und unternahm nicht den geringsten Versuch, seinen Unmut zu verbergen.

„Weil er aus dem Fenster geklettert ist."

„Hat nichts zu sagen. Vielleicht nur eine Abkürzung. Habe ich auch schon mal gemacht und ich bin ganz sicher kein Einbrecher. Sonst noch was?"

„Ja, er ist weggelaufen und als er mich gesehen hat ..."

„Der ist sicher nicht vor *dir* geflüchtet. Bisher klingt das alles nach reinen Mutmaßungen. Habe ich mir schon gedacht." Blankenburg zog das nächstliegende Stück Papier heran und unterzog es einer eingehenden Prüfung. Hoffentlich war dieser Bengel bald weg.

„Der Mann ist geflüchtet und hat dabei jemanden umgerannt ..."

„Ach, du bist also hier, weil gestern jemand umgerannt wurde?"

„Nein! Ich meine, doch ... Ja, das Ganze ist schon ernst gemeint, aber nicht weil ich ... Also das Wichtigste ist dieser Zettel. Den habe ich bei dem Vorfall gestern gefunden und wir konnten die Angaben heute entschlüsseln. Hier", der Junge hielt ein Smartphone hoch. „Wir haben herausgefunden, dass diese Abkürzungen ‚Oberland' und ‚Unterland' bedeuten. Und das daneben sind die Hausnummern. Bei diesen Drei wurde schon eingebrochen, man kann also davon ausgehen ..."

„Das ist aber kein Zettel, sondern nur ein Foto", sagte Blankenburg.

„Ja, das Original ist verloren gegangen", sagte der Dunkelhaarige und verzog dabei das Gesicht, als hätte er plötzlich Zahnschmerzen.

„Na, so ein Zufall!" Robert Blankenburg grinste schief.

Das wurde ja immer besser!

„Was heißt verloren gegangen!", sagte der kräftige Blonde.

„Sag's ruhig. Du wurdest überfallen und betäubt. Geklaut ist wohl das bessere Wort."

„Sagt einmal, wollt ihr mich veräppeln?" Blankenburg funkelte die beiden Jungs wütend an. „Erst wollt ihr mir weismachen, dass ihr eine Liste gefunden habt, die ein Einbrecher gerade auf der Insel abarbeitet. Und dann habt ihr sie aber nicht, weil sie bei einer Art Raubüberfall unter Einsatz von Betäubungsmitteln entwendet wurde? Ist das Euer Ernst?"

Die beiden Jungen warfen sich Blicke zu und nickten.

„Ja, genauso sieht es aus. Wenn man die anderen Häuser jetzt also überwacht, könnte man den Täter ..."

„Na, da berufe ich am besten gleich eine Sonderkommission ein! Frau Bartels, rufen sie mal die Kollegen zusammen. Auch die, die gerade dienstfrei haben. Alle Urlaube sind gestrichen. Wir gehen jetzt auf die Jagd nach gefährlichen Serieneinbrechern!"

„Ich meine doch nur, dass ..."

„Dummes Zeug!" Blankenburg schüttelte entnervt den Kopf. „So einen Blödsinn habe ich selten gehört. Ob ihr es glaubt oder nicht: Einbrecher gehen nicht nach Listen vor, sie ergreifen Gelegenheiten, so sieht es aus. Und jetzt raus! Überlasst so etwas gefälligst den Profis! Und lasst euch nie wieder so eine Räuberpistole einfallen. Betäubt! So ein Quatsch!"

„Wann war denn dieser Zusammenprall?", fragte Sophie Bartels. Ihre Stimme erklang unvermittelt und sanft aus dem Hintergrund.

Schnell warf sie ihrem Vorgesetzten einen versöhnlichen Blick zu.

„Gestern Abend, gegen kurz nach acht."

Sophie Bartels nickte und sah ihren Chef an, als wollte sie ihm vorschlagen, noch einmal über die Sache nachzudenken.

Der Junge hatte es bemerkt und drehte sich wieder zu Blankenburg um.

„Lassen sie mich raten: Es hat gestern Abend einen neuen Einbruch gegeben. Und die Hausnummer steht auf dieser Liste. Und wie bei den anderen wurde auch dort nichts gestohlen! Richtig?"

„Raus!" Blankenburgs Gesicht hatte sich bedrohlich verfinstert. Die Jungen wichen einen Schritt zurück.

„Ich verstehe das mal als ein ‚Ja'." Der Dunkelhaarige drehte Blankenburg den Rücken zu und lächelte Sophie Bartels traurig an. „Dann lassen wir den Profi mal arbeiten", sagte er und verließ mit seinem Freund die Dienststelle.

„Was war das denn?"

Sprotte starrte Finn entgeistert an. Wie eine Salzsäule stand er da, unfähig sich zu rühren oder zumindest seine Kinnlade wieder hochzuklappen. „Ich habe ja nicht damit gerechnet, dass er uns den Hinweis aus der Hand reißt und zur Lösung des Falles gratulieren würde ... Oder in einen Begeisterungssturm ausbricht, aber ..."

„Ich hatte das fast erwartet", sagte Finn. „Vielleicht nicht in der Deutlichkeit und auch nicht ganz so patzig. Aber mal im Ernst - der hat dich anscheinend nur wegen deiner Verwandtschaft schon gefressen! Der Ausbruch zum Schluss war sogar für ihn ungewöhnlich! Na ja, Papa sagt immer, wenn Robert nicht der Meinung ist, dass er selbst auf eine Sache gekommen ist, dann hat sie für ihn auch keinen Wert. Völlig egal, was es ist. Aber wie machen wir jetzt weiter?"

„Es muss hinsichtlich der Tatorte irgendeine Gemeinsamkeit geben, da bin ich mir sicher. Oder anders gesagt: Diese Einbrüche haben einen Grund. Und ich will wissen, welchen!"

„Aber du sollst die Sache doch den Profis überlassen", sagte Finn und grinste vielsagend.

„Und wer sollte das hier auf der Insel sein? Lass uns die Unterlagen noch einmal durchsehen. Vielleicht finden wir etwas, das uns weiterhilft. Unwahrscheinlich, ja, aber einen besseren Ansatzpunkt sehe ich im Moment nicht."

Wie erwartet war das Auftragsbuch keine große Hilfe. Insgesamt fand sich nichts, was die sieben Adressen der Liste miteinander verband oder einen Rückschluss auf das Motiv für die Einbrüche zugelassen hätte. Geld konnte es nicht sein, denn selbst offen herumliegendes Bargeld war nicht abhandengekommen. Nur Armbanduhren waren verschwunden, was für Sprotte als Motiv allerdings keinen Sinn ergab.

„Was könnte es sonst sein?", sagte Sprotte. „Wenn wir das einfach mal weiterdenken, was passiert dann in den nächsten Tagen? Also, ausgehend davon, dass die Polizei nichts unternimmt."

„Realistische Annahme", sagte Finn.

„Und gehen wir weiter davon aus, dass auch wir nichts unternehmen. Das würde dann im Zweifelsfall bedeuten, dass wir es am Ende mit sieben Einbrüchen zu tun haben, bei denen außer einer Armbanduhr nichts gestohlen wurde. Mit ein bisschen Pech hängt Blankenburg das noch deinem Vater an. Einbrüche als Auftragsbeschaffungsmaßnahme sozusagen."

„Nana", beschwichtigte ihn Finn. „Sogar *der* hat seine Grenzen. Das wird er schon nicht machen. Außerdem haben wir in den meisten Fällen ein Alibi. An dem Abend, als der zweite Einbruch passiert ist, hat mein Vater sogar mit dem Bürgermeister zusammengesessen."

„Und mag Blankenburg den Bürgermeister?"

„Ich habe mal gehört, dass er ihn am liebsten auf den Mond schießen würde! Eigentlich mag er niemanden so wirklich. Wahrscheinlich nicht mal sich selbst."

„Gut, aber was für Möglichkeiten gibt es sonst noch? Vielleicht ist es gar nichts, das er aus den Häusern haben will. Vielleicht will er etwas dort lassen? Etwas, das man nicht gleich findet?"

„Möglich." Finn wog seinen Kopf hin und her. „Aber was? Bettwanzen? Wenn es sich nur um Ferienhäuser handeln würde, vielleicht. Also, falls jemand den Besitzern eins auswischen will, aber das kann ich mir hier eigentlich nicht vorstellen."

„Stimmt", sagte Sprotte. „Das wird es nicht sein. Dazu müsste es sich außerdem in allen Fällen um Einheimische oder in allen Fällen um Ferienhäuser handeln. Da habe ich mich wohl geirrt."

„Du hast dich noch in einem anderen Punkt geirrt", sagte Finn und lächelte plötzlich wissend.

„Und in welchem?"

„Am Ende wären es nicht sieben Einbrüche, sondern acht."

„Acht?"

„Die Bücherhalle."

„Ja, richtig", sagte Sprotte. Sein Gesicht nahm einen nachdenklichen Ausdruck an und er griff nach dem Auftragsbuch. „Hm ... Ich nehme mal an, dass ihr immer am Tag nach dem Einbruch vor Ort wart." Er sah auf den Kalender und tippte auf einen Tag. „Das war der letzte Sturmtag, da war die Bücherhalle dran. Zwei Tage später das erste Haus und dann ... Hier, immer hübsch im gleichen Abstand wurde irgendwo eingestiegen. Und wenn alles in der Bücherhalle begann ..."

„... dann findet sich dort vielleicht auch das Motiv!", beendete Finn den Satz. „Aber das Einzige, was man da machen kann, ist lesen oder sich Bücher ausleihen. Und deswegen irgendwo einbrechen? Wegen Büchern?" Finn verzog das Gesicht. „Nee, ehrlich, das glaube ich nicht! So bescheuert ist doch keiner."

Sprotte zuckte nur mit den Schultern. „Wir sollten trotzdem mal hingehen und nachfragen. Eine halbe Stunde haben die noch auf. Vielleicht haben wir ja Glück."

Sie eilten an den Hummerbuden entlang dem Südstrand und dem Nordseeplatz entgegen. Sprotte legte ein beachtliches Tempo vor, wie jemand, der genau weiß, was er will und wo er es herbekommt. Da kam es ihm mehr als ungelegen, dass in Gestalt von Wolfgang Kallmann mal wieder ein bekanntes Gesicht wie aus dem Nichts auftauchte. Auch wenn er den Mann mochte – er hatte gerade wirklich keine Zeit!

„Na, wo soll's denn hingehen?", fragte Wolfgang. Die Frage lag zwar auf der Hand, aber für Sprotte war sie in diesem Moment so etwas wie eine unzulässige Kontrolle.

„In die Bücherhalle", antwortete er daher kurz angebunden.

„Und da habt ihr es so eilig?"

„Die machen gleich zu", sagte Sprotte schnell und wandte sich zum Gehen.

„Aber du hast doch reichlich Lesestoff ..."

„Ja, ich schon. Aber mein Kumpel hier nicht. Komm Finn! Wir müssen uns beeilen! Wiedersehen Wolfgang, und bis später!"

Schnell zog er seinen Freund mit sich. Nervös sah er auf die Uhr. Nur noch etwas mehr als zwanzig Minuten. Das konnte knapp werden und er wollte er auf keinen Fall bis morgen früh warten müssen.

Eine Viertelstunde vor Ende der Öffnungszeiten stürmten sie durch die frisch reparierte Tür.

„Hallo Marlies!", sagte Finn.

„Du schon wieder! Das ist schon das zweite Mal in diesem Monat. Was ist los mir dir? Bist du krank?"

„Ach was, ich bin völlig in Ordnung. Und ich will ja auch keins von diesen komischen Dingern hier haben, diesen ... Wie heißen die noch?"

„Bücher ..."

„Richtig. Es lag mir auf der Zunge. Nein, wir hätten da noch mal eine Frage an dich."

„Spielt ihr wieder Detektiv?"

Sprotte biss sich auf die Zunge und atmete tief durch, bevor er antwortete. „Wir haben tatsächlich weitere Hinweise gefunden", sagte er. „Wir müssten hier aber noch etwas überprüfen, um weiterzukommen. Ich habe hier sieben Hausnummern. Hätten sie vielleicht die Möglichkeit uns zu sagen, ob und wenn ja, was von diesen Adressen bei ihnen ausgeliehen wurde?"

„Bist du verrückt? Das sind personenbezogene Daten! So etwas darf ich nicht rausgeben!"

„Da haben sie natürlich völlig recht", sagte Sprotte und nickte verständnisvoll. Nach seinen Erfahrungen mit den Hotels hatte er mit dieser Reaktion gerechnet.

„Andererseits brauchen wir keine Namen. Es geht uns tatsächlich nur um die ausgeliehenen Bücher und ob es Gemeinsamkeiten gibt. Wer sie ausgeliehen hat, spielt gar keine Rolle."

„Ich weiß nicht recht", sagte die Bibliothekarin.

„Ach komm schon Marlies", sagte Finn und strahlte sie mit seinem charmantesten Lächeln an. „Da kriegst du schon keinen Ärger. Wir würden es ja auch nicht weitersagen. Und", er legte eine bedeutungsvolle Pause ein, „ich könnte dir im Gegenzug verraten, wer damals den großen Keramik-Delfin vor deiner Haustür kaputtgemacht hat."

„Du weißt also, wer es war?"

„Eine Liste der Bücher mit je einer Spalte pro Hausnummer würde uns schon reichen", sagte Sprotte. Er konnte sehen, wie es in der Bibliothekarin arbeitete. Ihr Blick flog von einem zum anderen und sie nestelte an ihrer Halskette herum.

„Na gut", sagte sie schließlich. „Nur Titel, keine Namen."

„Das wäre toll!", sagte Sprotte und gab ihr die Hausnummern an.

Fünf Minuten später hielten sie eine neue Liste in den Händen. Sprotte konnte es kaum erwarten, alles genau durchzusehen, doch als er schon herausstürmen wollte, hielt die Bibliothekarin sie noch einmal zurück.

„Moment! Nicht so schnell!", sagte sie. „Butter bei die Fische, Finn! Ich habe geliefert. Jetzt bist du dran. Mein Delfin. Wer war denn nun der Vandale, der ihn kaputt gemacht hat?"

Finn zuckte milde lächelnd mit den Schultern. „Na, wer schon. Ich natürlich. Was hattest du denn gedacht?"

Sie verließen die Bücherhalle und Sprotte konnte sich ein Lachen nicht verkneifen. „Du bist unmöglich", sagte er. „Die arme Frau."

„Sie wird es überstehen. Und? Haben wir etwas Sinnvolles für mein Geständnis bekommen?"

Sie setzten sich auf die nächstbeste Bank am Nordosthafen und Sprotte faltete die Liste auseinander. Kaum raschelte es, ließ sich auch schon die erste Möwe in ihrer Nähe nieder. Er warf ihr einen finsteren Blick zu. Vorsichtig tippelte der Vogel ein paar Schritte zur Seite.

Sie suchten sich in der Tabelle die Spalte mit den wenigsten Einträgen und begannen, sie mit den anderen zu vergleichen.

Das erste Buch war eine Sammlung mit Erzählungen von Edgar Allan Poe. Die fand sich tatsächlich in zwei weiteren Listen, allerdings in denen, die so umfangreich waren, dass sie sich fragten, ob dieser Mensch etwas anderes tat als essen, schlafen und lesen.

Das zweite Buch, das laut Titel von einem weißen Drachen handelte, tauchte nur einmal auf. Und das Dritte?

„Guck an", sagte Sprotte. „'Der Herr der Ringe'. So ein Zufall."

„Sind das nicht Filme?"

„Ja, auch. Guck mal in den anderen Spalten, ob er da auch auftaucht."

Zügig sahen sie die gesamte Liste durch. Gleich in der ersten Spalte wurden sie fündig. Ausgeliehen vor dem

Einbruch in der Bibliothek. Die nächste Spalte. Da war er wieder! Und die Ausleihe war sogar noch früher.

Sprottes Herzschlag beschleunigte sich. Das sah gut aus. Richtig gut! Beim dritten Versuch stand der ‚Herr der Ringe‘ gleich an erster Stelle, mit einem Datum vier Tage vor dem Einbruch. Schnell überprüfte er den Rest. „Ja", sagte er. „Das ist es! Alle, die auf dem Zettel stehen, haben den ‚Herrn der Ringe‘ ausgeliehen!"

Finn runzelte die Stirn. „Schön und gut, aber als Motiv für eine Einbruchserie? Ziemlich weit hergeholt, oder? Was sollte denn an einem Buch dran sein, dass man deswegen irgendwo einbricht."

Sprotte stand demonstrativ auf und stemmte die Hände in die Hüften. „Finden wir es heraus", sagte er.

„Wie soll das denn gehen? Die Dinger sind doch alle ausgeliehen."

„Stimmt. Aber eins davon wurde weiterverliehen. Und zwar an mich."

Helgoland war klein genug, dass man jeden Punkt der Insel schnell erreichen konnte, ganz egal, wo man gerade war. Für Sprotte war der Weg dennoch viel zu weit. Ungeduld und Neugier jagten ihn in einem Tempo über den Lung Wai und die Treppe aufs Oberland, dass Finn Schwierigkeiten hatte, Schritt zu halten.

Zu Hause hastete er in den ersten Stock und kam mit dem grünen Schuber in der Hand wieder nach unten.

„Jetzt wollen wir doch mal sehen", sagte er.

Sie nahmen alle drei Bücher heraus und blätterten sie durch. Nichts. Sprotte gab ein enttäuschtes Knurren von sich, während Finn den Schuber auf den Kopf stellte.

„Hey, da sind noch irgendwelche Zettel drin", sagte er und förderte weitere Papiere zu Tage.

Sprotte schlug sich mit der flachen Hand vor den Kopf.

170

„Ich Vollpfosten!", sagte er. „Natürlich! Es sind ja Karten von Mittelerde in dem Buch enthalten. Ich habe sie mir kaum angeguckt, weil mich nur die Große interessiert hat, auf der das Auenland, Rohan und so weiter drauf sind. Der Rest ..." Er wollte eben mit den Schultern zucken, als sein Blick sich weitete.„Ich bin wirklich ein Vollpfosten!"

„Sagtest du schon", grinste Finn und faltete eine der Karten auseinander. „Ist ja krass. Die sieht genau aus, wie die in den Filmen."

Sprotte fischte das gelbe Pergament heraus und sah es nachdenklich an. „Ich Dussel hatte das Ding neulich schon in den Händen. Hier, sieh dir das an."

Er faltete das Blatt auseinander. Es war in der Tat so ganz anders. Das Papier oder Pergament hatte einen deutlicheren Gelbstich, als die anderen Karten, und es war so dünn, dass die Schrift sich eingeprägt hatte.

In einer Art Kopfzeile standen Koordinaten:

$$54° \ 10' \ 57'' \ N \ \text{---} \ 4° \ 53' \ 01'' \ O$$

Direkt darunter war die eigentliche Karte. Sie zeigte die unregelmäßigen und gezackten Konturen einer Insel. Sie sah aus, wie der Querschnitt eines Schneidezahns. Außer dem Umriss fand sich nur noch eine Windrose. Und anders als bei sonstigen Karten zeigte deren Nordpfeil nicht einmal auf den oberen Rand des Papiers. Weitere Markierungen oder Benamungen fehlten.

Unter der Zeichnung hatte der Verfasser der Karte einige Zeilen hinzugefügt:

„Ein Tanzender Pirat an Backbord zwischen ‚Letj Kark‘ und

‚Sider Moadek‘!

Ein Tanzender Pirat an der Heimstatt des ‚Piaster‘!

Billy Bones in seinem Grab, er weiß, welcher Kurs zu segeln ist.

Sein Toppgast weiß, wie weit zu segeln ist! Er misst soweit wie

der Likedeeler tief!

Kurs und Strecke, Ziel und Botschaft.

Eine Beschreibung. Ein geheimer Ort.

Was Ihr begehrt - es findet sich dort!"

„Ist ja der Hammer!", sagte Finn. „Das ist eine Schatzkarte!"

Sprotte sah ihn schief an. Der Gedanke, eine Schatzkarte gefunden zu haben, kam ihm albern, ja, geradezu lächerlich vor. Sowas gab es allenfalls in alten Geschichten! Aber doch nicht mehr heutzutage. Heute würde das digital laufen. Vor allem die Übermittlung.

„Könnte sein", sagte er widerstrebend. „Was für eine Karte würde man sonst verstecken? Und es wäre ein sehr einleuchtender Grund, warum jemand Einbrüche begeht, um an sie heranzukommen."

„Ich frage mich nur, wo das sein soll. Guck dir mal die Koordinaten an. Das sind die von Helgoland."

„Echt? Die hast du im Kopf?" Sprotte staunte, aber vielleicht waren solche Koordinaten hier etwas so Alltägliches wie bei ihm zu Hause Straßennamen, U-Bahnlinien oder Bushaltestellen.

„Im Kopf habe ich sie nicht gerade, aber wenn ich sie sehe, erkenne ich sie. Sind dir die noch nie aufgefallen? Mann, wo hast du deine Augen!", sagte Finn, als Sprotte verneinte. „Wenn du mal Polizist werden willst, also, ein richtiger und nicht so einer wie Blankenburg, dann musst du aufmerksamer werden! Guck dir einfach mal die Auslagen für T-Shirts oder Pullover an. Da gibt es reichlich Exemplare, die genau diese Koordinaten im Design verwenden.

Und ‚Letj Kark' und ‚Sider Moadek' sind Punkte an der Westküste. Das passt auch. Der Haken ist aber: Nie und nimmer ist *das* da Helgoland!" Er tippte mit dem Finger auf die Zeichnung und schüttelte den Kopf.

„Vielleicht sollten wir uns lieber auf die Hinweise konzentrieren. Die Karte gibt ja nicht gerade viel her."

„Die ‚Hinweise' aber auch nicht, oder? Ich meine ... Was soll denn ein ‚Tanzender Pirat' sein?"

In Sprottes Kopf jagten die Gedanken durcheinander wie Flipperkugeln. Ein wohliger Schauer durchlief ihn angesichts dieses neuen Geheimnisses. „Wenn es einfach wäre, könnte es ja jeder. Und es würde keinen Spaß machen."

Gedankenverloren betrachtete er das Pergament und las die Hinweise noch einmal durch. Jemand hatte diese Karte hier versteckt. Aber warum? Und wer war derjenige, der davon gewusst hatte? Wer brach in eine Bücherhalle und anschließend in mehrere Wohnhäuser ein, um an diese Karte zu gelangen? Jemand, der genau wusste, was es damit auf sich hatte und was ihn an dem Zielpunkt erwartete.

„Wenn du Recht hast und das hier eine Schatzkarte ist, stellt sich mir vor allem eine Frage: Wo kommt der Schatz her?"

„Pffff, keine Ahnung", sagte Finn. „Schätze werden ja normalerweise nur von Piraten oder Gespenstern versteckt. Und so weit ich weiß, sind beide eher selten geworden."

„Vielleicht finden sich ja noch andere Kandidaten", sagte Sprotte. „Aber wenn es schon zwei klare Punkte gibt, die wir kennen, sollten wir dort zumindest einmal nachsehen."

„Du meinst ‚Letj Kark' und so?"

„Genau. Vielleicht finden wir dort ja einen ‚Tanzenden Piraten', wer weiß."

„Und die anderen Häuser auf der Liste? Und der Einbrecher?"

Nachdenklich rieb Sprotte sich das Kinn. „Ich glaube nicht, dass heute noch etwas passiert", sagte er schließlich. „Nach dem Angriff auf mich wird er wahrscheinlich bis morgen warten, bevor er wieder etwas unternimmt. Vielleicht sogar noch länger. Wir haben also ein bisschen Zeit, uns an der Westküste genauer umzusehen."

„Krass", sagte Finn und rieb sich die Hände. „Wir gehen jetzt echt auf Schatzsuche, oder?"

Arne sah den beiden Jungen nach, wie sie den Lung Wai zum Fahrstuhl und zur Treppe herunter liefen. Seine Hände zitterten leicht und in den letzten Stunden hatte sich ein sehr ungutes Gefühl in ihm breitgemacht.

Das war etwas anderes, als der innere Aufruhr, den er nach seiner Attacke auf den Jungen zu bewältigen hatte. Da hatte ihm ein heftiges Stechen und Kneifen in der Magengegend zu schaffen gemacht.

Doch das hier war schlimmer. Viel unbestimmter, ein Ziehen im ganzen Körper und ein permanentes Kribbeln, das ihn anscheinend in den Wahnsinn treiben wollte. Unwillkürlich griff er nach dem Riemen seiner Tasche. Er hatte das Chloroform immer noch dabei.

Eigentlich hatte er mit seinem Zettel schnell wieder von der Düne abhauen wollen. Stattdessen war er einer Eingebung gefolgt und hatte die Jungen im Auge behalten. Die ganze Zeit war er ihnen auf den Fersen geblieben. Am Strand, als sie wieder auf die Insel zurückkehrten und selbst als sie ins Gewerbegebiet am Südhafen liefen.

Sein Herzschlag setzte kurzzeitig aus, als sie das Polizeirevier betraten. Was um alles in der Welt hatte er übersehen? Er spürte, wie die ersten Schweißperlen sich auf seiner Stirn bildeten. Jeden Moment rechnete er damit, dass mindestens drei Uniformierte herausstürmten und sich auf den Weg in sein Hotel machten.

Doch es waren nur die beiden Jungen, die wieder vor die Tür traten. Er blieb dran und folgte ihnen, bis sie aus der Bücherhalle kamen und sich auf eine Bank setzten.

Was sie ausgerechnet dorthin geführt hatte, war Arne schleierhaft. Aber es gefiel ihm nicht. Das mulmige Gefühl wurde immer stärker. Was wussten die beiden? Vor allem der Dunkelhaarige. War es möglich, dass sie herausgefunden hatten, worum es ging?

Das Stechen im Magen setzte wieder ein und tief in seinem Inneren wetzte irgendetwas bereits die Messer, um es noch schlimmer zu machen. Er wusste, was er zu tun hatte.

„Ich gebe dir eine letzte Chance", sagte er leise.

Vor den Türen der Läden im Lung Wai standen Aufsteller und große Körbe mit Kleinkram. In einem Schaufenster sah er eine ganze Reihe kleiner Flaschen, hübsch nebeneinander aufgereiht und eine Farbe quietschiger und greller als die andere. Er betrat den Laden, suchte sich eins der Fläschchen aus und ging damit an die Kasse.

„Ziemlich schrill, oder?", sagte die Verkäuferin, eine junge Frau von nicht einmal zwanzig Jahren.

„Selbst für einen Pfefferminzschnaps ist die Farbe geradezu ekelhaft." Arne lächelte, denn das war nicht einmal übertrieben. Dieses Grün sah so widerwärtig und giftig aus, dass es undenkbar erschien, den Inhalt des Fläschchens tatsächlich zu trinken.

Er nahm noch eine kleine Packung mit Piratenaufklebern und eine Illustrierte dazu, dann ging er in sein Hotel. Die Vorbereitungen würden nicht lange dauern. Alles Weitere würde morgen seinen Lauf nehmen.

Und dieses Mal würde es hoffentlich funktionieren.

Die Schatzsuche hatte für Sprotte und Finn mit einer herben Enttäuschung begonnen.

Noch am gleichen Abend waren sie an die Westküste gelaufen und hatten die auf der Karte genannte Gegend abgesucht. Doch außer den Absperrungen und Mülleimern gab es dort nur die Küste selbst und hochgewachsenes Gras. Es fand sich kein einziger Hinweis auf einen ‚Tanzenden Piraten' und auch andere Auffälligkeiten waren nicht zu entdecken. Frustriert waren sie wieder abgezogen.

So viel also zum Thema ‚Schatzsuche'!

Als sie am nächsten Morgen auf der Düne auftauchten, ließen sie sich daher sehr bereitwillig zu einer Runde Strand-Volleyball herausfordern.

Doch Sprotte war nicht ganz bei der Sache.

„Wer hat nochmal den Aufschlag?" Ratlos blickte er in die Runde und hielt den Ball in die Höhe. Irgendwo schrie eine Möwe und klang, als würde sie ihn auslachen.

„Immer noch die anderen. Wo bist du bloß mit deinen Gedanken?", sagte Finn und schüttelte leicht genervt den Kopf.

Sprotte warf den Ball auf die andere Seite des Spielfelds am Nordstrand der Düne und sah seine Mitspieler entschuldigend an. Hatte Finn eben wirklich gefragt, wo er mit seinen Gedanken war?

Er ging zurück auf seine Position und wartete auf die Fortsetzung des Spiels. Irgendjemand sagte etwas von „Matchball". Seine Hände nestelten am Saum seiner Strandshorts herum und der Wind sträubte seine Nackenhaare.

Der Aufschlag kam scharf über das Netz. Finn parierte gekonnt und Sprotte schaffte es gerade eben noch, den Ball irgendwie in die gegnerische Hälfte zu bugsieren. Doch dort hatte man aufgepasst und schon bei der ersten Annahme die Situation unter Kontrolle gebracht.

Der Konter begann mit einer Vorlage hoch ans Netz und

Sprotte sah fasziniert zu, wie sein Gegenspieler in die Luft stieg und den Ball unwiderstehlich neben ihm in den Dünensand schmetterte.

„Das war's dann wohl", sagte Finn und winkte sogleich ab, als das andere Team eine Revanche vorschlug. „Heute wird das wohl nichts mehr."

„Tut mir leid", sagte Sprotte, während sie zum Strandkorb zurückgingen. „Ich bin wohl gerade etwas abgelenkt."

„Etwas?" Finn blinzelte in die Sonne. „Ich frage mich gerade, ob du überhaupt auf dieser Insel bist."

Ein Schnauben entfuhr Sprotte. „Du willst doch auch wissen, was es mit der Karte auf sich hat! Und erzähl mir jetzt nicht, dass es dich völlig kalt lässt, dass wir da nicht weitergekommen sind." Die herausbrechende Enttäuschung verlieh seiner Stimme eine ungewohnte Schärfe.

„Ja, schon ... Aber ich kann trotzdem noch Volleyball spielen. Ganz im Gegensatz zu dir. Hey, was ist das denn?"

Sie erreichten den Strandkorb und Finn deutete auf einen kleinen Gegenstand, der auf der Sitzfläche lag. „Ist dir da was aus den Hosentaschen gefallen?"

Sprotte schüttelte den Kopf. „Nein. Das ist eine Flasche. Und eine Nachricht ..."

„Lass mal sehen", sagte Finn. „Mann, das ist ja wie im Krimi!"

„Ja, aber wie in einem sehr alten ..."

Sprotte hatte das Papier auseinandergefaltet. Die Nachricht war nicht mit der Hand geschrieben oder ausgedruckt. Der Verfasser hatte tatsächlich Buchstaben aus Illustrierten und Zeitungen ausgeschnitten und den Text daraus zusammengeklebt. „Letzte Warnung! Lass es sein oder du wirst es bitter bereuen!", stand da. Sprotte drehte die Flasche und fand statt eines Etiketts nur einen aufgeklebten Totenkopf.

„Was für eine ätzende Farbe", sagte Finn. „Und eine ziemlich eindeutige Drohung, oder?"

Sprotte erbebte innerlich und eine kalte Wut strömte vom Magen aus bis in seine Fingerspitzen. „Ja", sagte er. „Mehr als eindeutig. Außerdem ist das schon das zweite Mal, dass eine solche Nachricht hier abgelegt wird."

„Du meinst, wer immer dich auch loswerden will, weiß, dass das hier dein Strandkorb ist?"

„Genau. Und es würde mich nicht wundern, wenn er uns gerade beobachtet."

Finn schluckte und sah sich unsicher um. „Meinst du?"

„Ich würde es tun." Sprotte entkorkte die Flasche und schnupperte an ihrem Inhalt. „Hier, riech mal. Pfefferminz, oder?"

„Du willst das doch nicht etwa trinken!"

„Keineswegs. Aber ich könnte etwas anderes tun."

Sprotte ging ein Stück den Strand herunter. Nach ungefähr zehn Metern blieb er stehen und sah sich um, doch er konnte niemanden erkennen, der ihn beobachten würde. Er grub eine Kuhle in den Strand und warf einen weiteren Blick ins Rund. Dann goss er langsam und aufreizend den Inhalt der Flasche in das kleine Loch und schüttete es wieder zu. Auf dem Rückweg entsorgte er das Leergut in der nächsten Mülltonne und wischte sich demonstrativ die Hände an seinen Shorts ab.

Nach wie vor konnte er niemanden sehen, der ihm besondere Aufmerksamkeit widmete. Aber er war sicher, dass der Urheber dieser Nachricht, seine Antwort erhalten hatte.

„Ob das gerade klug war?", fragte Finn. „Beeindruckt dich diese Warnung überhaupt nicht? Du wirst beobachtet, drangsaliert – betäubt ..."

„Was wird wohl passieren, wenn dieser Typ die Karte nirgendwo findet? An wen wird er sich dann vermutlich wenden?"

Finn schluckte.

„Ganz genau. Und davon abgesehen, habe ich den Kanal

voll von diesen Drohungen! Die Karte hat Zeit bis morgen. Heute Abend gucke ich mir erst einmal das nächste Haus auf der Liste an", sagte Sprotte. „Irgendwas wird sich dabei schon ergeben."

Bei Einbruch der Dämmerung machte Sprotte sich auf den Weg.

Es war ein lauer und friedlicher Sommerabend. Ein leichter Wind strich über Helgoland hinweg, vom Vogelfelsen klangen ab und an die Schreie der Seevögel herüber und über allem lag der frische Duft des Meeres.

Er fand ein ganz passables Versteck, von dem aus er eins der Häuser unauffällig beobachten konnte, und drehte von Zeit zu Zeit eine Runde, um die anderen Zielobjekte zu überprüfen.

Doch dieses Vorgehen wurde zusehends langweilig und Sprotte musste sich zusammenreißen, damit seine Aufmerksamkeit in der allgemeinen Ruhe nicht nachließ.

Kurz entschlossen begann er die nächste Runde.

Am zweiten Haus war alles in Ordnung. Sprotte seufzte. Missmutig schlich er weiter zu Nummer drei, aber auch dort herrschte Ruhe. Sicherheitshalber schaute er um die Ecke in den kleinen Hof, doch was er sah, war alles andere als ungewöhnlich. Zwei Gartenstühle, ein Tisch ...

Er wollte schon zum ersten Haus zurückkehren, als ein leises Poltern ihn mitten in der Bewegung innehalten ließ. Irgendwo war etwas umgestoßen worden!

Schnell ging er an der nächsten Häuserecke in Deckung. Seine Anspannung wuchs und unwillkürlich hielt er den Atem an!

Ein Fenster wurde geöffnet, aber so langsam, dass die Bewegung kaum wahrzunehmen war. Eine dunkel gekleidete Gestalt kletterte hinaus und huschte geduckt durch den kleinen Hof. Dann machte sie sich durch die Straße davon.

Sprotte straffte sich und nahm die Verfolgung auf.

Er legte einen kurzen Zwischenspurt ein, als der Einbrecher um die nächste Ecke verschwand. Jemandem hier unbemerkt auf den Fersen zu bleiben, war gar nicht so einfach. Aber er schaffte es und konnte den Abstand sogar verkürzen.

Als der Mann am Friedhof entlang auf das Gemeindehaus zuging, musste Sprotte zurückbleiben. Der Weg war zu gerade und zu gut einsehbar. Mit klopfendem Herzen wartete er an der Ecke und ging erst los, als der andere das Ende schon fast erreicht hatte. Es schien ewig zu dauern, denn der Einbrecher hatte sich merklich entspannt.

Das war nicht mehr der Mann, der noch vor wenigen Minuten ein Verbrechen begangen hatte. Aus dem Kriminellen von eben war binnen Sekunden ein einfacher Spaziergänger geworden, der den Sommerabend genießen wollte.

Als er außer Sicht war, sprintete Sprotte los. Am Ende des Wegs warf er einen schnellen Blick um die Ecke, bevor er im Sprung hinübersetzte und sich hinter einem Busch verbarg. Vorsichtig bog er einen Zweig zur Seite und beobachtete, was in der Straße vor sich ging.

Würde der Mann gleich nach links abbiegen, und an der Schule vorbeigehen? Oder würde er weiter geradeaus laufen, vielleicht sogar bis zum Falm, um von dort ins Unterland zu gelangen?

Es schien tatsächlich so, als wollte er zur Treppe, doch dann beobachtete Sprotte, wie er auf Höhe der Querstraße plötzlich wie angewurzelt stehen blieb.

Der eben noch entspannt dahinschlendernde Mann, war von einem Moment auf den anderen zur Salzsäule erstarrt. Er ballte die Fäuste und starrte stur geradeaus. Ein ersticktes Ächzen war zu hören.

Dahinter sah Sprotte einen Zweiten, der mit langsamen, aber entschlossenen Schritten auf den anderen zuging.

Dessen Gesichtszüge konnte Sprotte wegen der Entfernung und zunehmenden Dunkelheit nicht erkennen, wohl aber einen sehr runden Kopf und kurze, hellblonde Haare.

Von weitem schien es, als würde der Blonde winken, doch es lag keine Freundlichkeit in dieser Geste. Es hatte etwas Hämisches und Bedrohliches.

Sprottes Einbrecher wirkte im ersten Augenblick, als wäre er innerlich zusammengesackt und bar jeder Kraft. Nur mühsam löste er sich und richtete sich wie unter Schmerzen auf. Als sein Gegenüber winkte, kam wieder Spannung in den erschlafften Körper. Eine Sekunde lang straffte er sich.

Dann sprintete er los, wie der Blitz!

Der Blonde folgte ihm in Richtung Schule.

Zum Nachdenken hatte Sprotte keine Zeit mehr. Die Männer legten ein aberwitziges Tempo vor, das ihm fast den Atem verschlug. Würde er auch nur eine Sekunde zögern, wären die beiden verschwunden.

Sprotte lief hinterher. Er versuchte, an den Männern dranzubleiben, doch sie rannten, als ginge es um eine Olympia-Qualifikation.

Er folgte ihnen auf den unbebauten Teil des Oberlandes. Im Dämmerlicht begannen ihre Gestalten zu verschwimmen und kurz hinter der Vogelwarte konnte er nur noch Schemen ausmachen.

Undeutlich sah er einen Schatten scharf an der nächsten Abzweigung bremsen und in die Schrebergärten abbiegen. Sprotte rannte, als ob sein Leben davon abhing, und sah vorsichtig um die Ecke. Außer den kleinen Häuschen und der Hecke zur Vogelwarte, war nichts zu erkennen. Langsam ging er weiter.

Er konnte sein Herz schlagen hören, als er sich Schritt für Schritt der letzten Parzelle in der Reihe näherte. Fieberhaft überlegte er, was ihn dort erwartete. Dann fiel ihm ein, dass der Weg an einem kleinen Aussichtspunkt nach rechts abbog. Wenn die beiden in diese Richtung weitergelaufen waren, konnte es sein, dass er sie bereits verloren hatte. Er beschleunigte seine Schritte bis die Abzweigung fast in Sicht war.

Plötzlich wurden Stimmen laut!

Sprotte hielt den Atem an. Offensichtlich hatte der Verfolger das Rennen für sich entschieden.

Wie ein Indianer auf dem Kriegspfad schlich Sprotte sich an. Er fand die Männer direkt an der Steilküste. Einer der beiden stand mit dem Gesicht zu ihm und für einen kurzen Augenblick befürchtete er, entdeckt zu werden.

Doch im gleichen Moment, in dem der Schreck Sprotte wie ein plötzlich aufloderndes Feuer durchströmte, klappte der Mann unter einem wuchtigen Fausthieb in die Magengrube wie ein Taschenmesser zusammen.

Ein Stöhnen wurde laut und überdeckte Sprottes Rascheln, als er sich auf der anderen Seite des Weges hinter einem Busch versteckte. Viel sehen konnte er nicht, aber er konnte jedes Wort hören!

„Hallo, alter Freund", sagte jemand in der Dunkelheit. Der Mann sprach mit einem unangenehmen Zischen in der Stimme. Der Tonfall ließ Sprotte die Haare zu Berge stehen. In der anscheinend freundlichen Formulierung steckten Wut, unterdrückte Anspannung und eine deutlich spürbare Bereitschaft, Gewalt anzuwenden.

„Asger!", sagte der andere. Der unvermittelte Schlag hatte ihm den Atem geraubt und er rang keuchend nach Luft. Ein tiefes Durchatmen war zu hören. „Was für eine Freude, dich hier zu sehen. Damit hatte ich gar nicht gerechnet. Mein letzter Stand war, dass du noch hinter schwedischen Gardinen sitzt."

„Ja, das hätte dir gepasst, oder? Ich hab tatsächlich eingesessen, aber nicht lang. Die Chefs meiner beiden Kollegen waren der Auffassung, dass wir besser nicht zu sehr unter dem Einfluss der Polizei stehen sollten. Du weißt ja, wie sowas läuft. Ein kleiner Unfall, ein unfreundliches

Gespräch und schon ist die Erinnerung des Zeugen nicht mehr ganz so einwandfrei."

Sprotte hörte ein verächtliches Schnauben, dann ein Rascheln. Mit einem kurzen Blick konnte er sehen, dass Asger – offensichtlich der Blonde – den anderen am Kragen gepackt hatte und gegen den Zaun drückte. Der Draht quietschte an den Pfosten, als der Druck zunahm. Dahinter fiel die Felswand senkrecht ab.

„Aber jetzt zu dir, Arne", sagte der Blonde.

Sprotte horchte auf. Arne! Hatte er diesen Namen nicht auch auf der Gästeliste gehabt? Er hatte alles auf seinem Smartphone, wagte aber nicht, es hervorzuholen. In der Dunkelheit würde der Lichtschein des Displays ihn zweifellos verraten.

„Meine Geschichte ist ja langweilig", sagte Asger. „Die kennst du bereits, wie mir scheint. Erzähl lieber, was du hier machst und vor allem, ob du das hier auch bekommen hast."

Asger drückte seinem Gegenüber etwas ins Gesicht. Sprotte konnte zunächst nicht genau erkennen, was es war, aber es schien klein und flach zu sein.

Arne versuchte, dem Druck zu entgehen. Der Zaun quietschte beängstigend, als er über den Abgrund gedrückt wurde.

Um nichts in der Welt hätte Sprotte gerade in seiner Haut stecken mögen!

„Ja!", sagte Arne schnell. „Diese Postkarte habe ich auch bekommen. Was glaubst du denn, weswegen ich sonst hier bin?"

„Was weiß ich! Steht ja nur Blödsinn drauf! Verdammtes Ding. Kann kein Mensch was mit anfangen!"

„Wenn du mich vielleicht einfach mal ..." Ein Rangeln wurde laut. Das Quietschen des Zaunes nahm noch einmal zu, dann ebbte es ab, gefolgt polternden und schleifenden Schritten. Sprotte rechnete jede Sekunde damit, einen markerschütternden Schrei und den Aufschlag eines Körpers in der Tiefe zu hören, doch er vernahm nur ein Ächzen und ein Schnauben.

„Verdammt noch eins! Musst du in jeder Minute deines Lebens eigentlich so ein Ekelpaket sein? Schmeiß mich da runter, dann erfährst du garantiert nichts."

Es klatschte laut. Asger musste noch einmal zugeschlagen haben, dieses Mal aber mit der flachen Hand und ins Gesicht.

„Sei nicht so ein Weichei!" Asger lachte schmutzig. Es klang heiser und hinterhältig. „Und jetzt raus mit der Sprache, sonst verpasse ich dir noch eine, aber die schmerzt dann wirklich!"

Sprotte versuchte etwas dichter an den Busch heranzurutschen. Von Arne war ein Schniefen zu hören.

„Das ist die gleiche Karte, die ich auch bekommen habe. Und es ist auch der gleiche Text. ‚Ich wollte schon immer einmal eine wirklich lange Geschichte schreiben. Das ist nun vollbracht und auf diesem gelben Pergament ist alles, was ich hatte!'. Wenn man dem Professor auch mal zugehört hat, ist das eine ziemlich glasklare Angelegenheit."

„Pah! Professor! Ein Schaumschläger ist der, nichts weiter. Ein elender Wichtigtuer, der uns fast in den Knast gebracht hätte."

„Wenn überhaupt *war* er ein Schaumschläger und Wichtigtuer. Er ist vor sechs Wochen gestorben."

Für einen Moment herrschte Stille. Ein Zischen wurde laut und brach unvermittelt wieder ab.

Arne fuhr fort und seine Stimme klang nun etwas selbstbewusster. „Ach? Das wusstest du gar nicht? Na ja, dann weißt du es jetzt. Das ist für dich natürlich unangenehm, denn von nun an wirst du mich brauchen, um die Beute zu finden."

„Ich will vor allem endlich wissen, was diese Postkarte bedeutet. Also: Was heißt der Quatsch?"

„Der Professor hat dort beschrieben, wo die Karte zu finden ist, auf der er das Versteck unserer Beute vermerkt hat. Das ist insofern ‚glasklar‘, weil man sich mit ihm keine zehn Minuten unterhalten konnte, ohne dass er bei seinem Lieblingsbuch landete, dem ‚Herrn der Ringe‘. Eine der Eigenheiten dieses Buches ist, dass es einige Landkarten enthält. Legt man noch eine dazu, fällt die überhaupt nicht auf. Und im Vorwort stellt Tolkien, der Autor fest, dass er schon immer mal eine lange Geschichte schreiben wollte. Erinnert dich das an was? Ja? Ausgezeichnet! Also, die Karte des Professors befindet sich in einer Ausgabe des ‚Herrn der Ringe‘.“

Um ein Haar hätte Sprotte sich mit einem aufgeregten Japsen verraten! Sie hatten mit allem Recht gehabt! Die Einbrüche, das Buch, die Karte ... So irre und albern es auch klang – sie hatten tatsächlich eine Schatzkarte gefunden!

Er verharrte mucksmäuschenstill und spitzte weiter die Ohren.

„Und wie kommst du darauf, dass das Buch hier auf der Insel ist?“

„Wo denn sonst? Glaubst du im Ernst, dass der Professor so blöd war, die Karte bei seiner Abreise mitzunehmen? Bei dem Theater, das damals hier herrschte? Auf keinen Fall!“

„So eine elende Schweinerei!“, sagte Asger. Es klang wie ein Knurren und seine Stimme senkte sich, so als würde er mit sich selber sprechen. „Ein blitzsauberer Bruch. Rein und raus in weniger als zehn Minuten und das auch noch mit mehr Beute, als wir gedacht hatten.“

„Nur, dass wir damit nicht von der Insel gekommen sind.“ In Arnes Stimme schwang Enttäuschung mit. Die gleiche, die er zweifelsohne schon im Januar verspürt hatte. „Wenigstens hat der Professor diesen Hinweis hinterlassen. Ohne die Postkarten hätten wir nicht den geringsten Anhaltspunkt, wo wir suchen müssen.“

„Und wo hast du die Karte?“, fragte Asger. Seine Stimme war nochmals etwas leiser geworden, aber auch bedrohlicher. Sprotte wurde mulmig und ihm schwante, was folgen würde.

„Ich habe die Karte nicht. Wie gesagt, sie ist in …"

Es klatschte hell und unangenehm und Arne gab einen weiteren Schmerzenslaut von sich.

„Jetzt hör doch mal zu, du geistig derangierter Primitivling! Die Bücherhalle hat insgesamt sieben Ausgaben vom ‚Herrn der Ringe'. Heute Abend mitgezählt, habe ich sechs gefunden, aber bis jetzt war die Karte nicht dabei."

„Das heißt, wir müssen noch ein weiteres…"

Ein infernalischer Lärm brach über sie hinein! Es war Musik, die wie ein Messer die Stille der Schrebergärten durchschnitt. Und sie klang wie …

Die Titelmusik aus „Indiana Jones"!

Sprotte sprang auf, als hätte man ihm ohne Vorwarnung zwanzigtausend Volt durch den Körper gejagt! Sein Handy! Und es machte zwei Verbrecher gerade darauf aufmerksam, dass sie belauscht wurden!

Hektisch wischte er den Anruf weg und rannte los!

Hinter sich hörte er hässliche Flüche und lautes Rufen. Dann folgten Schritte! Sie waren ihm auf den Fersen! Mit aufsteigendem Grauen erinnerte er sich, was für ein Tempo dieser Asger vorhin gelaufen war. Und wie hemmungslos er anschließend zugeschlagen hatte! Sprotte lief schneller!

Aber wohin? Er versuchte, sich während des Laufens zu orientieren. Dies musste der Weg durch die Schrebergärten sein, der parallel zum Abhang verlief.

Vor ihm materialisierte sich urplötzlich ein kleines, grünes Gartentor. In letzter Sekunde konnte er noch ausweichen und dem Schlenker folgen, den der Weg hier machte. Er rannte weiter, als ginge es um sein Leben!

Aber wenn er einfach geradeaus lief, würde er auf ein freies Rasenstück zu laufen. Von dort aus wäre es zwar nur noch ein Katzensprung bis nach Hause, doch dass er es ungesehen dorthin schaffen würde, bezweifelte er.

Hinter sich hörte er ein Krachen und Poltern, das nahtlos in einen erstickten Schrei überging. Wenigstens einer seiner Verfolger hatte das Gartentor zu spät gesehen.

Vielleicht verschaffte ihm dieser kleine Unfall den Vorsprung, den er brauchte, um kurzzeitig zu verschwinden. Hinter ihm war keine Bewegung zu erkennen, kein Schatten, nichts, was sich auf ihn zubewegte. Statt dessen weiteres Fluchen und das Knirschen von kaputtem Holz.

Ein paar Schritte vor ihm war eine Lücke in der Hecke. Schnell huschte er durch sie hindurch, robbte ein Stück nach vorne und verschwand unter dem Bewuchs.

Rasch kamen Schritte herangeeilt, die sich verlangsamten, je weiter sie sich dem Ausgang des Weges näherten. Was Sprotte hörte, war der langsame, bedächtige Gang von Männern, die auf der Suche waren. Es gehörte nicht viel dazu, sich vorzustellen, wie die beiden Gestalten versuchten, mit ihren Blicken das Dunkel zu durchbohren und dabei auch auf das kleinste Geräusch lauerten.

Sprotte atmete flach und vermied jeden Laut.

Knirschend kam direkt neben ihm ein Stiefel zum Stehen. Für einen Moment herrschte eine kaum zu ertragende, angespannte Stille, dann erkannte Sprotte Asgers heisere und unheilschwangere Stimme.

„Konntest du erkennen, wer das war?"

Weitere Schritte, die sich näherten. Arne musste aufgeschlossen haben.

„Nein. Es ist schon zu dunkel."

„Ob da jemand was mitgekriegt hat?"

„Anzunehmen. Ich habe keine Schritte gehört, die den Weg in unserer Richtung heruntergekommen wären. Das könnte bedeuten, dass er die ganze Zeit in der Nähe war. Und so laut, wie der Klingelton sich anhörte ... Den Rest kannst du dir dann ja selbst ausrechnen."

„Verdammt!"

Sprotte meinte, hören zu können, wie es in Asger arbeitete. Wäre sein Körper in diesem Moment nicht mit Adrenalin überschwemmt gewesen, hätte er vielleicht sogar gegrinst. Stattdessen lag er steif wie ein Brett da und wagte auch nicht die leiseste Bewegung. Lautlos horchte er auf die Geräusche neben ihm.

„Ich bin sicher, dass er noch in der Nähe ist", sagte Arne. „Wir sollten uns aufteilen. Einer geht zurück, der andere überprüft die Querstraßen. Wenn er nicht schneller als der Blitz war, müssten wir ihn dort noch irgendwo finden. Halte Ausschau nach jemandem, der wahrscheinlich ziemlich außer Atem ist."

Mit einem Schnauben gab Asger zu verstehen, dass er zustimmte. Doch es war deutlich zu merken, dass es ihm nicht behagte, plötzlich Anweisungen zu bekommen. Trotzdem knurrte er etwas, dass sich wie „Ich nehm die Querstraßen" anhörte.

Als die Männer sich entfernt hatten, kroch Sprotte vorsichtig an der Hecke entlang, bis er den Weg und die Rasenfläche dahinter, einsehen konnte. Alles war ruhig. Dennoch unterdrückte er den Impuls sofort aufzuspringen und auf direktem Weg nach Hause zu laufen.

Zu Recht, wie sich einen Augenblick später herausstellte. Asger war erst abgebogen, hatte dann aber schnell wieder kehrtgemacht und kam zurück. Sprotte wäre ihm direkt in die Arme gelaufen. Im letzten Moment konnte er sich ein Stück zurückziehen und verschwand wieder im Dunkel.

Asger schien unbeherrscht und sehr impulsiv zu sein, was irgendwie zu seinem Hang zur Gewalttätigkeit passte. Und angesichts des Umganges mit der Postkarte, den er an den Tag gelegt hatte, war er wahrscheinlich auch nicht der Klügste.

Aber hier wusste er offensichtlich sehr genau, was er tat. Langsam kam er die Straße herunter geschlendert und sah dabei wie ein Urlauber bei einem Abendspaziergang aus. Auf Höhe des Weges zu den Schrebergärten blieb er stehen und blickte sich nach allen Seiten um.

Dann ging er in die nächste Seitenstraße hinein.

Noch einmal unterdrückte Sprotte seinen Fluchtinstinkt und noch einmal behielt er Recht. Asger kam ein zweites Mal zurück und ging dann zum Falm herunter. Als er um die Ecke verschwunden war, hielt Sprotte es nicht mehr aus.

Er verließ seine Deckung und warf noch einen schnellen Blick in Richtung der Schrebergärten. Dann lief er das Rasenstück zu Ende.

Es war so nah!

Er fühlte sich, wie ein Schwimmer, der das rettende Ufer schon sehen konnte und dennoch glaubte, dass seine Kräfte nicht reichen würden. Betont langsam ging er die kleine Straße entlang. Sein Herz schlug ihm bis zum Hals und fast hätte er laut aufgeschrien, als eine Katze direkt vor ihm lautlos auf den Weg sprang. Noch einmal sah er sich um und suchte die Straße nach den beiden Männern ab.

Nichts.

Die letzten Meter legte Sprotte im Sprint zurück.

Irgendwie zitterte er den Schlüssel aus seiner Tasche, öffnete und sprang ins Haus. Krachend fiel die Tür hinter ihm ins Schloss! Er war in Sicherheit!

Wenigstens vorläufig.

Kapitel 9
Die Karte

Das Adrenalin hatte sich bis in Sprottes Haarspitzen verteilt. Sein Puls raste und sein Herz schien sich in eine Dampframme verwandelt zu haben, die nur ein Ziel kannte: Raus aus diesem Brustkorb! Es dauerte eine gefühlte Ewigkeit, bis er halbwegs zur Ruhe gekommen war und sich ins Bett legen konnte.

Mehr als einmal stand er in dieser Nacht auf und schaute aus dem Fenster, ob irgendwo da draußen, an einer schummerigen Straßenecke, eine Gestalt mit kurzen, blonden Haaren lauerte. Schon die kleinste Bewegung oder ein Schatten ließen ihn den Atem anhalten.

Lag er im Bett, beobachtete er den stetig über die Insel streichenden Lichtstrahl des Leuchtturms. Unberührt von den Ereignissen dieses Abends zog der langsam und gleichmäßig seine Bahn und verwischte die Angst.

Nach und nach beruhigte Sprotte sich und fiel schließlich doch noch in einen dumpfen, traumlosen Schlaf.

Als er am nächsten Morgen erwachte, war er sich zunächst nicht sicher, ob er das alles nicht vielleicht nur geträumt hatte. In der vertrauten Geborgenheit des Hauses erschienen die Ereignisse vom Vorabend skurril und völlig absurd.

Es hatte eine Verfolgungsjagd gegeben. Er hatte zwei Verbrecher belauscht und war am Schluss selbst zum Gejagten geworden. Reichlich viel für einen gewöhnlichen Sommerabend in den Ferien! Das glaubte ihm kein Mensch. Er mochte es ja selbst kaum glauben!

Aber je länger er darüber nachgrübelte, desto klarer wurden seine Erinnerungen. Immer mehr Details fielen ihm ein, vor allem eins!

Sprotte sprang auf und griff sich sein Smartphone! Der Blonde hatte den anderen gestern „Arne" genannt! Und wenn er nun diesen Vornamen aus der Gästeliste des „Kaffeehauses" abgeleitet hatte? Er rief die Liste in seinen Notizen auf. Da waren sie: Max Wildermann, Ernst Rabenau und - Arne Trabert!

Er hatte einen Namen!

Aber Freude über diesen Erfolg wollte sich nicht so recht einstellen. Denn seit gestern hatte er es nicht mehr mit nur einem Einbrecher zu tun, sondern mit zweien. Und dieser Zweite war ein ganz anderes Kaliber. Er war aggressiv und schien Freude daran zu haben, Gewalt auszuüben. Sprotte schauderte bei dem Gedanken, dass dieser Mensch ihn in die Finger bekommen könnte. Arnes Drohungen waren dagegen kaum der Rede wert. Und auch die Betäubung mit Chloroform deutete darauf hin, dass er Sprotte im Grunde nichts antun wollte.

Bei diesem Asger konnte er nicht von so viel Entgegenkommen ausgehen. Kam es soweit, würde es schmerzhaft sein, verbunden mit der Gewissheit, nicht mit heiler Haut davonzukommen.

Unter diesen Umständen gab es eigentlich nur eine sinnvolle Schlussfolgerung. Er musste noch einmal sein Glück bei der Polizei versuchen. Aber würde Blankenburg ihm dieses Mal zuhören? Sprotte konnte es sich nicht vorstellen. Zumal er nichts in der Hand hatte, was einem Beweis auch nur ähnelte. Nicht ganz zu Unrecht könnte man alle seine Hinweise als Hörensagen und damit als nicht stichhaltig ansehen. Und genau das würde Blankenburg wohl auch tun.

Er musste etwas Greifbares finden, etwas, das so eindeutig seine Ansicht belegte, dass er es bei der Polizei notfalls auf seinen Tresen knallen und sagen konnte: „Hier! Da ist ihr Beweis!"

Das Einzige, was er in diesem Moment vorweisen konnte, war die Karte. Und die würde Blankenburg, genauso wie den Zettel zuvor, schlichtweg ignorieren. Aber sie musste der Schlüssel sein. Er griff nach dem grünen Schuber und breitete die Karte auf dem Bett aus.

Schnell blieb sein Blick an dem seltsamen Umriss hängen, der so gar nicht nach Helgoland aussah. Aber warum prangten dann die Koordinaten wie eine Überschrift auf dem Pergament? Die Karte musste sich auf Helgoland beziehen. Und sie war der Schlüssel zu allem.

Finn hatte Recht. Sie mussten auf Schatzsuche gehen.

Aber dieses Mal richtig!

Noch während er seine Sachen für die Düne zusammenpackte, verabredete er sich mit Finn. Zwei Stunden später wollten sie sich am Strandkorb treffen.

Das gab Sprotte die Gelegenheit sich den kleinen Aussichtspunkt, an dem er die Gangster belauscht hatte, einmal näher anzusehen. Vielleicht hatten die beiden ja Spuren hinterlassen, die noch verwertbar waren.

Doch das einzig Auffällige war der Zaun, der ein Stück weit über den Abhang eingedrückt war.

Grübelnd und mit einem verkniffenen Gesicht schlurfte er zum Klippenrandweg zurück. An der kleinen Kreuzung hielt er an. In einer Hecke veranstaltete ein ganzer Schwarm Spatzen einen Heidenlärm und erhob sich dann wie ein einziger Vogel laut knatternd in die Luft. Danach herrschte eine eigentümliche Stille und für einen Moment hörte er nur den Wind.

In einer affenartigen Geschwindigkeit jagte ein kleiner schwarzer Schatten an ihm vorbei! Sprotte erschrak und machte beinahe einen Satz zur Seite.

Eine Drossel landete ein paar Meter weiter in der Hecke und sah ihn vorwurfsvoll an.

Kopfschüttelnd erwiderte Sprotte den Blick. Der Vogel hätte ihn fast gerammt! Er konnte sich schon lebhaft vorstellen, wie er in der Notaufnahme die Frage beantwortete, wie er sich diese heftig blutende Platzwunde zugezogen hätte. „Kollision mit einer durchfliegenden Drossel" dürfte da eher seltsam klingen.

Doch da war noch etwas gewesen.

Etwas, das wichtig war. Wie in Zeitlupe kam er langsam zum Stehen. Ein eigenartiges, schwer zu beschreibendes Gefühl überkam ihn und sorgte dafür, dass die Gedanken wieder wie Flipperkugeln durch seinen Kopf flogen.

Sprotte machte ein paar Schritte zurück, dorthin, wo er gestanden hatte, als die Drossel ihn knapp verfehlt hatte. Er hatte ihr nachgesehen und dann ... Er drehte sich langsam wieder um und prüfte genau, was dabei in sein Blickfeld kam. Da war die kleine Weide, eine weiße Bank, dahinter der obere Teil eines flachen Gebäudes und direkt vor ihm ein Übersichtsplan von Helgoland ...

War es das gewesen?

Sprotte musterte den Plan. Auf den ersten Blick sah er nichts Besonderes, aber es war ganz sicher diese Helgolandkarte, die dieses Gefühl in ihm ausgelöst hatte. Dann begriff er und seine Gesichtszüge hellten sich auf! Das war es also! Eigentlich ganz einfach! Wenn man es erst einmal gesehen hatte! Fast hätte er laut gelacht.

Er holte sein Smartphone heraus und machte ein Foto.

„Ich weiß jetzt, was es mit der Karte auf sich hat! Oder besser gesagt, mit dem Umriss, der nicht nach Helgoland aussieht", sagte er, als Finn am Strandkorb ankam.

Finn legte seine Tasche ab. „Echt? Und was?"

„Mann, das ist so einfach, das ist fast schon peinlich!"

„Jetzt erzähl schon! Mach's nicht so spannend!"

„Die Karte zeigt nur das Oberland!"

Sprotte ließ den Satz kurz wirken, dann hielt er Finn das Bild des Übersichtsplanes unter die Nase. „Wenn ich mir die Form der Klippen ansehe, die hier dunkel eingezeichnet sind, dann sehen die genauso aus, wie der Umriss auf dem Übersichtsplan. Nur etwas gedreht. Vielleicht ist es deswegen nicht gleich aufgefallen."

„Du meinst, der Kartenzeichner wollte damit sagen, dass man um die Ecke denken muss?"

Sprotte lachte leise. „Tja, kann sein. Aber wo auch immer diese Karte hinführen soll: Dieser Ort befindet sich hier auf Helgoland!"

„Stellt sich nur noch die Frage, was wir dort finden, sollten wir jemals aus diesen Hinweisen schlau werden."

„Ich glaube, da kann ich etwas Licht ins Dunkel bringen", sagte Sprotte und begann von seinen Erlebnissen des letzten Abends zu erzählen. Und er ließ kein Detail aus.

Mit einiger Befriedigung bemerkte er, dass Finns Augen immer größer wurden und nicht die geringsten Anzeichen von Misstrauen zeigten. Bei Finn hatte er von Anfang an das Gefühl gehabt, dass er ihm vertrauen konnte. Und dem Helgoländer Jungen ging es offensichtlich ebenso.

„Das ist der absolute Hammer!", sagte Finn schließlich. „Du hast echt Nerven, dich da unter einer Hecke zu verstecken! Ich wäre wahrscheinlich einfach immer weiter gerannt! Notfalls bis in die Nordsee!"

„Auf jeden Fall wissen wir jetzt, dass es um die Beute aus einem Einbruch geht. Ein Einbruch bei einem Juwelier, hier auf der Insel. Klingelt da was bei dir?"

„Juwelier? Ja, klar!" Finn grinste breit. „Meine Herren, das war vielleicht ein Ding! Du machst dir ja gar keine Vorstellung, was hier los war. Das war Silvester. Da ist tatsächlich bei einem Juwelier eingebrochen worden!"

Die Täter waren so clever, dass sie den Krach des

Feuerwerks ausgenutzt haben. Das hat alle Geräusche übertönt. Außerdem war natürlich so gut wie jeder auf der Insel mit Feiern beschäftigt oder hat sich das Feuerwerk angeguckt. Auf jeden Fall hat man von dem Bruch selbst gar nichts mitgekriegt. Das kam erst am nächsten Morgen."

„Na dann Prost Neujahr!"

„Kann man so sagen. Aber eins war für die Polizei sofort klar. Da die Schiffe erst ab Nachmittag ablegen würden, mussten die Einbrecher samt Beute noch auf der Insel sein. Alle möglichen Leute wurden überprüft oder verhört. Nur gefunden hat man nichts und deshalb wurde auch bis heute niemand verhaftet. Und von der Beute fehlt nach wie vor jede Spur."

„Ach? Dann hat Robert Blankenburg die Ermittlungen geleitet?" Die Bemerkung entfuhr Sprotte spontan und löste bei Finn einen heftigen Lachanfall aus.

„Nein! Auch wenn es passen würde! Das war sein Vorgänger. Und bevor du fragst: Der ist ganz normal pensioniert worden."

„Aber da der Einbruch nicht aufgeklärt wurde, liegt er *jetzt* in Blankenburgs Verantwortung, oder?"

„Jep. Und wenn ich einer der Gauner wäre, würde ich einfach nur ‚Tüm hoog!', sagen und mich beruhigt zurücklehnen."

Sprotte grübelte und rieb sich das Kinn.

„Man hat die Täter damals aufgeschreckt", sagte er. „Und die haben die Beute dann lieber versteckt und sind ohne aufzufallen von der Insel wieder runter. Wahrscheinlich sogar getrennt voneinander."

„Und einer hat dann diese Karte fabriziert, damit sie die Beute später abholen können?" Finn sah ihn zweifelnd an.

„Ja, das klingt schon ziemlich bescheuert, das gebe ich zu", sagte Sprotte. Seine Theorie ergab zwar durchaus einen Sinn, aber trotzdem wirkte sie so, so – idiotisch! Wer ging denn ohne Not dermaßen umständlich vor?

„Aber jetzt passt alles zusammen. Die Einbrecher müssen die Beute hier verstecken, um nicht gefasst zu werden. Einer zeichnet diese Karte und versteckt sie im ‚Herrn der Ringe'. Vermutlich hat er gar nicht damit gerechnet, dass andere sie überhaupt benutzen müssen. Dieser ‚Professor' soll ja gerade gestorben sein, das könnte es erklären. Jetzt kommt einer seiner Komplizen auf die Insel und weiß nur, dass er dieses Buch braucht. Dummerweise gibt es sieben davon, die aber alle verliehen sind. Also bricht er in die Bücherhalle ein, um die Adressen rauszufinden, ...“

„Das ist der Zettel, den du gefunden hast ...“

„Richtig. Und dann folgten die Einbrüche. Blöd nur, dass dieses Vorgehen von vorneherein zum Scheitern verurteilt war.“

„Weil das entscheidende Buch bei dir gelandet ist.“

Sprotte nickte. So musste es gewesen sein. „Ich kann bloß nichts davon beweisen“, sagte er.

„Wieso? Der Zettel, die Karte, deine Fotos von dem Einbrecher und alles, was du gestern gehört hast?“

„Ja, aber das Foto vom Hafen zeigt im Grunde nur einen Mann im Dunkeln. Der Einbruch selbst ist nicht zu erkennen. Den Zettel hat Blankenburg schon auseinandergenommen. Und die Karte? Könnte ich auch selbst gemalt haben. Und was das Gespräch der beiden Gangster angeht, ist das bestenfalls Hörensagen. Nein, da muss noch mehr kommen. Andererseits haben wir einen Namen und einige Hinweise, die ihn mit den Einbrüchen der letzten Tage in Verbindung bringen.

Wenn dieser Arne Trabert wirklich an der Sache in der Silvesternacht beteiligt war, dann muss er zwangsläufig über den Jahreswechsel hier auf der Insel gewesen sein. Aber wie soll man das überprüfen?“

Es war zum Verrücktwerden! Sprotte spürte, wie sich sein Magen zusammenzog und ein unangenehmes Kribbeln hinterließ. Er war sich so sicher, dass er Recht hatte, nur würde man ihm ohne Beweise nichts glauben. Er lehnte sich zurück und schaute aufs Meer.

„Wir könnten meine Mutter fragen", sagte Finn plötzlich.

Sprotte sah ihn von der Seite an. „Hä? Und das bringt uns was?"

„Meine Mutter arbeitet bei der Gemeinde. Und wenn jemand eine Kurkarte kauft, muss er ein paar Angaben machen, wie zum Beispiel seinen Namen."

„Aber wenn du irgendwo einbrechen willst, dann kaufst du doch vorher keine Kurkarte!"

„Nein, aber wenn man hier ist, will man ja vielleicht auch noch was anderes machen. Und dafür braucht man eventuell eine Kurkarte."

Sprotte runzelte die Stirn. Der Gedanke kam ihm abwegig vor.

Andererseits war es der einzige Ansatz, den sie gerade hatten. Und vielleicht hatte Arne Trabert tatsächlich etwas auf der Insel unternommen. Schon allein, um nicht aufzufallen. Möglich war es.

Und trotzdem ...

„Der müsste doch völlig bescheuert sein!", sagte Sprotte.

„Wenn er schlau wäre, wäre er bestimmt Herzchirurg oder so was geworden. Und nicht Einbrecher." Finns Handy piepte. „Sieht aus, als ob ich losmüsste", sagte er und zeigte Sprotte die neueste Mitteilung.

„Komm nach Hause. SOFORT! Es ist wichtig! M."

„Seltsam", sagte er. „Normalerweise ruft Mama an. Textnachrichten sind bei ihr extrem selten. Da stimmt was nicht." Er klaubte seine Sachen zusammen und verabschiedete sich.

Sprotte sah ihm hinterher und grübelte weiter über Finns letzten Vorschlag nach. Er holte seine eigene Kurkarte heraus. Es stimmte, der Name war darauf eingetragen.

Wenn Arne Trabert also eine solche Karte gekauft hatte, ließe sich auf diesem Weg seine Anwesenheit zu Silvester tatsächlich nachweisen. Ob Finns Mutter da mitspielen würde? Und falls nicht - welche Alternativen blieben ihm dann?

Fast eine Stunde verbrachte er mit diesen Gedankenspielen, dann rief Finn an. Seine Stimme klang gedämpft, so als könnte er nicht offen sprechen.

„Was ist los?", fragte Sprotte sofort.

„Blankenburg hat meinen Vater festgenommen!" Finns Stimme zitterte.

Sprotte sprang auf und musste sich kurz am Strandkorb festhalten. „Das kann unmöglich ..."

„Doch", sagte Finn. „Heute Nachmittag in der Werkstatt. Mama sagt, dass es wie eine Szene aus einem Krimi war."

In Sprotte stieg eine unbändige Wut auf. Seine Hände ballten sich zu Fäusten, dass die Knöchel weiß hervortraten. Er hörte, wie Finn schluckte. Kaum vorstellbar, wie sein Freund sich gerade fühlen musste.

„Und mit welcher Begründung?"

„Halt dich fest. Er will ihm die Einbrüche in die Schuhe schieben. Angeblich hat er die selbst begangen, um anschließend die Aufträge für die Reparaturen zu bekommen."

Sprotte lachte kurz und freudlos. „Na ja, Blankenburg hat ganz vorne ein B wie ‚blöd'. Habt ihr schon einen Anwalt angerufen?"

„Mama hat herumtelefoniert, aber die meisten Büros haben für heute schon geschlossen. Und bis dann einer hier ist ..."

Sprotte verstand und ein Schwall kalter Wut durchströmte ihn. Unschuldig oder nicht, Finns Vater würde einige Zeit in der Zelle zubringen müssen. Er griff nach seiner Wasserflasche und pfefferte sie in den Strandkorb.

„Ich komm vorbei", sagte er kurzerhand zu Finn. „Wir müssen was unternehmen."

In Rekordzeit brachte Sprotte den Weg zum Hafen hinter sich. Es war das erste Mal, dass er über den Nordstrand zurückging, ohne dabei wenigstens einen Donnerkeil oder zumindest ein Stück Meerglas aufzusammeln.

Unruhig wippte er am Anleger auf den Fußballen auf und ab und überlegte, welche Beweise es für die Anschuldigungen überhaupt gab. Dann entschied er, dass er das lieber gar nicht wissen wollte. Er schüttelte den Kopf. Neulich hatten sie genau über dieses Szenario noch ihre Witze gemacht!

Endlich legte die Dünenfähre an. „Wenn die Jungs von der Börte genauso kompetent wie Blankenburg wären, würde die ‚Witte Kliff' dreimal die Woche absaufen", sagte er leise vor sich hin.

Sprotte hätte erleichtert sein können, denn die Festnahme von Finns Vater bedeutete gleichzeitig, dass Onkel Matti aus dem Schneider war. Freuen konnte er sich darüber dennoch nicht. Denn auch wenn Sprotte damit keine Konsequenzen mehr drohten - es war immer noch ein Unschuldiger, den Blankenburg aufs Korn genommen hatte.

Während die ‚Witte Kliff' ihn zurück auf die Insel brachte, formte sich in seinem Kopf ein Plan. Ein Plan, der die Einbrüche endgültig aufklären und vor allem Hanke Flensen entlasten konnte. Jetzt musste nur noch Finns Mutter mitspielen.

Beklommen und mit einem mächtigen Kloß im Hals stand Sprotte vor Finns Haustür. Er zögerte kurz, bevor er auf den Klingelknopf drückte.

Die Großmutter öffnete die Tür und schüttelte sogleich den Kopf, als sie ihn sah.

„Das ist kein guter Zeitpunkt", sagte sie.

„Ist schon gut Ooti, er weiß Bescheid." Im Hintergrund war Finn erschienen.

Die Großmutter trat beiseite und ließ die Jungen im Flur alleine.

„Wie geht es dir?", fragte Sprotte.

„Du hörst es ja." Finn deutete mit einem Kopfnicken auf das Wohnzimmer. Das Weinen einer Frau war nicht zu überhören.

„Ich komme gerade so einigermaßen klar. Aber Mama ..." Er zuckte die Schultern und sein sonst fröhliches Gesicht, das fast immer ein schelmisches Lächeln zeigte, war starr wie eine Maske.

„Und der Anwalt?"

„Da war heute nichts mehr zu machen. Deswegen ist sie ja so durch den Wind."

„Ich habe mir da was überlegt", sagte Sprotte. Er sprach leise und seine Stimme bekam einen verschwörerischen Unterton. „Wenn deine Mutter es hinkriegt, könnte sie vielleicht wirklich einmal nachsehen, ob dieser Arne Trabert irgendwo in ihren Listen auftaucht. Stell dir mal vor, sie findet ihn und ..."

„Sag mal, bist du bescheuert! Was habe ich denn gerade gesagt? Die geht morgen garantiert nichts ins Büro und guckt irgendwelche Listen durch! Selbst wenn Papa morgen früh wieder laufen gelassen wird. Die braucht zwei, drei Tage, um damit klar zu kommen."

Sprotte nickte. Das hatte er nicht bedacht. „Ich dachte nur, dass wir dann alle Hinweise zusammenpacken und dem Anwalt deines Vaters geben könnten. Der kann damit vielleicht etwas mehr anfangen, als dieser Blankenburg."

„Lass es sein", sagte Finn. Die Maske seines Gesichts schien sich noch weiter verfestigt zu haben. „Das ist jetzt kein Spiel mehr."

Durch einen Spalt in der Tür schaute Ooti herein. „Finn? Kommst du mal bitte?"

Finn verschwand und Sprotte blieb allein im Flur zurück.

Er hätte sich ohrfeigen können! Warum war er nur gleich

mit der Tür ins Haus gefallen? Sowas konnte man auch geschickter einfädeln!

Sein Blick fiel auf das Schlüsselbrett gleich neben der Haustür. Zwei Schlüsselbunde hingen dort und drei einzelne, jeder mit einem kleinen Schild versehen. „Werkstatt", stand auf dem einen, „Hütte" auf einem zweiten. Sprotte griff nach dem dritten Schlüssel und drehte das Schild herum.

„Gemeindebüro", las er leise vor und nickte grimmig. Finn hatte Recht. Das war kein Spiel mehr. Er schloss die Augen und versank in einem Gedanken, von dem er selbst noch nicht genau wusste, ob er völlig verblödet oder einfach nur brillant war.

Einen Augenblick später kam Finn wieder zurück. „Tut mir leid" sagte er „ich will dich ja nicht rausschmeißen, aber vielleicht ist es besser, wenn du gehst."

„Ist schon gut", sagte Sprotte. Er klopfte Finn auf die Schulter und versuchte, ihm ein aufmunterndes Lächeln zuzuwerfen. „Wenn du irgendetwas brauchst, sag Bescheid. Ich tu' was immer ich kann, um dir und deinem Vater zu helfen, okay?"

Finn nickte. Die Maske seines Gesichts schien erste Risse zu bekommen.

Als Sprotte draußen vor der Tür stand, glitt seine Hand in die Hosentasche.

Der Schlüssel zum Gemeindebüro fühlte sich kalt und gleichzeitig heiß an, so als müsste er sich fast zwangsläufig die Finger daran verbrennen.

Während Sprotte mit der ‚Witte Kliff' die Reede überquerte, um Finn aufzusuchen, betraten zwei Männer die Kneipe ‚Zum Dreimaster'.

Einer hatte einen runden Schädel, mit kurzen, hellblonden Haaren und wirkte brutal und grobschlächtig. Sein Blick war unangenehm und bohrend. Der Andere sah aus wie ein

Jedermann und fiel nur durch einige unschöne Schrammen im Gesicht auf.

Wortlos und stur geradeaus schauend, gingen sie in den hinteren Bereich und bestellten zwei Bier. Die schlechte Stimmung der Männer war fast mit Händen greifbar.

„Dumm gelaufen", sagte Arne leise. Ihm war bewusst, dass das wahrscheinlich die Untertreibung des Jahres war.

Am Nachmittag hatten sie das letzte Haus ausgekundschaftet und ihr Glück kaum fassen können. Weit und breit war niemand zu sehen gewesen und so hatten sie die Gunst der Stunde genutzt und waren sofort eingestiegen. Obendrein hatte der grüne Schuber mit den drei Bänden des ‚Herrn der Ringe' wie bestellt mitten auf dem Wohnzimmertisch gestanden.

Doch auch in dieser Ausgabe hatten sie die Karte nicht gefunden.

„Wirklich dumm gelaufen", sagte Arne noch einmal. Das Wissen, dass ihnen nun jeder klare Anhaltspunkt fehlte, legte sich wie eine dunkle Decke über ihn und schien alle weiteren Gedanken zu ersticken.

Asger gab ein spöttisches Schnauben von sich.

„Bist halt doch nicht so schlau, wie du gedacht hast, was?", sagte er. Seine Fäuste ballten und öffneten sich wie ein unheilvolles Uhrwerk und die Muskeln an seinem Kiefer traten deutlich hervor.

Er war auf diesen verdammten Felsen zurückgekehrt, um endlich für die Arbeit bezahlt zu werden, die er Silvester geleistet hatte. Aber danach sah es im Moment ganz und gar nicht aus. Und Arne schien nicht gerade eine große Hilfe zu sein.

Am liebsten hätte er ihn einmal richtig durchgeprügelt, aber er sah jetzt schon aus, als reichte ein leichter Windhauch, um ihn umzustoßen.

„Kannst du dir ungefähr vorstellen, was ich mit dir mache, wenn ich hier mit leeren Händen abreisen muss?"

Arne nickte und schaute trübselig in sein Glas. „Ja", sagte er. „Kann ich. Sehr lebhaft sogar. Aber das bringt dir auch nichts. Außerdem haben wir noch ganz andere Probleme."

„Wohl eher nicht", sagte Asger und ein hässliches Grinsen erschien auf seinem Gesicht. „Ich habe vorhin gehört, dass wir uns wegen der Einbrüche keine Gedanken mehr machen müssen. Die Bullen tappen so dermaßen im Dunkeln, dass sie es jetzt einem Einheimischen anhängen wollen."

„Wie beruhigend. Ich frage mich eher, was wir machen sollen, wenn unser Lauscher von gestern Abend zur Polizei geht."

„Du meinst diesen Bengel im Gebüsch? Der hat doch nichts gesehen, dafür war es viel zu dunkel. Und mit dem, was er gehört hat, kann er garantiert nichts anfangen."

„Sicher? Es gibt jetzt wenigstens einen Unbeteiligten, dem klar ist, warum wir auf der Insel sind. Und sollte es dieser Junge sein, der mir so hartnäckig auf den Fersen ist, dann könnte das wirklich knifflig werden. Was, wenn er tatsächlich noch einmal zur Polizei geht?"

„Das würde ich ihm nicht raten. Wenn es sich überhaupt um den gleichen Jungen handelt."

Arne überging die Drohung und drückte sein Bier behutsam gegen seine Wange. Die Kühle des Glases tat gut. „Wir sollten ihn auf jeden Fall im Auge behalten. Irgendetwas sagt mir, dass er noch mehr weiß. Wenn wir hier im Moment überhaupt einen Ansatz haben, um an die Beute zu kommen, dann ist es mit Sicherheit der Junge."

Asger grunzte erneut und das hässliche Grinsen trat wieder auf sein Gesicht. „Überlass das mir. Den bringe ich schon zum Singen."

Arnes Eingeweide krampften sich für einen Moment zusammen und er atmete tief durch.

An diesem Abend zog Sprotte sich etwas früher als gewöhnlich zurück. Er wartete, bis Onkel Matti in seinem Zimmer verschwand und leises Schnarchen verkündete, dass er endlich im Land der Träume angekommen war.

Lautlos schlich er sich hinaus und gelangte ungesehen zum Rathaus. Mit angehaltenem Atem steckte er den Schlüssel ins Schloss.

Erst im letzten Moment kam ihm der Gedanke, dass es eine Alarmanlage geben könnte, doch da hatte er den Schlüssel schon herumgedreht.

Sein Herz setzte einen Schlag aus und er rechnete jeden Augenblick mit einem infernalischen Sirengeheul und flackernden blauen und roten Lichtern. Aber das Schloss gab nur ein leises Klicken von sich.

Sprotte öffnete die Tür nur einen Spalt und quetschte sich hindurch. Als er sich umsah, fand er sich in einem stockdunklen Foyer wieder.

Erst weiter hinten konnte er einen einzelnen, fahlen Lichtschein ausmachen. Das beleuchtete Hinweisschild eines Notausgangs, das ein leises Brummen von sich gab. Es war das einzige Geräusch, das zu hören war. Ansonsten herrschte Totenstille.

Mit laut klopfendem Herzen schlich er von Büro zu Büro, bis er im Schein seines Handy-Displays ein Türschild mit der Aufschrift „Gemeindebüro/Tourismus" fand.

In dem kleinen Raum musste er nicht lange nach dem richtigen Arbeitsplatz suchen. Es befanden sich dort nur drei Schreibtische und auf einem standen gleich vier Bilder, die Finn zeigten.

Kurz bevor sein Finger den Knopf zum Einschalten des Computers drückte, verharrte er. Das Büro war ausgerechnet eines von denen, die direkt auf den Lung Wai hinausgingen. Und er saß mit dem Rücken zum Fenster. Wenn er jetzt den Monitor einschaltete, konnte der wie ein Scheinwerfer wirken.

Sollte er ihn einfach umdrehen? Draußen wurden Stimmen laut und Sprotte spürte, wie aufsteigende Angst ihn zu lähmen begann.

Jemand rief etwas. Doch es galt nicht ihm. Ein vielstimmiges Lachen erklang und er entspannte sich wieder ein wenig.

Dann sah er das große Regal mit den Aktenordnern. Vielleicht ging es in diesem Fall ja auch einmal analog!

Glücklicherweise hatten Finns Mutter und ihre Kollegen eine gut organisierte Ablagestruktur. Nach einigem Suchen fand er neben Ordnern mit „Rechnungen - Eingang", „Bescheide von ... bis ..." auch solche, die nur mit einer Jahreszahl versehen waren. Er nahm den vom vorigen Jahr aus dem Regal und zog sich direkt unter das Fenster zurück.

Mit seinem Smartphone als Leselampe ging er die Abschnitte durch, in die die Unterlagen aufgeteilt waren.

Er war sofort wie elektrisiert, als er tatsächlich einen mit der Aufschrift „Kurkarten" fand!

Seine Hände zitterten leicht, als er den ersten Schwung Seiten überschlug und sich direkt zum Dezember vorarbeitete. Vorsichtig, als könnte ihm jederzeit aus dem nächsten Blatt Papier ein Monster entgegenspringen, blätterte er weiter.

Es war eine der letzten Seiten. Natürlich!

Dafür sprang ihm der Eintrag wie eine aufgescheuchte Katze in die Augen! Ein zufriedenes Glucksen entfuhr ihm.

Name, Vorname: Trabert, Arne, Datum Anreisetag: 28.12., Datum Abreisetag: 02.01.

„Das ist es!", sagte er leise.

Er machte ein Foto und ließ den Ordner wieder im Regal verschwinden. Vor dem Fenster konnte er erneut Stimmen hören und irgendwo ging ein Lichtstrahl am Rathaus vorbei.

Lautlos schlich er aus dem Büro und durch das Foyer zum Ausgang. Mit einem leisen Klicken glitt der Schlüssel ins Schloss und verriegelte die Tür wieder.

Als er sich umdrehte, bohrte sich ein gleißendes Licht brutal und ohne Vorwarnung in seine Augen.

„Was machst du hier?" Die Stimme klang barsch und unfreundlich.

Sprotte hob die Hand, um das Licht abzuschirmen. Aber er war bereits so geblendet, dass er so gut wie blind war. Sein Herz raste und der plötzliche Schreck hatte seine Kehle ausdörren lassen.

„Könnten sie bitte aufhören, mich zu blenden?"

„Was du hier machst, habe ich gefragt!" Der Tonfall hatte an Schärfe zugenommen. Dennoch glitt das Licht an Sprotte herab und seine Augen konnten sich allmählich wieder an die Lichtverhältnisse gewöhnen.

Vor ihm stand Robert Blankenburg!

Sprotte atmete tief durch. Das würde jetzt bestimmt nicht einfach werden!

„Ich war auf dem Weg nach Hause."

„Es ist bereits nach zwei. Was hast du hier überhaupt verloren? Und wenn du nach Hause willst - wieso treibst du dich dann hier am Rathaus herum?" Der Schein von Blankenburgs großer Stabtaschenlampe glitt über die Rathaustür. „Irgendwas stimmt hier doch nicht." Argwöhnisch untersuchte er den gesamten Eingangsbereich.

„Also, raus mit der Sprache. Du hast hier doch was ausgefressen."

„Habe ich nicht. Ich wollte nur nach Hause! Dass es spät ist weiß ich selbst, aber das kann schon mal passieren, wenn man Computerspiele daddelt!"

„Und da hast du dir dann auf dem Weg gedacht, dass du eine kleine Pause vor der Rathaustür einlegst?"

„Nein, da habe ich nur ein paar Betrunkene gehört und bin lieber in Deckung gegangen."

„Ich glaub dir kein Wort." Wieder beleuchtete die Taschenlampe die Rathaustür.

„Was hast du hier nur gemacht?", fragte Blankenburg

erneut, aber leiser, als führte er gerade ein Selbstgespräch.

‚Ihre Arbeit!‘, lag es Sprotte auf der Zunge, doch er riss sich zusammen.

„Hören sie, ich würde jetzt wirklich gerne nach Hause gehen. Auch wenn es ihnen nicht gefällt, aber hier war absolut nichts los, was sie tatsächlich interessieren würde."

In die Augen des Polizeichefs trat ein gemeines Glitzern. „Das kannst du vergessen", sagte er. „Du kommst jetzt erst einmal mit auf die Wache!"

Für einen Moment stand Sprotte wie versteinert da und starrte Blankenburg an. „Und weswegen?", fragte er.

„Es ist nach 22:00 Uhr und du bist nicht in Begleitung eines Erwachsenen. Das reicht. Wir gehen jetzt aufs Revier und ich rufe deinen Onkel an, damit er dich abholt."

Sprotte schluckte trocken. Ihm wurde kalt.

Den Weg zur Wache nutzte er, um darüber nachzugrübeln, was er Onkel Matti erzählen sollte. So locker und unkompliziert der normalerweise auch war - in diesem Fall würde selbst er eine Erklärung verlangen! Innerlich machte Sprotte sich auf ein Donnerwetter gefasst, auch wenn er nicht die geringste Ahnung hatte, wie sowas bei Onkel Matti aussehen könnte. Hatte er ihn überhaupt schon einmal wütend erlebt?

Beklommen betrat er die Polizeistation. Blankenburg packte ihn demonstrativ an der Schulter und schob ihn durch den Vorraum und durch eine weitere Tür. „Da rein", sagte er scharf.

Sprotte verschlug es den Atem!

Er fand sich in einem kleinen Flur wieder, von dem vier sehr stabilen Türen abgingen. Jede hatte ein großes Schloss und einen Spion, um den Raum dahinter kontrollieren zu können.

Die Arrestzellen!

„Sie wollen mich einsperren?"

„Rein da", sagte Blankenburg und gab ihm einen Stoß.

Krachend fiel die Tür hinter Sprotte ins Schloss. Die Zelle war klein, eng und dunkel. Nur ein schwaches Licht sorgte dafür, dass in dem winzigen Raum nicht völlige Finsternis herrschte.

Sprotte bekam eine Gänsehaut. Eine altbekannte Angst schnürte ihm die Kehle zu. Er trat ans Fenster und schaffte es, ein Stück Himmel ins Blickfeld zu bekommen. „Wenigstens etwas", sagte er.

Die halbe Stunde, die Onkel Matti brauchte, um nach Blankenburgs Anruf zur Polizeiwache zu gelangen, war die Längste, die Sprotte jemals erlebt hatte.

Als die Zellentür sich öffnete und das Licht aus dem Flur sein Gefängnis erhellte, fühlte er sich, als wäre er gerade neu geboren worden.

„Da ist er", sagte Blankenburg und rieb sich sein Knie. „Du kannst ihn jetzt mitnehmen."

Sprotte stand auf und wollte etwas sagen, doch sein Onkel schnitt ihm mit einer Handbewegung das Wort ab.

Jetzt würde es kommen!, dachte Sprotte. Heute Nacht würde er erleben, wie es war, wenn Onkel Matti wütend wurde! Er atmete tief durch.

Doch es kam anders.

Onkel Matti drehte sich um und nahm Blankenburg ins Visier. „Du hast ihn in eine Arrestzelle gesteckt? Was hat er sonst noch angestellt?"

„Soweit ich das erkennen konnte nichts, aber das muss ja nichts heißen."

„Also sperrst du ihn ein, weil du ihn nachts unbegleitet aufgegriffen hast? Ist das dein Ernst? Das ist absolut unverhältnismäßig!"

Sprotte sah mit zunehmendem Unbehagen, wie sich das Gesicht seines Onkels rot färbte und eine tiefe Zornesfalte sich in dessen Stirn grub. Onkel Matti sprühte jetzt Gift und Galle und hielt Blankenburg eine Standpauke, die der aber nur mit einem herablassenden Lächeln zur Kenntnis nahm.

„Das gibt eine saftige Beschwerde an deine vorgesetzte Dienststelle!", endete Onkel Matti schließlich. „Komm Sprotte. Wir gehen!"

Sie verließen die Polizeistation und gingen an den Hummerbuden entlang. Erst als sie die „Bunte Kuh" erreichten, brach Onkel Matti endlich das Schweigen.

„Will ich eigentlich wissen, warum ich dich mitten in der Nacht von der Polizei abholen musste?"

Sprotte räusperte sich, so als könnte diese zusätzliche Sekunde, ihm endlich die Antwort verschaffen, über die er schon seit einer Stunde nachgrübelte.

„Ich bin mir nicht sicher", sagte er. Für einen Moment war er versucht, seinem Onkel reinen Wein einzuschenken und ihm alles zu erklären. Aber ein unbestimmtes Kribbeln irgendwo oberhalb des Magens, ließ ihn glauben, dass dies nicht der richtige Zeitpunkt dafür war. „Wir könnten es eine Mutprobe nennen."

„Eine Mutprobe?" Onkel Matti blieb abrupt stehen. Trotz der Dunkelheit konnte Sprotte sehen, dass sein Onkel ihn wütend anfunkelte. „Was soll denn dieser Schwachsinn bedeuten? Mutprobe! Hast du eine ungefähre Vorstellung, was los ist, wenn deine Eltern von dieser Sache Wind bekommen?"

„Ja, es gibt Ärger."

„Ärger? Das ist noch gar kein Ausdruck! Ich habe dich gerade aus einer Gefängniszelle abgeholt! Dass sie dir ein paar gehörige Takte erzählen werden, ist nicht nur wahrscheinlich, sondern auch absolut gerechtfertigt! Und ich werde dabei wohl auch meinen Teil abkriegen. Dass deine Mutter mir die Hölle heiß machen wird, damit komme ich schon klar. Aber die Wahrscheinlichkeit, dass sie uns zwei noch einmal alleine zusammen losziehen lässt, sinkt gegen null."

Er kickte ein kleines Steinchen durch die Gegend.

„Was heißt null. Das ist schon weit im negativen Bereich.

Am Ende muss ich das nächste Mal wieder alleine nach Helgoland fahren." Onkel Matti seufzte. Seine Körperhaltung entspannte sich ein wenig.

„Ich würde das sehr bedauern", sagte er. „Außerdem hat es mir einen Mordsschrecken eingejagt, als dieser Trottel mich mitten in der Nacht aus dem Bett geklingelt hat."

Sprotte zog den Kopf zwischen die Schultern. Daran hatte er gar nicht gedacht. Natürlich nicht. Denn die Möglichkeit, dass er bei seinen nächtlichen Ermittlungen erwischt werden könnte, war selbstredend nicht vorgesehen gewesen.

„Das tut mir leid", sagte er leise.

Als sie wieder auf dem Oberland waren, blieb Onkel Matti am Falm stehen und schaute gedankenverloren über die Reede auf die Düne. Sprotte sah, wie es in ihm arbeitete und rechnete jeden Moment damit, dass sich die ganze unterdrückte Wut nun in einem heftigen Ausbruch entladen würde. Doch Onkel Matti sah ihn nur nachdenklich an.

„Ich habe es dir ja schon auf dem Boot gesagt: Ich bin nicht dein Vater und ich werde auch nicht so tun, als ob ich diesen Part in diesen Wochen übernehmen würde. Aber ganz ohne Konsequenzen kann das hier nicht bleiben."

„Verstehe", sagte Sprotte gepresst. „Und wie sollen die aussehen?"

Onkel Matti stemmte die Hände in die Hosentaschen. In seinem Gesicht rangen Ärger und Ratlosigkeit miteinander.

„Wir brauchen drei zusätzliche Regeln. Erstens: Wenn du das Haus verlässt, sagst du mir Bescheid, wo du hingehst. Notfalls per Textnachricht."

Sprotte nickte.

„Zweitens: Du bist allerspätestens um zehn wieder zu Hause. Und danach gibt es keine Ausflüge mehr."

In leisem Protest sog Sprotte scharf die Luft ein.

„Das ist ein Punkt, den ich übrigens nicht diskutiere", fügte Onkel Matti hinzu. „Und drittens: Du sagst sofort Bescheid, wenn du dich irgendwie verspäten solltest."

Onkel Matti atmete auf, als hätte er gerade das Unangenehmste erledigt, das er sich auf der Welt vorstellen könnte. „Alles Weitere sehen wir morgen", sagte er und gähnte leise. „Du gehörst ins Bett. Und ich auch."

Als sie wieder zu Hause waren, merkte Sprotte, wie Recht sein Onkel hatte. Trotz aller Aufregung fiel er wie ein Toter ins Bett. Selbst an das Versenden einer Nachricht an Finn, um ihm mitzuteilen, was er herausgefunden hatte, war nicht mehr zu denken.

Er schlief tief und traumlos und wachte erst auf, als draußen ein überlautes Schnarren und Kreischen laut wurde.

Kapitel 10
Der erste Hinweis

Verschlafen richtete Sprotte sich auf und blinzelte in den Raum. Ein Sonnenstrahl schien durch eine Lücke in den Vorhängen und traf ihn mit voller Wucht mitten im Gesicht. Stöhnend ließ er sich wieder in die Kissen fallen.

Das Geräusch, das ihn so unsanft geweckt hatte, wurde lauter und lauter. Viel fehlte nicht mehr und es würde die Schmerzgrenze eines unausgeschlafenen Dreizehnjährigen deutlich überschreiten.

Als ob Fingernägel über eine Schiefertafel kratzten!

Sprotte drehte sich zur Seite und zog sich die Decke über den Kopf. Wann hatte dieser Krach denn endlich ein Ende? Er hatte immerhin eine anstrengende und ziemlich aufregende Nacht hinter sich. Ganz abgesehen davon, dass er hier schließlich Ferien machte!

Er sah auf den Wecker. Es war kurz vor zehn.

Er gähnte herzhaft. Diesen infernalischen Lärm zu ignorieren war so gut wie unmöglich. Außerdem wurde er nicht einfach lauter. Er kam näher!

Beim genaueren Hinhören erkannte Sprotte, was es tatsächlich war: eine Lautsprecherdurchsage.

Er bekam noch nicht richtig mit, worum es ging, doch als die Nachricht wiederholt wurde, verstand er immerhin ein einzelnes Wort.

Bombenentschärfung!

Von einem Moment auf den anderen stand Sprotte senkrecht im Bett!

Er musste sich verhört haben! Auf jeden Fall!

Just in dem Moment öffnete sich die Tür und Onkel Matti grinste herein.

„Guten Morgen Rumtreiber! Schön, dass du wach bist. Hast du es gehört?"

„Ja. Haben die gerade echt was von ,Bombenentschärfung' gesagt?"

„Allerdings. Ab 11:00 Uhr sollen sich alle Einwohner des Oberlandes in der Nordseehalle einfinden."

Sprotte verzog das Gesicht. Er musste dringend mit Finn sprechen. Und ihm vor allem irgendwie den Schlüssel wieder zurückgeben, bevor der vermisst wurde. Da passte ihm so eine Bombenentschärfung gerade gar nicht!

„Im Ernst?"

„Bei so einem Bombenfund muss ein Sicherheitsradius von wenigstens fünfhundert Metern geräumt werden", sagte Onkel Matti. „Und hier bedeutet das sehr schnell eine Kompletträumung. Es muss nur die richtige Bombe an der richtigen Stelle liegen. Du erinnerst dich an den Bombenkrater am Klippenrandweg? In der Nähe der Schrebergärten?"

Sprotte nickte. Onkel Matti schüttelte dort immer den Kopf, wenn er Touristen sah, die Fotos von sich, mit dem Trichter im Hintergrund, machten. ,Selfie mit Kriegsschäden' nannte er das.

„Also diesen Krater hat eine 5000 kg Bombe gerissen. Schau sie dir an, wenn wir nachher runtergehen. Da steht so ein Ding."

Onkel Matti hatte nicht zu viel versprochen. Als sie eine Stunde später am Zugangsweg zur Nordseehalle eintrafen, fand Sprotte sich vor dem Modell der Bombe wieder, die den Krater auf dem Oberland verursacht hatte.

Ein sogenannter „Tall Boy". Ein Ungetüm von sechs Metern Höhe und einem Durchmesser von knapp einem Meter. Sprotte schluckte. Dieses Ding, bis oben hin vollgestopft mit Sprengstoff? Das Ausmaß der Verwüstungen wollte er sich nicht einmal im Ansatz vorstellen. Urplötzlich ergab die Räumung für Sprotte Sinn. Besser man war möglichst weit weg, wenn so ein Ding hochging!

In der Nordseehalle trafen sie Lina und Olli. Sie saßen mit Wolfgang zusammen und tranken Kaffee. Der hochgewachsene Insulaner zwinkerte Sprotte wieder einmal schelmisch zu.

„Na, die Insel bietet dir aber was bei deinem ersten Besuch! Stürme, fliegende Fische, Bombenentschärfungen. Das ist doch allerhand, oder?"

„Kann man wohl sagen", sagte Sprotte und biss sich auf die Zunge.

Dazu kamen noch eine Einbruchserie, zwei Schwerverbrecher und eine Schatzsuche, hätte er am liebsten hinzugefügt. „Was meint ihr? Wie lange wird das Ganze so ungefähr dauern?", fragte er stattdessen.

„Hauptsache die Angelegenheit geht still und leise über die Bühne", sagte Olli brummend.

„Still und leise? Oh ... Ich verstehe", sagte Sprotte.

„Nun sei mal nicht so", sagte Wolfgang. „Wenn der Junge Glück hat, wird die Bombe auf die Düne gebracht und dort gesprengt. Das hatten wir vor einiger Zeit ja schon mal. Eine Mordsshow, das kann ich dir sagen!"

Sprottes Augen weiteten sich. Eine Bombe sprengen? Auf der Düne? Aber doch nicht am Nordstrand! Oder? Er fragte lieber gar nicht erst nach und machte sich auf den Weg zum Tresen im Vorraum. Eine Cola wäre jetzt nicht verkehrt.

Mit einer kleinen Flasche in der Hand zog er sich an die Seite zurück. Hier war ganz schön was los! Erstaunlich, wie viele Menschen sich auf dem Oberland sonst so herumtrieben. Aufmerksam betrachtete er die Leute um sich herum. Ob die beiden Einbrecher am Ende auch hier waren? Irgendwo waren sie auf der Insel untergekommen, und wenn sie auf dem Oberland wohnten, dann müssten sie ja eigentlich …

Für eine Sekunde stellten sich seine Nackenhaare auf. Er verspürte ein unangenehmes Kratzen im Hals und setzte die Cola-Flasche an. Im selben Moment teilte die Titelmusik von ‚Indiana Jones' ihm und allen Umstehenden mit, dass ihn jemand sprechen wollte.

Er fingerte sein Smartphone heraus. Es war Finn.

„Gut, dass du anrufst", sagte er. „Wie geht es dir?"

„Geht so. Bist du noch zu Hause oder schon evakuiert?", fragte Finn.

„Ich bin in der Nordseehalle, falls du das meinst", sagte er zerknirscht. „Sag mir bitte, dass du dich auch hier irgendwo herumtreibst."

„Nein, ich bin zu Hause. Hey, ich wollte mich noch entschuldigen. Ich hab dich ja gestern regelrecht rausgeschmissen. Aber es war ein wirklich übler Abend bei uns."

Ein kurzer, gemeiner Stich ging durch Sprottes Eingeweide, als sich sein schlechtes Gewissen rührte. Sollte er Finn die Sache mit dem Schlüssel gleich gestehen? Er räusperte sich.

„Das war völlig in Ordnung", sagte er. „Aber ich muss dir was erzählen. Was Dringendes. Kannst du herkommen?"

„Geht es um die …?"

„Nein, um die Karte geht es nicht. Jedenfalls nicht direkt. Und auch mit den Hinweisen habe ich mich nicht weiter beschäftigt. Dafür habe ich letzte Nacht etwas herausgefunden, was deinem Vater weiterhelfen könnte. Aber es ist besser, wenn wir das unter vier Augen besprechen. Außerdem habe ich noch etwas für dich."

„In Ordnung", sagte Finn nach einer kleinen Pause. „Ich mach mich gleich auf den Weg."

Sprotte ging zum Tresen und stellte seine leere Flasche ab.

„Entschuldigung", sagte er, als er versehentlich einen Mann

anrempelte. Der brummte nur etwas Unverständliches und wandte sich seinem Begleiter zu.

Sprotte drehte sich um und ging.

Zwei aufmerksame Augenpaare folgten ihm.

„Das ist ja wundervoll!", sagte Asger. Er stieß seinen Komplizen in die Seite, dass dieser das Gesicht verzog.

„Er ist es also tatsächlich", sagte Arne und rieb sich seine schmerzenden Rippen. Er hatte den Jungen sofort wiedererkannt. Das war der Bursche, der ihn in Rekordzeit ausfindig gemacht hatte und anscheinend immun gegen jede Form von Warnung war.

„Der Klingelton war der gleiche, wie neulich in den Schrebergärten. Und er weiß noch mehr. Er hat von einer Karte gesprochen und von Hinweisen. Das ist kein Zufall."

„Nein", sagte Asger und ließ seine Fingerknöchel knacken. Am liebsten hätte er sich diesen Burschen sofort gegriffen, um ihn auszuquetschen. Doch hier waren eindeutig zu viele Leute.

„Komm'", sagte er. „Bleiben wir an ihm dran. Aber sieh zu, dass man dir nicht sofort ansieht, dass du jemanden auf dem Kieker hast."

Langsam und unauffällig folgten sie dem Jungen durch den Vorraum der Nordseehalle. Als er die Treppen zu den Toiletten hinunterging, teilten sie sich auf.

Asger lehnte schlaff an der Garderobe und schenkte seiner Umgebung augenscheinlich nicht die geringste Beachtung. Arne tat derweil so, als betrachtete er eingehend eines der ausgestellten Schiffsmodelle.

Seine Finger begannen auf dem Schaukasten herumzutrommeln. Schnell steckte er die Hände in die Hosentaschen. Sein ganzer Körper schien vor Aufregung zu vibrieren.

Endlich hatten sie einen Ansatzpunkt!

Seit seinem ersten, erfolglosen Besuch in der Bücherhalle, war es das erste Mal, dass er wieder an den Erfolg dieser Unternehmung glaubte.

Er sah von dem Schiff kurz auf und prüfte seine Umgebung. Niemand sah zu ihm herüber und Asger stand immer noch an der Garderobe.

Asger! Die Dinge waren durch dessen Auftauchen nicht leichter geworden. Sein Hang zur Gewalt war eher eine Garantie für weitere Schwierigkeiten. Und was würde passieren, wenn Asger den Jungen tatsächlich in die Finger bekam? Arnes Eingeweide verkrampften sich.

Asger war ein Begleiter, den er ungefähr so dringend brauchte, wie Zahnschmerzen. Fehlte nur noch, dass der irgendeine Dummheit beging, die ihnen die Polizei auf den Hals hetzte.

Wie auf Kommando erschienen zwei Uniformen. Ein hochgewachsener Polizist mit rötlichen Haaren und eine deutlich kleinere, jüngere Beamtin. Den Großen erkannte er sofort wieder. Der hatte ihn im Januar befragt. Selten hatte er in einem Verhör so wenig Probleme gehabt.

Asger hatte die Uniformierten ebenfalls gesehen. Er ging in die Hocke und fummelte an seinen Schnürsenkeln herum, bis sie vorbei waren. Als er sich erhob, kam der Junge wieder zum Vorschein. Der trottete langsam die Treppe nach oben und machte sich auf den Weg zurück in die Halle.

Sie folgten ihm und beobachteten, wie er sich einer kleinen Gruppe näherte. Ein mittelgroßer Grauhaariger, der den gleichen schwarzen Kapuzenpullover, mit einem ähnlichen Totenkopflogo wie der Junge trug, legte seinen Arm um ihn und wuschelte ihm über den Kopf.

„Wie schön, jetzt wissen wir auch, zu wem er gehört. Und spätestens heute Abend habe ich rausgekriegt, wo er wohnt. Der entwischt uns nicht mehr." Asger gab ein leises, keckerndes Lachen von sich.

Arnes Eingeweide krampften wieder.

Als Finn endlich in der Nordseehalle ankam, musste Sprotte zweimal hinsehen, bevor er seinen Freund erkannte. Das Gesicht des sonst so fröhlichen Jungen war bleich und abgezehrt. Unter den matten Augen zeichneten sich dunkle Ringe ab.

„Wie siehst du denn aus?", fragte Sprotte.

„Ich habe letzte Nacht kaum geschlafen. Und was ist deine Ausrede? Frisch wie der junge Morgen wirkst du auch nicht gerade."

„Lange Geschichte. Da komme ich gleich zu", sagte Sprotte. Er nahm seinen Freund beiseite und zog ihn an den Rand der Halle, wo er ungestört mit ihm reden konnte. „Aber erst einmal das Wichtigste. Ich schicke dir mal ein paar Fotos rüber."

Finns Handy brummte.

„Das ist die Karte", sagte Finn, als er den ersten Anhang ansah. „Und dieser Zettel."

„Die Nummer drei ist das, was dich am meisten interessieren dürfte", sagte Sprotte.

Stirnrunzelnd betrachtete Finn das Display. „Sieht aus wie ein Formular von der Kurverwaltung." Er vergrößerte die Ansicht und las die Überschrift. „Wie bist du denn da rangekommen?" Er senkte die Stimme zu einem Flüstern. Das Misstrauen war unüberhörbar.

Sprotte verzog das Gesicht, als hätte ihn gerade jemand gekniffen. Er wühlte in seiner Hosentasche und reichte Finn den Büroschlüssel. „Es tut mir leid", sagte er. „Normalerweise mache ich so etwas nicht, aber ..."

Finns Augen weiteten sich. Schnaufend holte er Luft und starrte auf den Schlüssel.

„Weißt du eigentlich, was deswegen heute Morgen los war?" Wütend funkelte er Sprotte an. „Mama ist fast ausgerastet! Papa wird festgenommen, nirgends ist ein Anwalt erreichbar und dann auch noch sowas! Nur weil du meinst, hier den Oberinspektor spielen zu müssen! Das ist irgendwann ein bisschen viel! Schönen Dank auch!"

Finn schnappte sich den Schlüssel und wandte sich zum Gehen.

Sprotte schluckte. Das hatte er sich anders vorgestellt.

„Sieh dir dieses Formular wenigstens noch einmal an", sagte er. „Es ist genau das, worüber wir gesprochen haben. Der Beweis, dass Arne Trabert bereits über Silvester hier war. Wenn ihr mit einem Anwalt redet, gib ihm das. Damit sollte dein Vater entlastet werden können."

„Aber das sind doch alles Spekulationen."

„Mag sein. Aber meine Spekulationen sind immer noch realistischer als Blankenburgs Hirngespinste. Er hat mich übrigens erwischt, als ich letzte Nacht aus dem Rathaus kam."

„Und?" Finn zuckte mit den Schultern, als würde ihn das nicht im Geringsten interessieren.

„Er hat mich auf die Wache geschleppt und eingesperrt. Ich habe also zumindest einen gewissen Eindruck davon, wie es deinem Vater gerade geht. Und deshalb sage ich dir noch einmal: Nimm diese Sachen und gib sie dem Anwalt."

Finn starrte ihn an. Seine Augen flackerten immer noch wütend und er atmete schwer. „Dann gehe ich mal nach Hause. Mama wird einigermaßen erleichtert sein, wenn der Schlüssel wieder da ist. Ich hab nur keine Ahnung, wie ich ihr das erklären soll."

„Stehen manchmal Schuhe unter dem Schlüsselbrett? Dann könnte er da ja reingefallen sein ..."

„Nie um eine Antwort verlegen, was? Na, dann bis irgendwann."

Ohne sich noch einmal umzudrehen, verließ Finn die Halle.

Sprotte schaute ihm nach und in seinem Magen machte sich ein flaues Gefühl breit. Er erschrak, als er plötzlich eine Hand auf seiner Schulter spürte.

„Alles in Ordnung?", fragte Onkel Matti.

„Wie man's nimmt. Gilt die Regel Nummer eins eigentlich noch?"

„Niemandem auf die Füße zu treten? Ja, natürlich."

„Ich fürchte, ich habe sie gebrochen", sagte Sprotte leise.

Es dauerte noch eine volle Stunde, bis auf dem Oberland endlich Entwarnung gegeben wurde und alle wieder in ihre Häuser konnten. Frustriert packte Sprotte seine Strandtasche zusammen und fuhr auf die Düne. Dort starrte er erst eine Zeit lang aufs Meer und machte sich dann daran, Onkel Mattis Vorsprung in Sachen Donnerkeilen aufzuholen. Ein aussichtsloses Unterfangen.

Finns Reaktion ließ ihn nicht los. Hatte er wirklich so falsch gehandelt? Er hatte ihm doch nur helfen wollen und an diesem Abend war Finn nicht mehr in der Lage gewesen, selbst etwas zu unternehmen. Und genau für solche Momente waren Freunde doch schließlich da.

Außerdem hatte es funktioniert. Es fehlte jeglicher Beweis, dass Finns Vater etwas mit den Einbrüchen zu tun hatte. Da gab es nur Blankenburgs Theorie. Und Sprotte hatte zumindest genug Material gesammelt, um belegen zu können, dass es noch eine andere sinnvolle Lösung gab.

Doch egal, wie oft ihm diese Gedanken auch durch den Kopf gingen. Das flaue Gefühl in seinem Magen wollte einfach nicht nachlassen. Schließlich gab er es für den Tag auf und fuhr wieder auf die Insel.

Als er auf der Landungsbrücke stand, knurrte ihm trotz allem der Magen. Er kaufte sich bei einer der Hummerbuden ein Knieperbrötchen und setzte sich auf eine der Bänke am Scheibenhafen. Sofort landete die erste Möwe in seiner unmittelbaren Nähe. Er erwiderte den starren Blick des Vogels, der ihn nicht aus den Augen ließ. „Na, du hast mir gerade noch gefehlt", sagte er. Brummend biss er ein großes Stück ab.

Im Hafen machten zwei Männer ein kleines Boot klar zum Ablegen. Wortlos und scheinbar blind arbeiteten sie Hand in Hand, bis alle Leinen los waren und sie von der Mauer abstießen. Gedankenverloren sah Sprotte ihnen nach.

Was konnte er unternehmen, damit Finn nicht mehr sauer auf ihn war? Sich noch einmal entschuldigen? Abwarten bis Finn sich wieder einigermaßen beruhigt hatte? Aber wie lange? Einen Tag? Zwei Tage?

Sein Handy unterbrach die Grübelei. Er sah auf das Display. Finn!

Schnell schluckte er den Bissen herunter und nahm den Anruf an.

„Hallo", sagte Finn. Er klang unsicher, aber wenigstens schien seine Wut einigermaßen verraucht zu sein. „Sorry, wegen heute Morgen. Ich stand ziemlich neben mir und als ich dann das mit Schlüssel mitgekriegt habe ..."

Sprotte atmete auf. „Das war meine Schuld", sagte er hastig. Er nuschelte mit halbvollem Mund und schluckte noch einmal. „Wenn sich da jemand entschuldigen muss, dann bin ich es."

Für einen Moment schwiegen sie, wie nur Jungs schweigen können, wenn sie gerade einen Streit beigelegt haben.

„Bist du echt erwischt worden?", sagte Finn nach einer Weile.

„Jep. Von Blankenburg höchstpersönlich. Und ich kann dir sagen: In so einer Zelle zu sitzen und nicht zu wissen, wann man rauskommt, ist ziemlich daneben."

„Krass!" Finn machte eine Pause. Er suchte nach den richtigen Worten. „Wenn ich gestern anders reagiert hätte, wäre es vielleicht gar nicht so weit gekommen."

„Schon gut. Habt ihr mittlerweile einen Anwalt erreicht?"

„Ja, und er hat auch die Sachen bekommen, die du mir geschickt hast. Am Telefon meinte er aber, dass das alles nicht stichhaltig genug wäre und er das vor Gericht nicht bewerten kann."

„Du meinst verwerten."

„Meinetwegen auch das. Jedenfalls helfen unsere Hinweise im Moment nicht weiter. Aber trotzdem danke, dass du es versucht hast."

„Hm ... Dann bleibt uns ja nur eine Möglichkeit."

Finn lachte leise. „Ich dachte mir schon, dass du das sagen würdest. Du willst diesen Fall unbedingt lösen, was? Vielleicht hab ich da noch was für dich. Sitzt du?"

„Ja", sagte Sprotte und biss ein weiteres großes Stück von seinem Brötchen ab. Drohend stierte er die Möwe an, die ihn unverwandt beobachtete, nun aber etwas auf Abstand ging.

„Schieß los."

„Ich habe mir die Karte noch einmal genauer angesehen. Und dabei fiel mir dieser Name auf, Billy Bones. Im Internet habe ich dazu nur irgendwelche Romanfiguren gefunden. Billy Bones ist eine Figur aus der ,Schatzinsel'. Das fand ich aber wenig hilfreich. Also habe ich mal ein bisschen um die Ecke gedacht. So wie der Zeichner der Karte bei der Sache mit dem Umriss des Oberlandes."

„Richtig, da war was." Während Sprottes Brötchen sich dem Ende näherte, traute sich die Möwe wieder dichter heran. Ihrer Körpersprache nach zu urteilen, machte sie sich offenbar immer noch Hoffnungen.

„Also, diese Karte ist generell auf Deutsch, gespickt mit ein paar altdeutschen und helgoländischen Namen oder Bezeichnungen. Das passt. Bis auf Billy Bones. Das ist der einzige englische Begriff. Vielleicht muss man den einfach übersetzen."

„Und dann?"

„Billy ist die Kurzform von William, also auf Deutsch Wilhelm. Und Bones heißt Knochen."

„Wilhelm Knochen", sagte Sprotte. „Klingt für mich seltsam. Inwieweit bringt uns das weiter?"

Am anderen Ende der Leitung konnte er hören, wie sein Freund grinste und den Augenblick auskostete. „Fast", sagte

Finn. „Lass mal das letzte N weg, dann bist du bei Wilhelm Knoche. Im Gegensatz zu Billy Bones gab es den tatsächlich. Und der ist im Ersten Weltkrieg auf Kaperfahrt gegangen!"

„Der war Pirat?", sagte Sprotte. Vor lauter Staunen lockerte sich der Griff um sein Brötchen.

„Es kommt noch besser: Er war nicht nur Pirat, sondern auch Helgoländer und …" Finn legte eine dramatische Pause ein, „er ist hier auf der Insel begraben!"

„Was?!"

Es war eher ein Schrei als eine Frage. Sprotte sprang auf und der Rest des Brötchens flog im hohen Bogen durch die Luft. Wie der Blitz schoss die Möwe hervor und schlang ihre Beute gierig herunter. Das Triumphgeschrei danach bekam Sprotte nicht mehr mit.

„Wiederhol das!", sagte er.

Selbstredend wollte Sprotte mehr hören. Am besten alles, und zwar sofort. Über Wilhelm Knoche, seine Zeit als Pirat und zuallererst natürlich, wo er auf Helgoland begraben war. Wenn Finn Recht hatte, waren sie dem ersten Hinweis schon ganz nahe.

Die Sache hatte nur einen Haken. Nicht Finn kannte die Geschichte von Wilhelm Knoche, sondern seine Ooti. Denn die war die Expertin für alles, was mit Helgolands Vergangenheit zu tun hatte. An diesem Abend war sie aber bereits zu ihrer wöchentlichen Canasta-Runde aufgebrochen und ganz egal, wie sehr Sprotte sich auch mühte und quengelte - es half nichts. Zähneknirschend musste er die Wartezeit hinnehmen.

„Dann mal rein mit euch, Jungs", freute Ooti sich, als er am nächsten Vormittag mit Finn endlich vor ihrer Tür stand. Sie führte sie ins Wohnzimmer, wo eine Überraschung auf sie wartete.

„Ich habe noch einen weiteren Zuhörer dabei, der sich

auch für Knoche und die helgoländische Geschichte interessiert."

Mit einem freundlichen Lächeln begrüßte Wolfgang Kallmann die beiden Jungen. Er saß in einem gemütlichen Sessel und hielt bereits einen dampfenden Becher Tee in der Hand. „Ich wusste gar nicht, dass du dich auch für Geschichte interessierst. Ist mir da bei unserem Knieperessen etwas entgangen?"

Sprotte versuchte auszuweichen. „Ach, das hat sich erst hier so ergeben", sagte er.

„So, meine Lieben", sagte Ooti, als alle saßen und jeder etwas zu trinken hatte. „Ihr wollt also etwas über Wilhelm Knoche wissen. Gut, kein Problem.

In der jüngeren Geschichte Helgolands ist er der Einzige, den man mit Fug und Recht einen Piraten nennen darf. Geboren wurde er irgendwann in den Achtzehnhundertneunzigern, ich glaube ziemlich in der Mitte, vierundneunzig müsste hinkommen. Mein Groofoor hat mit ihm zusammen die Schulbank gedrückt und von ihm habe ich die meisten Geschichten erzählt bekommen."

Sprotte musste kurz überlegen, aber dann fiel ihm wieder ein, dass Finn ja auch nicht Oma, sondern Ooti sagte. Groofoor war also wahrscheinlich der Großvater.

„Nach diesen Erzählungen muss Wilhelm ein ziemlicher Rabauke gewesen sein." Sie warf Finn einen kurzen, aber vielsagenden Blick zu. „Schlimmer als ein gewisser Enkel und sein Vater zusammen möchte man meinen."

Finn knuffte Sprotte in die Seite. „Hätte gar nicht gedacht, dass das geht!"

„Man hat sich immer gefragt, woher Wilhelm diese wilde Ader wohl hatte, denn seine Eltern waren ganz ruhige Vertreter. Der Vater Krämer und die Mutter arbeitete während der Saison als Wäscherin in einem Hotel. Ein grundsolides und bodenständiges Elternhaus, das sonst niemals aufgefallen wäre."

„Bis dann der kleine Wilhelm zur Welt kam", sagte Wolfgang und Ooti nickte.

„Aber es kam ja noch viel schlimmer. Wilhelm Knoche war im besten Alter eines jungen Mannes, als der Erste Weltkrieg ausbrach. Und wie so viele andere, meldete er sich damals freiwillig. Allerdings nicht zur Armee, sondern zur kaiserlichen Marine. Denn als Insulaner sah er sich natürlich nicht in irgendwelchen Schützengräben oder auf Gewaltmärschen. Wenn schon Krieg, dann auf See, soll er gesagt haben."

„Richtig so", sagte Finn. „Man kann einem Inselkind nicht beibringen, die Koppel zu lieben. Sagt Papa jedenfalls immer."

Ooti sah ihn mit einer hochgezogenen Augenbraue an. „Da hat dein Vater tatsächlich mal recht. Schön, dass du auch mal was Sinnvolles aufgeschnappt hast. Wo waren wir? Ach ja, kaiserliche Marine. Nun, im Laufe des Krieges verschlug es Wilhelm auf ein Linienschiff namens ‚Kronprinz', mit dem er an der Schlacht im Skagerrak teilnahm. Dort diente er unter einem jungen Offizier, einem ziemlichen Haudegen, dem kein Unternehmen zu gewagt sein konnte. Ich vermute, dass die beiden sich auf Anhieb blendend verstanden haben.

Auf jeden Fall blieben sie für den Rest des Krieges zusammen. Der Offizier heuerte Wilhelm für seinen nächsten Auftrag an und dadurch wurde er sozusagen zum Piraten, denn das Schiff, auf dem er fortan fuhr, war der ‚Seeadler'."

Wolfgang Kallmann hustete kurz in seinen Tee hinein. „Soll das heißen, dass es sich bei dem jungen Offizier um Felix Graf von Luckner handelte? Um den ‚Seeteufel'?"

„Um eben jenen. Wilhelm war die ganze Zeit dabei, hat die komplette Fahrt mitgemacht. Nachdem der ‚Seeadler' im Stillen Ozean Schiffbruch erlitten hatte, fuhr Wilhelm mit dem Grafen, einem Leutnant und drei weiteren Besatzungsmitgliedern in einem offenen Boot quer über den Pazifik. Sie wollten Hilfe holen, während der Rest der

Besatzung auf einer Insel zurückblieb. Aber bei Neuseeland gerieten sie in Gefangenschaft. Sie konnten zwar fliehen und einen Schoner kapern, wurden später aber erneut gefasst.

Danach war der Krieg für sie beendet. Neunzehnhundertachtzehn entließ man sie aus der Kriegsgefangenschaft und sie kehrten nach Deutschland zurück."

Nachdenklich rieb sich Sprotte das Kinn. Alles gut und schön, dachte er, aber so richtig half ihm das gerade nicht weiter. „Hat Wilhelm Knoche viel über seine Erlebnisse gesprochen?", fragte er.

„Oh ja. Viel und oft. Manchmal sogar mehr als den meisten lieb war. Kurz nach seiner Rückkehr kamen auch die Touristen wieder auf die Insel und bei denen war er besonders beliebt. Im Gegensatz zur Mehrzahl der anderen Kriegsteilnehmer war er nicht im gleichen Maße traumatisiert. Und die Geschichten, die er erzählen konnte, hatten immer etwas Romantisches und spielten an exotischen Plätzen und nicht im Dreck und Elend der Schützengräben."

„Gab es etwas, das er besonders oft erwähnt hat? Hat sich ein bestimmtes Detail wiederholt? Zum Beispiel ein Kurs, den sie häufiger gesteuert sind?"

„Wie meinst du das?", fragte Wolfgang. „Der ‚Seeadler' ist ja kreuz und quer über sämtliche Weltmeere gefahren, da werden sie alle möglichen Kurse verwendet haben."

„Stimmt schon. Aber beim Erzählen schleichen sich ja immer auch ein paar Gewohnheiten ein. Genauso wie bei Fernsehserien oder in Filmen. Wenn man Seefahrerfilme anguckt und es wird ein anderes Schiff gesichtet, ist das komischerweise immer ‚zwei Strich steuerbord voraus'. Als ob Schiffe sich nur aus dieser Richtung nähern könnten."

„Verstehe." Kallmann lehnte sich zurück und gab die Frage mit einer Unwissenheit ausdrückenden Geste an Ooti weiter. Die grübelte, schüttelte aber schließlich den Kopf. „Nein, da fällt mir nichts ein", sagte sie. „Knoche hat den

Rest seines Lebens auf Helgoland verbracht, soweit man ihn denn ließ. 1945 wurde er natürlich wie jeder andere evakuiert, war aber auch einer der Ersten, die 1952 wieder auf der Insel waren und beim Neuaufbau mit angepackt haben. Es ging sogar das Gerücht, dass er den beiden Studenten, die Ende 1950 das zerstörte und menschenleere Helgoland besetzten, zur Überfahrt verholfen hat. Aber das ist mit Sicherheit wirklich nur ein Gerücht."

„Gibt es vielleicht eine bestimmte Zahl, die immer mit ihm in Verbindung gebracht wird?", fragte Sprotte.

„Eine Zahl? Nein, nicht dass ich wüsste. Wie soll denn eine Zahl mit jemanden in Verbindung stehen? Oder meinst du sowas wie Wilhelm der Zweite?"

„Nein, ich denke da eher an ‚Jim Knopf und die wilde Dreizehn', ‚Ocean's Eleven' oder ‚Die glorreichen Sieben'. Hatte er vielleicht ein Lieblingsbuch?"

„Na ja, die Erinnerungen Graf Luckners hatte er natürlich. Sogar ein signiertes Exemplar der ersten Ausgabe von 1920. Aber viel gelesen hat er nicht."

„1920", murmelte Sprotte. „Hmmm. Finn sagte gestern, dass Wilhelm Knoche hier gestorben und begraben ist."

„Das ist richtig. Er ist uralt geworden. Über neunzig. Da kann man mal sehen, was mit viel frischer Luft und genug Salzwasser um einen herum so alles geht. Bis zuletzt ist er mit seinem Boot zum Knieperfischen rausgefahren. Aber irgendwann war dann auch für ihn die Zeit gekommen. Er liegt hier bei uns auf dem Friedhof auf dem Oberland."

„Was? *Der* Friedhof hier oben, der sozusagen genau in der Mitte liegt?"

Sprotte konnte es nicht fassen. Das würde ja bedeuten, dass der erste Hinweis direkt vor ihrer Nase lag. Wenn sie ihn denn erkennen würden. Aus Ootis Erzählung ließ sich ja erst einmal nichts ableiten. Aber vielleicht mussten sie ja auch direkt am Grab suchen. Der Hinweis lautete ja „Billy Bones in seinem Grab ..."

Sprotte wurde von einer sofortigen Unruhe ergriffen und in ihm begann die Ungeduld zu brodeln. Wie lange musste er jetzt wohl noch hier sitzen, ohne dass sein plötzlicher Aufbruch unhöflich war?

Ooti, die von ihrem Enkel so einiges gewohnt war, erkannte sein Dilemma und baute ihm eine Brücke. Mit einem Augenzwinkern entließ sie die beiden Jungen, die sogleich aus der Tür stürmten.

„Auf zum Friedhof", sagte Sprotte. „Ich glaube, wir sind ganz dicht dran. Wahrscheinlich müssen wir den ersten Hinweis dort nur noch einsammeln."

Zumindest hoffte Sprotte, dass es so einfach sein würde. Wie zwei geölte Blitze schossen die Jungen durch die Straßen des Oberlandes zum Friedhof.

„Wir sollten uns ein wenig beeilen", sagte Finn mit Blick auf die Kirchturmuhr. „In etwas mehr als einer Stunde, muss ich in der Werkstatt sein."

„Aber dein Vater ..."

„Ja, ja, ich weiß. Aber nur, weil der gerade nicht arbeitet, heißt das ja nicht, dass er mich nicht beschäftigen kann. Also lass uns loslegen. Nicht, dass wir die Suche noch in die Abend- oder sogar in die Nachtstunden verschieben müssen."

„Wieso? Hättest du Angst?"

Sprottes Frotzelei zeigte Wirkung, denn Finn schüttelte mehr als entschieden den Kopf.

„Quatsch!", sagte er. „Aber erstens wirst du so lange nicht warten wollen. Und zweitens finde ich nächtliches Suchen von Hinweisen oder Schätzen auf Friedhöfen irgendwie zu abgedroschen.

Das hat es ja schon tausendfach gegeben und immer fragt man sich, warum die Helden unbedingt nachts dort auftauchen müssen."

„Da geht es wahrscheinlich nur um die Dramatik", sagte Sprotte. „Aber das Problem haben wir hier nicht."

Über ihnen strahlte ein blauer Himmel, die Sonne schien und die Hecken, die den Friedhof säumten, vibrierten fröhlich vom Gezwitscher und Geschnatter der Spatzen. Einen noch weniger unheimlichen Ort für eine Schatzsuche konnte Sprotte sich in diesem Moment kaum vorstellen.

Sie teilten sich auf und suchten systematisch, Reihe für Reihe, nach dem Grab von Wilhelm Knoche. Schnell wurden sie fündig. Nur wenige Minuten später sah Sprotte, wie Finn an einem großen Stein stehenblieb und ihm zuwinkte.

Dort lag also Wilhelm Knoche begraben!

Sie sahen sich den Grabstein an, der ein wenig verwittert aussah. Er war etwas mehr als einen Meter hoch und auf ihm befand sich eine sehr knapp gehaltene Inschrift, die nur aus dem Namen sowie dem Geburts- und dem Sterbejahr bestand. Nicht einmal die Tagesdaten waren angegeben, was Sprotte seltsam fand. Dennoch machte er ein Foto davon.

„Fragt sich jetzt nur noch, wo hier der Hinweis versteckt sein soll", sagte Finn. Er hatte die Hände in die Hosentaschen gestemmt und machte ein langes Gesicht.

„Vielleicht ist er nicht direkt am Grab, sondern in der Nähe. Ich habe da mal einen Western gesehen, da ging es angeblich auch um das Grab eines gewissen Sowieso und am Ende war es das Grab gleich nebenan."

Sie suchten die Umgebung ab, vor allem die beiden Gräber zur Linken und zur Rechten. Doch es ließ sich nichts Auffälliges finden, nichts, was wenigstens mit ein bisschen guten Willen als Hinweis im Sinne einer Schatzkarte hätte verstanden werden können.

„Vielleicht müssen wir die Karte wörtlicher nehmen", sagte Sprotte leise. Es war eher ein lautes Nachdenken. „Es heißt ja immerhin ‚Billy Bones *in* seinem Grab', oder?"

Entgeistert starrte Finn ihn an. „Ey! Ich fang jetzt nicht an, hier Gräber aufzubuddeln! Alles hat seine Grenzen! Sowas gibt richtig Ärger und den Ruf als Grabschänder würde ich nie wieder loswerden! Schließlich wohne ich hier, während du in ein paar Wochen abreist. Nein! Auf gar keinen Fall!"

„Na gut", sagte Sprotte. Insgeheim wusste er, dass sein Freund Recht hatte.

„Außerdem würden wir hier nichts finden", beharrte Finn. „Die Karte ist wie alt? Ein paar Monate. Und das Grab?" Er tippte mit dem Finger auf das in den Stein eingearbeitete Sterbejahr. „Das sind über zwanzig Jahre. Und es sieht für mich nicht danach aus, als ob hier in letzter Zeit irgendwie rumgewühlt wurde."

Sprotte verschränkte die Arme und schwieg. Finns Argumentation war nichts entgegenzusetzen. Warum war ihm das bloß nicht aufgefallen? „Hast ja recht", sagte er grummelnd und fügte sich.

Ein Knurren seines Magens ließ ihn feststellen, dass die Zeit viel schneller fortgeschritten war, als sie gedacht hatten. Es war sogar schon so spät, dass Finn sich beeilen musste, wenn er noch pünktlich in der Werkstatt auftauchen wollte.

Als Sprotte wieder nach Hause kam, traf er auf Onkel Matti, der ihn eingehend musterte. Die Enttäuschung musste ihm ins Gesicht geschrieben stehen.

„Was ist denn mit dir los? Irgendwas nicht in Ordnung?"

„Och, nö, nicht wirklich", sagte er.

„Dir liegt doch was auf der Seele, das sehe ich dir an der Nasenspitze an. Hast du wieder was angestellt?"

„Nein, gar nicht", sagte Sprotte. „Es ist nur so, dass Finn und ich etwas gesucht haben. Dann dachten wir, dass wir es gefunden hätten, aber dann war es doch wieder ganz anders."

„Ich versteh kein Wort", sagte Onkel Matti kopfschüttelnd. „Du sprichst in Rätseln. Wonach habt ihr gesucht?"

Sprotte musste einsehen, dass er aus diesem Gespräch nicht mehr herauskam, ohne wenigstens eine etwas konkretere Andeutung zu machen. Er versuchte es mit einer Methode, die er aus Fernsehkrimis kannte, und die er für ein

Standardvorgehen von Polizisten hielt. Die Frage des Verdächtigen ignorieren und stattdessen seine eigene Frage stellen. Wer fragt, führt, hatte er einmal irgendwo gelesen.

„Sagen wir mal so: Wo würdest du hingehen, um auf Helgoland das Grab von Billy Bones zu suchen?"

Onkel Matti grinste: „Billy Bones? Auf Helgoland? Ich weiß ja nicht, worum es geht, aber da haben sie euch schön veräppelt! Billy Bones ist eine Figur aus Stevensons ‚Schatzinsel', Kapitel Eins ‚Der alte Freibeuter im Admiral Benbow', glaube ich. Wenn der überhaupt ein Grab hat, dann garantiert nicht hier auf der Insel."

„Ja, das haben wir uns ja auch gedacht, aber wenn man da mal so ein bisschen um die Ecke denkt? Wo könnte man dann landen? Wo findet man hier das Grab eines Piraten?"

„Na, da muss ich nicht lange überlegen. Auf der Düne, natürlich."

Sprotte sah seinen Onkel verständnislos an.

„Wenn du auf Helgoland das Grab eines Piraten suchst, dann gibt es nur eins, was dem einigermaßen nahekommt", sagte Onkel Matti.

„Und das wäre?"

„Die Gedenkstehle der Rock ‘n' Roll Butterfahrt auf dem Friedhof der Namenlosen."

Auf der „Witte Kliff" setzte Sprotte sich gar nicht erst hin. Ungeduldig wartete er direkt am Ausgang darauf, dass der kleine Katamaran die Reede überquerte und endlich anlegte. Am liebsten wäre er noch während des Manövers von Bord gesprungen, doch er erinnerte sich, dass Onkel Matti und Claus sich hierzu sehr klar geäußert hatten.

Also wartete er notgedrungen, aber sobald er festen Boden unter den Füssen hatte, spurtete er los!

Sprotte folgte den Wegweisern und eilte den mit Bohlen ausgelegten Weg entlang. Bald fand er ein weiteres Schild.

Es war eine große Holzplanke mit der Aufschrift „Friedhof der Namenlosen". Hier war er richtig! Die letzten Meter des Bohlenwegs legte er laufend zurück.

Atemlos erreichte er den kleinen Friedhof, der aus zwei Arealen bestand. Auf dem einen hing eine riesige Gedenkglocke. Die Grab- und Gedenksteine fanden sich an den Rändern eines kleinen Pfades, der im zweiten Bereich einen Rundgang bildete.

Es war still hier. Selbst die Brise, die wehte, schien sich auf ein respektvolles Flüstern zu beschränken und aufzupassen, dass das Dünengras nicht zu laut raschelte.

Sprotte schlich den Pfad entlang und betrachtete die Steine. In einer Ecke entdeckte er die Stehle.

Es war ein etwa zwei Meter hoher Rundbalken, der, umringt von einem Steinfeld, in den Boden eingelassen war und an dessen oberem Ende, eine kleine Glocke hing. An seinem Fuß befand sich eine Tafel.

„In Gedenken an unsere treuen Piraten, die unsere geliebte Insel Helgoland nun in anderen Gewässern umschiffen", las Sprotte flüsternd den Text vor.

Er untersuchte die Stehle so gründlich wie möglich, doch ähnlich wie beim Grabmal von Wilhelm Knoche drängte sich auch hier nichts auf, was ihm weiterhelfen konnte. Sprotte seufzte. Hier war er anscheinend wieder auf der falschen Fährte.

Frustriert wandte er sich zum Gehen. Im letzten Moment fiel ihm ein, dass Onkel Matti ihn um einen Gefallen gebeten hatte. Wenn er schon einmal da war, sollte er die Glocke läuten. „Piraten tun sowas", hatte er gesagt, augenzwinkernd, aber mit einem selten ernsthaften Gesichtsausdruck.

Sprotte ließ die Glocke einmal erklingen. Der helle Ton legte sich über die Stille des Friedhofs und verging genauso schnell, wie er gekommen war. Während er noch lauschte, wie die Geräusche der Düne und des Meeres wieder die Oberhand gewannen, fiel sein Blick erneut auf die kleine

Tafel. Etwas hatte seine Aufmerksamkeit erregt. Es war fast, wie am Tag zuvor, als er auf dem Lageplan den Umriss der Karte wiedererkannt hatte. Doch dieses Mal war es etwas viel Kleineres.

Kurz hinter der Stehle lag ein knallroter Kronenkorken.

Sprotte schüttelte den Kopf. Es mochte ja in Ordnung sein, hier ein Bier zu trinken. Onkel Matti hätte da kein Problem mit, da war er sich absolut sicher. Aber sein Onkel würde seinen Müll wieder mitnehmen!

Kopfschüttelnd angesichts solcher Ignoranz bückte Sprotte sich, um den Korken aufzuheben. Doch der rührte sich nicht. Mit beiden Händen entfernte er die Steine, die den vermeintlichen Abfall umgaben. Schnell kam ein etwas mehr als daumendicker, länglicher Zylinder darunter zum Vorschein.

Sein Herzschlag beschleunigte sich und seine Bewegungen wurden hektischer. Er wühlte weiter in den Steinen herum, bis er ein wenig Erdreich freigelegt hatte. Immer wieder rüttelte er an dem Zylinder, bis dieser sich endlich löste und er ihn aus dem Boden ziehen konnte.

Es war eine Zigarrenröhre, auf deren Deckel der Kronkorken angeklebt war. Als Sprotte ihn abmachte, verstand er warum. Der Verschluss der Röhre war genauso unscheinbar grau, wie die Steine. Nie und nimmer hätte man diesen finden können, selbst wenn man wusste, wo man zu suchen hatte!

Vorsichtig schraubte er die Röhre auf. Etwas kleines, rundes war darin zu sehen. Mit angehaltenem Atem kippte er den Inhalt in seine Hand. Es war ein Stück aufgerolltes Papier! Sein Herz machte einen Hüpfer und vor lauter Aufregung ließ er die Röhre fallen. Ungeduldig las er, was auf dem kleinen Zettel in geschwungener Schrift geschrieben stand.

Auf seiner Stirn bildete sich eine grüblerische Falte.

Dass er mit diesem ersten Fund viel anzufangen wusste,

konnte er nicht gerade behaupten. Nach kurzem Grübeln rief er Finn an.

„Ich hab den ersten Hinweis", sagte er und berichtete kurz von Onkel Mattis Tipp und der Gedenkstehle.

„Ist ja krass! Und was ist es?"

„Ein kleiner Zettel. Warte, ich les mal vor:

An der Heimstatt tanzt der Pirat in Richtung 1244,44.

An Backbord tanzt der Pirat in Richtung 444,44."

„Was ist das denn?", fragte Finn.

„Ein Puzzleteil, mehr leider nicht", sagte Sprotte. „Ich hatte auch gehofft, dass mit einem der Hinweise die Sache etwas klarer wird."

Am anderen Ende der Leitung hörte Sprotte Finn kurz prusten. „Das hat dann ja mal eher nicht geklappt. Immerhin: Es ist vielleicht nur ein kleiner Schritt, aber einer nach vorne. Tüm hoog, mein Freund! Nur ... eins verstehe ich dabei nicht ganz ... Warum werden zwei Kurse genannt? Hat er die Beute aufgeteilt? Was denkst du?"

„Möglich", sagte Sprotte und überging die Glückwünsche. „Am besten tragen wir einmal alles zusammen, was wir wissen. Vielleicht erkennen wir dann Zusammenhänge, die wir bisher noch gar nicht sehen konnten, weil wir immer nur Einzelteile betrachtet haben."

Vor Sprottes innerem Auge entstand ein großer Besprechungsraum, wie er ihn aus Fernsehkrimis kannte. Auf riesigen Bildschirmen, die ganze Wände einnahmen, erschienen in Großaufnahmen die Verdächtigen. Daneben flimmerten Fotos der Beweismittel und der Tatorte.

Für einen winzigen Moment gab er sich der traumhaften Vorstellung hin, wie er auf den Touchscreens ihren Fall präsentierte und den ersten Zettel mit den Einbrüchen und der Karte in Verbindung brachte. Dann wies er messerscharf und zweifelsfrei nach, dass der Juwelenraub aus der Silvesternacht der Kern all dieser Ereignisse war.

Und am Ende pflichtete ein hochrangiger Kriminalbeamter ihm ohne jeden Vorbehalt bei und stellte Robert Blankenburg die Frage, warum *er* diese Zusammenhänge nicht erkannt hatte, obwohl man sie ihm wie auf dem Silbertablett präsentiert hatte. Sprotte schloss die Augen, um dieses Bild noch einen Moment länger zu genießen.

„Wir könnten uns nachher in der Werkstatt treffen", sagte Finn. „Da haben wir Internet und du kannst alles an die Pinnwand heften."

Eine Pinnwand! Sprottes Traumbild zerbröselte und verflüchtigte sich in kleinen Krümeln über dem Friedhof der Namenlosen.

„Gute Idee!", sagte er dennoch. „Wann soll ich da sein?"

„Das wird bei mir wohl erst heute Abend was", sagte Finn und nannte ihm dann eine Zeit.

Sprotte schluckte trocken. Es war mitten am Nachmittag. Er musste schon wieder warten! Missmutig legte er auf und machte sich auf den Weg an den Nordstrand. Wenn er schon einmal hier war, konnte er die Zeit nutzen, um noch den einen oder anderen Donnerkeil zu finden.

Doch die Tide stand gegen ihn. Kein einziges Steinfeld lag frei. Es war gerade einfach nicht die Zeit zum Sammeln.

Sprotte setzte sich in seinen Strandkorb und versuchte, das nagende Gefühl der Ungeduld in seinem Inneren zu ignorieren. Das gemächliche Treiben und die Ruhe, die am Strand herrschten, waren dabei wenig hilfreich.

Doch mit der Ruhe war es schnell vorbei. Nebenan ertönte plötzlich ein lautes Schimpfen.

„So ein Blödsinn!", sagte eine tiefe Männerstimme. „Völliger Quatsch! Wie kann man nur so einen Unfug drucken!"

Ein Taschenbuch flog aus dem Strandkorb heraus und landete ein paar Meter weiter im Sand.

„Ich hab dir gleich gesagt, dass so ein Historienschinken nichts für dich ist." Eine Frau stand auf und sammelte das Buch wieder ein.

„Das ist es nicht", sagte die Männerstimme. „Das ist alles in Ordnung. Aber jetzt erzählt dieser Autor, dass diese beiden Jungs, die das erste Mal auf einem Segelschiff fahren, gleich im Topp herumkraxeln! Und dass sie freihändig über die Topprah tanzen! Das muss man sich mal vorstellen! Tanzen!"

„Ja und? Dann tanzen sie halt."

„Aber nicht auf der Topprah zum Kuckuck! Das ist der höchste Punkt des Schiffes! Selbst bei einem kleineren Segler dürfte das gut und gerne eine Höhe von fünfundzwanzig oder dreißig Metern sein. Da tanzen vielleicht Hochseilartisten, aber nicht diese Leichtmatrosen!"

„Reg dich nicht auf und entspann dich", sagte die Frau beruhigend. „Es ist doch nur ein Buch."

Sprotte bezweifelte, dass der aufgebrachte Leser so einfach zu besänftigen war. Er konnte ihn schon verstehen. Denn wenn das Topp der höchste Punkt auf einem Schiff war, wäre Tanzen so ungefähr das Letzte, was ihm dort einfallen würde ...

Wie eine Bombe explodierte die Erkenntnis in seinem Kopf! Ein gleißender Lichtblitz flammte hinter seinen Augen auf und er sah zur Insel herüber. Das Topp war der höchste Punkt! Das war es also! Sprotte stellte sich vor, wie Finn darauf reagieren würde.

„Tüm hoog!", sagte er leise und grinste zufrieden.

„Der hat was gefunden", sagte Arne und sah zu, wie der Junge die „Witte Kliff" bestieg. Neben ihm auf der Landungsbrücke stand Asger und schnaubte.

„Was du nicht sagst." Asgers Stimme war leise und schneidend. Er ließ seine Fingerknöchel knacken. „Wir werden weiter an ihm dran bleiben. Keine Ahnung, was er heute Morgen bei dieser alten Schachtel und dann auf dem Friedhof wollte, aber irgendwie scheint es ihn ja weitergebracht zu haben."

Asger öffnete ein neues Päckchen Zigaretten und ließ den Wind einen Teil der Verpackung wegwehen. Unruhig paffte er einige Rauchwolken in die frische Seeluft.

„Ich warte hier und bleib an ihm dran, wenn er wiederkommt. In der Zwischenzeit gehst du mal in einem Supermarkt vorbei. Die Vorräte werden allmählich knapp."

„Du meinst, deine Vorräte."

Asger grinste ihn boshaft an. „Du tust, was ich dir sage, kapiert? Oder willst du wirklich mit mir darüber diskutieren?"

Arne zuckte mit den Schultern. Er wusste, was Asger unter Diskussionen verstand.

„Und bring die Sachen dann gleich in den ... Du weißt schon wohin. Und jetzt ab mit dir." Asger wandte den Blick von seinem Komplizen ab und sah zu, wie die „Witte Kliff" ablegte.

Arne verbiss sich weitere Bemerkungen und machte sich auf den Weg. Kurz danach kam er mit vollgepacktem Rucksack aus einem der Supermärkte und stieg die Treppe zum Oberland hinauf.

Er nahm Asgers Drohungen durchaus ernst, denn der wusste nicht nur, wie man hart zuschlägt, sondern auch, wo man treffen musste, damit es weh tat. Und er hatte nicht die geringsten Skrupel, von diesem Wissen Gebrauch zu machen. Seit Tagen grübelte Arne, wie er sich aus dieser Klemme befreien könnte.

Er könnte Asger verpfeifen. Darüber nachgedacht hatte er schon. Aber solange er auf Helgoland war, würde er damit das Risiko eingehen, selbst geschnappt zu werden. Und wenn er die Insel einfach verließ, würde Asger das todsicher mitkriegen.

Wie es aussah, musste er sein Schicksal annehmen. Außerdem würde Asger ihm sowieso auf die Schliche kommen. So unbeherrscht und beschränkt der meistens auch war - braute sich etwas über ihm zusammen oder drohte Gefahr, merkte er es, lange bevor es eindeutige Anzeichen gab. In dieser Hinsicht war er wie ein Hai, der im Ozean einen einzelnen Blutstropfen riechen konnte.

Und Asger wusste, wie man Gefahren vermied. Das beste Beispiel war sein Versteck. Diesen Unterschlupf zu finden, ohne ihn bereits zu kennen, war so gut wie ausgeschlossen, denn diesen Ort, konnte es eigentlich gar nicht mehr geben.

Mittlerweile ging er auf dem Oberland die Kartoffelallee entlang, setzte den Weg irgendwann querfeldein fort und stieg in einen der vielen Krater hinab. Über ihm zogen Basstölpel ihre Bahnen und vom Lummenfelsen konnte er das Kreischen der Vögel hören. Ihr Geruch waberte durch die Luft und verriet, dass er ihnen sehr nahe war.

Er setzte sich auf einen großen Stein und beobachtete den Klippenrandweg. Eine Familie schlenderte in Richtung der ‚Langen Anna‘. Ein Kind mit Mutter und Hund voraus, dahinter ein schlecht gelaunter Teenager, gefolgt vom Vater.

Ohne die Spaziergänger aus den Augen zu lassen, beugte sich Arne herunter und drehte einen flachen Stein von der Größe eines Badvorlegers zur Seite.

Als der Vater zu ihm herübersah, verharrte er mitten in der Bewegung. Der Mann holte ein Fernglas heraus. Arne hielt die Luft an und seine Hand umklammerte den Riemen des Rucksacks.

Ein paar Vögel lenkten die Aufmerksamkeit des Mannes in Richtung Meer. Arne gab seinem Rucksack einen Stoß und saß von einem Moment auf den anderen ohne ihn da. Alles, was er jetzt noch brauchte, war eine weitere, unbeobachtete Sekunde.

Doch das Fernglas kehrte wieder zum Krater zurück. Arne verschränkte die Hände hinter dem Kopf und markierte den

Spaziergänger, der eine Rast einlegt. Aber er ließ den Mann nicht aus den Augen. Nur noch eine Sekunde!

Das Fernglas drehte sich wieder weg. Als es einen Moment später den Krater erneut ins Blickfeld bekam, war dort nichts mehr zu sehen.

Höchstens, dass Arne Trabert plötzlich wie vom Erdboden verschluckt war.

Da Sprotte bis zu seiner Verabredung mit Finn genug Zeit hatte, beschloss er, vorher noch zu Hause etwas zu essen. Als er dort ankam, erlebte er eine Überraschung.

An dem Fahnenmast im Garten flatterte eine Piratenflagge und Onkel Matti schleppte eine Bierkiste nach der anderen ins Haus.

„Spontane Idee", sagte er grinsend, als er Sprottes fragendes Gesicht sah. „Wir bekommen heute Abend Besuch, es wird also etwas lebhafter."

„Das erklärt das Bier, aber was soll die Fahne?"

„Die Gäste sollen doch auch wissen, wo es zur Party geht, oder? Und die Leute, die ich eingeladen habe, werden von einer Piratenflagge angezogen, wie die Motten vom Licht."

Sprotte verzichtete auf weitere Erklärungen, aß etwas und machte sich dann auf den Weg.

„Ich gehe zu Finn", sagte er. „Es kann vielleicht später werden."

Im Werkstatt-Büro hatte Finn schon alles vorbereitet. Als Sprotte dort ankam, war der Rechner bereits hochgefahren und die Pinnwand leergeräumt. Auf einem Stuhl daneben lag ein großer Haufen mit Papieren unterschiedlichster Formen und Farben.

Mit einem breiten Grinsen heftete Sprotte das gefundene Stück Papier an das Korkbrett.

Finn trat einen Schritt heran. Stirnrunzelnd betrachtete er den kleinen, unscheinbaren Zettel.

„Tüm hoog!", sagte er und nickte anerkennend. „Aber ich frage mich immer noch, was diese Sache mit dem ‚Tanzenden Piraten' soll? Das verstehe ich ja noch weniger als Mathe. Und vor allem: Was für eine Richtung ist das? Das ergibt überhaupt keinen Sinn. 1244,44? Für eine Angabe in Grad ist der Wert viel zu hoch."

„Es gibt ja noch andere Möglichkeiten", sagte Sprotte. „Das ‚Bogenmaß' zum Beispiel."

„Also eine andere Einheit. Das kann natürlich sein." Finn drehte sich zum Computer um und rief eine Suchmaschine auf. Nach der Eingabe des Suchbegriffes „Winkelmaß" wurden in weniger als einer halben Sekunde tausende von Ergebnissen gefunden. Finn klickte gleich den ersten Eintrag an, der zu einem Online-Lexikon führte.

„Was haben wir denn da", sagte er brummelnd. „Vollkreis und rechter Winkel ... Hilft nicht ... 2 Pi, Gradmaß 360 und 400 ... Das ist auch zu klein. Hier! Das könnte es sein!"

Er klickte auf einen Eintrag des kurzen Inhaltsverzeichnisses und gemeinsam überflogen sie den angezeigten Text. „Ist ja ein Ding!", rief Finn aus, als sie das Ende des Absatzes erreicht hatten. Sprotte entfuhr ein leises Pfeifen. „Für das Visieren der Artillerie wird der in 6400 Strich eingeteilte, sogenannte ‚artilleristische Vollkreis' verwendet", las er laut vor. „Das muss es sein."

Hektisch tippte er die Daten in seine Taschenrechner-App ein. Endlich machte sich Mathe mal bezahlt. Er teilte 6400 durch 360, speicherte das Ergebnis und dividierte dann die auf dem Hinweis angegebenen Richtungen durch diesen Wert.

„Mit Rundungsfehlern komme ich da auf ziemlich genau 70 Grad und auf 25 Grad!"

Sie strahlten im Kreis und klatschten sich ab.

„Tüm hoog! Den ersten Hinweis haben wir geknackt. Nur wie geht es jetzt weiter? Wie gesagt: Der ‚Tanzende Pirat' sagt mir nichts, genauso wenig die ‚Heimstatt des Piasters' und das andere Zeugs. Da tappen wir ja noch völlig im Dunkeln."

„Abwarten", sagte Sprotte. „Ich glaube, ich bin zumindest bei der Sache mit dem ‚Topp' weitergekommen. Aber erst einmal ..."

Er nahm drei Blatt Papier, beschriftete sie und heftete sie nebeneinander an die Wand.

Finn ließ sich auf dem Bürostuhl seines Vaters nieder und sah aufmerksam zu.

„‚Ausgangspunkt', ‚Richtung' und ‚Entfernung'", las Sprotte vor und tippte dabei jedes Blatt einmal kurz an. „Das sind die drei Dinge, die auf der Karte beschrieben werden. Der Ausgangspunkt ist immer noch ein Rätsel, denn was der ‚Tanzende Pirat' sein soll, ist mir genauso schleierhaft wie dir. Die Richtung haben wir gerade herausgefunden."

Er heftete den gefundenen Zettel zusammen mit den Ergebnissen ihrer Berechnungen unter der entsprechenden Überschrift an die Pinnwand.

„Bleibt noch die Entfernung. Nach der Karte kommt hier Billy Bones' ‚Topp-Gast' ins Spiel. Und da bin ich vielleicht weiter gekommen. Mit dem ‚Topp' bezeichnet man die oberste Spitze eines Mastes, also sozusagen den höchsten Punkt eines Segelschiffes, richtig?"

„Richtig!" In Finns Körper kam wieder Spannung und er richtete sich auf. „Da waren die sogenannten ‚Topp-Gasten' an den Segeln. Ich hab mal gehört, dass das immer Vollmatrosen waren. Also solche mit total viel Erfahrung. Und innerhalb der Besatzung waren das die absoluten Cracks."

„Du meinst, so wie das Mathe-Ass in meiner Klasse?"

„Jaah ... Nur eben in ‚cool'."

Sprotte grinste. „Wenn wir jetzt davon ausgehen, dass mit der Karte ja Helgoland gemeint ist, und wir nach einem ‚Topp' suchen müssen, wo führt uns das dann zwangsläufig hin?"

„Auf den Sendemast!", sagte Finn. „Der ist am höchsten."

Sprotte schüttelte den Kopf. „Vergiss nicht, dass es ein Ort sein muss, der für jeden zugänglich ist."

Mit grüblerischer Miene begann Finn seine Unterlippe zu kneten. „Dann scheidet der Leuchtturm auch aus. Da kommt man nicht so ohne weiteres hin."

„Ich glaube, man kommt hier als Besucher nicht höher als 61,3 Meter", sagte Sprotte.

Finns Gesicht hellte sich auf. „Na klar! Der Pinneberg!"

„Genau! Wenn der Topp-Gast also weiß, wie weit es ist, wird sich dieser Hinweis auf dem Pinneberg befinden. Und es kommt noch besser! Wenn der Pinneberg das ‚Topp' ist, dann müssen wir uns Helgoland also wie ein Schiff vorstellen. Höchstwahrscheinlich mit der Nord-Richtung als Bug. Und damit wäre Backbord dann ..."

„... die Westküste!" Finn sprang auf und hielt Sprotte die flache Hand zum Abklatschen hin. Knallend schlugen ihre Handflächen aufeinander.

„Das ist genial!", sagte er. „Und es passt perfekt! Lass uns noch einmal auf die Karte sehen."

Sprotte holte sein Smartphone heraus und rief das Foto auf.

„Hier", sagte Finn und vergrößerte die Ansicht. „Die Punkte, die wir uns schon angesehen haben. ‚Letj Kark' und ‚Sider Moadek'. Beide liegen an der Westküste. Und guckt man nach Norden, hat man sie auf der linken Seite. Und die linke Seite heißt wie auf einem Schiff?"

„Backbord", sagte Sprotte. „Mit anderen Worten: Ganz egal, was dieser ‚Tanzende Pirat' auch ist - er oder es wird sich dort schon aufspüren lassen."

Finn ließ sich wieder auf den Bürostuhl fallen und trommelte mit den Fingern auf der Schreibtischplatte herum. „Aber da haben wir doch nichts gefunden", sagte er. „Da sind nur der Klippenrandweg, Mülleimer und Bänke. Vielleicht noch Gras ... Warte, ich mach mal Licht an."

Sprotte sah auf.

Vor der Werkstatt waren die Laternen bereits angegangen und der Himmel hatte sich verdunkelt. Dichte Wolkenfelder zogen über die Insel hinweg und zwischen ihnen leuchtete ein hell strahlender Mond auf Helgoland herab.

„Oh, ich sag mal lieber Onkel Matti Bescheid, dass ich noch hier bin. Sonst gibt das nach der Sache im Rathaus dieses Mal wirklich Ärger."

Er tippte eine kurze Nachricht in sein Smartphone und wandte sich dann wieder der Pinnwand zu.

Fieberhaft glitt sein Blick über die Informationen, die sie hatten, während sein Verstand versuchte, sie mit den weiteren Erkenntnissen zusammenzubringen und neue Schlussfolgerungen zu ziehen. Doch er konnte es drehen und wenden, wie er wollte.

„Wir brauchen mehr Hinweise, sonst kommen wir nicht weiter", sagte er schließlich. „Wir müssen auf den Pinneberg."

„Das wird heute nichts mehr", sagte Finn. „Es ist schon zu dunkel, um noch etwas zu finden."

Draußen schob sich eine Wolke vor den Mond. Der silbrige Glanz verschwand und ein dumpfes Schwarz umgab die Insel.

„Dann also eben morgen." Sprotte ließ ein enttäuschtes Knurren hören.

Sie verließen die Werkstatt und gingen schweigend an den Hummerbuden entlang. An der Abzweigung zum Krankenhaus trennten sie sich.

„Bis morgen", sagte Finn. „Ich hole dich gleich nach dem Frühstück ab, in Ordnung?"

„Tüm hoog", sagte Sprotte und rang sich ein Lächeln ab.

Finn lachte. „Du wirst noch ein echter Helgoländer."

Sprotte schlurfte den Südstrand entlang und ging gewohnheitsmäßig bereits eine Querstraße vor dem Lung Wai nach links. Hinter dem Siemersplatz bog er zum Fahrstuhl ab.

Aus den Bars und Lokalen erklang Musik und hin und wieder lautes Lachen. Auf einem Balkon kicherte ein Pärchen und irgendwo meinte er sogar, ein Baby weinen zu hören. Hinten am Fahrstuhl entdeckte er Wolfgang, der vor der Kabine wartete.

Eine kaum sichtbare Bewegung zu seiner Rechten lenkte ihn ab.

Aus dem Dunkel neben der Treppe löste sich ein Schatten. Langsam und lautlos, wie ein Raubtier, das sich seiner Beute näherte, kam ihm eine Gestalt entgegen.

Als ob er gegen eine unsichtbare Mauer gelaufen wäre, blieb Sprotte stehen und hielt unwillkürlich die Luft an.

Es war ein Mann mit einem sehr runden Kopf und mit kurzen, hellblonden Haaren. Seine Fäuste ballten und öffneten sich unentwegt und das Gesicht war zu einer boshaften und hässlichen Fratze verzerrt.

Sprotte fühlte sich von dem Blick regelrecht durchbohrt und wusste sofort, wer ihm da entgegenkam. Eine Welle aus Angst schwappte über ihn hinweg, eiskalt und viel heftiger als jeder Brecher, dem er mit Finn beim Wellenducken aus dem Weg gegangen war.

Instinktiv schaute er hinter sich und schnappte abermals nach Luft.

Aus der anderen Richtung kam ihm eine weitere Gestalt entgegen! Auch ohne die blaue Jacke, mit dem Flicken und dem Riss im Ärmel, hätte er den Einbrecher vom Überwachungsvideo erkannt.

Hektisch sah Sprotte sich um. Die kleine Kreuzung, die er gerade überquert hatte, bot ihm zwei Fluchtwege. Er konnte nach rechts laufen, dorthin wo Finn wohnte.

Aber ob er es soweit schaffen würde?

Wenn die beiden ihn verfolgten, konnte er unmöglich klingeln und warten, bis man ihm öffnete!

Der andere Weg führte zum Nordosthafen und dahinter kam irgendwann die Nordseehalle.

Vielleicht fand sich dort ein Versteck und er konnte die beiden in der Dunkelheit abhängen. Das Blut rauschte in seinen Ohren und in seinem Brustkorb dröhnte sein Herz wie eine überlaute Basstrommel.

Er rannte los!

Kapitel 11
Verfolgungsjagd

Wie von einem Katapult abgeschossen sprintete Sprotte die Querstraße herunter und jagte um die Ecke.

Er rannte, wie er noch nie in seinem Leben gerannt war. Sein Organismus hatte sämtliche Kräfte mobilisiert und auf ein einziges Ziel ausgerichtet: Flucht! Das Adrenalin flutete seinen Körper und betäubte alles außer seiner Angst. Er spürte keinen Schmerz in den Beinen, kein Stechen in der Lunge - nichts.

Vor ihm kam der Eingang zur Nordseehalle in Sicht. Hell erleuchtet stand der ‚Tall Boy' da, als wollte er ihm den Weg weisen. Sprotte ließ ihn links liegen und lief auf den Halleneingang zu.

Die beiden hinter ihm hatten zweifellos gesehen, dass er hier hereingelaufen war, aber für einen kurzen Zeitraum war er ihren Blicken entkommen. Viel Zeit hatte er nicht. Er keuchte und sog gierig Luft in seine Lungen. Sein ganzer Körper lechzte nach Sauerstoff.

Sprotte warf einen schnellen Blick in alle Richtungen.

Vor der Nordseehalle lag eine freie Fläche, gesäumt von kleineren Gebäuden und einigen überdimensionierten Buchmodellen. Nichts, was sich als Versteck eignete oder Rückzugsmöglichkeiten bot.

Doch gleich neben der Halle herrschte tiefste Finsternis. Der Kurpark tat sich wie ein schwarzes Loch auf, das alles Licht verschlang. Sprotte rannte in die Dunkelheit, überquerte den Boule-Platz und verschwand mit einem beherzten Sprung im nächsten Gebüsch. Wenig später hörte er die Schritte der Gangster.

„Verdammt!" Eine Stimme schnaubte ganz in der Nähe. „Jetzt ist der Bengel schon wieder verschwunden!"

„Ja, aber er muss hier irgendwo sein."

Sprotte hörte ein Keuchen und ein Husten, das schon fast in ein Röcheln überging.

„Geh du nochmal zurück und kontrollier diese komischen Aufsteller", hörte er Asgers zischende Stimme. „Ich guck nach, ob er sich hier irgendwo herumdrückt."

Dumpfes Schweigen legte sich über den Park. Reglos wie ein Stück Treibholz lag Sprotte da und lauschte auf jedes Geräusch. Solange er sich ruhig verhielt, war er sicher.

Bei diesem Gedanken setzte sein Atem einen Herzschlag lang aus. Zitternd glitt seine Hand in die Hosentasche.

So leise wie möglich, holte er sein Smartphone hervor und schaltete es stumm. Noch einmal wollte er nicht wegen eines Anrufs auffliegen! Als er im Begriff war, es wieder einzustecken, fiel ihm noch etwas ein.

Auf seinem Telefon waren sämtliche Informationen, die er gesammelt hatte! Sollten die Gangster ihn in die Finger kriegen, hätten sie sofort alles, was sie brauchten!

Lautlos schob er etwas Erde beiseite, bettete das Smartphone in die flache Mulde und bedeckte es mit ein wenig Laub. Sicherheitshalber legte er noch einen Stein obendrauf.

Angespannt horchte er in die Dunkelheit. Nur ein paar Meter von ihm entfernt, trafen seine Verfolger wieder zusammen.

„Was gefunden?"

Der Rest der Unterhaltung ging in einem unverständlichen Flüstern und Murmeln unter. Nur ein einzelnes „Verdammt!", drang zu ihm durch. Gedämpfte Schritte näherten sich und die murmelnden und zischenden Stimmen wurden wieder deutlicher.

„Keine Ahnung, wo der Bengel hin ist, aber wir müssen dranbleiben."

„Aber in welcher Richtung? Der kann ja überall hingelaufen sein!"

„Nein, der will einfach nur weg und da ist der gerade Weg immer der Schnellste. Der hat sich hier irgendwo in die Büsche geschlagen, da bin ich mir sicher. Auf der anderen Seite finden wir ihn. Komm jetzt!"

Schnaufend eilten die beiden Männer an Sprottes Versteck vorbei. Er wagte kaum, zu atmen, und fürchtete, dass allein das rasende Klopfen seines Herzens ihn jeden Augenblick verraten würde! Doch genauso rasch, wie die Männer sich ihm genähert hatten, entfernten sie sich auch wieder.

Eine gefühlte Ewigkeit verharrte er wie ein Stein auf der Stelle, dann wagte er sich vorsichtig unter seinem Gebüsch hervor. Er kehrte der Halle den Rücken und lief an der Minigolfanlage vorbei, zurück auf die Kurpromenade. Der Weg in Richtung der Jugendherberge war menschenleer.

Sprotte atmete auf. Sie hatten ihn aus den Augen verloren!

Er lief zurück zum Hafen. Sobald er den Düsenjäger erreichte, konnte er dort hinauflaufen. Von der Promenade aus, war er dann nicht mehr zu sehen. Doch nur Sekunden später hörte er hinter sich wieder Schritte! Die Schatten jenseits des Museums bewegten sich und kamen schnell auf ihn zu.

Panik stieg in ihm auf und er rannte wieder los!

Seine Füße jagten über den kalten Beton dahin bis vor ihm die Lichter der Düne aufleuchteten.

Zu spät erkannte er, dass er in seiner Panik nicht den Düsenjäger hinauf gelaufen war, sondern auf das Hafengelände. Eine ebene Fläche, die keinerlei Möglichkeit bot, sich erneut zu verstecken. Er konnte allenfalls ins Wasser springen. Aber die Nordsee war kalt und bot sich bestenfalls für wenige Minuten als Zuflucht an.

Ratlos und voller Furcht sah er sich um. Noch waren seine

Verfolger nicht in Sicht. Sein Blick fiel auf die Kaimauer am Ende der Hafenanlage.

Die Tetrapoden!

Eine ganz blöde Idee!

Aber Ärger mit Onkel Matti war mit Sicherheit angenehmer, als seinen Verfolgern in die Hände zu geraten.

Er sprintete auf das Ende der Mauer zu und ließ sich langsam über die Kante hinweggleiten. Seine Füße ertasteten einen ersten Halt. Schnell erwies dieser sich jedoch als trügerisch. Er rutschte ab und konnte sich gerade eben noch festhalten.

Keuchend versuchte er, unter sich etwas zu erkennen. Es glitzerte und glänzte, und die Beleuchtung der Hafeneinfahrt warf lange Schatten, während sie ihn gleichzeitig blendete. Wenn das von oben genauso aussah, war es der perfekte Unterschlupf für ihn. Vorausgesetzt, er brach sich beim Abstieg nicht den Hals!

Wellen schwappten unter ihm hindurch. Ihr leises Plätschern klang wie eine letzte Warnung von dieser Dummheit abzulassen.

Doch ein Blick über die Mole ließ ihn einsehen, dass er kaum eine andere Wahl hatte. Die beiden Gangster hatten den Hafen erreicht und kamen den Kai entlanggelaufen. Entweder er verschwand jetzt oder ... Er dachte den Gedanken nicht zu Ende und ließ sich wieder hinab.

Endlich fand er eine halbwegs ebene Stelle, die nicht glitschig von Algen war und ihm ausreichend Halt bot. Er zog sich noch einen halben Schritt unter das Bohlwerk zurück und tastete mit einer Hand nach etwas, woran er sich festhalten konnte. Endlich stand er einigermaßen sicher.

Der strenge Geruch nach verfaulenden Algen stieg ihm in die Nase. Das Blut rauschte in seinen Ohren und überdeckte selbst das leise Wispern des Windes.

Minuten vergingen, die Sprotte wie Stunden vorkamen. Dann hörte er Schritte auf der Kaimauer.

Er versuchte, sich mit dem Gedanken zu beruhigen, dass es auch ganz normale Touristen sein könnten. Urlauber, die noch etwas frische Luft schnappten. Doch es waren keine Gespräche zu hören, kein Lachen oder Kichern.

Die Stimmen, die an sein Ohr drangen, klangen schneidend und unangenehm. Als sie näher kamen, hörte er das unverkennbare Zischen und Grollen. Sprotte atmete flach. Instinktiv schaute er, ob er weiter zurück unter das Bohlwerk konnte, aber hinter ihm war nur Wasser.

Für einen grauenvollen Moment rechnete er damit, dass über ihm Asgers rundes Gesicht erschien und der ihn mit derselben verzerrten Fratze angrinste, die er am Fahrstuhl aufgesetzt hatte. Vorsichtig zog er sich die Kapuze seines Pullovers über den Kopf und machte sich so klein, wie er nur konnte. Stimmen murmelten in der Dunkelheit.

Dann hörte er wieder Schritte. Aber es klang, als würden sie sich entfernen! Sprottes Herz machte einen Hüpfer! Dennoch bremste er sich.

Vorhin war er schon einmal zu früh aus seiner Deckung hervorgekommen und auch bei ihrer ersten Begegnung in den Schrebergärten, hatte Asger in einer Art und Weise nach ihm gesucht, die Vorsicht gebot. Der Knabe war mit Sicherheit nicht der Hellste. Aber er war mit allen Wassern gewaschen und wusste instinktiv, wie er bekam, was er wollte.

Sprotte erhob sich und streckte seine schmerzenden Knie. Wie spät es wohl mittlerweile sein mochte? Er hatte keinerlei Vorstellungen mehr von der Uhrzeit. ‚Geduld‘, ermahnte er sich, auch wenn er wusste, dass das nicht seine größte Stärke war.

Er beobachtete den Lichtstrahl des Leuchtturms, der über die Insel hinweg zog. Bei jedem Dritten zählte er mit. Als er bei hundert angekommen war, wechselte er seine Position, so dass der Rand der Kaimauer über ihm, wieder in Griffweite kam.

Behutsam und so langsam, dass er jede Zeitlupe im Fernsehen noch unterbot, zog er sich so weit hinauf, bis er einen Blick über die Kante werfen konnte.

Die beiden Gangster standen am Hafenausgang und redeten. Dann löste sich einer und ging die Promenade entlang. Als er an der ersten Querstraße nach rechts abbog, verlor Sprotte ihn aus den Augen.

Das Warten hatte sich offenbar gelohnt.

Für einen Moment konnte er sein Glück kaum fassen. Die Anzahl seiner Verfolger hatte sich gerade halbiert! Er hatte keine Vorstellung, warum die beiden sich trennten, aber seine Chancen, zu entkommen, waren damit erheblich gestiegen.

Sprotte ging in Position, sodass er es aus dem Sprung auf die Kaimauer schaffen konnte. Jetzt musste der Wachposten dort hinten nur noch in die richtige Richtung gucken.

Bis zum nächsten Gebäude waren es etwa zehn, maximal fünfzehn Meter, schätzte er. Dann wäre er außer Sicht. Aber zuerst musste er es von der Tetrapode auf die Mauer schaffen. Es kam auf das Timing an.

Quälende Minuten vergingen. Endlich schaute der Wachposten in eine andere Richtung!

Mit einem Satz brachte Sprotte seinen Oberkörper auf die Kaimauer und stemmte sich hoch. Sekundenbruchteile später war er auf den Füßen und spurtete los!

Zehn Meter, noch acht, sieben, fünf ... höchstens ... Er warf einen bangen Blick zum Hafenausgang ... Noch drei Meter ... Noch zwei ... Geschafft!

Wolken schoben sich vor den Vollmond und Finsternis legte sich über den Hafen. Die Dunkelheit verschluckte Sprotte und der Bewuchs und die Gebäude, an denen er vorbeirannte, deckten seine Flucht. Nur langsam schaffte er es, sich wieder zu bremsen. Zweihundert Meter weiter erschien alles ruhig und friedlich. Für einen Moment fühlte er sich erleichtert und in Sicherheit.

„Er muss hier irgendwo sein!" Asgers Blick glitt suchend über den vor ihm liegenden Kai. Sein Puls raste und innerlich fluchte er in einem fort. Er verfluchte den Jungen, den unbekannten Idioten, der sich den Job mit dem Einbruch damals ausgedacht hatte und den Professor! Aber vor allem diesen elenden Bengel!

Sie hatten den Jungen noch in den Hafen laufen sehen, doch dann war er schnell aus ihrem Blickfeld verschwunden.

„Wie vom Erdboden verschluckt", sagte Arne und schaute sich ratlos um.

Asger machte ein paar Schritte auf die Kante des Bohlwerks zu. Er sah sich um und überlegte, welche Möglichkeiten der Junge wohl auf die Schnelle gesehen hatte.

Nach seiner Erfahrung wechselten die wenigsten Menschen ihre Strategie innerhalb von Minuten. Bei ihrer ersten Begegnung war der Junge weggelaufen und hatte sich versteckt. Genauso wie an diesem Abend. Er hatte sie an sich vorbeigehen lassen und dann versucht, sich hinter ihrem Rücken aus dem Staub zu machen.

Asger sah das Bohlwerk zum Nordstrand herunter. Außer einem langen, tiefschwarzen Schlund war nichts zu erkennen. Dort war er nicht langgelaufen, dachte Asger.

„Noch nicht", sagte er leise.

Langsam suchte Asger die Kaimauer ab. Hinter der Kante konnte er in der Dunkelheit nur Wasser und glitschige Betonflächen erkennen. Hier und dort wirkte der Boden, als wäre etwas darüber geschabt. Aber das war an mindestens drei Stellen der Fall.

Trotzdem hatte Asger so eine Ahnung. Oft wusste er nicht, was er tat, aber er hatte ein gutes Gespür dafür, was andere tun würden. Er konnte nicht genau sagen, wo der Junge sich aufhielt – aber er war hier ganz in der Nähe. Wahrscheinlich würde er sich nicht rühren, sondern abwarten. Es war ein Geduldspiel.

„Komm mit", sagte er leise zu Arne.

Die beiden Männer gingen zurück zum Hafeneingang. An der Kurpromenade hielten sie an.

„Du bleibst hier", sagte Asger. „Der Bengel ist hier irgendwo, ganz sicher."

„Und wo?"

„Was weiß ich. Der kann sich sonst wo versteckt halten. Ich würde ihm sogar zutrauen, dass er in die Wellenbrecher eingestiegen ist. Komplett irrsinnig, ja, aber wirkungsvoll. Selbst wenn wir ihn da drin finden würden – wir würden ihn nicht herauskriegen, so lange er es nicht will. Also warten wir. Oder besser gesagt: Du wartest und ich schneide ihm den Rückweg ab."

„Und wie soll das genau aussehen? Selbst wenn er dahinten ist, woher willst du wissen …"

„Halt die Klappe und hör zu!", schnauzte Asger ihn an. „Das ist simpel. Wenn er irgendwo da hinten steckt, hat er genau zwei Möglichkeiten. Er kommt über diesen Weg heraus, dann fängst du ihn ab."

„Und die andere Möglichkeit?"

„Er läuft über die Mole zum Nordstrand. Von da aus kann er die Treppe zum Oberland erreichen. Wenn es so dunkel bleibt, gibt es keine Chance ihn da zu fassen zu kriegen. Es sei denn, man sieht ihn von oben kommen."

„Mag sein. Aber dazu müsstest du …"

„… da oben sein. Deswegen laufe ich los und du bleibst hier unten."

„Das schaffst du doch nie im Leben!"

„Schwachsinn! Der Bengel hockt noch in seinem Versteck! Ich habe also einen Vorsprung. Außerdem gibt es auf den Strecken zwei Unterschiede, die für mich sprechen."

„Nämlich?"

„Ich habe Licht und ich muss nicht über den Strand laufen!"

Asger lief die Promenade herunter und auf dem kürzesten

Weg zur Treppe. Oben angekommen verschnaufte er einen Moment.

Aber niemand konnte sagen, wie viel Zeit er hatte, wie lange der Junge noch in Deckung blieb, wie schnell er dann wäre oder wie aufmerksam. Er beeilte sich besser.

In Windeseile lief er den Falm entlang und durch die Schrebergärten. Auf dem Klippenrandweg ging er etwas langsamer und mimte den späten Spaziergänger.

Er schlenderte dahin, obwohl alles in ihm nach Rennen und Tempo schrie! Endlich tauchte an der Seite die große Infotafel zum Projekt „Hummerschere" auf. Der Ausgang des Jägerstiegs war nur ein paar Meter weiter und gleich dahinter stand eine Bank, die perfekt geeignet war, wenn man dort jemandem auflauern wollte. Asger musste sich nur noch still verhalten und auf seine Beute warten!

Regungslos verharrte er an der Tafel und beobachtete den Nordstrand. Viel erkennen konnte er nicht. Wolken hingen immer noch über der Insel und nur ab und zu deutete sich an, dass sie aufbrechen konnten. Doch von einem Moment auf den anderen, riss die Wolkendecke plötzlich auf. Das Mondlicht ergoss sich wie eine silberne Flut auf den Nordstrand und tauchte ihn in ein glitzerndes Licht.

Keine hundert Meter vor der Felswand entdeckte Asger einen kleinen, dunklen Punkt, der sich stetig dem Jägerstieg näherte.

Angestrengt starrte Sprotte in das Dunkel hinter ihm. Die Mole war menschenleer. Eine eigentümliche Stille herrschte, in der er nur seine Schritte, seinen eigenen Atem und hin und wieder ein Plätschern hören konnte.

Vor ihm war langsam das Ende des Bohlwerks zu erahnen. Die Geräusche des Wassers veränderten sich. Die schwarze ebene Fläche der Mole schien irgendwo vor ihm abzubrechen und ansatzlos in ein helleres Nichts überzugehen. Sprotte erreichte die Absperrung und hielt sich einen Moment daran fest.

Die Jagd zur Nordseehalle und die anschließende Flucht in die Tetrapoden hatten ihm keine Sekunde zum Nachdenken gelassen. Nur ganz allmählich übernahm sein Verstand wieder das Kommando, und er ging die Ereignisse des Abends noch einmal durch.

Die beiden wussten, wer er war! Natürlich! Dieser Arne hatte sich ihm ja bereits dreimal genähert. Und doch war Sprotte überrascht. Bisher war es immer nur darum gegangen, seine Ermittlungen wegen der Einbrüche zu unterbinden. Doch am Fahrstuhl wollten sie ihn selbst! Anscheinend wussten sie nicht nur, dass er herausgefunden hatte, worum es bei der Einbruchserie tatsächlich ging, sondern auch, dass er es war, der sie in den Schrebergärten belauscht hatte.

Und um ihn am Fahrstuhl dermaßen in die Zange nehmen zu können, konnten sie ihm nicht einfach nur aufgelauert haben. Sie mussten ihm gefolgt sein. Und dadurch wussten sie ganz sicher, dass er die ersten Rätsel der Karte bereits gelöst hatte. Sprotte schluckte trocken. Seine Eingeweide rebellierten und fast hätte er sich auf der Mole übergeben. Er wollte nur noch nach Hause.

Er sprang auf den Nordstrand und stapfte mit wankenden Schritten voran. Unvermittelt trat er im Dunkeln in eine kleine Kuhle. Der Boden wurde ihm unter den Füßen wegzogen, und er fand sich auf allen vieren wieder. Leise fluchend rappelte er sich auf und klopfte sich den Sand von der Hose.

Ein dumpfes Grollen, ganz in der Nähe, ließ ihn erschauern. Zwischen ihm und der Wasserlinie bewegte sich etwas und schien sich ihm zu nähern.

Sprottes Nackenhaare stellten sich auf und er starrte angestrengt in die Dunkelheit. Erneut legte sich Angst wie eine Wolke um ihn und er hörte sein Herz schlagen.

Wieder wurde das Grollen laut, aber es klang tiefer und noch unheimlicher. Langsam wich Sprotte zurück.

Das Rückwärtsgehen am dunklen Strand war noch schwieriger als der bisherige Weg. Fast verlor er wieder das Gleichgewicht. Schließlich spürte er, wie der Boden unter ihm leicht anstieg. Nur noch drei oder vier Meter. Ein weiteres Mal trieb der Wind das Geräusch vom Wasser heran.

Durch ein kleines Loch in den Wolken drang ein erster Strahl Mondlicht hindurch. Sprotte sah gerade noch den Schatten einer Kegelrobbe, der ins plötzlich glänzende Wasser glitt und verschwand. „Das reicht jetzt allmählich für diesen Abend", sagte er leise.

Als er endlich Asphalt unter seinen Füßen spürte, riss die Wolkendecke auf und das Mondlicht erleuchtete den Strand. Er beschleunigte seine Schritte und lief zum Jägerstieg. Nur noch diese Treppe und ein kurzes Stück auf dem Klippenrandweg. Dann war er endlich in Sicherheit.

Asger beobachtete, wie der Junge die Treppe erreichte und sich anschickte, die 256 Stufen zu erklimmen. Er war ungefähr bei der Hälfte angelangt, als auf dem Weg Gelächter und Geschnatter hörbar wurde, das sich gemächlich näherte.

„Geht in irgendeine Kneipe", grummelte Asger. Bei dem, was er vor hatte, brauchte er kein Publikum. Langsam zog er sich vom Klippenrand zurück und setzte sich auf die Bank, die dem Ausgang des Jägerstiegs gegenüber lag. Reglos verharrte er dort und verschmolz mit der Dunkelheit, bis er so gut wie unsichtbar war.

Vor ihm zogen Schatten durch. Er zählte vier Personen, die schwatzend durch die Nacht schlenderten. Asger überlegte kurz, wie weit die Störenfriede es wohl bringen würden, bis der Junge hier oben auftauchte. Wahrscheinlich weit genug, trotzdem musste er vorsichtig sein. Der Bengel durfte ihm keinesfalls entwischen! Wer konnte schon wissen, ob sie noch eine solche Chance erhalten würden?

Er würde ihn schnell greifen müssen. So schnell, dass seine Beute keinen Mucks mehr von sich geben konnte. In Gedanken ging er die Möglichkeiten durch, die er kannte.

Den einen oder anderen Griff verwarf er gleich wieder. Das Risiko war zu groß, dass der Junge ernsthaft Schaden nahm und er ihn dann nicht mehr ausquetschen konnte. Egal, was der Knabe wusste, er musste damit herausrücken. Notfalls würde Asger ihm, nun ja ... gut zureden. Dabei konnte ihm dann passieren, was wollte. Sein Gesicht zuckte.

Als die kleine Gruppe Abstand gewonnen hatte, kehrte wieder Stille ein. Weit entfernt blökte ein Schaf, davon abgesehen ließ sich nur das leise Rauschen des Windes vernehmen. Selbst die Basstölpel auf der anderen Seite der Insel hatten ihr permanentes Geschnatter eingestellt.

In weiter Ferne glimmte die Beleuchtung des Windparks rot und stetig vor sich hin und die einzige sichtbare Bewegung war der Lichtstrahl des Leuchtturms. Regelmäßig, wie ein Uhrwerk, glitt er alle paar Sekunden über das Oberland hinweg. Seit sich wieder Wolken vor den Mond geschoben hatten, wirkte er heller und schärfer. Wie ein Messer, das sich seinen Weg durch die Dunkelheit bahnte.

Auf der Treppe war ein leises Schnaufen und Scharren zu hören. Der Junge japste mittlerweile und schnappte nach Luft, während seine Schritte langsamer wurden und er die Füße stampfend auf den Stufen aufsetzte.

Asger lächelte, als seine Beute endlich hinter den obersten Stufen auftauchte und Schritt für Schritt auch den letzten Abschnitt erklomm.

Langsam und geräuschlos stand er auf.

Die letzten Stufen brannten in den Beinen. Sprotte schnaufte und schnappte nach Luft. Aber ein Gutes hatte der Aufstieg. Die körperliche Anstrengung hatte die Angst vertrieben, die er an der Nordseehalle und in den Tetrapoden verspürt hatte. Und auch von dem Schrecken, den ihm die Kegelrobbe am Strand eingejagt hatte, war nichts übriggeblieben.

Nur der Wunsch, endlich nach Hause zu kommen, etwas zu trinken und dann möglichst schnell ins Bett zu fallen, war geblieben. Aber jetzt konnte nicht mehr viel passieren. Nur noch den Klippenrandweg entlang und an der Vogelwarte vorbei ... Dann war er auch schon fast zu Hause!

Sprotte stützte sich am nächstbesten Zaunpfahl ab und holte tief Luft. Die beiden hatte er schön an der Nase herumgeführt! Aber ganz folgenlos würde dieser Abend nicht bleiben. Das würde morgen zwar eine Wahnsinnsgeschichte für Finn werden, doch sie mussten klären, ob sie unter diesen Umständen weitermachen sollten. Aber damit würde er sich morgen beschäftigen. Jetzt wollte er nach Hause. Er ließ den Zaunpfahl los.

Für einen winzigen Moment glaubte er, eine Bewegung wahrgenommen zu haben, doch bevor er sich umdrehen konnte, packte ihn etwas, umklammerte seinen Oberkörper und riss ihn von den Füßen. Sprottes Magen sackte nach unten, wie in einer Achterbahn! Ein einzelner entsetzter Aufschrei wollte sich seinen Weg bahnen, doch eine schwielige Hand erstickte brutal jeden Ton.

Er strampelte, warf sich hin und her und versuchte, um sich zu schlagen, doch es war vergeblich. Der andere war stärker und wusste, wie er ihn zu greifen hatte. Sprotte spürte, wie seine Bemühungen wirkungslos verpufften. Der Geruch seines Peinigers kroch ihm in die Nase. Es war der muffige Gestank eines alten Kellers, gemischt mit schalem Bier und kaltem Zigarettenrauch. Übelkeit stieg in ihm auf.

„Halt still, du kleine Mistratte!", zischte es an seinem Ohr.

Diese Stimme! Angst in einem nie gekannten Ausmaß ließ ihn noch einmal alle Kräfte mobilisieren, doch es reichte nicht. Kalter Schweiß trat ihm auf die Stirn und ein unkontrolliertes Zittern erfasste seine Beine.

Die Arme, die ihn wie zwei unbezwingbare Stahlklammern im Griff hielten, rutschten nach oben. Sie näherten sich seinem Hals und er spürte, wie sich der Druck verstärkte. Sprotte hatte Schmerzen, wie er sie noch nie erlebt hatte, erst stechend dann dumpf. Seine Arme fielen schlaff herab und er fühlte seine Sinne schwinden.

Der Lichtstrahl des Leuchtturms strich über sie hinweg und für einen winzigen und unerklärlichen Moment beruhigte Sprotte sich. Solange er dieses Licht sehen konnte, war alles in Ordnung.

Ein weiterer langer und weißstrahlender Finger leuchtete auf, dann noch einer. Sprotte blinzelte, seine Augenlider flackerten und die Knie gaben nach. Schemenhaft sah er den nächsten Lichtstrahl. Gleich musste noch einer kommen, es konnte gar nicht anders sein. Dann versank er in einer unsagbaren Dunkelheit.

Dort gab es keinen Leuchtturm mehr.

Und auch kein Licht ...

Das Erste, das Sprotte wieder wahrnehmen konnte, war ein dumpfer und muffiger Gestank, der ihm wie ein ekliges Insekt in die Nase kroch. Als er die Augen öffnete, umgab ihn fahles Licht. Sein Kopf fühlte sich an, als wäre er mit Beton ausgegossen und sein Nacken schmerzte. Instinktiv wollte er mit der Hand dorthin greifen, um die schmerzende Muskulatur zu massieren, doch er konnte seine Arme nicht bewegen.

Jemand hatte ihn mit Klebeband an einen Stuhl gefesselt, der so alt und morsch aussah, dass es an ein Wunder grenzte, dass er Sprotte überhaupt trug.

Fetzen verschwommener Bilder flogen durch seinen Kopf. Eben war er noch auf dem Oberland gewesen ... Er war den Jägerstieg hochgegangen und dann war etwas passiert ...

Als seine letzten Erinnerungen langsam wiederkehrten, versteifte er sich. Hektisch warf er den Kopf hin und her und rechnete jeden Moment damit, dass ihn ein fratzenhaftes Grinsen hasserfüllt anstierte!

Doch er war allein.

So gut es ging, ließ er seinen Blick durch den spärlich erleuchteten Raum gleiten. Zwei Campinglampen waren die einzigen Lichtquellen.

Abgesehen von der Tatsache, dass es keine Fenster gab, erinnerte alles, was er sah, an ein Behandlungszimmer in einem Krankenhaus.

An den Wänden klebten schmucklose Fliesen, zwischen denen große Lücken klafften. Im Halbdunkel konnte er ein paar altertümliche Schränke ausmachen. Links von ihm stand ein ehemaliger Behandlungs- oder Operationstisch, auf dem ein zerwühlter Schlafsack und ein fleckiges Kissen lagen.

Auf der anderen Seite stand eine Tür halboffen und dahinter waren die untersten Sprossen einer Leiter zu erahnen. Von der Decke tropfte Wasser herab und sammelte sich in Pfützen auf dem Boden.

Und dann dieser Geruch! Dieser muffige, schimmelige Kellergestank, der aus jeder Ritze, jedem Spalt der Wände mit ihren kaputten Fliesen hervorzukriechen schien.

Je mehr Sprotte sich orientierte, desto heftiger atmete er. Eine weitere Flutwelle aus Angst brach über ihn herein, und steigerte sich ins Unermessliche. Panik rauschte durch ihn hindurch.

Er war unter der Erde!

Kalter Schweiß brach ihm aus und lief in Tropfen an seinen Schläfen herunter. Seine Kehle wurde eng und eine zentnerschwere Last legte sich auf seine Brust.

Er schloss die Augen und verwandte seine ganze Kraft auf

die Erinnerung daran, dass er frei atmen konnte.

„Ganz ruhig!", ermahnte er sich. „Keine Panik!"

Neben dem Behandlungstisch entdeckte er eine weitere Tür. In dem kleinen Nebenraum konnte er einen schwachen Umriss ausmachen. Es dauerte einen Moment, bis er schließlich erkannte, dass es eine Toilette war.

Eine ganz gewöhnliche Toilette, wie sie in so gut wie jedem Haushalt zu finden war. „Sogar auf Helgoland", witzelte er, doch der Versuch, sich von seiner Angst abzulenken, schlug fehl.

In seinem Kopf setzten sich die einzelnen Puzzleteile langsam zusammen. Ein Operationstisch, eine Toilette ... Eine Leiter, die nach oben führt ... Daneben lagen einige Steine, etwas Sand und Klumpen roter Erde.

Es gab nur einen Ort auf Helgoland, der unter der Erde lag. Aber die zivilen Luftschutzbunker hatten keine Behandlungsräume dieser Art und waren in einem viel besseren Zustand, als das hier. Und außerdem ... Er sah wieder auf die Toilette.

Und außerdem waren die zivilen Bunker der einzige Ort auf Helgoland, an dem man auf ‚normale' Toiletten verzichtet hatte!

„Oh verdammt", flüsterte er. „Das kann doch gar nicht sein!" Sein Magen krampfte sich schmerzhaft zusammen und rebellierte gegen die Erkenntnis, die er nicht mehr ignorieren konnte.

Er war in einem der alten Bunker!

Es gab auf Helgoland vermutlich kein besseres Versteck, als die letzten Reste der militärischen Bunkeranlagen. Er schluckte trocken und Tränen stiegen ihm in die Augen. Er war metertief unter der Erde begraben und hatte nicht die geringste Aussicht auf Hilfe oder gar Rettung. Onkel Mattis Stimme klang leise, wie eine weit entfernte Erinnerung in seinem Kopf. „Irgendjemand wird dich schon gesehen haben."

„Hier eher nicht", sagte Sprotte murmelnd. Er schluckte den dicken Kloß in seinem Hals herunter und schloss die Augen.

Bald würden ihm zwei Männer gegenüberstehen, die nicht zögern würden, Gewalt anzuwenden, um zu bekommen, was sie wollten. Wieder flackerte die Angst auf und er warf einen sehnsuchtsvollen Blick zur Leiter.

Die Leiter.

Nichts sonst deutete auf so etwas wie einen Ausgang hin. Dort oben musste ein Ausstieg sein. Und dahinter: Frische Luft! Licht! Und sei es auch nur das des Mondes oder des Leuchtturms. Möglicherweise sogar Sonnenlicht. Sprotte hatte nicht die geringste Ahnung, wie lange er schon hier war.

Eine schneidende Stimme erklang ganz in der Nähe. Sie war nicht an ihn gerichtet, beantwortete aber dennoch seine Frage.

„Schwing die Hufe, du Nichtsnutz! Ich warte jetzt schon über eine halbe Stunde!"

„Immer langsam. Ich brauch halt meine Zeit. Bin ja kein Spitzensportler. Und hier einfach reinzurauschen ist auch nicht so gut. Oder willst du, dass dein Versteck allgemein bekannt wird?"

Die andere Stimme grunzte nur.

An der Leiter bewegte sich etwas. Erst waren es Füße, dann Beine, bis ganze Schatten sichtbar wurden. Aus dem Dunkel schälten sich zwei Gestalten und kamen langsam auf ihn zu.

Sprottes Nackenhaare stellten sich auf. Atemlos sah er die beiden Männer an, die nun zum ersten Mal nicht nur ein Foto oder ein Schatten in der Dunkelheit waren. Seine Widersacher standen leibhaftig vor ihm und im Bruchteil einer Sekunde hatten sich ihre Gesichter in allen Einzelheiten unauslöschlich in sein Gedächtnis eingebrannt.

Wie eine fleischgewordene Bedrohung baute Asger sich

vor ihm auf. Zwei eiskalte Augen funkelten Sprotte wütend an. Ein leises Zähneknirschen war zu hören.

„Na, da wären wir dann ja endlich alle vereint", sagte Asger zischend.

Sprotte erbebte innerlich. Unwillkürlich begann er zu zittern. Die beiden Männer beobachteten ihn, wie Jäger ihre gerade erlegte Beute. Mit ein wenig Bedauern, dass die Jagd zu Ende war und auch etwas ratlos, angesichts der Frage, was sie nun damit anfangen sollten.

„War das wirklich notwendig?", fragte Arne und zeigte auf die Fesseln.

„Natürlich!", sagte Asger giftig. „Oder meinst du, der Bengel wartet hier aus lauter Freundlichkeit, bis du endlich auftauchst?" Dann wandte er sich Sprotte zu. „So, mein Freund. Jetzt beginnt für dich der Ernst des Lebens."

Unwillkürlich richtete Sprotte sich trotz der Fesseln ein wenig auf und ein herausfordernder Blick trat in seine Augen.

Wie er diesen Spruch hasste!

Der Ernst des Lebens! Diesen Quatsch hörte er mindestens vier Mal im Jahr! Immer, wenn die Ferien zu Ende gingen, meinte gleich eine ganze Handvoll Erwachsener ihn darauf hinweisen zu müssen, dass er ja bald wieder losginge ... Dieser Ernst des Lebens.

Asger stellte einen Stuhl vor Sprotte hin. Er setzte sich rittlings drauf und beugte sich nach vorne. Der Gestank von Alkohol und zu lange getragener Kleidung umgab ihn und ließ Sprotte den Atem anhalten. Ihre Gesichter waren nur noch Zentimeter voneinander entfernt.

„Du kannst dir ja ungefähr vorstellen, warum du hier bist, und was wir wissen wollen", sagte er. „Also: Wo ist die Karte? Und versuch keine Tricks. Wir wissen, dass du sie hast."

„Was für eine Karte?", sagte Sprotte und versuchte, dem Blick standzuhalten.

Asger nickte nur leicht. Er stand auf und nahm den Stuhl beiseite.

Dann klatschte es einmal laut und kräftig.

Sprottes Kopf flog zur Seite und seine Wange brannte wie Feuer. Der Schlag war so schnell gekommen, dass die Hand weg war, ehe der Schmerz einsetzen konnte. Die Luft blieb ihm weg, und das kleine Bisschen Selbstsicherheit, dass er gerade gewonnen hatte, ging wieder in Deckung.

„Hey!", rief Arne. „Das muss nicht sein, oder?"

„Halt's Maul! Der wird schon reden. Auf die eine oder andere Art und Weise. Also nochmal: Wo ist die Karte?"

„Mach dir nichts vor, mein Junge", sagte Arne und trat dazwischen. „Wir beobachten dich schon seit einiger Zeit. Wir wissen also, dass du die sie hast, und dass sie nicht gerade Klartext beinhaltet. Stichwort ‚Tanzender Pirat', wenn du verstehst, was ich meine. Außerdem hast du neulich am Telefon von Hinweisen gesprochen."

„Am Telefon?"

„In der Nordseehalle. Du hast es nicht bemerkt, aber wir standen direkt hinter dir."

„Der Klingelton ...", sagte Sprotte murmelnd. Nun verstand er. Sie hatten ihn in den Schrebergärten gehört. Und dann noch einmal in der Nordseehalle.

„Richtig", sagte Arne. „Und dann durchstöberst du Friedhöfe und triffst dich mit deinem Kumpel ausgerechnet in einer Tischlerwerkstatt. Eine reichlich ungewöhnliche Feriengestaltung, findest du nicht?"

Sprotte verkrampfte sich und schluckte trocken. Er war ja so ein Idiot! Er hätte erheblich vorsichtiger sein müssen. Es fehlte nur noch, dass sie ihm erzählten, was auf den Zetteln stand, die er gefunden hatte.

Leugnen half also nicht mehr.

„Besser, du antwortest", sagte Arne mit einem Seitenblick auf seinen Komplizen.

Asger schnaubte. Sein Blick bohrte sich weiter in Sprotte

und demonstrativ ballte er seine rechte Hand zur Faust. Öffnete sie, ballte sie ... Sprotte konnte nicht umhin, sie anzustarren.

„Ja, ich habe eine Karte gefunden", sagte er endlich. „Sie war in meiner Ausgabe vom ‚Herrn der Ringe'."

„Ich wusste es!", Arne klatschte sich vergnügt in die Hände, unterbrach seinen Jubelausbruch aber sofort, als Asger ihn wütend anstierte. Abwehrend hob er die Arme. „Sprich weiter", sagte er in einem fast entschuldigenden Ton zu Sprotte.

„Die Karte hat keine Markierungen. Es gibt kein Kreuz an einer bestimmten Stelle oder Ähnliches. Dafür ist etwas beschrieben. So eine Art Gedicht ..."

„Und weiter?" Asger ließ dieses Mal zur Untermalung seine Fingerknöchel knacken.

„Mehr weiß ich auch nicht", sagte Sprotte und kniff die Lippen zusammen.

Drohend trat Asger auf ihn zu, doch Arne stellte sich erneut dazwischen.

„Lass es, Junge", sagte er. „Das hilft dir nicht weiter. Und mein Kumpel hier hat wenig Geduld. Also sag besser, was du weißt, dann kommst du auch heil aus der ganzen Sache raus."

Sprotte warf einen Blick zu Asger, dessen Mundwinkel bei Arnes letztem Satz zuckten. Für einen Moment erschien ein hämisches und belustigtes Grinsen auf seinem Gesicht.

„Könnte ich bitte einen Schluck Wasser haben?", fragte er. „Es ist eine ziemlich trockene Luft hier unten."

„Nein", sagte Asger knapp. Er nahm sich seinen Stuhl und setzte sich wieder vor Sprotte.

Erneut stieg Sprotte Asgers widerlicher Gestank in die Nase und er musste den Würgereiz unterdrücken.

Fieberhaft überlegte er.

Es war egal, was er den beiden erzählte. Asger würde ihn nicht einfach so gehen lassen, auch wenn Arne anders darüber dachte. Er musste irgendetwas improvisieren und dafür sorgen, dass die beiden den Bunker verließen. Das war seine einzige Chance.

„Also gut. Es sind Angaben zu einem Winkel und einer Entfernung. In Kombination mit dem richtigen Ausgangspunkt führt das wahrscheinlich zu einem Versteck, wo ... keine Ahnung ... sich irgendwas befindet."

Asger grinste hässlich. „Na, das wollen wir doch hoffen", sagte er, „dass sich da ‚etwas' befindet." Dann fror seine Miene wieder ein. „Was für ein Winkel und was für eine Entfernung?"

Sprotte sah in seinen Augen, dass eine falsche Antwort die nächste Ohrfeige bedeutete. Vielleicht sogar Schlimmeres. Aber einfach klein beigeben und alles erzählen, was er wusste, würde ihm nicht weiterhelfen.

„Im Kopf habe ich die Zahlen nicht. Ich habe sie auf die Karte geschrieben."

Asger nickte. „Schön. Aber das hilft uns nur weiter, wenn wir den Ausgangspunkt kennen. Also: Wo ist der?"

„Das weiß ich nicht", antwortete Sprotte wahrheitsgemäß. Direkt im Anschluss klatschte es erneut und in seinem Gesicht breitete sich wieder ein Flächenbrand aus. Er hatte keine Zweifel, dass er einen Teil seines Gehörs einbüßen würde, sollte Asger bei einem erneuten Schlag sein Ohr treffen.

„Ich weiß es nicht!", sagte er laut und in seiner Stimme schwang Empörung mit.

Asgers Gesicht hatte sich wieder in eine brutale Fratze verwandelt, die ihn bösartig anstarrte, doch dieses Mal hielt Sprotte dem Blick stand. „Ich kann nicht erzählen, was ich nicht weiß!"

Scharrend schob Asger seinen Stuhl zurück und erhob sich. Er ging den letzten halben Schritt auf Sprotte zu und packte ihn bei den Haaren. Mit einem heftigen Ruck riss er Sprottes Kopf zurück und funkelte ihn wütend an. „Ich kann es auch aus dir herausprügeln, wenn dir das lieber ist, Jungchen. Aber glaub mir, das wird für dich kein Vergnügen!"

„Ich weiß es wirklich nicht", wiederholte Sprotte und versuchte, den Kopf zu schütteln. „Alle Prügel dieser Welt werden daran nichts ändern."

Asger ließ ihn wieder los, gab ihm aber noch einen heftigen Schlag mit der flachen Hand auf den Hinterkopf. Schnaubend begann er, wie ein Tiger in dem kleinen Raum auf und ab zu gehen.

„Wir können es drehen und wenden, wie wir wollen", sagte Arne nach einer Weile. „Wir brauchen die Karte."

„Dann holen wir sie uns", knurrte Asger.

„Ich nehme an, die Karte ist bei dir zu Hause, ja?", sagte Arne, wieder an Sprotte gewandt.

Der zögerte, doch dann nickte er.

„Und dein Vater oder wer auch immer der Typ mit dem schwarzen Pulli ist ... Er ist heute alleine?"

„Wenn er überhaupt da ist", sagte Sprotte leise und blickte zu Boden. „Aber so oder so, solltet ihr euch beeilen. Wir haben vorhin noch einmal über die Karte gesprochen und uns geeinigt, dass sie morgen zur Polizei gebracht wird. Und wenn ich nicht bald nach Hause komme, wird mein Onkel in der nächsten Stunde da sowieso hingehen."

Zwei Augenpaare ruhten auf Sprotte. In der plötzlich eintretenden Stille konnte er regelrecht hören, wie es in den beiden kriminellen Gehirnen ratterte. Dann durchbrach Asgers Schnauben das Schweigen.

„Egal. Wir gehen jetzt gleich los. Wollen mal hoffen, dass dein Onkel mitspielt, sonst ergeht es ihm schlecht."

Asger ging durch den Raum und löschte die erste der beiden Campinglampen. Als er sich auch der zweiten Lampe näherte, sog Sprotte scharf die Luft ein. ‚Bitte nicht!', dachte er. Wenn sie ihn so zurückließen ... in völliger Finsternis ... Erneut kam ein leichter Anflug von Panik in ihm auf. Keine Dunkelheit! Nicht hier!

„Lass ihm wenigstens das eine Licht", sagte Arne, „dann muss er hier nicht im Dunkeln sitzen."

„Na und?"

„Himmel nochmal! Er ist doch nur ein Junge! Lass ihm die Lampe!"

Asger grinste und gab Arne einen Stoß zur Tür hinaus. „Du bist und bleibst ein elendes Weichei!" Er lachte hämisch.

Doch als sie die Leiter nach oben stiegen und in die Nacht verschwanden, brannte eine Lampe und tauchte das Innere des Bunkers weiterhin in ein schummriges Licht.

Wenige Augenblicke später erschienen die beiden Männer als dunkle Schatten auf dem Oberland. Gespenstern gleich erhoben sie sich in einem der vielen Krater aus der Erde und glitten den Abhang hinauf. Der Mond strahlte geisterhaft und tauchte Helgoland in ein unwirkliches Licht.

In Arne machte sich ein dumpfes Gefühl breit. Vorsichtig riskierte er einen Seitenblick auf Asger, dessen Kiefer unaufhörlich mahlten. Er hatte die Fäuste geballt und immer wieder zuckten seine Schultern, wie bei einem Boxer, der seinen Gegner irritieren will.

„Wir drehen erst einmal eine Runde und checken die Lage", sagte Asger, als sie die Vogelwarte erreichten. „Vielleicht haben wir Glück und der Kollege ist tatsächlich unterwegs."

„Wir werden sehen", sagte Arne. „Hauptsache da herrscht Ruhe."

Doch von Ruhe konnte keine Rede sein.

Lange bevor sie in die Straße einbogen, hörten sie Musik und Gelächter. Alles deutete auf eine ausgelassene Party hin. Einer der Feiernden hob seinen Bierbecher und prostete ihnen zu, als sie vorbeigingen. Arne nickte kurz zurück und fragte sich, ob dieser schwarzrot gestreifte Pullover für die Witterung nicht ein bisschen zu warm war.

Sie umrundeten das Haus und warfen einen Blick auf die Rückseite. In dem kleinen Hof war eine Piratenflagge gehisst. Fast alle Gäste hatten schwarze T-Shirts an, die sich zumeist nur durch ihre Aufdrucke unterschieden. Mitten drin trug jemand einen ledernen Dreispitz und ein Hemd mit dem vielsagenden Schriftzug „Es ist Zeit, laut schreiend im Kreis herumzulaufen".

„Verrückter Haufen", sagte Arne, als ein Mann mit einer Kapitänsmütze auf dem Kopf und der Aufschrift „Captain" auf der Weste aus der Terrassentür trat. „Wie sollen wir in dem Trubel an die Karte kommen?"

Asger blieb an der nächsten Ecke stehen und stemmte die Hände in seine Hosentaschen. „Ich bring ihn um!" Seine Stimme bebte vor Wut. „Der wusste genau, was hier los ist! Deswegen hat er auch Druck gemacht. Von wegen ,morgen geht die Karte an die Polizei' ... Schwachsinn!"

„Aber ohne die Karte kommen wir nicht weiter! Wir müssen endlich das Original in die Finger kriegen."

„Erst einmal kriege ich dieses Bürschchen wieder in die Finger" Asgers Stimme klang bedrohlich, wie das Brodeln eines Vulkans. Arne bekam eine Gänsehaut.

„Nun mal ganz ruhig. Er ist nur ein Junge und ..."

„Interessiert mich nicht! Jetzt ist Schluss! Ich hab' den Kanal voll, endgültig!"

Er machte auf dem Absatz kehrt und schlug den Rückweg ein.

„Hey!", rief Arne. „Was hast du vor?"

Asger drehte um und blieb nur mit einer Nasenlänge Abstand vor seinem Komplizen stehen.

„Ich gehe zurück und schnapp mir den Bengel. Und dann darf er die Karte holen."

„Die rückt er doch niemals raus, wenn er erst einmal wieder hier ist!"

„Oh, das wird er." Asger setzte sein boshaftes, fratzengleiches Grinsen auf. „Wenn ich ihm erst einmal ein oder zwei Finger gebrochen habe, wird er schon spuren. Und dass sein Onkel in den nächsten Tagen einen tragischen Unfall hat, will er bestimmt auch vermeiden."

Arne schluckte und spürte einen eisigen Klumpen in seinen Eingeweiden. Er eilte Asger hinterher, der wortlos und strammen Schrittes auf dem Rückweg zu ihrem Versteck und ihrem Gefangenen war. Die Fäuste waren immer noch geballt und seine Schultern zuckten.

Die Schritte der beiden Männer auf der Leiter verklangen. Sprotte lauschte einen Moment und verspürte einen leisen Anflug von Erleichterung. Doch das Gefühl verging sofort, als ihm dämmerte, was er getan hatte. Hatte er seinem Onkel gerade zwei Einbrecher auf den Hals gehetzt? Was war eigentlich, wenn der Besuch schon gegangen und Onkel Matti alleine zu Haus war?

So oder so. Er musste sich beeilen!

Er riss und rüttelte am Klebeband, musste aber schnell einsehen, dass so nichts zu erreichen war. Ein tonnenschweres Gewicht legte sich auf seine Brust. Er schloss die Augen und versuchte, ruhig zu atmen. Keine Panik!, sagte er sich.

So weit es möglich war, nahm er den Stuhl in Augenschein. Alles, was er sehen konnte, war sehr altes Holz. Holz, das sehr lange Zeit in einer feuchten Umgebung verbracht hatte. Mit den Fingerspitzen ertastete er an der Oberfläche Reste von abgeblättertem Lack und die typischen Wölbungen, dort, wo das Material aufgequollen war.

Sprotte verlagerte sein Gewicht auf eine Seite, bis er auf zwei Stuhlbeinen balancierte. Dann beugte er sich ruckartig nach vorne, bis das hintere Bein abhob und die Last vollständig auf dem vorderen lag.

Ein leises Ächzen war zu hören, dann ein laut vernehmliches Knacken. Mit einem ratschenden Geräusch brach das Stuhlbein unter ihm weg. Sprotte fiel nach vorne und schlug hart auf dem nackten Boden auf. Ein dumpfer Schmerz durchströmte seine Schulter. Er stöhnte auf.

Noch war er nicht frei, aber immerhin konnte er ein Bein bewegen. Das reichte, um auf die Füße zu kommen. Er zerbrach auf die gleiche Art auch das zweite Stuhlbein und näherte sich der Wand.

Mit einem heftigen Stoß zerschmetterte er den Rest des Stuhls. Die Trümmer baumelten an ihm wie Wrackteile eines sinkenden Schiffs, aber er konnte sich bewegen und den Raum durchsuchen.

So ein Gangster wie Asger hatte ganz sicher ein Messer, überlegte er, doch das trug der wahrscheinlich bei sich.

Aber etwas essen musste er! Vielleicht stand irgendwo noch ein alter Teller herum, in dem ein Messer lag! Er sah sich um und fand auf einem der kleineren Schränke tatsächlich schmutziges Geschirr. Zu Sprottes Enttäuschung lag darin aber nicht das erhoffte Schneidwerkzeug, sondern nur ein halb abgeleckter Löffel. Mist!

Doch da war noch etwas Tomatensoße. Er schnupperte daran und entdeckte ein kleines, geradezu winziges Bröckchen Hackfleisch, das am Tellerrand klebte. Ravioli! Wo es Raviolireste gab, war auch todsicher irgendwo noch eine alte Dose mit einem aufgeschnittenen Deckel!

Fieberhaft suchte Sprotte, bis er so etwas, wie einen Mülleimer gefunden hatte. Mit einem Fußtritt beförderte er dessen Inhalt auf den Boden. Scheppernd rollte die leere Dose samt Deckel heraus. Sprotte griff zu und begann damit an dem Klebeband herumzusäbeln, das die Stuhllehne an seinem Arm fixierte. Einmal einen Riss erzeugt, glitt der Deckel durch das Plastik wie ein heisses Messer durch Butter. Kurz darauf lagen die Reste des Stuhls verstreut um ihn herum!

„Und jetzt raus aus diesem Loch."

Er griff nach der verbliebenen Campinglampe.

Der direkte Weg war mit Sicherheit der einfachste. Sprotte trat durch die Tür an die Leiter heran. Die Sprossen verschwanden in einem Loch in der Decke und danach in totaler Finsternis. Der Anblick jagte ihm einen eiskalten Schauer über den Rücken.

Ins Dunkel und in die Tiefe zu steigen war schon schlimm genug. Aber in eine lichtlose Höhe zu klettern, war für ihn schlicht undenkbar. Wie tief hatte man ihn hier bloß vergraben?

Er brauchte Licht! Licht und Luft!

Er leuchtete mit seiner Lampe in den Gang. In beiden Richtungen erstreckte sich ein niedriger, knapp einen Meter breiter Tunnel. Die Wände waren grob verputzt und mit Blaualgen übersät. An einer Stelle war Geröll aus dem Mauerwerk gebrochen und ein Schutthaufen verengte den Gang.

Die einzige vielversprechende Möglichkeit war die Leiter. Sprotte schluckte seine Angst herunter und klemmte sich den Tragebügel der Campinglampe zwischen die Zähne. Zögernd setzte er seinen Fuß auf die erste Sprosse.

Als er die darüberliegende Etage endlich erreichte und in den kleinen Raum leuchtete, fühlte er sich zunächst wie gelähmt. Außer Schutt und Trümmern war nichts zu erkennen. Erst auf den zweiten Blick entdeckte er eine weitere Leiter. Und darüber wurde plötzlich ein schwaches, silbernes Leuchten sichtbar.

Mondlicht!

Doch der Jubelschrei, der Sprotte auf den Lippen lag, verkam zu einem erstickten Ächzen. Mit dem Licht kamen auch Stimmen. Sprotte hörte ein Poltern und Fluchen und die unmissverständliche Drohung, einem „verdammten Bengel den Kopf abzureißen!"

„Nicht gut", flüsterte er, eilte die Leiter wieder herunter und lief in den Gang hinein.

Seine Schritte hallten und er erkannte, dass er langsamer

werden musste, wenn er sich nicht durch seine Geräusche verraten wollte. Aber etwas in ihm brüllte nur ein einziges Wort, dem er nicht widerstehen konnte:

„Lauf!"

Sprotte rannte, bis er über den Schutthaufen stolperte und in einer Pfütze aufschlug. Scheppernd entglitt ihm die Lampe und erlosch. In der plötzlichen Dunkelheit wurde auch seine innere Stimme leiser und wisperte ihm nur noch zu: „Still jetzt ..."

Kälte und Schmerz durchströmten ihn. Seine rechte Seite war komplett durchnässt und beim Sturz war er unglücklich aufgeschlagen. Vorsichtig rieb er sich das Knie und biss die Zähne zusammen.

Die Stimmen hatten die untere Leiter erreicht und Sprotte erkannte die Umrisse der beiden Männer, wie sie durch die Tür in ihrem Versteck verschwanden.

Dann sah er den einen wieder hervorstürzen!

Asger tobte und brüllte und seine Flüche hallten wie grollender Donner von den Tunnelwänden wider.

Sprotte verkroch sich hinter dem Schutthaufen. Mit angezogenen Beinen lag er da und hielt sich die Ohren zu. Hoffentlich hatte er bei seinem Aufprall keine Spuren hinterlassen. Geriet er Asger jetzt in die Finger, würde er sich wahrscheinlich wünschen, mit den paar Ohrfeigen von vorhin davonzukommen!

Im Gang wurde es heller. Sprotte hielt den Atem an.

„Doch nicht da lang, du Vollidiot!", brüllte Asger durch den Bunker. „Da ist alles eingestürzt, da kann er nicht durch!"

„Aber der Junge ist doch ..."

„Andere Seite sage ich! Komm hier rüber oder es setzt was!"

Der Lichtschein entfernte sich und die Dunkelheit kehrte in den Tunnel zurück.

Sprotte griff nach der Lampe und kroch leise weiter in den

Gang hinein. Nach einigen Metern erhob er sich und schlich in die Dunkelheit.

Schier endlose Minuten vergingen, in denen er sich mit einer Hand an der Tunnelwand entlang tastete. Der Gang beschrieb einen leichten Bogen und nach einer Weile verblasste hinter ihm so auch der letzte Rest Helligkeit.

Sprotte legte noch einige Meter zurück, bevor er es wagte, wieder Licht zu machen. Im Gehen tastete er nach dem Schalter, als sein Fuß ins Leere trat.

Der Sturz kam so schnell und überraschend, dass er nicht einmal schreien konnte. Er spürte, wie sein Magen unvermittelt nach oben sackte und er für eine Sekunde zu schweben schien. Dann schlug er hart auf und rollte zur Seite. Stöhnend kam er auf die Knie, umgeben von absoluter Dunkelheit.

Panisch glitten seine Finger über den Untergrund. Er fand zerbröselten Buntsandstein, Sand und Gesteinsbrocken. Aber keine Lampe! Seine Kehle schnürte sich zu und sein Atem ging schnell und stoßweise. Durch sein Hirn flackerten grauenhafte Bilder, auf denen er blind durch die Dunkelheit stolperte, ohne jemals einen Ausgang zu finden.

Hektisch tappte er durch die Finsternis, bis er die Lampe wiedergefunden hatte.

Als er sich an die Helligkeit wieder gewöhnt hatte, sah er sich um.

Über ihm klaffte ein Loch in der Decke. Darunter lag ein großer Geröllhaufen, der seinen Sturz abgefedert hatte. Sprotte kletterte hinauf, um nachzusehen, ob man ihm folgte, doch der Gipfel des Haufens lag zu tief. Bis zur Kante waren es mehr als zwei Meter, fast drei. Hier gab es keinen Weg zurück!

Er spürte, wie ihm das Blut aus dem Gesicht wich. Eiseskälte legte sich um ihn, wie ein zu enger Mantel.

Sprotte leuchtete in die andere Richtung. Vor ihm lag ein Gang, der deutlich geräumiger war, als der vorherige. Er hatte fast die Größe einer U-Bahnröhre, dennoch wirkte er alles andere als vertrauenerweckend. Ein Ende war komplett eingestürzt und in Abständen hatten sich große Teile aus der Decke gelöst. An zahlreichen Stellen hatten die Wände dem Druck auf Dauer nicht standhalten können und waren ebenfalls eingesackt. Das war kein Tunnel mehr, sondern ein überdachtes Trümmerfeld, das jeden Moment einstürzen konnte!

Als er weiter leuchtete, glitzerte etwas. Sprotte ging dem unerwarteten Lichtreflex nach und fand ein längliches Metallstück. Es war nicht direkt in den Boden eingelassen, sondern auf einem großen Stück Holz festgenagelt.

Sprotte ging ein Licht auf. Das Holz war eine Schwelle! Er hatte Gleise, eine Eisenbahnschiene gefunden! Aber die Spurbreite war sehr schmal, bestenfalls sechzig Zentimeter. Das musste der alte Hohlgang sein, die Lebensader des Bunkersystems! Offensichtlich hatte der ‚Big Bang' von den militärischen Anlagen doch mehr übrig gelassen, als man gemeinhin annahm.

Eine Entscheidung, wohin er gehen sollte, musste er nicht treffen. Seitengänge waren nicht zu sehen. Es gab nur eine Richtung. Und wenn er dort auch keinen Ausgang fand ...

„Positiv denken", sagte er leise zu sich selbst und machte sich auf den Weg.

Zunächst kam er gut voran, doch bald erreichte er Stellen, an denen die Tunneldecke abgesackt war und nur noch kleine Löcher offengelassen hatte. Trotz des Lichts erfasste ihn eine lodernde Furcht, die ihn schier verbrennen wollte, wenn er sich wieder einmal durch einen schmalen Spalt zwängen musste. Sand und loses Geröll rieselten auf ihn herab und nährten die Angst, dass das brüchige Gewölbe jederzeit einstürzen und ihn lebendig begraben könnte.

Nach ungefähr fünfzig Metern fand er die erste Abzweigung. Schon glaubte er, einem Ausgang auf der Spur zu sein, doch der Gang erwies sich bereits wenig später als eingestürzte Sackgasse. Zwei weitere Male musste er mit dieser Enttäuschung fertig werden. Danach fand er nur noch Schächte, die für ihn viel zu klein waren. Sie hatten wohl nur der Belüftung gedient und waren soweit oben angebracht, dass sie unerreichbar waren.

Mit zunehmender Unruhe ging Sprotte weiter. In der Dunkelheit des Tunnels und ohne einen Anhaltspunkt, wo unter der Insel er sich gerade aufhielt, fiel es ihm schwer, die Entfernung abzuschätzen, die er bereits zurückgelegt hatte. Wenn es nach seinem Gefühl gegangen wäre, müsste er längst in der Nordsee sein, doch um ihn herum waren immer noch Mauern, Fels und rotes Gestein.

Dann stand er wieder vor einer Wand. Und dieses Mal war es eine ohne Loch. Trümmer blockierten den weiteren Durchgang und so sehr Sprotte auch suchte – hier waren der Tunnel und sein Weg zu Ende. Von dieser Stelle aus gab es nur noch den Weg zurück in die Dunkelheit!

Langsam rutschte ihm die Lampe aus der Hand und fiel scheppernd zu Boden. Ein erstickter Laut entwich ihm und Tränen schossen ihm in die Augen. Von Angst und Verzweiflung überwältigt, sackte er in sich zusammen und schlug kraftlos gegen das Gestein, das ihm den Weg versperrte.

Minutenlang wurde er von einem heftigen Weinkrampf geschüttelt, bis er glaubte, dass alle Tränen und alle Kraft aus ihm entwichen waren.

Als er sich nach einer gefühlten Ewigkeit wieder beruhigte, drehte er sich um und sah zurück. Vielleicht hatte er ja auch etwas übersehen. Irgendwo musste ein Ausgang sein. Es musste ihn einfach geben. Er wollte, dass es ihn gibt!

Er wischte sich die Nase und machte sich auf den Weg zurück.

Und dann sah er etwas, das er auf dem Hinweg übersehen haben musste!

Es war nicht wirklich ein Gang, eher eine quadratische

Öffnung, in etwa auf der Höhe seines Brustkorbes. Das Ende war nicht zu erkennen, aber immerhin schien der Schacht frei zu sein. Und er führte in gerader Linie ohne erkennbare Steigung in den Fels hinein.

Sprotte ignorierte das Engegefühl, das sich augenblicklich um seinen Brustkorb herum verstärkte. Mit einem trotzigen Knurren kletterte er in das dunkle Viereck.

Die ersten Meter waren frei und er kam gut voran. Ein ums andere Mal war er gezwungen, einen Gesteinsbrocken beiseite zu räumen oder um sich herumzuschieben. Und immer wieder musste er alle verbliebene Kraft aufbringen, um neuerliche Panikattacken zu unterdrücken. Irgendwann senkte der Schacht sich etwas ab und dann konnte er es hören!

Ein leises Rauschen, ein Plätschern und stilles Klatschen! Das waren Wind und Wellen! Dort musste das Meer sein! So schnell er konnte, kroch er weiter. Nach einigen Metern erschien vor ihm ein kleines, dunkelblaues Quadrat.

Eine Öffnung!

Sprotte steckte den Kopf hindurch und sog gierig die frische Luft ein. Vor ihm erstreckte sich die Nordsee. Vereinzelte Wellenkämme schimmerten grau und eine sanfte Brise erfasste seine Haare.

Er schob sich nach vorne, bis er sich außen mit den Händen abstützen konnte. Im letzten Augenblick sah er, dass er sich noch mindestens fünf Meter über dem Boden befand! Zu seinem Glück fiel die Felswand nicht senkrecht ab. Es war eher ein steiler Abhang, als eine scharfe Kante. Sprotte holte tief Luft und kroch langsam vorwärts. Zentimeter für Zentimeter glitt er nach unten, bis ihm die Schwerkraft die Arbeit abnahm. Auf dem Bauch liegend rutschte er herunter und schlug polternd am Fuß der Felskante auf. Sand und Steine rieselten um ihn herum.

Stöhnend blieb er für einen Moment reglos und mit geschlossenen Augen liegen. Als er sie wieder öffnete, lächelte er. Über sich erblickte er den wahrscheinlich schönsten, wolkenverhangenen Himmel, den er jemals gesehen hatte!

Sprotte nahm sich noch ein paar Minuten, bevor er sich schließlich aufrappelte. In der Ferne konnte er das Gittertor mit den drei Schildern erkennen. Er war am Klippenkontrollweg rausgekommen, dort, wo er eigentlich gar nichts zu suchen hatte!

Er lief den Weg an der Brandungsmauer entlang und erreichte endlich die Absperrung. Wie ein Gefangener, der kurz vor einer unerwarteten Entlassung steht, umklammerte er die Stäbe. Er hatte es fast geschafft!

Sprotte sah sich das Gitter genauer an und fand, dass die wenigen Querstreben, die zwischen den Stäben eingezogen waren, einen ganz praktischen Eindruck machten. Er versuchte sein Glück und setzte seinen Fuß auf die erste erreichbare Strebe, wie auf die Sprosse einer Leiter. Es funktionierte.

Er glaubte, über das Tor zu fliegen! Nichts konnte ihn mehr aufhalten! Binnen Sekunden hatte er die Spitze erklommen und war auf der anderen Seite wieder heruntergestiegen.

„Und jetzt nach Hause!", freute er sich.

Irgendwo bellte ein Hund.

„Hey! Was machst du da?", rief eine laute Stimme. Der Ton war barsch und unfreundlich.

„Nichts!", antwortete Sprotte. „Ich will nur nach Hause."

Die Stimme kam samt Hund auf ihn zu. Eine Taschenlampe leuchtete ihm ins Gesicht und blendete ihn. Er hob eine Hand und deckte seine Augen gegen das grelle Licht ab.

„Würden sie bitte mal die Lampe runter nehmen?", sagte er. Wenn das wieder Robert Blankenburg war, würde er wahrscheinlich gleich einen Schreikrampf bekommen.

„Was hast du dich zu dieser Zeit hier herumzutreiben?",

sagte die Stimme. „Und dann auch noch über den Zaun klettern? Bist wohl von allen guten Geistern verlassen!"

„Hören sie", sagte Sprotte. „Das ist ein Missverständnis. Ich habe da überhaupt nichts angestellt und möchte jetzt wirklich nur nach Hause."

Er versuchte, an dem Mann vorbeizugehen, doch der packte ihn kurzerhand an der Schulter.

„Nicht so schnell, Freundchen. Schön hiergeblieben!"

Ein Seufzen entfuhr ihm. Er ahnte, dass er diesen Menschen nicht loswerden würde.

„Ich glaube, du bist eher ein Fall für die Polizei, Bürschchen!"

„Nicht schon wieder!" Sprotte stöhnte. „Sie wollen mich jetzt nicht zur Wache bringen, oder?"

„Selbstverständlich!", beharrte der Mann und sein Hund knurrte leise. „Die werden dir schon beibringen, dass man Verbotsschilder nicht einfach ignoriert und hier mitten in der Nacht herumlungert!"

„Na, die werden sich aber freuen ...", sagte er.

Kapitel 12
Der zweite Hinweis

In der Polizeiwache saß Robert Blankenburg und starrte das Telefon an. Jeden Moment musste es klingeln, da war er sich zu eintausend Prozent sicher. Es ging gar nicht anders. Er hatte aus verlässlicher Quelle erfahren, dass dieser Punker eine Party gab.

Mittlerweile war es schon deutlich nach 22:00 Uhr. So allmählich musste der Anruf wegen Ruhestörung bei ihm ankommen. Das war nur eine Frage der Zeit.

Nervös trommelte er mit den Fingern auf der Schreibtischunterlage. Sein Knie schmerzte und neben ihm türmte sich ein Aktenstapel, den er eigentlich während dieses Nachtdienstes durcharbeiten wollte. Aber das war, bevor er von der Party erfahren hatte.

„Komm' schon", sagte er leise und ließ das Telefon keine Sekunde aus den Augen. „Zier dich nicht so ..." Das Geräusch einer sich öffnenden Tür unterbrach seine Beschwörungsformel.

Er sah zur Uhr. So spät war es schon?

Sofie Bartels erschien mit einem undefinierbaren Gesichtsausdruck in seinem Büro. „Chef? Ich glaub, das sollten sie sich besser mal ansehen", sagte sie.

„Was ist denn?", fragte Blankenburg, doch seine Untergebene war direkt wieder verschwunden.

Als er an den Empfangstresen trat, bot sich ihm ein unerwarteter Anblick. Deshalb hatte die Bartels also so seltsam geguckt.

Vor dem Tresen stand der schmutzigste und verdreckteste Junge, der ihm in den letzten Jahren untergekommen war. Sogar das Gesicht war derart verschmiert, dass seine Züge kaum zu erkennen waren. Eigentlich schon ein Verstoß gegen das Vermummungsverbot, dachte er.

„Guten Abend", wurde er von einem Mann mit einem schwanzwedelnden Hund begrüßt.

Blankenburg musterte ihn kurz und kam zu dem Schluss, dass ihm diese Person gänzlich unbekannt war.

„Ich habe diesen Jungen hier aufgegriffen", erklärte der Mann eifrig. „Ich war noch mit Ladislaus im Kringel Gassigehen und wie wir fast am Ende des Weges angekommen waren, taucht aus dem Dunkel plötzlich dieser Lausejunge hier auf. Kommt mir nichts dir nichts vom Klippenkontrollweg daher und klettert über das Gittertor!"

„Aha", sagte Blankenburg und wandte sich an den Jungen. „Und was hast du dazu zu sagen?"

„Ich möchte Anzeige erstatten!"

„Wie bitte?" Blankenburg traute seinen Ohren nicht. Außerdem kam ihm die Stimme irgendwie bekannt vor und löste eine ungute Vorahnung in ihm aus.

„Und weswegen, wenn die Frage gestattet ist?"

Der Junge begann an den Fingern abzuzählen: „Nötigung, tätlicher Angriff, versuchte Körperverletzung, Entführung und Misshandlung. Und das alles innerhalb der letzten zwei Stunden."

„Sag mal, willst du mich auf den Arm nehmen?" Blankenburg stockte. Er kniff die Augen zusammen und musterte den Jungen. „Augenblick mal …", sagte er und verschwand nach hinten. Einen Moment später kam er mit einem nassen Handtuch zurück und warf es über den Tresen.

„Mach dich mal sauber!", sagte er.

Der Junge rubbelte sich durch das Gesicht, bis das eben noch hellblaue Handtuch komplett mit rotbraunem Dreck verschmiert war.

„Du bist das!", schnauzte Blankenburg Sprotte an, als er ihn endlich erkannte. „Hatte ich dich nicht gewarnt, dass es Ärger gibt, wenn du noch einmal hier auftauchst?"

„Das war dieses Mal wohl kaum meine Idee, oder?!", schnauzte Sprotte zurück.

Blankenburg starrte ihn entgeistert an. Was war denn das für ein Ton?

„Jetzt hör mir mal zu, Freundchen! Wenn das hier ein Scherz sein soll, dann bist du eindeutig zu weit gegangen!"

Entschieden schüttelte Sprotte den Kopf. Er warf das verdreckte Handtuch beiseite und klopfte sich demonstrativ die Kleider ab. Dreck rieselte auf den besenreinen Fußboden der Wache. „Ich habe mich wohl kaum so eingesaut, damit ich ihnen eine spannende Geschichte erzählen kann. Oder?"

Sprotte wartete die Antwort nicht ab, sondern legte umgehend los. Er erzählte alles, was er und Finn in den letzten Tagen herausgefunden hatten. Ausführlich erklärte er dem Polizeichef den Zusammenhang zwischen der Einbruchserie und dem Silvestereinbruch beim Juwelier. Dann berichtete er, was ihm in dieser Nacht widerfahren war. Die Verfolgungsjagd, seine Entführung und seine Flucht durch die Bunkeranlagen. Als er geendigt hatte, sah er erwartungsvoll auf. Doch sein Blick traf nur auf Zweifel und Skepsis.

„Und das soll ich dir glauben?", sagte Blankenburg.

„Also ich konnte in der Erzählung keine logische Lücke erkennen", sagte der Mann mit dem Hund, verstummte aber sofort, als er Blankenburgs Blick begegnete.

„Chef, ich glaube, wir sollten uns das wirklich einmal näher ansehen. Der Junge denkt sich sowas doch nicht nur aus …"

„Und ob, Frau Kollegin!", beharrte Blankenburg und verschränkte die Arme vor der Brust. „Und wenn sie mehr Erfahrung hätten, wüssten sie das. Aber keine Sorge, diese Art Menschenkenntnis erwerben sie mit der Zeit von ganz alleine." Gönnerhaft nickte er der jungen Beamtin zu und wandte sich dann wieder an Sprotte.

„Und jetzt zu dir: Deine Geschichte ist völlig unglaubwürdig und nur ein weiterer Versuch sich wichtig zu machen und mir auf die Nerven zu gehen. Aber ich will mal nicht so sein ..."

„Sie wollen mal nicht so sein?", blaffte Sprotte ihn an. „Was muss denn noch passieren, damit sie mir glauben? Muss jemand verletzt werden? Muss ich ihnen die Täter gefesselt vor die Füße legen? Sie würden es wohl auch dann nicht glauben, wenn ich mit der Beute hier reinkäme. Nein! Sie wären sogar im Stande und würden mir den Einbruch aus der Silvesternacht anhängen!"

Nur das Summen der Deckenbeleuchtung war noch zu hören. Ladislaus legte mit einem fiependen Geräusch die Ohren an und zog sich hinter die Beine seines Herrchens zurück.

„Ich tu jetzt einfach mal so, als hätte ich das alles nicht gehört", sagte er. „Ich glaube deine Geschichte nicht, also ist das mit der Absperrung auch kein Thema. Du kannst also gehen. Aber ich warne dich: Beim nächsten Mal hast du richtig Ärger am Hals! Die Zelle kennst du ja schon!"

„Gibt es nicht auch ein Gesetz, nach dem sie bei einer gemeldeten Straftat ermitteln müssen?", fragte Sprotte.

Blankenburg spürte, wie ihm kochend heißes Blut in den Kopf stieg. Seine Hand quetschte einen Kugelschreiber. „Wenn sie den jungen Mann bitte hinausbegleiten würden Frau Bartels", sagte er mit bebender Stimme.

Die junge Polizistin umrundete den Tresen. „Es ist besser, wenn du jetzt gehst", sagte sie und nahm Sprotte bei der Hand. „Geh duschen, schlaf dich aus ... Morgen erscheint alles in einem anderen Licht."

Mit dem Jungen verschwanden auch der Mann und sein Hund. Als Sofie Bartels wieder an den Tresen trat, warf Blankenburg ihr einen giftigen Blick zu.

„Mussten sie auch noch mit ihm Händchen halten?"

„Ich weiß, dass sie das nicht hören wollen, Chef, aber der Junge hat nicht ganz unrecht. Sollte an seiner Geschichte etwas dran sein, kann das ein Problem für sie werden. Abgesehen davon, dass das die besten Hinweise zur Auflösung des Silvesterfalls sind, die wir in all den Monaten hatten."

Blankenburg richtete sich auf. „Diesen Blödsinn können sie unmöglich glauben. Eine Flucht durch die Bunkeranlagen? Nur zu ihrer Information: Die wurden vor über siebzig Jahren gesprengt! Da ist nichts mehr von übrig! Vielleicht waren früher noch einzelne Schächte zugänglich, aber garantiert keine Stollen, wie der, durch den unser Märchenerzähler entkommen sein will. Unfug!"

Schulterzuckend ging Sofie Bartels zur Kaffeemaschine und füllte ihren Becher auf. Das würde noch eine lange Nacht werden.

Sprotte stand mit pochenden Halsschlagadern vor der Wache und sah zu, wie Ladislaus und sein Herrchen ihren Spaziergang fortsetzten.

Dieser Blankenburg war so ein Idiot! Der Mann brachte es glatt noch fertig, Sprottes sehnlichsten Wunsch, selbst Polizist zu werden, ins Wanken zu bringen.

„Vielleicht sollte ich lieber Jura studieren und zur Staatsanwaltschaft gehen", sagte er leise knurrend und betrachtete das kleine, verstärkte Stück Papier in seiner Hand. Sofie Bartels hatte ihm auf dem Weg nach draußen ihre Visitenkarte zugesteckt.

Wenigstens etwas, dachte er.

Er sah an sich herunter und rieb die Hände aneinander. Kleine, schwarze Krümel rieselten herab. Die Aussicht auf eine Dusche war mehr als verlockend! Aber soweit musste er erst einmal kommen!

Wie ein Frontsoldat hinter feindlichen Linien schlich er über das nächtliche Helgoland. Nach einer gefühlten Ewigkeit gelangte er ohne weitere Vorkommnisse nach Hause.

Als Sprotte sah, dass die Party auf der Terrasse noch in vollem Gange war, fiel ihm eine zentnerschwere Last von den Schultern. Selbst wenn Asger und Arne hier aufgetaucht waren, hatten sie nichts ausrichten können. Kein Wunder, grinste Sprotte stillvergnügt. Mit dieser Horde Piraten würde er sich als Einbrecher auch nicht anlegen!

Im allgemeinen Trubel blieb seine Rückkehr ebenso unentdeckt, wie sein Zustand. Leise schlich er sich in den ersten Stock und stellte sich unter die Dusche. Als er endlich im Bett lag, fiel er sofort in einen dumpfen und tiefen Schlaf.

Der folgende Tag begann geradezu atemberaubend normal. Nach einer kurzen und von heftigen Alpträumen zerstörten Nacht, wachte Sprotte auf, frühstückte und packte seine Sachen für den Strand zusammen.

Schnell machte er einen Abstecher in den Kurpark, um sein Smartphone aus dem Versteck zu holen und dann auf die Düne zu fahren.

Er brauchte den Sand unter seinen Füßen, die Weite des Strandes und des Meeres, ganz zu schweigen von einem grenzenlos hohen Himmel über ihm.

Und er brauchte Zeit für sich.

Die letzte Nacht hatte ihn unendlich viel Kraft gekostet. Die Verfolgung durch die beiden Männer, die Entführung, die Demütigung, gefesselt und geschlagen zu werden.

Allein der Bunker und seine Flucht durch die finsteren Schächte und Stollen hatten ihm unermesslich viel abverlangt. Sprotte versuchte, sich im Strandkorb in eine Position zu bringen, in der er seine diversen Prellungen und Abschürfungen nicht zu sehr spürte. Er hatte Herzklopfen und ein vorbeigehender Schatten reichte, um ihn aufschrecken zu lassen.

Erst bei der Suche nach Donnerkeilen beruhigte er sich etwas und im Strandkorb nickte er irgendwann endlich ein. Doch der Schlummer war nur von kurzer Dauer. Ein plötzlicher Kälteschock auf seinem nackten Bauch ließ ihn fluchend auffahren.

Für einen Moment wich ihm alle Farbe aus dem Gesicht und seine Miene verzerrte sich dermaßen, dass Finn erschrocken einen Schritt zurückmachte.

„Hey! Beruhig dich! Ist nur ein Eis!", sagte er.

Sprotte stand schwer atmend vor ihm. „Mann hast du mich erschreckt!", gestand er.

„Das sehe ich. Du liebe Güte … Was ist denn los?"

Sie setzten sich in den Strandkorb und aßen ihr Eis, während Sprotte von seinem Abenteuer in der letzten Nacht berichtete.

„Ist das krass!", sagte Finn zum ungefähr zwanzigsten Mal, als Sprotte fertig war. „Kein Wunder, dass du heute Morgen nicht zu Hause warst."

Sprotte schluckte. Das hatte er in der Aufregung ganz vergessen. Sie waren ja verabredet gewesen! Gleich nach dem Frühstück hatten sie den Pinneberg auf Hinweise untersuchen wollen.

„Und du warst wirklich im Bunker?", fragte Finn begeistert. „Hammer! Das war vielleicht sogar die alte Batterie ‚von Schröder'! Dass da was übrig geblieben ist!"

„Finn … Ich wurde verfolgt, entführt und geschlagen", sagte Sprotte und sah seinen Freund schief an. „Das war kein Abenteuertrip, den das Tourismus-Büro organisiert hat!"

„Nein, natürlich nicht", sagte Finn. Unruhig trommelte er mit den Fingern auf der Lehne des Strandkorbs. „Ich mein ja nur … Und du weißt wirklich nicht, wo sie dich in den Bunker reingebracht haben?"

„Hallo? Gewürgt? Bewusstlos? Ich hab doch gesagt, dass

ich erst in diesem alten Operationsraum oder Lazarett oder was das war, aufgewacht bin. Keine Ahnung, wo es da noch einen Eingang gibt … Und selbst wenn. Mich kriegen da keine zehn Pferde wieder runter."

„Mist, mist, mist", murmelte Finn. „Aber ein gutes hat die Sache: Du weißt jetzt definitiv, dass du mit allem Recht hattest."

„Na toll", sagte Sprotte. „Eine einfache Textnachricht hätte mir auch gereicht."

„Und du kannst sie wiedererkennen. Mann, das ist echt ein Ding. Tüm hoog!, mein Freund! Das muss dir erst einmal einer nachmachen. Der einzige Nachteil dabei ist…"

„… dass der oberste Polizist hier ein absoluter Volltrottel ist!"

Finn grinste. „Jaah, das klingt ganz, als wäre da eine Freundschaft fürs Leben entstanden!"

Sprotte stand auf und ging ein paar Schritte. Er stemmte die Hände in die Taschen seiner Badeshorts und ließ seine Gedanken über das Meer schweifen.

„Ich muss das zu Ende bringen", sagte er und drehte sich zu Finn um. „Die lassen mich sonst nicht mehr in Ruhe. Sie werden todsicher wieder versuchen, mich zu schnappen. Und dieser Asger wird mir nicht glauben, wenn ich behaupte, dass ich nichts weiter weiß."

„Und wenn du diese Polizistin anrufst? Die könnte vielleicht helfen."

„Ja, aber nur, falls sich eine weitere Gelegenheit ergibt, irgendein konkreter Anlass, verstehst du? Wenn ich die einfach so anspreche, dann fängt Blankenburg sie gleich wieder ein."

„Wahrscheinlich", brummte Finn.

„Du musst nicht weiter mitmachen, wenn du nicht willst", sagte Sprotte nach einer kurzen Pause und sah seinen Freund nachdenklich an.

Überrascht sah Finn auf. „Was soll das denn heißen?"

„Die Sache wird langsam gefährlich. Das hat die letzte Nacht gezeigt. Ich habe da keine Wahl mehr, aber ich kann ja schlecht von dir verlangen, dass du dich deswegen derselben Gefahr aussetzt."

„Die haben dir doch erzählt, dass sie dich bei uns in der Werkstatt gesehen haben. Also haben sie mich vielleicht auch schon auf dem Kieker. Außerdem kannst du einen Bodyguard gerade ganz gut gebrauchen, oder?"

Sprotte lächelte und sie klatschten sich ab.

„Ich lasse doch niemanden hängen, der mit mir ‚Wellenducken' spielt", sagte Finn. „Außerdem hätte ich große Lust, Blankenburg so richtig einen reinzuwürgen."

„Dein Vater ist immer noch nicht raus?"

„Nein. Der Anwalt ist stinksauer und spricht schon von Polizeiwillkür und Justizskandal. Ich bin also dabei, nur mit einer kleinen Einschränkung."

„Lass mich raten: Du bist wieder zur Arbeit eingespannt."

„So ist es." Finn sah auf seine Uhr. „Ich muss mit dem nächsten Boot rüber. Der Pinneberg gehört dir also ganz alleine. Aber wir können uns heute Abend noch einmal in der Werkstatt treffen. Vorausgesetzt, du lässt dich vorher nicht wieder entführen."

Sprotte lächelte matt. „Abgemacht", sagte er.

Mit verkniffenem Blick stand Asger Mortensen neben der Treppe zum Unterland und schaute auf die Reede. Seine Nasenflügel bebten und das Zucken in den Schultern konnte er kaum noch unterdrücken.

Dieser Bengel trieb ihn zur Weißglut! Der hatte sie gestern schön in die Irre geführt! Er hatte gewusst, dass sie an diesem Abend nicht ohne weiteres an die Karte herankommen würden. Stattdessen hatte er sie noch aufgestachelt. „Morgen geht die Karte an die Polizei ..."

Und dann war er verschwunden ...

Das würde der Bengel büßen! Rache war süß und in dieser Hinsicht konnte Asger eine richtige Naschkatze sein.

Auf dem Weg hierher wäre er dem Jungen fast in die Arme gelaufen, als der den Steanacker herunterkam und zur Treppe ging. Für einen kurzen Moment war er versucht, die Verfolgung aufzunehmen und ihn sich sofort vorzuknöpfen. Aber es waren zu viele Leute da.

Am Vorabend hatte der Bengel durchaus Nerven bewiesen. Asger fragte sich immer noch, wie lange er wohl gebraucht hatte, um sich zu befreien. War er am Ende sogar so schnell gewesen, dass er den Bunker über die Leiter verlassen hatte, bevor Arne und er wieder zurück waren? Wahrscheinlich, denn einen anderen Ausgang gab es nicht.

Eine volle Stunde hatten sie anschließend damit zugebracht, das Oberland nach dem Bengel abzusuchen. Ohne Erfolg. Irgendwann war es zu dunkel gewesen und das Licht des Leuchtturms war bei einer Suchaktion auch keine große Hilfe. Doch das würde ihm nicht noch einmal passieren.

Asger drehte sich um und ging in das Geschäft gegenüber. Im Schaufenster befanden sich neben Uhren und Messern auch diverse Ferngläser und Fernrohre. Hier war er richtig.

„Haben sie Nachtsichtgeräte?", fragte er den Verkäufer.

„Selbstverständlich", kam die Antwort wie aus der Pistole geschossen. Aber das Lächeln, das damit einherging, erstarb, als es auch nach einigen Augenblicken nicht erwidert wurde. Asger war nicht hier, um Freundschaften zu schließen.

„Wir haben verschiedene Modelle vorrätig. Möchten sie eines, das eher als Fernrohr zur Naturbeobachtung dient? Oder benötigen sie eines mit Kopfhalterung, damit sie die Hände freihaben?"

Asger ließ sich beide Varianten zeigen. Das Modell mit der Kopfhalterung gefiel ihm besonders. Sein Gesicht zuckte, als er sich vorstellte, wie er den Jungen bei absoluter Dunkelheit erneut packte. Wie er einfach nur dastehen und beobachten konnte, wie das Bürschchen ahnungslos und ohne jede Chance sich zu wehren, auf ihn zu kam. Und dann ...

Aber so dicht würde er in nächster Zeit vielleicht gar nicht an ihn herankommen. „Wie sieht es mit der Vergrößerung bei diesem Gerät aus?", wollte er wissen.

„Die steht bei diesen Modellen nicht so im Vordergrund", sagte der Verkäufer. „Es gibt nur einen zweifachen digitalen Zoom. Das andere hier bietet zumindest eine dreifache Vergrößerung." Er deutete auf das daneben liegende Gerät, das Ähnlichkeit mit einem kurzen Fernrohr hatte. „Es gibt selbstverständlich Modelle, die hier deutlich mehr zu bieten haben. Allerdings vervielfacht sich dadurch nicht nur der Zoom, sondern leider auch der Preis. Und wir müssten sie bestellen."

Asger grunzte und überlegte. Das Fernrohr würde ihm gute Dienste leisten, wenn er den Jungen abends beobachtete. Und dass der sich in der Dunkelheit weiter draußen herumtreiben würde, daran hegte er keinen Zweifel. Er würde ihn nicht aus den Augen lassen.

Er nahm das andere Nachtsichtgerät in die Hand und setzte es probehalber auf. Perfekt!, dachte er. Der Bengel hatte keine Chance mehr! Und er, Asger, würde es genießen! Oh ja, das würde er!

„Ich nehme beide", sagte er schließlich und holte eine Handvoll loser Geldscheine hervor.

Kaum hatte Finn sich auf den Weg gemacht, da spürte Sprotte schon, wie die Unruhe erneut von ihm Besitz ergriff. Wieder einmal flogen die Gedanken wie Flipperkugeln durch seinen Kopf. Die beiden Einbrecher kannten ihn jetzt. Und sie wussten, wo er wohnte. Waren seine Entführer vielleicht gerade hier am Strand? Beobachteten sie ihn?

Langsam ließ Sprotte seinen Blick über den Nordstrand gleiten und überall dort halten, wo sich nur eine oder zwei

Personen aufhielten. Die Gangster konnte er allerdings nicht ausmachen. Ein Prickeln ging durch seine Finger und er rieb die Hände aneinander. Doch es half nichts. Das seltsame Gefühl erfasste seinen ganzen Körper und ließ ihn erschauern.

Weiter zu warten ergab keinen Sinn.

Er packte seine Sachen zusammen und machte sich auf den Weg zum Anleger.

Als er mit der ,Witte Kliff' übergesetzt und endlich das Oberland erreicht hatte, beschleunigten seine Schritte sich von ganz alleine. Angetrieben von seiner Neugier lief er den Klippenrandweg und die Kartoffelallee entlang und grübelte.

Wo konnte der Hinweis sich verbergen? Wo würde er etwas verstecken? Und zwar so, dass er es wiederfinden konnte, und ohne, dass jemand anderes zwischenzeitlich darüber stolperte? Außer der Aussicht gab es dort oben nicht viel. Nur Gras, roten Fels, ein paar alte Betonplatten - und das Gipfelkreuz!

Sprotte fühlte sich wieder, als hätte man ihn kurzzeitig unter Strom gesetzt! An dem Gipfelkreuz war ein kleiner Kasten angebracht. Klappte man diesen auf, befand sich ein „Gipfelbuch" darin. Oder besser gesagt: Es sollte sich darin befinden. Laut Onkel Matti, wurde es gerne als Souvenir mitgenommen.

Aber das Fach war auch über und über mit Aufklebern versehen. Vielleicht fand sich dort etwas! Er wurde noch schneller. Die letzten fünfzig Meter lief er.

Oben angekommen traf er auf einen Familienvater mit zwei Töchtern im Grundschulalter. Das war vielleicht gar nicht schlecht, dachte Sprotte. Solange er nicht alleine war, konnte er sich wenigstens halbwegs sicher fühlen. Und für seine Suche stellten die drei kein Hindernis dar.

Während der Vater verzückt den Ausblick genoss, war vor allem das kleinere der beiden Mädchen wenig von der Situation angetan.

Es saß kurz vor dem Gipfelkreuz auf einem Stein und blies sich gelangweilt eine zauselnde Haarsträhne aus dem Gesicht, während zwei kleine Füße abwechselnd rotierten oder scharrend durch die rote Erde glitten.

Das Mädchen richtete seine blauen Augen mit einem steinerweichenden Blick auf den Vater. Aber der reagierte nicht einmal annähernd so, wie die Kleine es sich wohl vorgestellt hatte.

„Schau doch mal Schatz, wie schön es hier ist", sagte der Vater und lächelte.

„Gar nicht!", gab das Mädchen pampig zurück.

„Und guck doch, die ganzen tollen Vögel, die hier herumfliegen. Wo sieht man sowas denn sonst?"

„Alles Vogelkacke!", maulte die Kleine und verschränkte schmollend die Arme vor der Brust. „Ich will wieder an den Strand!"

„Morgen, mein Schatz", sagte der Vater milde. „Morgen."

Sprotte machte einen Bogen um das kleine Mädchen. Aus dem Augenwinkel sah er, dass sich weitere Besucher näherten. Am Klippenrandweg schlug ein Pärchen den Weg in Richtung Aufstieg ein.

Er trat an das Gipfelkreuz heran und öffnete den Kasten. Das Buch lag tatsächlich darin! Aber als er es aufblätterte, stellte er fest, dass der erste Eintrag von Ende April war und ihm damit nicht weiterhalf.

„Rock 'n' Roll Butterfahrt! Bestes Festival der Welt am besten Ort der Welt! Ich komme wieder!" Darunter eine unlesbare Unterschrift. Sprotte grinste. Das würde Onkel Matti sicherlich gefallen.

Das Buch enthielt den Hinweis also nicht. Auch die Aufkleber innerhalb des Kastens gaben nichts her. Außerdem erschienen diese so dick, dass man getrost von mehreren Lagen ausgehen konnte. Viele der Sticker waren überklebt und Sprotte ging davon aus, dass der Professor diesen Umstand mitberücksichtigt hätte.

Aber wo könnte hier sonst etwas versteckt sein? Das Einzige, das hier unveränderlich war, war tatsächlich das Gipfelkreuz. Nachdenklich rieb er sich das Kinn und überlegte, wie der Professor bei dem ersten Hinweis vorgegangen war.

Der war nicht direkt an der Stehle versteckt gewesen, sondern in der Nähe. War das hier ähnlich? Sprotte untersuchte die unmittelbare Umgebung des Gipfelkreuzes und hielt vor allem nach einem Kronkorken Ausschau. Vielleicht war das so eine Art Markenzeichen. Man konnte ja nie wissen.

„Entschuldige", sagte plötzlich jemand zu ihm. „Könntest du so nett sein, und ein Foto von uns machen?"

Es war das Touristenpärchen, das er gesehen hatte. Ein freundliches Lächeln streckte ihm ein Smartphone entgegen.

„Natürlich", sagte er. „Mit dem Gipfelkreuz und der Düne im Hintergrund?"

„Ja, das ist eine gute Idee!"

Die beiden stellten sich auf den großen Betonplatten auf und Sprotte machte ein oder zwei Fotos, war mit dem Ergebnis aber nicht ganz zufrieden.

„Ich gehe mal auf die andere Seite, dann steht ihr in einem schöneren Licht", sagte er. „Und vielleicht fotografiere ich auch von etwas weiter unten."

Er huschte auf die andere Seite und ging etwa zwei Meter den Weg hinab. ‚Viel besser!', dachte er und drückte ein paar Mal auf den Auslöser.

Als er das Smartphone wieder sinken ließ, erstarrte er für einen Moment. Sein Positionswechsel hatte nicht nur den Bildausschnitt für das Foto verändert. Auch er selbst sah alles aus einer ganz anderen Perspektive!

Und aus dieser sah er die offenen Röhren, auf denen der Kasten des Gipfelkreuzes ruhte!

Er gab das Telefon zurück und bekam das „Danke schön" des Pärchens kaum noch mit. Er ging wieder zum Kreuz und ertastete den Hohlraum der ersten Röhre. Nichts. Die zweite Röhre.

Sprotte zuckte zusammen, als hätte er einen Stromschlag erhalten! Seine Finger berührten etwas Hartes, einen festen Gegenstand!

Aber es war eine ziemliche Fummelei, an den Inhalt der Röhre heranzukommen. Bei den ersten zwei oder drei Versuchen schob er, was auch immer es war, nur noch tiefer hinein.

Schließlich bastelte er sich aus etwas Gestrüpp eine Art Haken zusammen. Mit einem schabenden Geräusch zog er eine weitere Zigarrenröhre hervor!

Das berauschende Gefühl des Triumphes durchströmte ihn wie eine warme Welle. Jubelnd reckte er seinen Fund in der geballten Faust in die Höhe und machte einen Luftsprung! „Tüm hoog!", sagte er laut.

Er ignorierte die fragenden Blicke der Familie und öffnete die Zigarrenröhre. Sie war etwas eingerostet und das Aufschrauben erforderte mehr Kraft als bei der Ersten. Mit einem zufriedenen Grinsen holte er ein weiteres, kleines Stück Papier hervor.

Der zweite Hinweis!

Sprotte schoss ein Foto und schickte es mit einem kurzen Kommentar an Finn:

„Ab wann kann ich vorbeikommen?"

Als Sprotte am späten Nachmittag die Werkstatt betrat, wedelte er triumphierend mit dem kleinen Stück Papier, das er auf dem Pinneberg gefunden hatte.

„Tüm hoog!", sagte Finn und spuckte ein paar Chipskrümel durch die Gegend. Schnell hielt er die Hand vor den Mund. „Deshalb soll man also nicht mit vollem Mund reden."

„Ja, wäre sonst Verschwendung", sagte Sprotte breit

grinsend und trat an die Pinnwand heran, an der immer noch ihre Ergebnisse vom letzten Mal hingen.

Mit einem Anflug von Theatralik heftete er den kleinen Zettel unter die Überschrift ‚Entfernung‘. Mit beiden Händen deutete er darauf und rief: „Tadaaaaa! Hinweis Nummer zwei!“

Finn trat heran und las laut vor:

„An der Heimstatt tanzt der Pirat 11,64 weit,

an Backbord tanzt der Pirat 14,54 weit.

Tja, jetzt ist tatsächlich nur noch die Frage, in welcher Maßeinheit diese Strecke angegeben ist. Dazu sagt er hier ja mal wieder gar nichts. Genau derselbe Murks, wie bei den Richtungsangaben.“

„Nicht ganz“, sagte Sprotte. „Hier hilft die Karte weiter. Wenigstens ein bisschen.“

„Ach ja?“

„‚Er misst soweit, wie der Likedeeler tief‘. Es wird also kein Maß sein, das wir normalerweise verwenden würden.“

„Hmmm … Die Likedeeler waren Piraten, die hier auf unserer Insel gelegentlich mal Halt gemacht haben. Du hast bestimmt schon mal von Klaus Störtebeker gehört.“

Sprotte sah ihn scheel an. „Hallo? Ich bin Hamburger! Natürlich kenne ich Störtebeker! Mach lieber den Rechner an, ich glaube, wir brauchen den ultimativen Besserwisser.“ Surrend fuhr der altertümliche Büro-PC hoch. „So! Online und da ist auch schon unsere Suchmaschine. Was wären wir nur ohne das Internet?“

Sprotte spürte einen leichten Stich in der Magengrube. Eine Welt ohne das World Wide Web wollte er sich nicht einmal vorstellen. „Gib mal ‚Tiefenmessung‘ ein. Mal sehen, was da kommt.“

Das Ergebnis war schnell und ergiebig. Wie bei ihrer

ersten Suche wählte Finn den Eintrag des Online-Lexikons aus, der sie dieses Mal zur ‚Lotung von Meeresböden' führte. Schon beim Überfliegen des Textes fanden sie das Handlot und die Einheit „Faden".

„Das muss es sein", sagte Finn. „Ich hab schon mal gehört, dass Meerestiefen in Faden gemessen werden. Hier, ein Faden ist ein Fuß und der wiederum misst 1,828 Meter!"

„Nicht so schnell", sagte Sprotte und bremste die Begeisterung seines Freundes. „Sieh mal, die Bezeichnung ‚Faden' ist auch noch einmal mit einem Link versehen."

Ein weiterer Klick und es erschien ein Artikel über den ‚Nautischen Faden'. Und mit ihm eine Liste mit unterschiedlichen Angaben!

„Das ist ja gleich ein ganzes Knäuel!", beschwerte Finn sich. Sprotte pflichtete ihm innerlich bei. Da gab es einen preußischen Faden, einen französischen, einen holländischen, einen portugiesischen und schwedischen, ja, sogar einen neapolitanischen Faden!

„Und welcher ist nun unserer?"

„Der hier", sagte Sprotte entschieden. „Der ‚Hamburger Faden' mit einer Länge von nur 1,7189 Metern."

„Warum gerade der?"

„Wie du richtig festgestellt hast, waren die Likedeeler Piraten und Störtebeker war der bekannteste von ihnen. Und der wird meistens mit Hamburg in Verbindung gebracht. Wir haben ihm ja sogar ein Denkmal gesetzt."

„Das leuchtet ein." Finn rieb sich die Hände. „Also, das mit dem Faden, nicht das mit dem Denkmal. Dann müssen wir die Werte nur noch umrechnen!"

Dank Taschenrechner-App war diese Herausforderung in null Komma nichts bewältigt.

„Da hätten wir's!", sagte Finn und strahlte über das ganze Gesicht. „20 und 25 Meter! Tüm hoog!"

„Bleibt noch der ‚Tanzende Pirat'." Sprotte ließ sich auf dem Besucherstuhl nieder und rieb sich grübelnd das Kinn.

Es war wie verhext! Bei dieser Frage wollte ihm einfach keine zündende Idee einfallen. Aber ohne den Ausgangspunkt kamen sie nicht weiter. Und er würde diese beiden Gangster nicht abschütteln können.

Unruhig stand er wieder auf und begann, auf und ab zu gehen, während Finn der Chipstüte den Garaus machte.

„Gab es vielleicht mal eine Hinrichtungsstätte auf Helgoland?"

„Wieso? Meinst du, die haben früher bei sowas getanzt?"

„Nein, aber ein Pirat, der am Galgen hängt und zappelt, sieht vielleicht aus, wie einer, der tanzt. Das würde dann passen."

„Manchmal hast du einen eigenartigen Humor", sagte Finn. „Aber nein, nicht, dass ich wüsste."

Sprotte gab ein Grummeln von sich. „Man könnte es auch wörtlich nehmen. Wo haben denn die Piraten hier getanzt? Also, wenn sie getanzt haben?" Er überlegte kurz und verwarf den Gedanken wieder. „Nein, das passt auch nicht. Störtebekers Hinrichtung ist jetzt mehr als sechshundert Jahre her. Selbst wenn so ein Ort überliefert wäre, da stünde heute was ganz anderes ... Aber was um alles in der Welt konnte es sonst sein?"

Das Piepen seines Handys riss ihn aus seinen Gedanken und seiner Ratlosigkeit. Onkel Matti hatte ihm eine Textnachricht geschickt.

„Dieses Mal muss ich los", sagte er unvermittelt und lächelte.

„Oh, ist was passiert?"

„Wie man's nimmt", sagte Sprotte und hielt Finn das Display hin.

„'Lina und Olli haben noch einmal Knieper organisiert'", las Finn vor. „'In einer Stunde bei uns zu Hause oder du kriegst nichts ab!' Tja, sieht so aus, als hättest du keine Wahl. Du elender Glückspilz! Weißt du, wann ich das letzte Mal Knieper hatte?"

Sprotte lief am Krankenhaus vorbei aufs Oberland und durch das allmählich nachlassende Getümmel rund um den Fahrstuhl. Als er die Haustür aufschloss, duftete es im Haus bereits nach frischem Brot und aus dem Wohnzimmer erklang fröhliches Lachen.

Grinsend steckte Onkel Matti seinen Kopf heraus. „Wusste ich's doch, dass ich dich mit Kniepern zeitig nach Hause locke!"

Für die nächsten zwei Stunden vergaß Sprotte alles, was mit Schatzkarten, Entführungen oder ‚Tanzenden Piraten' zu tun hatte. Die immer wiederkehrende Herausforderung, widerspenstige Krebsscheren zu knacken, lenkte ihn ab und schließlich gab er sich ganz dem Genuss seiner Beute hin.

Als Lina und Olli sich wieder auf den Weg machten, zog Sprotte auf die Couch um. Zufrieden reckte und streckte er sich und ließ ein lautes Gähnen hören.

„Wollen wir mal nach einer neuen Serie gucken?", fragte Onkel Matti.

„Können wir machen. So spät ist es ja noch nicht."

Onkel Matti warf einen Blick auf seine nackten Handgelenke. „Keine Ahnung ... Irgendwie finde ich meine Armbanduhr nicht. Weißt du zufällig, wo die abgeblieben ist?"

Sprotte schüttelte den Kopf, dann zuckte etwas in ihm zusammen. Ruckartig setzte er sich auf.

„Seit wann fehlt sie dir?", fragte er.

„Weiß nicht ... Gestern hatte ich sie noch. Heute Morgen dachte ich, sie auf meinem Nachttisch gesehen zu haben. Dann war ich am Vormittag unterwegs ... Und mittags war sie plötzlich verschwunden."

Binnen Sekundenbruchteilen trocknete Sprottes Mund aus und seine Zunge verkam zu einem unförmigen Klumpen. Er sprang auf und rannte die Treppe nach oben in sein Zimmer.

Hektisch holte er den grünen Schuber mit dem ‚Herrn der Ringe' hervor und kippte den Inhalt auf sein Bett.

Die Karte war weg!

Sprotte wurde von einem Moment auf den anderen schlecht und fast hätte er sich übergeben müssen.

Nachdem er sich wieder einigermaßen gefangen hatte, lief er nach unten und besah sich die Fenster und die Tür zur Terrasse. Nichts. Ein Gedanke wuchs in ihm heran, der ihm gar nicht gefiel und er sah seinen Onkel an.

„Kann es sein, dass du heute Vormittag die Terrassentür nicht zugemacht hast?"

„Möglich. Das hier ist schließlich Helgoland, da nehme ich das nicht immer so genau. Was ist denn los? Du bist ganz blass."

Sprotte atmete tief durch. Er schloss die Augen und zählte langsam bis zehn.

„Ich muss noch einmal zu Finn", sagte er. „Und es könnte etwas länger dauern."

Kapitel 13
Der Pirat tanzt!

„Sie waren hier!", sagte Sprotte mit bebender Stimme, als er Finn am Telefon hatte.

„Was? Etwa bei dir zu Hause?"

„Genau das meine ich! Sie waren hier! In meinem Zimmer! Und sie haben die Karte!"

„Okay, okay", sagte Finn. „Ich verstehe, aber jetzt beruhig dich erst einmal."

„Mich beruhigen? Soll das ein Witz sein? Mann! Die wissen, wo ich wohne!"

Sprotte schluckte einmal kräftig und schüttelte den Kopf. Er hätte es wissen müssen. Natürlich war den beiden klar, wo er wohnte. Sie hatten ihn ja lange genug beobachtet und als sie in der letzten Nacht die Karte holen wollten, hatten sie ihn nicht gefragt, wo sie hinmussten! Etwas ruhiger und leiser fuhr er fort.

„Wir haben keine Zeit mehr. Ich habe keine Ahnung, was als Nächstes passiert, aber die Karte allein wird diese Typen nicht weiterbringen. Wir müssen jetzt so schnell wie möglich diese Sache mit dem ‚Tanzenden Piraten' klären! Können wir uns gleich noch einmal in der Werkstatt treffen?"

„Bist du nicht ganz dicht?" Finns Stimme schepperte in der Leitung. „Die haben doch nicht aufgehört, dich zu beobachten, nur weil sie jetzt die Karte haben!

Wenn du recht hast und die beiden damit nichts anfangen können – an wen werden sie sich dann wohl wenden? Außerdem haben sie mittlerweile garantiert festgestellt, dass du sie angelogen hast und die Angaben nicht auf der Karte stehen!"

Sprotte schloss die Augen und zählte bis zehn. Er wusste, dass Finn Recht hatte. Aber an der Tatsache, dass sie den ‚Tanzenden Piraten' entschlüsseln mussten, änderte das nichts.

„Was schlägst du vor?", fragte er.

„Du bleibst, wo du bist, und ich komme bei dir vorbei."

„Nein, auf gar keinen Fall! Dann kriegt Onkel Matti garantiert mit, was los ist. Das macht alles nur noch komplizierter!"

„Schön. Aber dann kommst du wenigstens zu mir nach Hause. Das ist nicht so weit wie bis zur Werkstatt. Am besten laufe ich dir entgegen. Aber nicht auf dem üblichen Weg. Warte mal ... Ich habe da eine Idee."

Sprotte hörte aufmerksam zu, wie Finn ihm einen anderen Weg beschrieb, als den, den er normalerweise gegangen wäre.

„Also gut", sagte er und vergewisserte sich, dass er die beiden Hinweise aus den Zigarrenröhren dabei hatte. „Dann mache ich mich gleich auf den Weg."

Auf verschlungenen Wegen schlich Sprotte über das Oberland. Sein Herz schlug etwas schneller, als gewöhnlich, aber Finns Hinweis, dass die beiden Gangster ihn mit Sicherheit weiter beobachteten, wollte ihm einfach nicht aus dem Kopf gehen.

Immer wieder machte er an Ecken halt, lugte in die nächste Querstraße, ob dort jemand auf ihn lauerte oder blieb unvermittelt stehen, um einen Rundblick zu werfen. Eine plötzlich auffliegende Drossel jagte ihm mit ihrem empörten Geschnatter einen Mordsschreck ein und selbst ein weit entfernt bellender Hund hörte sich für ihn wie ein schrillendes Warnsignal an.

Einmal glaubte er, hinter sich ein Scharren gehört zu haben. Als er sich umdrehte, hatte er für eine Sekunde den Eindruck, dass sich ein Schatten bewegte, doch als er genauer hinsah, war nichts zu erkennen. Die kleine Straße lag ruhig und friedlich da.

Er ging um die nächste Ecke und sah den großen Busch, den Finn ihm als Treffpunkt beschrieben hatte. Davor saß eine Katze und leckte sich die Pfote. Sprotte ging zu ihr und streichelte ihr über den Kopf.

Die Katze ließ es sich gefallen und rieb ihr Gesicht an seiner Hand. Maunzend strich sie um seine Beine, setzte sich schließlich auf seine Füße und forderte weitere Streicheleinheiten.

Sprotte ließ seine Hand über das samtene Fell gleiten. Die Katze fühlte sich warm an und alles an ihr war weich und entspannt. Fast hätte er geglaubt, dass das Tier nicht einmal mehr Knochen im Leib hatte, so geschmeidig lag es da. Nach wenigen Augenblicken konnte Sprotte spüren, wie seine eigene Unruhe langsam nachließ.

Doch von einem Moment auf den anderen kam wieder Spannung in den kleinen Tiger. Der Körper der Katze wurde plötzlich hart und zog sich zusammen. Mit einem Satz sprang sie zurück und fauchte. Drohend zeigte sie ihre kleinen, spitzen Zähne.

Überrascht fuhr Sprotte auf. Er sah Finn, der in die Straße einbog und dessen Augen sich sofort vor Schreck weiteten.

„Vorsicht!", brüllte Finn. „Hinter dir!"

Sprotte wirbelte herum und sah Asger wie eine viel zu schnelle Dampfwalze auf sich zukommen. Die kleinen Augen des Einbrechers stierten ihn an und sein Gesicht war hasserfüllt verzerrt. Sprotte wollte weglaufen, doch es war zu spät.

Asger packte ihn und versuchte, ihn zu Boden zu drücken.

Sprotte schrie auf! Bilder voller Dunkelheit und Schmerz schossen durch seinen Kopf. Eine plötzliche Enge schnürte ihm den Brustkorb zu und raubte ihm den Atem. Er wollte um Hilfe rufen, aber er bekam keinen Ton heraus.

Dann verschwanden die Bilder und übrig blieb nur eine unbändige Wut! Wie die Druckwelle einer Explosion lief sie durch seinen Körper, setzte ungeahnte Energien frei und spülte die Angst hinweg.

Sprotte wehrte sich. Er riss einen Arm los und hieb auf die Hände ein, die seine Taschen durchsuchten. Irgendwo rief jemand etwas und Schritte eilten herbei. Für einen Moment ließ der Druck an seinem Körper nach. Instinktiv drehte er sich und schlug dabei mit dem Ellenbogen nach hinten aus.

Es krachte hart und hässlich. Sprotte spürte einen heftigen Schmerz in seinem Arm, der bis in die Hand und die Schulter ausstrahlte.

Dann war der Druck weg und er hörte Asger fluchen.

„Na, warte du kleine Ratte ..."

Sprotte bekam einen Stoß und fand sich auf dem Boden wieder.

Drohend und breitbeinig stand Asger über ihm. Aus einer Platzwunde an seinem Auge sickerte Blut. „Das wirst du bereuen, Freundchen", sagte er.

Hinter Asger tauchte ein Schatten auf. Bevor Sprotte überhaupt richtig verstand, was gerade passierte, rief jemand: „Verpiss dich!"

Asger bekam von hinten einen heftigen Tritt zwischen die Beine. Ächzend sackte der Gangster zusammen und schnappte nach Luft.

„Niemand vergreift sich an meinen Freunden!", rief Finn und half Sprotte auf die Beine. „Und jetzt weg hier!"

„Tüm hoog", sagte Sprotte japsend und lief Finn hinterher.

Sie ließen Asger hinter sich und rannten zu Finn nach Hause. Erst als sie durch die Tür stürmten und endlich in seinem Zimmer ankamen, atmeten sie auf.

„Das war knapp", sagte Sprotte. „Danke."

„Ich lasse niemanden hängen, der mit mir ,Wellenducken' spielt", sagte Finn grinsend. „Aber das erwähnte ich ja vielleicht schon mal. Abgesehen davon: ein sauberer Tritt. Oder?"

„War absolut perfekt." Langsam kam Sprotte wieder zur Ruhe. Die Wut in ihm ließ nach und von dem lodernden Feuer blieben nur Asche und etwas Glut über.

Finns Gesicht wurde ernst und er sah seinen Freund nachdenklich an. „Wir sollten vielleicht noch einmal gemeinsam zur Polizei gehen. Dieses Mal hast du immerhin einen Zeugen."

„Sinnlos", sagte Sprotte und spürte, wie das Feuer in ihm wieder erwachte. „Blankenburg wird nichts unternehmen. Und selbst wenn. Ich könnte ihm höchstens den Komplizen liefern, aber der andere wäre dann immer noch da draußen. Und wie du gesehen hast, ist der die größere Gefahr. Nein, lass uns endlich dieses Rätsel lösen und den Fall aufklären. Eher haben wir keine Ruhe."

Finn seufzte, nickte aber. Mit dieser Reaktion hatte er gerechnet. „Also gut", sagte er. „Dann leg mal deine Hinweise auf den Tisch, damit wir weiterkommen."

Sprotte griff in seine Hosentasche und verzog das Gesicht.

„Sie sind weg!", sagte er. „Er hat sie mir tatsächlich geklaut!"

Finn holte tief Luft. „Hast du wieder Fotos gemacht?"

„Natürlich", sagte Sprotte entschieden und zückte sein Smartphone. „Das eine habe ich dir doch sogar geschickt."

Er nahm sich einen Zettel und schrieb alle Angaben der Karte und der beiden Hinweise zur Übersicht auf ein Blatt Papier. Für einen Moment grübelte er und knetete seine Unterlippe.

„Eins fällt mir gerade auf", sagte er schließlich. „Die Karte enthält vier einzelne Angaben. Zwei davon beziehen sich direkt auf Helgoland, wenn auch etwas um die Ecke gedacht.

Einer macht einen Umweg über die ‚Schatzinsel', wie wir dank Onkel Matti wissen. Was wäre denn, wenn diese Aufteilung Absicht ist und wir das einfach weiterdenken müssen?"

„Du meinst, der letzte Hinweis, diese ‚Heimstatt des Piasters' könnte sich ebenfalls auf die ‚Schatzinsel' beziehen?"

„Wäre doch möglich."

„Probieren wir es aus", sagte Finn und nahm Sprottes Notizen zur Hand. Er startete seinen Rechner und gab ‚Schatzinsel' und ‚Piaster' ein.

Ganz oben in der Ergebnisliste fand sich der Eintrag ‚Robert Louis Stevenson - Die Schatzinsel - Kapitel 27'.

„Eine Literaturangabe", sagte Finn grummelnd. „War ja eigentlich auch zu erwarten. Ich weiß nur nicht, wie uns das weiterhelfen soll."

„Aber wir sind auf der richtigen Spur", sagte Sprotte und deutete auf die nächsten Einträge. Immer wieder wurden das Kapitel 27 und der Begriff ‚Piaster' erwähnt. „Was auch immer der Professor mit dem Hinweis sagen wollte, steckt in diesem Kapitel. Wir sollten es einfach mal lesen."

„Och nööö", sagte Finn. „Lesen ist sowieso nicht so mein Ding. Und dann gleich ein ganzes Kapitel? Am Stück?"

Sprotte griff nach der Maus und öffnete per Klick den Text. „Dann kopier das Ganze einfach in deine Textverarbeitung und lass das Programm nach ‚Piaster' suchen."

„Prima Idee!", sagte Finn und nur wenige Augenblicke später wurden insgesamt fünf Suchergebnisse angezeigt. Sie befanden sich sämtlich auf der vorletzten Seite, wo ein Eintrag nach dem anderen in einer Reihe in gelb markiert war.

„Da steht jetzt zwar ‚Piaster' ganz oft hintereinander – aber so richtig hilft das jetzt auch nicht weiter", sagte Finn.

Sprotte sog scharf die Luft ein und packte Finns Arm.

„Guck mal ein wenig tiefer", sagte er und deute auf den Bildschirm. „‚Silvers grüner Papagei'", las er vor. „Es ist der Papagei, der immer wieder ‚Piaster' schreit! Das muss es sein!"

„Hilf mir mal kurz. Das muss jetzt was sein?"

Sprottes Puls legte an Geschwindigkeit zu. Er sprang auf und begann in Finns kleinem Zimmer auf und ab zu gehen, soweit das überhaupt möglich war. „Ich glaube, ich hab's!", sagte er. „Der Hinweis lautet ja nicht einfach ‚Piaster', sondern ‚Heimstatt des Piaster'. Wie wir gerade herausgefunden haben, weist ‚Piaster' auf den Papagei dieses Seeräubers in der ‚Schatzinsel' hin."

„Die Heimstatt des Papageis eines Seeräubers? Und das soll uns weiterbringen?"

„Denk um die Ecke. Was ist denn die ‚Heimstatt'? Der Ort, wo jemand wohnt. Und was ist ein Papagei? Ein Vogel. Und wenn du auf Helgoland einen Ort suchst, wo ein Vogel wohnt, wo führt dich das dann als Erstes hin?"

Finn klappte die Kinnlade herunter.

„Ach du dickes Ei!", sagte er. „Natürlich!"

Es dämmerte bereits, als sie sich auf den Weg zum Vogelfelsen machten. Wie ein Jagdhund, der Witterung aufgenommen hatte und nun einer frischen Spur folgte, lief Sprotte aufs Oberland und den Klippenrandweg entlang. Seitdem er erkannt hatte, wo sie suchen mussten, war er kaum noch zu halten.

Am Skittenhörn, wie der Vogelfelsen auf Halunder hieß, stellten sie schnell fest, dass sie dort alles andere als alleine waren. Mindestens zwanzig bis dreißig Personen trieben sich auf dem kleinen Areal herum, schossen Fotos von den Basstölpeln, die bis dicht an den Zaun heran nisteten, oder genossen einfach nur die Abendstimmung und den Sonnenuntergang.

„Mann, Mann, Mann!", sagte Sprotte grummelnd. „Hier ist ja heute wieder was los!"

„Ist vielleicht gar nicht schlecht", sagte Finn. „Das hält wenigstens deine beiden Freunde auf Abstand."

Sprotte sah ihn schief an.

„Was ist?", fragte Finn. „Du glaubst doch nicht, dass die jetzt klein beigeben, nur weil ich dem einen vorhin einen kräftigen Tritt in die Kronjuwelen verpasst habe."

Sie teilten sich auf und suchten den Vogelfelsen nach allem ab, was irgendwie auf einen ‚Tanzenden Piraten' hindeuten konnte. Trotz der vielen Leute waren sie schnell fertig, aber ohne etwas Nennenswertes zu finden.

Sprotte blieb am Zaun stehen und sah auf die ‚Lange Anna'. Er fluchte innerlich und ballte die Fäuste, dass sich seine Fingernägel ins Fleisch bohrten. Hier war nichts. Nur die Basstölpel, ein kleiner Weg und der Zaun. Aber die einzelnen Pfähle hatte er schon kontrolliert. Nur die Touristen trieben sich hier noch herum.

Auch das kleine Mädchen, das er neulich auf dem Pinneberg gesehen hatte, war wieder da.

Genauso wie beim letzten Mal war ihr Vater völlig fasziniert von der Aussicht und den Seevögeln, während sie sich schlecht gelaunt auf einem Pfahl, der ein Stück hinter dem Vogelfelsen stand, niedergelassen hatte. Sie gähnte herzhaft.

Ein kleiner Junge ging auf sie zu und flüsterte ihr etwas ins Ohr. Sprotte hörte, wie sie antwortete: „Aber morgen gehen wir wieder an den Strand! Versprochen?"

Er seufzte. Es war noch gar nicht so lange her, da waren seine Probleme genauso einfach gelagert! Fragend sah er zu Finn herüber, der aber ebenfalls nur die Schultern zuckte.

Sprotte kaute auf seiner Unterlippe herum. Hatte er sich geirrt? Oder hatten sie schlichtweg nur noch nicht gründlich genug gesucht?

Der Vater des Mädchens ging an ihm vorbei und hob seine

Tochter von dem Ding, auf dem sie saß. „Schluss für heute. Du musst allmählich ins Bett. Sonst bist du morgen noch zu müde für den Strand!"

Die Miene des kleinen Mädchens hellte sich sofort auf. Mit einem seeligen Lächeln klammerte sie sich an ihrem Vater fest und schmiegte ihr Gesicht an seine Schulter.

Sprotte folgte den beiden ein paar Schritte.

Dann sah er es!

Er blieb so ruckartig stehen, dass er von hinten angestoßen wurde! Doch er überhörte den Fluch, den er verursacht hatte genauso, wie die anschließende Beschimpfung, die zweifellos ebenfalls ihm galt.

Es war tatsächlich eine Art Pfahl, auf dem das Mädchen gesessen hatte. Ein sauberes Quadrat aus Granit, das etwas mehr als einen halben Meter aus dem roten Gestein herausragte.

Doch das allein hatte ihn nicht in seinen Bann gezogen.

Ganz oben waren zwei Buchstaben in den Stein gemeißelt. „TP", flüsterte Sprotte leise. Er war sich absolut sicher, dass das ursprünglich nicht ‚Tanzender Pirat' heißen sollte, aber sie würden hier nichts finden, was dem noch näher kommen konnte.

Er drehte sich zu Finn um und grinste so breit, wie er nur konnte.

„Das Ding ist mir vorher noch nie aufgefallen", sagte Finn, als sie davor standen. „Keine Ahnung, was das sein soll, aber dieses ‚TP' passt schon."

Sprotte nickte. Seine Augen leuchteten und schienen Funken zu sprühen. „Nicht nur das", sagte er. „Schau mal hier oben. Hier ist ein kleines Kreuz eingemeißelt. Also, wenn ich für eine Richtung und eine Entfernung einen genauen Ausgangspunkt brauche, dann ist sowas doch ideal! Und dieser Pfeiler sieht auch so aus, als würde er sich ohne Erdbeben oder eine weitere Sprengung garantiert nicht vom Fleck bewegen."

„Mann! Dann hätten wir es ja! Tüm ..."

„Nicht ganz so schnell", sagte Sprotte und bremste den Begeisterungssturm seines Freundes. „Wir müssen noch den zweiten Punkt finden. Nach allem, was wir wissen, dürfte der irgendwo da hinten sein. Und wenn da auch so ein Pfeiler mit der Aufschrift ‚TP' ist, steht einwandfrei fest, dass wir recht haben! Das wären sonst ein paar Zufälle zu viel!"

Sie liefen den Klippenrandweg in Richtung Leuchtturm zurück. Als sie das kleine, verwitterte Schild mit der Aufschrift ‚Sider Moadek' erreichten, verlangsamten sie ihre Schritte und suchten die Klippe ab, bis sie ein weiteres Schild fanden, auf dem ‚Letj Kark' stand.

Doch dazwischen tauchte nichts auf, was dem Pfahl gleichkam, den sie am Vogelfelsen entdeckt hatten.

Noch ein weiteres Mal suchten sie den Abschnitt erfolglos ab, dann schlug Finn vor, den Begriff „Backbord" nicht zu wörtlich zu nehmen. „Auf einem Schiff ist das ja auch die linke Seite und nicht nur die Reling", sagte er.

Sie wiederholten ihre Suche zu beiden Seiten des Klippenrandwegs. Es dauerte nur wenige Minuten, bis Finn schließlich rief:

„Nu' aber! Hier ist er! Tüm hoog!"

Sprotte kam angelaufen und klatschte mit seinem Freund ab.

Im dichten Gras ragte ein weiterer Pfeiler aus dem Boden, wenn auch nicht ganz so hoch wie der andere. Auf der Oberseite befand sich das kleine Kreuz und seitlich war direkt unter der Kante die Aufschrift ‚TP' zu sehen.

Sprotte lächelte zufrieden und blinzelte in die Abendsonne.

Als sein Blick den Pinneberg streifte, verfinsterten sich seine Züge.

„Siehst du die beiden da oben?", fragte er.

Finn schirmte seine Augen gegen die tiefstehende Sonne ab. Zwei Männer standen neben dem Gipfelkreuz und sahen zu ihnen herüber. Einer nahm seine Mütze ab und strich sich über den Kopf. Selbst auf die Entfernung schienen die sehr kurzen, hellblonden Haare zu leuchten.

„Du meinst, das sind sie?"

Sprotte nickte. „Wir sollten besser los."

„Am besten wir gehen weiter in Richtung Leuchtturm. Bis die beiden hier sind, sind wir da in den Nebenstraßen verschwunden."

„Er hat uns gesehen", sagte Arne und machte automatisch einen Schritt zurück.

Asger sah zur Westküste herüber. Die beiden kleinen Gestalten, die dort standen, sahen in ihre Richtung und so wie der eine seine Augen beschirmte, versuchte er besser zu erkennen, was hier oben passierte. „Gehen wir", knurrte er.

Sie verließen den Pinneberg über die Nordseite und gingen querfeldein zum Lummenfelsen.

Asgers Unterleib schmerzte immer noch. Es war nicht mehr so schlimm, wie am Anfang, als die Schmerzen in Wellen durch seinen Körper schwappten und ihm die Tränen in die Augen trieben. Aber das Ziehen war immer noch so unangenehm, dass er mehr humpelte, als dass er lief.

„Wenn ich diesen kleinen Dreckskerl erwische, reiße ich ihm das Herz heraus!"

„Du bist doch selber Schuld", sagte Arne leise. „Warum gehst du auch alleine auf ihn los. Du hättest nur fünf Minuten warten müssen, dann hätten wir das gemeinsam geregelt."

„Fünf Minuten später und der Bengel wäre weg gewesen! Außerdem ist er nur ein blöder, kleiner Junge. Für den brauche ich keine Hilfe."

Arne schnaubte und blieb stehen. „Sag mal, wann begreifst du das endlich? Das ist kein blöder, kleiner Junge. Überleg mal, wie er sich im Bunker verhalten hat."

„Der hat sich vor Angst fast in die Hose gemacht", sagte Asger und grinste hässlich.

„Angst hatte er, ja. Aber er hatte sie unter Kontrolle. Er hat uns hübsch in die Irre geführt und ist aus einem Versteck geflohen, von dem wir beide gedacht haben, dass er alleine niemals herausfinden würde. Und warum ist wohl bei deinem Überfall sein Kumpel so plötzlich aufgetaucht? Außerdem dürfte er die Rätsel mittlerweile alle entschlüsselt haben, während wir gerade mal die Karte und zwei Hinweise haben, die wir nicht verstehen."

„Verdammter Mist", fluchte Asger. „Wird schwierig sein, den beiden jetzt weiter auf den Fersen zu bleiben."

„Vielleicht müssen wir das gar nicht mehr", sagte Arne. „Wenn ich mich nicht ganz schwer täusche, werden sie für die endgültige Lösung einmal am Vogelfelsen auftauchen und einmal da, wo wir sie gerade gesehen haben. Wir müssen also nicht unbedingt an ihnen kleben wie Fliegen am Honig. Schließlich wissen wir jetzt, wo ihre nächsten Aktivitäten stattfinden werden."

„Ach? Und wie willst du die zwei Punkte vierundzwanzig Stunden am Tag kontrollieren?"

„Gar nicht. Während des Tages werden die nicht kommen, schon wegen der Touristen, da ist hier viel zu viel los. Nein, die tauchen entweder am frühen Morgen oder nach Einbruch der Dunkelheit auf. Eher abends, in der Dämmerung, wenn du mich fragst. Das sind schließlich immer noch Jungs, die Ferien haben. Da steht man nur ungern früh auf."

„Abends und im Dunkeln, wie?" Asger grinste. „Das gefällt mir. Und dann greif ich mir die Burschen. Alle beide."

„Denk dran, dass wir die Beute haben wollen", sagte Arne. „Die Jungs spielen eigentlich keine Rolle. Versuch mal, sie eher als Mittel zum Zweck anzusehen."

Asger packte Arnes Arm so fest, dass es weh tat. „Pass mal auf du Lusche! Wenn ich sage, dass ich mir die beiden greife, dann tue ich das auch. Mittel zum Zweck? Meinetwegen. Aber wenn sie diesen Zweck erfüllt haben, stört es ja auch nicht, wenn ich noch ein wenig ‚Spaß' mit ihnen habe!" Er ließ ein keckerndes Lachen hören.

Arne stemmte die Hände in die Hosentaschen. Der Wind hatte aufgefrischt und merklich abgekühlt.

Mit einigem Befremden beobachtete Sprotte, wie Finn die Lösung des Rätsels um die ‚Tanzenden Piraten' mit einer riesigen Portion Pommes und Mayo in einem Imbiss im Unterland feierte.

„Kriegst du zu Hause nichts mehr zu essen?"

„Ach was. Schatzsuche macht eben hungrig. Willst du auch was?"

Sprotte schüttelte den Kopf. „Ich hatte vorhin Knieper."

Als er aus dem Fenster sah, erblickte er Wolfgang Kallmann, der ihnen kurz zuwinkte. „Irgendwie sehe ich den dauernd", sagte Sprotte.

„Ach, hier kann man sowieso keine hundert Schritte tun, ohne dass man auf bekannte Gesichter trifft. Das wird übrigens nicht besser, wenn man hier wohnt. Und Wolfgang Kallmann muss seit seiner Erbschaft nicht mehr arbeiten. Der hat einfach viel zu viel Zeit und stromert deshalb so oft herum. Du bist garantiert nicht der Einzige, der dem häufiger mal über den Weg läuft."

„Möglich", sagte Sprotte leise und versank kurz in Gedanken. „Wir müssen vorsichtig sein", sagte er dann. „Die beiden scheinen wirklich an uns zu kleben. Dass die vorhin auf dem Pinneberg aufgetaucht sind, war garantiert kein Zufall."

„Klingt gut. Aber wie genau stellst du dir das vor?", fragte Finn. „Willst du Blankenburg für die weitere Suche um Geleitschutz bitten?"

Sprotte verzog das Gesicht. „Auf jeden Fall sollten wir uns an den beiden Punkten beeilen. Je weniger Zeit wir dort verbringen, desto besser."

„Apropos Punkte. Was soll dieses ‚TP' auf den Steinen eigentlich wirklich bedeuten? ‚Tanzender Pirat' wird es ja wohl eher nicht sein."

„Schauen wir mal nach ...", sagte Sprotte und zückte sein Smartphone. Schnell gab er ‚TP' als Suchbegriff ein und fand eine Liste mit verschiedensten Abkürzungen. „Tabula Peutingeriana – eine antike Karte, die das römische Straßennetz darstellte ...", las er vor. „Das wird's wohl nicht sein. Was haben wir da noch ... Tiefpass-Filter, Tigerpython, Trailer Park, Transponder ... nein, das passt alles nicht ... Halt! Warte mal, hier! Das könnte es sein: ‚Trigonometrischer Punkt' Beobachtungspunkt in der Landvermessung ..." Er klickte auf den dazugehörigen Link. „Das sieht gut aus. Hör dir das an: ‚Diese Punkte dienen als Ausgangspunkt für sogenannte Anschlussmessungen, da sie auch als Fixpunkte betrachtet werden können. Bodenpunkte befinden sich ca. einen Meter in der Erde und bestehen aus einer Stahl- oder Granitplatte. In der Mitte dieser unterirdischen Platte ist ein Kreuz eingemeißelt, auf dem ein langer Granitpfeiler angebracht ist. Das Kopfstück eines solchen Pfeilers ragt etwa 20 Zentimeter aus dem Boden heraus und hat an der Oberseite ein Kreuz. Dieses befindet sich exakt über demjenigen der Bodenplatte."

„Blöd war dieser Professor also nicht", sagte Finn. „Umständlich vielleicht, aber nicht blöd."

Sprottes Hirn knetete seine Gedanken, wie eine Küchenmaschine den Kuchenteig. Er kaute auf seiner Unterlippe herum und trommelte mit den Fingern leise auf der Tischplatte. „Wie kriegen wir es hin, dass wir an dem jeweiligen Punkt so wenig Zeit wie möglich verbringen?", sagte er.

„Das lässt sich einrichten", sagte Finn und schleckte einen Klecks Mayo von seinem Finger. „Wenn Papa einen Schrank baut, dann macht er das in der Werkstatt und bringt ihn erst später zum Kunden. Jedenfalls bei den Kleineren. Bei den

Größeren bereitet er zumindest die einzelnen Teile vor, und wenn er dann vor Ort ist, muss er sie nur noch zusammenbauen. Und so ähnlich müssten wir es auch machen."

„Du meinst, vorbereiten?"

„Jep."

„Aber wie willst du eine Winkelmessung vorbereiten?", fragte Sprotte zweifelnd.

„Gar nicht. Papa hat einen Kompass mit einem Drehring, an dem man die Zielrichtung einstellen kann. Das ist also nicht so schwierig. Aber das mit der Entfernung können wir auf jeden Fall im Voraus erledigen. Wir machen uns einfach eine Strippe, die lang genug ist. An der setzen wir zwei Markierungen für unsere benötigten Längen und müssen sie dann nur noch im richtigen Winkel auslegen."

Sprotte grinste zufrieden. Das war eine ausgezeichnete Idee! Und wenn sie sich gleich auf den Weg machten, schaffte er es auch noch rechtzeitig bis zu seiner Sperrstunde wieder nach Hause.

„Dann lass uns los", sagte er und hatte sich schon halb erhoben.

Finn sah ihn verständnislos an. „Wohin?"

„In die Werkstatt. Oder hast du diese Strippe zu Hause?"

Finn schluckte. „Die habe ich gar nicht! Die müssen wir uns morgen erst besorgen."

„Verdammt!", sagte Sprotte und setzte sich wieder.

„Ich hasse es, zu warten!"

Kapitel 14
Fast geschafft!

Am nächsten Tag trafen Sprotte und Finn sich am Hafen und kauften in einer der Hummerbuden zwanzig Meter Seil. Hatte sich die Wartezeit für Sprotte bis dahin schon endlos hingezogen, begann nun eine wahre Tortur, denn sie mussten wenigstens bis zur Dämmerung warten. Am helllichten Tag konnten sie schlecht auf dem Oberland herumstromern und Löcher graben.

Ab dem frühen Abend saß Sprotte wie auf glühenden Kohlen. Als es endlich an der Tür klingelte, sprang er auf, als hätte ein Schleudersitz ihn hochkatapultiert.

Sofort machten sie sich auf den Weg zum Vogelfelsen. An der Vogelwarte fiel Sprottes Blick auf Finns Werkzeug.

„Hast du eigentlich nichts Besseres gefunden?", fragte er. Finn trug das Seil mit den beiden Markierungen über der Schulter und in seinem Gürtel steckten zwei große Taschenlampen. Aber zum Graben hatte er nur eine kleine Gartenschaufel dabei. Eine sehr kleine.

„Das nennt sich Blumenkelle. Glaube ich jedenfalls", sagte er.

„Prima. Es ist also nicht einmal eine Schaufel. Gut, dass ich das hier dabei habe. Da ist sogar eine Hacke mit dran." Stolz zeigte er Finn den Klappspaten, den er im Keller gefunden hatte. „Für eine Schatzsuche bestimmt genau das richtige", sagte er.

Finn sah ihn schief an. „Was denkst du denn, wie tief wir graben müssen? Ich meine, das ist das Oberland! Da buddelst du erst einmal Steine aus, und dann kommt gleich der Felsen. Nach zwanzig, spätestens dreißig Zentimetern hilft dir deine Hacke auch nicht mehr weiter. Danach brauchst du entweder einen Presslufthammer oder Dynamit."

„Aber wie hat der Professor es dann geschafft, dort die Beute zu verstecken?"

„Die haben doch bei einem Juwelier eingebrochen. Und wenn es viele Ringe oder Ketten sind … Die kann man in Tüten packen und zu kleinen Würsten zusammenrollen. Dann lassen sie sich auch in einer flachen Kuhle verstecken."

Das leuchtete ein. Und wenn sie nicht allzu lange graben mussten, sollte es Sprotte nur recht sein. Je schneller sie damit durch waren, desto besser.

Zum ersten Mal wurde ihm bewusst, dass sie möglicherweise kurz vor der Lösung standen. Wenn die Angaben richtig waren, fanden sie vielleicht schon innerhalb der nächsten Stunde die Beute aus dem Juwelenraub. Ein wohliger Schauer durchlief ihn, als er sich vorstellte, wie sie bei der Polizei auftauchten und Blankenburg ihren Fund auf den Tresen legten!

Vielleicht sollte er Onkel Matti mitnehmen! Das würde für ihn ein Fest sein! Sie könnten sogar Claus anrufen. Der würde sich diese Gelegenheit bestimmt auch nicht entgehen lassen.

Sie gingen die große Runde und passierten den Bombentrichter. Als der Ausgang des Jägerstiegs in Sicht kam, beschleunigte Sprotte seine Schritte und sah sich vorsorglich um. Die Bank gegenüber der Treppe war leer. Nur eine einzelne Möwe saß am Klippenrand und spreizte die Flügel.

Mittlerweile war es fast genauso dunkel, wie an jenem Abend, als er just an dieser Stelle gedacht hatte, seinen Häschern entkommen zu sein. Stattdessen hatte für ihn ein wahrer Alptraum begonnen. In der Ferne sah er die Positionslichter des Windparks. Wie die Augen wilder Tiere glühten sie rot und unheimlich in der Nacht. Sprotte atmete tief durch und war froh, dass er Finn an seiner Seite hatte.

Kurz hinter der ‚Langen Anna' erreichten sie den Lummenfelsen und den ersten trigonometrischen Punkt. Dicke Wolken zogen über sie hinweg und ließen den Lichtstrahl des Leuchtturms immer kräftiger hervortreten, der wie ein Uhrwerk seine Runden zog.

Finn maß mit dem Kompass den richtigen Winkel ab, während Sprotte das Seil abrollte. Das eine Ende hielt Finn auf dem Kreuz, mit dem anderen bewegte Sprotte sich in der ermittelten Richtung, bis es sich straffte und er die erste Markierung erreichte. Dann trat sein Fuß ins Leere und fast wäre er gestürzt.

„Das kann doch gar nicht sein", sagte er leise.

Die Markierung reichte weit über den Weg hinaus bis in eine Kuhle, die wahrscheinlich auch ein Bombentrichter oder zumindest eine Folge der großen Sprengung, des ‚Big Bang' war. Der Punkt, den sie so gefunden hatten, lag nicht mehr auf Gras, sondern mitten in einem Haufen Betontrümmer, die aus dem Erdreich herausragten.

Er ging zurück zu Finn.

„Bist du sicher, dass du den richtigen Winkel eingestellt hast?"

Aber es war der Richtige. Sprotte prüfte, ob er die korrekte Markierung genommen hatte, doch auch hier war alles, wie es sein sollte, und so landete er beim zweiten Versuch wieder mitten im Beton.

So unwahrscheinlich es auch war: Das hier musste die richtige Stelle sein.

Vielleicht fand sich ja irgendwo ein Hohlraum, überlegte er. Er winkte Finn heran und gemeinsam suchten sie die Trümmer nach Lücken und Rissen ab, die groß genug waren, dass man etwas in ihnen verstecken konnte.

Schließlich entdeckten sie im Lichtschein der Taschenlampe ein verräterisches Glitzern!

Vorsichtig griff Finn mit zwei Fingern in einen Spalt hinein und zog etwas Rundes und Längliches heraus.

„Das sieht ja aus, wie ..."

„... wie eine Zigarrenröhre", sagte Sprotte. „Und es ist sogar dieselbe Sorte, wie die beiden, die ich auf dem Pinneberg und auf dem ‚Friedhof der Namenlosen' gefunden habe."

„Aber da passt doch niemals die Beute rein!", stellte Finn etwas lauter als notwendig fest.

„Nein", sagte Sprotte. Auch bei ihm machte sich Enttäuschung breit. Das beste, worauf sie hoffen konnten, war anscheinend ein neuer Hinweis. Er förderte einen weiteren Zettel zutage und las laut vor, während Finn ihm leuchtete:

„IHR ZWEI HABT
ES FAST HINÜBER
FINDET DIE GRÖSSTE
IN DER SCHWARZEN
AMERIKAS. WAS IHR
SICHER – IST HINTER
KLAREN HORIZONT
UNVERRÜCKBAREN"

„Was soll das denn wieder heißen?", sagte Finn. „Viel klarer ist die Sache damit nicht, oder?"

„Es ist nur die eine Hälfte einer Botschaft", sagte Sprotte. „Hier oben steht noch ‚Ein Ring, sie'. Das müsste eigentlich mit ‚alle zu binden' weitergehen. Das würde passen. Der Professor war ja vom ‚Herrn der Ringe' anscheinend geradezu besessen."

„Und das da?", fragte Finn und zeigte auf eine weitere Zeile darunter, die ebenfalls nicht zum eigentlichen Text zu gehören schien.

„1 Das Intervall 2 legt", las Sprotte vor. „Da habe ich

keinen blassen Schimmer", sagte er und kratzte sich am Kopf. „Aber schau mal hier, wie komisch der Rand aussieht. Das wirkt wie abgerissen oder mit einer extrem stumpfen Schere abgeschnitten. Und das hier könnte eine weitere Markierung sein." Er deutete auf einen kleinen Halbkreis, der oberhalb der Schrift, direkt an der Kante aufgemalt war.

„Du meinst ..."

„Das hier ist nur der erste Teil der Botschaft. Wir müssen an den anderen Punkt. Ich wette, dass wir da noch ein Zigarrenröhrchen finden. Und darin ist garantiert der zweite Teil."

„Dann lass uns hoffen, dass man damit zur Abwechslung auch mal was anfangen kann."

Das Gefühl der Enttäuschung, keine Juwelen und Kostbarkeiten gefunden zu haben, währte nicht lange. Geschwind liefen sie die Westküste hinunter zum zweiten Punkt und benutzten wieder Kompass und Seil.

Dieses Mal führte ihre Messung sie ins hohe Gras, abseits des Klippenrandweges.

„Na, dann wollen wir doch mal sehen, was wir hier finden", sagte Finn murmelnd.

Wie er vorhergesagt hatte, war es nicht ganz einfach, in den Boden vorzudringen.

Die Grasnabe war noch leicht zu bewältigen, aber direkt darunter kamen die ersten Steine zum Vorschein. Als sie gerade einmal eine Handbreit tief gegraben hatten, trafen sie auf eine ganze Schicht aus kleinen Brocken und größeren Kieseln.

„So ein Mist", fluchte Finn. Sie verbreiterten die aufgegrabene Stelle, bis diese etwa die Fläche von zwei Blatt Papier einnahm. Neben der Gesteinsschicht zeigte sich wieder etwas Erdreich.

„Warte mal", flüsterte Sprotte. „Mir kommt da eine Idee."

Schnell begann er, die Steine an der Seite hochzuhebeln und einen nach dem anderen zu entfernen.

„Die liegen bestimmt nicht zufällig hier", sagte er. „Das sieht fast wie ein Deckel aus!"

Finn verstand, was er meinte und begann an der gegenüberliegenden Seite ebenfalls Steine zu lösen. Eine Minute später zeigte sich darunter eine kleine Mulde. Schemenhaft kam darin ein schmaler, länglicher Gegenstand zum Vorschein und sie hielten ein zweites Röhrchen in der Hand.

„Das ist ja eine regelrechte Schnitzeljagd", sagte Finn.

„Komm", sagte Sprotte. „Wir verkrümeln uns hier erst einmal und suchen die nächste Bank. Dann können wir schauen, wie das Rätsel des Professors weiter geht."

Die Bank war schnell gefunden. Sprotte öffnete das Röhrchen und förderte einen weiteren Zettel zu Tage. Mit dem Leuchtturm im Rücken las er laut vor:

„VIELLEICHT GEDACHT
GESCHAFFT ZU HABEN
HÖHLE DER WELT
WESTKÜSTE JENSEITS
NICHT WOLLT – GANZ
WOLKEN, DEM
GROSSEN, FLACHEN
FELS"

„Der gleiche Quatsch, wie auf dem ersten Zettel", sagte Finn.

„Ja. Man muss die beiden kombinieren. Hier. Die Schnittkanten sehen genauso aus, wie bei dem ersten Blatt und auch hier hast du den Halbkreis. Nur anders herum. Wenn wir also die beiden zusammenlegen ...", er hielt die Zettel so aneinander, dass die zwei Halben einen ganzen Kreis bildeten, „dann klingt es wahrscheinlich gleich völlig anders.

Und wie man sieht, ist jetzt auch das Zitat aus dem ‚Herrn der Ringe' vollständig."

Tatsächlich stand direkt unter dem Kreis nun: ‚Ein Ring, sie alle zu binden'.

„Dann lass mal hören", forderte Finn ihn auf, aber der Zweifel in seiner Stimme war unüberhörbar.

„IHR ZWEI HABT VIELLEICHT GEDACHT
ES FAST HINÜBER GESCHAFFT! ZU HABEN
FINDET DIE GRÖSSTE HÖHLE DER WELT
IN DER SCHWARZEN WESTKÜSTE. JENSEITS
AMERIKAS. WAS IHR NICHT WOLLT - GANZ
SICHER - IST HINTER WOLKEN, DEM
KLAREN HORIZONT GROSSEN, FLACHEN,
UNVERRÜCKBAREN FELS."

Finn sah ihn mit erhobenen Augenbrauen an. „Das ist jetzt natürlich viel besser, oder Sherlock?"

Sprotte grübelte. Nein, das war es keineswegs.

Dieser Text ergab überhaupt keinen Sinn, von der mehr als kreativen Zeichensetzung und Grammatik einmal ganz abgesehen. Dennoch war er überzeugt, dass sie des Rätsels Lösung in den Händen hielten.

Nachdenklich ging er alles noch einmal durch und begann mit dem Kreis, der den Ansatzpunkt zum Zusammenfügen der beiden Hälften bildete. Das Zitat verstand er als eine weitere Bestätigung, dass die Mitteilung tatsächlich vom Professor kam. Aber auch die Zeile darunter war noch einmal ergänzt worden.

„1 Das Intervall 2 legt das 3 Geheimnis frei", stand dort nun geschrieben. Sprotte konnte sich nur schlecht vorstellen, dass dies nicht als Hinweis gedacht war. Erst verstand er nicht, was dieser Satz sollte, doch dann hatte er eine Idee.

„Hast du zufällig einen Stift oder was Ähnliches dabei?", fragte er.

„Klar. Handwerkersohn. Falls man mal was anzeichnen muss", sagte Finn und zauberte aus seiner Gesäßtasche einen Bleistift hervor.

„Ich hab' da so eine Ahnung", murmelte Sprotte und begann die Worte auf den beiden Zetteln abzuzählen und einige einzukreisen. Finn leuchtete und schaute interessiert zu.

„Und was soll das werden?"

„Wenn man die Zahlen weglässt, steht hier oben einfach nur: ,Das Intervall legt das Geheimnis frei'. Wahrscheinlich ist das ein Intervallcode."

„Aha. Und das heißt jetzt genau – was?"

„Für die Bestimmung des Intervalls, oder besser gesagt der Intervalle, hat der Professor die Zahlen eingefügt. 1, 2 und 3. Es beginnt mit dem ersten Wort, dann nimmt man von diesem aus das zweite und von dem wiederum aus abgezählt das Dritte." Flink zählte er weiter und markierte die Worte, an denen er jeweils stehen blieb. „Mal hören, wie es jetzt klingt", sagte er, als er fertig war und räusperte sich:

„IHR HABT ES FAST GESCHAFFT!
FINDET DIE HÖHLE IN DER WESTKÜSTE.
WAS IHR WOLLT IST HINTER DEM GROSSEN
FLACHEN FELS."

„Mann! Was für ein riesiger Haufen Bockmist!", fluchte Finn und sprang auf. „Geht es vielleicht noch etwas umständlicher?"

Sprotte saß da und grinste zufrieden. Sie hatten das Rätsel gelöst! Jetzt blieb nur noch eine Sache übrig.

„Wo ist diese Höhle?", fragte er unverblümt und unterbrach Finns Tirade.

„Höhle? Ach so … ehrlich gesagt … keine Ahnung. Ich hab da unten nie eine gesehen. Allerdings habe ich auch nicht wirklich danach gesucht. Papa hat erzählt, dass er als

Junge mal in einer drin war. Das muss dann also so ungefähr hundert Jahre her sein. Möglich, dass sie auch schon eingestürzt ist."

„Das glaube ich nicht", sagte Sprotte. „Hat es in diesem Jahr größere Einstürze an der Felswand gegeben?"

Finn schüttelte den Kopf. „Nicht dass ich wüsste."

„Dann ist die Höhle auch noch da. Im Januar muss sie auf jeden Fall zugänglich gewesen sein, sonst hätte der Professor dort nichts verstecken können. Wir müssen sie also nur noch finden!" Sprotte stopfte die beiden Zettel mit der Botschaft in seine Hosentasche. „Wollen wir?", fragte er Finn.

Der sah überrascht auf. „Was? Jetzt gleich?"

„Natürlich. Wir müssen über die Absperrung und die Felswand vom Klippenkontrollweg aus absuchen. Das können wir schlecht am helllichten Tag und bei gutem Wetter machen, oder?"

„Jaaah, stimmt schon, aber …"

„Du hast doch auch kein Problem, die Sperre zu umgehen, wenn es ums Wellenducken geht."

„Nein. Aber du weißt schon, dass die beiden Gauner uns vielleicht gerade beobachten?"

Sprotte atmete tief durch. Natürlich wusste er das. Aber er war auf der Hut gewesen und hatte bisher niemanden bemerkt, der ihnen gefolgt war oder sie beobachtete.

„Das würden sie auch morgen tun", sagte er, „Das Risiko, dass sie versuchen, uns zu schnappen ist so oder so da. Ob wir jetzt nach der Höhle suchen oder erst später."

„Was frag ich überhaupt?", sagte Finn brummend.

„Vergiss eins nicht: Wir haben etwas gefunden! Und ich kenne außer uns nur zwei Personen auf dieser Insel, die sich brennend dafür interessieren!"

„Ja", grummelte Finn. „Und keiner von denen heißt Robert Blankenburg." Er kickte einen kleinen Stein über die Felskante. „Also gut, gehen wir. Aber wehe da kommt wieder nur so ein komischer Hinweis bei raus …"

Mit einem Brummton verkündete Asgers Handy den eingehenden Anruf. In der Dunkelheit, die auf dem Pinneberg herrschte, klang selbst dieses leise Geräusch unnatürlich laut.

„Was soll das?", zischte er. „Ich denke, du wolltest ein Lichtsignal geben, wenn sie in Sicht sind?"

„Sie kommen von der anderen Seite", sagte Arne.

Während Asger auf dem Pinneberg wartete, hatte Arne an einem der größeren Trichter kurz vor der Westküste Stellung bezogen. Dort lag er auf der Lauer und beobachtete mit einem der beiden Nachtsichtgeräte, was auf der Kartoffelallee vor sich ging.

„Was soll das heißen? Von der anderen Seite?"

„Sie sind nicht abgebogen, um den kurzen Weg zu nehmen. Sie machen die große Runde, wie es aussieht. Und das bedeutet, dass sie in deinem Rücken auftauchen werden. Mit anderen Worten: Beweg deinen Hintern da weg, sonst sehen sie dich!"

Für diese Frechheit hätte Asger seinem Komplizen am liebsten direkt eine verpasst, aber abgesehen davon hatte Arne recht.

Asger zog sich in die Schatten unterhalb des Berges zurück und suchte sich einen erhöhten Punkt, von dem aus er den Vogelfelsen ungesehen beobachten konnte. Alles war still, selbst die Basstölpel waren zur Ruhe gekommen und ließen keinen Ton mehr hören. Aber die Dunkelheit nahm immer weiter zu und das unstete Licht des Leuchtturms war für ihn eher hinderlich. Asger setzte sein Nachtsichtgerät auf und schaltete es ein. Die Welt wurde plötzlich in ein geisterhaftes Grün getaucht und wirkte ungewohnt grobkörnig. Dafür konnte er nun ganz hervorragend sehen!

Es dauerte einige Minuten, dann tauchten die beiden Jungen in seinem Blickfeld auf! Sie näherten sich vorsichtig und sahen sich immer wieder um.

‚Wenn ihr wüsstet, wie recht ihr habt!', dachte Asger und

grinste boshaft. Wie gerne hätte er sich die beiden Bengel jetzt gleich vorgenommen!

Er beobachtete, wie die Jungen mit einer Leine hantierten und kurz darauf eine Taschenlampe aufleuchtete.

Dann hörte Asger eine Stimme sagen: „Aber da passt doch niemals die Beute rein!"

Der Satz versetzte ihm einen Stich! Sie hatten etwas gefunden! Aber das war nicht die Beute?

Nur einige Minuten später machten die beiden sich wieder auf den Weg. Asger holte sein Handy hervor und schickte Arne eine kurze Mitteilung. „Sie kommen in deine Richtung. Ich bin dran." Dann folgte er den beiden Jungen, die längst in der Dunkelheit und um die nächste Ecke verschwunden waren.

Geduckt huschte er über den Pinneberg, immer auf der Hut, die beiden nicht zu überholen, und glitt schließlich geschmeidig in den Trichter, in dem Arne sich bereits aufhielt.

„Was ist los?", flüsterte Arne leise. Seine Stimme zitterte leicht. „Haben sie was gefunden?"

„Ja, aber das ist nicht die Beute."

„Nicht? Was dann?"

„Schnauze! Ich weiß nicht, was sie da aufgestöbert haben. Aber irgendwas wird es wohl gewesen sein. Sie haben sich auf jeden Fall angeregt darüber unterhalten."

Aus sicherer Entfernung beobachteten sie, wie die Jungen weitermachten und sich kurz danach wieder auf einen Aussichtspunkt zurückzogen. Als die beiden dann erneut aufbrachen, nickte Asger Arne zu.

„Los! Hinterher. Ich glaube, die wissen jetzt ganz genau, wo sie hinmüssen. Dieses Mal schnappen wir sie. Und die Beute."

„Wollen wir es hoffen ...", sagte Arne.

Asger ließ seine Fingerknöchel knacken. „So oder so. Ich werde schon meinen Spaß haben."

Sprottes Puls hatte sich beschleunigt und sein Gesicht schien in der Dunkelheit zu glühen. Mit schnellen Schritten jagte er den Klippenrandweg in Richtung Südküste entlang, sodass Finn fast Schwierigkeiten bekam, ihm zu folgen.

Sie waren so dicht davor, diesen Fall endgültig zu lösen!

Eine diebische Vorfreude machte sich in ihm breit und verlieh ihm Siebenmeilenstiefel.

„Meine Herren! Du willst es jetzt aber echt wissen, oder?", schnaufte Finn, als sie die Stufen erreichten, die vom Oberland zum Kringel führte.

Sprotte grinste und lief die Treppe hinunter. An ihrem Fuß angekommen, musste er sich notgedrungen bremsen. In der Dunkelheit kamen sie beim Abstieg über den Grat nur langsam in Richtung der Absperrung voran. Mehrmals rutschte er weg und wäre fast gestürzt, doch schließlich standen sie vor dem Gittertor. Dahinter erstreckte sich dunkel und unwirklich der Klippenkontrollweg.

Finn fädelte den Gürtel aus seiner Hose und schlang ihn um die äußerste Strebe des Tores. „Hätte ich das gewusst, hätte ich den anderen mitgenommen ...", sagte er.

Ein leises Geräusch ließ Sprotte hellhörig werden. Er sah nach oben, aber dort türmte sich nur eine schwarze Felswand vor einem dunklen Himmel auf. Ein paar Sterne leuchteten bereits und er glaubte, den Schatten einer davonfliegenden Möwe zu erkennen.

„Vielleicht sehe ich auch schon Gespenster", murmelte er und zückte sein Smartphone.

Finn schwang sich um die Absperrung herum. „Kommst du?"

Sprotte ließ sein Telefon zurück in die Hosentasche gleiten und grinste ihn an. „Du kannst dich schon mal wieder anziehen", sagte er und begann, die Querstreben des Tores hinaufzuklettern. Flugs stand er auf der anderen Seite.

„Meinst du, wir können hier schon die Lampen benutzen?"

„Ab da hinten", sagte Finn. „Oben ist nicht mehr viel los.

Und selbst wenn jemand die Lichter sieht, ist es wahrscheinlich nur ein Tourist."

Zügig ließen sie das Tor hinter sich und richteten alsbald ihre Lampen auf die Felswand. Sprotte spürte sein Herz bis zum Hals schlagen. Nicht mehr lange, dachte er.

Nicht mehr lange …

Asger drückte sich flach an den Boden und rührte sich nicht. Mühsam unterdrückte er den Fluch, der ihm auf den Lippen lag. Fast hätte dieser verdammte Bengel ihn gesehen!

Er wartete eine Minute, dann hob er den Kopf und spähte wieder über die Felskante hinweg.

Dort unten war die Absperrung zum Klippenkontrollweg. Gerade eben konnte er noch erkennen, wie der Junge darüber hinweg kletterte. Das schien also kein Problem zu sein. Immerhin. Denn bis hierhin war die Beschattung alles andere als leicht gewesen. Trotz der Nachtsichtgeräte.

Bis auf eine oder zwei Biegungen war der Klippenrandweg hier verhältnismäßig gerade und wäre der Junge ein einziges Mal stehengeblieben, um sich umzudrehen, hätte er sie entdeckt. So aber war er mit seinem Freund davon gestürmt und für einen Moment hatte es sogar so ausgesehen, als wären sie erneut entkommen.

Bis Asger mit Arne an dieser Treppe angekommen war.

Unter ihm verschwanden die Jungen im Dunkel. Er stand auf und ging zu Arne, der ein Stück zurückstand. „Sie sind über den Zaun", sagte er leise. Seine Stimme bebte vor Ungeduld.

„Dann haben sie wirklich etwas", sagte Arne. „Das machen die nicht nur zum Spaß. Nicht um diese Zeit. Irgendwo da unten muss sich die Beute …"

„Still!" Asgers Hand legte sich wie eine Klaue um Arnes Arm und drückte unbarmherzig zu. Arne zuckte zusammen und verstummte.

Schritte waren zu hören und eine einzelne dunkle Gestalt kam auf sie zu. Asger beobachtete den Mann, der sich mit einem leicht wippenden Gang näherte.

„Guten Abend", sagte der Spaziergänger im Vorbeigehen.

Arne erwiderte krächzend den Gruß, während Asger nur ein leises Grunzen zustande brachte. Misstrauisch sah er dem Mann nach, bis dieser verschwunden war.

„Los jetzt", sagte er, als die Schritte endgültig verklungen waren. „Folgen wir ihnen. Da unten können sie uns nicht mehr entkommen."

Wortlos folgte Arne ihm die Treppe und den Abhang hinunter. Asger hatte recht. Von dort, wo die Jungen jetzt waren, kamen sie nicht mehr weg, ohne dass sie an ihnen vorbeimussten. Als er den schwachen Umriss seines Komplizen beobachtete, wie er sich durch die Dunkelheit dem Kringel näherte, begann sein Magen zu grummeln.

Was würde Asger tun, wenn er die Beute endlich hatte? Was würde er mit ihm machen? Und was mit den Jungen? Und was würde passieren, wenn die Suche wieder erfolglos endete …?

Langsam gingen Sprotte und Finn den Klippenkontrollweg entlang. Die Basstölpel hatten ihr Geschnatter eingestellt und so verblieb als Geräuschkulisse nur das leise Rauschen des Meeres. Jeder kleine Stein, gegen den sie versehentlich traten, verursachte in der Stille einen Höllenlärm.

Schwarz ragte auf der einen Seite die Felswand empor, während auf der anderen die Nordsee in kleinen Wellen gegen die Brandungsmauer schwappte. Wie weiße Finger tasteten die Strahlen ihrer Taschenlampen über den Fels, immer auf der Suche nach einer Öffnung oder einem größeren Loch.

„So richtig überzeugt mich das hier gerade nicht", sagte Finn. Obwohl sie allein waren, flüsterte er. „Stimmt zwar, dass wir im Hellen ein Problem hätten, hierherzukommen. Aber einen Höhleneingang, also so was wie ein schwarzes Loch in dieser Wand da zu finden … jetzt, bei Dunkelheit."

Sprotte gab Finn grundsätzlich Recht. Und so, wie es im Moment lief, hätte er auch nicht gerade Wetten auf ihren Erfolg abgeschlossen. Aber aufgeben und umkehren kam überhaupt nicht in Frage!

„Dein Vater hat nicht zufällig mal bei einer seiner Erzählungen erwähnt, wo sich diese Höhle genau befindet, oder?"

„Nein, hat er nicht", sagte Finn. „Jedenfalls nicht richtig. Er gibt zwar immer noch gerne mit sowas an, aber die wirklich guten Sachen behält er wohl für sich."

Sprotte konnte sich ungefähr vorstellen, was Finn unter den ‚wirklich guten Sachen' verstand. Höhleneingänge und Zugänge zu den Resten gesprengter und eingestürzter Bunker standen da bestimmt ganz oben auf seiner Liste. „Von wie vielen Leuten hast du denn schon mal was über die Höhe gehört?"

„Abgesehen von Papa? Lass mal überlegen … Wenn es hochkommt … vielleicht drei?"

„War jemand von der Vogelwarte dabei oder jemand, der mit dem Naturschutz auf der Insel zu tun hat?"

„Hä? Wie kommst du denn darauf?"

„Sollte sich der Höhleneingang in der Nähe des Vogelfelsens befinden, besteht eine gewisse Wahrscheinlichkeit, dass ihn jemand von der Vogelwarte oder vom Naturschutz entdeckt hat. Wenn das aber nicht der Fall ist, würde ich annehmen, dass die Höhle sich noch deutlich vor dem Lummenfelsen und dem Breithorn befindet."

Finn überlegte kurz und runzelte die Stirn. „Mal abgesehen davon, dass damit immer noch mehr als zwei Drittel der Westküste überbleiben – so ganz schlüssig ist das nicht, was du sagst. Nur weil ich noch keinen Vogelwart über deine

Höhle habe sprechen hören, kann er sie ja trotzdem gefunden haben."

„Mag sein", gab Sprotte zu, „aber hätte er diesen Fund dann geheim gehalten?"

„Was? Geheim? Hier auf Helgoland?", Finn lachte leise. „Also Geheimnisse sind hier ja eher ... Oh ... Ich verstehe, was du meinst. Ja, das hätte sich rasend schnell herumgesprochen ... Stimmt ..."

Sprotte nickte. „Dabei fällt mir noch etwas anderes ein. Der Eingang muss eher klein und unscheinbar sein. Sonst hätte ihn längst jemand gefunden und man wüsste von der Höhle. Außerdem kann ich mich nicht daran erinnern, dass mir bei unserer Inselrundfahrt etwas aufgefallen wäre. Und als ich aus dem Bunker gekommen bin, habe ich auch nichts bemerkt."

„Na ja, da warst du ja auch etwas abgelenkt und nicht ganz aufnahmefähig."

„Gutes Argument", sagte Sprotte. Er blieb vor der Felswand stehen, die ohne ihre Beleuchtung tiefschwarz wirkte und grübelte. Hatte der Professor gewusst, wo diese Höhle war? Auf jeden Fall musste er irgendwann davon erfahren haben. Und so, wie es aussah, hatte er sie für ein gutes Versteck gehalten. Das wäre bei einem deutlich sichtbaren Eingang mit Sicherheit nicht der Fall gewesen. Viel wahrscheinlicher war also, dass die Höhlenöffnung nicht nur klein, sondern auch irgendwie versteckt war.

Er begann, die Felswand in einem deutlich spitzeren Winkel abzuleuchten. So sollte ein verdeckter Spalt im Fels viel eher auffallen. Jedenfalls hoffte er das.

Nach jeweils zehn Metern kehrte er um und prüfte den soeben abgesuchten Abschnitt noch einmal in der Gegenrichtung. Zunächst waren auch diese Versuche vergeblich, aber als er zum dritten Mal umkehrte, wurde der Strahl seiner Lampe plötzlich vom Fels regelrecht verschluckt!

Sprotte fühlte einen Schauer durch sich hindurchlaufen und seine Hände begannen zu zittern. Wie angewurzelt blieb er stehen und rief leise nach Finn.

„Was ist? Hast du was gefunden?"

„Leuchte mal dahin", sagte Sprotte und bewegte den Lichtstrahl seiner eigenen Lampe auf und ab. Finn tat wie ihm geheißen und ließ einen leisen Pfiff hören.

Sprottes Licht glitt an einem Felsvorsprung entlang, der in etwa zwei Meter Höhe begann und sich dann wie eine halb offen stehende Tür bis zum Boden zog. Dahinter war ein Spalt, breit genug, dass eine Person hindurchpasste, und so schwarz, dass alles Licht darin verschwand.

„Das ist ja mal ein Ding!", flüsterte Finn.

Sprotte trat einen Schritt nach vorne. Vorsichtig näherte er sich dem finsteren Schlitz, der die Felswand durchzog und leuchtete hinein.

„Was siehst du?", fragte Finn.

Der Schauer, den Sprotte beim Auffinden des Eingangs gespürt hatte, kam noch einmal zurück und dieses Mal schüttelte er ihn kräftig durch. Er schluckte trocken und seine Stimme bebte.

„Ich glaube, wir haben sie gefunden", sagte er.

Kapitel 15
Die Höhle

Lautlos glitten die Jungen durch den Spalt und verschwanden mitsamt ihren Lichtern im Dunkel. Die Höhle roch ähnlich muffig wie der Bunker, befand Sprotte, wenn auch etwas frischer. Der Geruch von Salz, Meer und Tang war stark und überlagerte das erdige und unangenehme Aroma verrottender Pflanzenreste.

Unter ihren Füßen knirschte zerbröselter Buntsandstein und erinnerte Sprotte fatal an seine Erlebnisse bei der Flucht aus dem Bunker. Für eine Sekunde raubte ihm die neue Umgebung den Atem und sein Herzschlag pochte dumpf in seinen Ohren.

„Ziemlich groß", murmelte Finn. „Damit hätte ich gar nicht gerechnet."

Tatsächlich maß die Höhle mindestens fünf Meter im Quadrat, wenn nicht sogar noch mehr und war auch an der niedrigsten Stelle hoch genug, dass ein Erwachsener bequem darin stehen konnte. Im vorderen Bereich erschien der Untergrund noch einigermaßen eben zu sein, doch je weiter man in die Höhle hineinsah, desto unregelmäßiger wurde der Boden. Überall lagen Steine und Bruchstücke vom Felsen.

Sprotte leuchtete die Wände ab. Die vielen Spalten und Risse, die er dabei fand, ließen ihn einen nervösen Blick zur Decke werfen. Je eher sie hier wieder heraus waren, desto besser. Er holte die beiden Zettel aus der Hosentasche und ging die kurze Botschaft noch einmal durch.

„Und hier müsste jetzt irgendwo ein großer flacher Fels

sein", sagte er und ließ das Licht seiner Lampe wie einen Suchscheinwerfer durch den kahlen Raum gleiten.

„Das da könnte er sein", sagte Finn. Sein Lichtstrahl erleuchtete eine kleine Gesteinsformation, die sich ganz hinten in der Höhle erhob. Sie war breit, aber nicht besonders tief, so als würde hier eine Miniaturausgabe von Helgoland einen Meter weit aus dem Boden ragen.

Mit angehaltenem Atem traten sie an den Felsen heran. Sie beleuchteten ihn von allen Seiten und fanden auf der Rückseite schließlich eine Einbuchtung.

Sprottes Herz setzte zwei oder drei Schläge aus!

Im Schatten der Höhlung befand sich ein großer Kasten!

Vorsichtig zog Sprotte ihn hervor. Es war eine transparente Aufbewahrungsbox, wie man sie in jedem Baumarkt kaufen konnte. Sie war einen halben Meter breit und etwa fünfunddreißig Zentimeter hoch und genauso tief.

Und sie war unerhört schwer!

Der Inhalt zeichnete sich nur schemenhaft ab, aber es war auf den ersten Blick erkennbar, dass die Box bis zum Rand gefüllt war!

„Tüm hoog", flüsterte Finn ehrfürchtig. „Mann, und ich hab am Anfang gedacht, dass du dir nur was zusammenspinnst."

„Ehrlich gesagt, ging es mir nicht anders", sagte Sprotte. Es klickte laut, als er die Verschlüsse öffnete. „Aber ich bin ein bisschen enttäuscht. Am Ende der Schatzsuche findet man ja normalerweise eine große schwere Truhe aus Holz und nicht so einen leicht zu öffnenden Plastikkasten." Ein breites Grinsen zog sich in seinem Gesicht von Ohr zu Ohr.

„Ach deswegen hast du den perfekten Spaten zum Aufschlagen des Schlosses dabei", sagte Finn und grinste zurück.

Sprotte nahm den Deckel ab. Das letzte, was sie noch vom Inhalt der Kiste trennte, war ein schwarzes Tuch, das oben aufgelegt war. Er zog es beiseite und schnappte nach Luft!

Die Box war randvoll mit Uhren, Armbändern und Ringen! Silber und Gold reflektierten das Licht ihrer Lampen so sehr, dass es sie fast blendete, und unzählige Edelsteine fügten alle Farben des Regenbogens hinzu.

„Ist das krass!", entfuhr es Finn. „Der absolute Hammer! Was das wohl wert ist?"

Sprotte schüttelte den Kopf. „Keine Ahnung. Bestimmt mehr als wir uns vorstellen können." Er nahm eine schwer aussehende Uhr aus der Box und drehte sie, bis er ein Preisschild gefunden hatte.

Finn ließ einen leisen Pfiff hören. „Ich kann es nicht genau sagen, aber diese eine Uhr kostet so viel, wie mein Vater vielleicht in einem guten Monat verdient. Und dieser Kasten ist voll davon!"

Sie nahmen sich noch einen Moment, um ihren Fund zu begutachten. Fast jede Uhr und jedes Schmuckstück hatte einen kleinen Anhänger, mit dem Preis auf der einen und dem Logo einer Edelmarke auf der anderen Seite. Allmählich bekamen sie einen ungefähren Eindruck von dem riesigen Vermögen, das hier vor ihnen lag.

Schließlich erhob Sprotte sich. In seinem Kopf rauschten die Gedanken und unaufhörlich hämmerte in ihm die Erkenntnis, dass sie es geschafft hatten! Sie hatten die Beute gefunden! Ein unerhörtes Triumphgefühl erfüllte ihn und mit dem breitesten Grinsen, zu dem er fähig war, holte er sein Smartphone heraus.

„Diesen Augenblick müssen wir festhalten", sagte er. „Komm', das wird ein Superbild. Wir und der Schatz!"

Sie brachten sich in Pose und Sprotte schoss drei oder vier Bilder schnell hintereinander.

„Jetzt müssen wir den Kasten nur noch samt Inhalt zur Polizei bringen", sagte er und grinste Finn schief an. „Und da sollten wir unbedingt darauf bestehen, durchsucht zu werden."

„Wozu das denn?", fragte Finn.

„Damit man uns nachher nicht nachsagt, wir hätten etwas eingesteckt!"

„Das unterstellt uns ein gewisser Jemand so oder so!", lachte Finn.

Sie verschlossen die Box und bugsierten sie zum Ausgang. Dort löschten sie ihre Lichter und zwängten sich zurück auf den Klippenkontrollweg. Einer vorne, einer hinten, tappten sie durch die Dunkelheit, die nach ihrem Ausleuchten der Höhle finsterer war, als jemals zuvor.

Sprotte ging voran. Seine Augen gewöhnten sich nur langsam an die neuen Lichtverhältnisse und so setzte er vorsichtig tastend einen Fuß vor den anderen. Dennoch kam er schon nach den ersten Schritten ins Wanken. Sein freier Arm ruderte in der Luft und jeden Moment erwartete er, dass er stürzte und hart auf Fels und Gestein aufschlug.

Was er nicht erwartete, war das leise, metallische Klicken, das nur wenige Zentimeter vor seinem Gesicht erklang. Ein unangenehmer und vertrauter Geruch nach muffigem Keller und Alkohol waberte ihm entgegen und im Dunkel meinte er den Lauf einer Waffe zu erkennen.

„Nun mal hübsch langsam, Jungchen", hörte er eine bekannte Stimme direkt vor sich. „Ihr werdet jetzt ganz ohne irgendwelche Umstände umdrehen und zurück in die Höhle gehen. Und lasst euch nicht einfallen, die Lampen einzuschalten, bevor ich es sage, sonst knallt's!"

Sprottes Eingeweide verkrampften sich binnen Sekundenbruchteilen und schmerzten, als hätte ihm jemand brutal in den Magen geboxt. Sprachlos stand er da und seine Hand umklammerte den Griff der Transportbox so fest, dass seine Fingerknöchel weiß hervortraten.

Vor ihm schälte sich langsam ein Schatten aus dem Dunkel. Er wusste, dass es Asger war, aber irgendetwas an ihm war seltsam.

Sprotte drehte sich um und wechselte wortlos die Box in die andere Hand. Er konnte Finn nur undeutlich ausmachen, aber dessen schemenhafter Umriss reichte, um zu erkennen, dass auch er begriffen hatte, was los war. Der Brustkorb seines Freundes hob und senkte sich in schneller Folge. Alles andere an ihm war wie erstarrt.

„Los jetzt!" Asgers zischende Stimme ließ keinen Widerspruch zu.

Sprotte und Finn gingen zurück. Hinter sich hörten sie Schritte, ein seltsames Schleifen und schweres Atmen. Halb blind ertasteten sie sich ihren Weg und zwängten sich schließlich erneut durch den Eingang.

„Da wären wir also", sagte Asger. „Kiste abstellen und Licht an."

Zum zweiten Mal in dieser Nacht erleuchtete das fahle Licht der Taschenlampen die Höhle. Ohne Vorwarnung packte Asger Finn an der Schulter, riss ihn herum und versetzte ihm einen heftigen Schlag in die Magengrube.

Finn ging wie ein Sack Kartoffeln zu Boden. Röchelnd krümmte er sich und rang nach Luft.

„Den war ich dir noch schuldig", sagte Asger und unterband mit einem einzigen Blick den Einspruch, den sein Komplize erheben wollte. „Und von jetzt an keinen Mucks, bis ich euch was anderes sage!"

Sprotte half Finn so gut es ging auf die Beine und schleifte ihn bis zur Höhlenwand.

Stöhnend hielt Finn sich den Bauch und lehnte sich gegen den Felsen. „Wenn du kannst, dann hau ab!", flüsterte er Sprotte zu.

Der nickte unmerklich. „Das Gleiche gilt für dich."

„Ja, klar", sagte Finn und versuchte, trotz seiner Schmerzen ein Lächeln aufzusetzen.

„Was gibt es da zu tratschen? Maul halten!" Asgers Stimme donnerte durch die Höhle wie ein Wintergewitter.

Sprotte setzte sich neben Finn. Die Kälte des Bodens ließ ihn frösteln und ein Stück Fels bohrte sich unangenehm in seinen Rücken. Er versuchte, ruhig zu atmen und die aufkommende Panik im Zaum zu halten. Doch der Schock saß tief.

Jegliches Triumphgefühl hatte sich verflüchtigt und Angst und Schrecken Platz gemacht. Kalter Schweiß trat auf seine Stirn und sein Gesicht brannte bereits jetzt in Erwartung von Asgers Schlägen.

Als die beiden Gangster sich vor ihnen aufbauten, wurde Sprotte klar, warum Asger im Dunkeln so seltsam ausgesehen hatte. Auf dem Kopf trug er ein Gestell, an dem ein flacher Apparat befestigt und hochgeklappt war. Ein Nachtsichtgerät! Deswegen war er ohne Licht so dicht an sie herangekommen!

Neben ihm atmete Finn schwer und unregelmäßig.

Tief in seinem Inneren verspürte Sprotte einen Stich. Egal, was weiter geschehen würde – wenn einer von ihnen verletzt würde, wäre das seine Schuld! Die ganze Zeit war er die treibende Kraft gewesen. Er hatte nicht aufstecken und unbedingt seinen Kopf durchsetzen wollen! Übelkeit stieg in ihm auf und er spürte ein Würgen im Hals.

„Dann wollen wir mal", sagte Asger. Betont langsam nahm er das Nachtsichtgerät ab. Dann warf er seinem Komplizen etwas zu. „Fessel sie", befahl er.

Arne humpelte auf sie zu und begann, Sprottes Hände hinter seinem Rücken mit Klebeband zu umwickeln. Eins seiner Knie war aufgeschlagen und das zerrissene Hosenbein hatte sich mit Blut vollgesogen. Auch wenn Arne das kleinere Problem war, konnte Sprotte sich eine gewisse Genugtuung nicht verkneifen.

„Diese moderne Technik is schon eine wunderbare Sache", sagte Asger und hielt das Nachtsichtgerät hoch. „Nicht nur, dass es hiermit relativ einfach war, euch zu beobachten – man kommt damit auch sehr dicht und vor allem unbemerkt an seine Beute heran."

Ein eiskalter Schauer durchlief Sprotte. Genauso fühlte er sich gerade. Wie die Beute eines Raubtiers. Er holte tief Luft und versuchte, sich zu beruhigen. ‚Keine Panik!', sagte er sich wieder, genau wie im Bunker.

Mit einem leisen Schmerzenslaut erhob Arne sich.

Auch Finn war nun gefesselt und rutschte unruhig hin und her, wahrscheinlich, um eine halbwegs angenehme Sitzposition zu finden, vermutete Sprotte.

„Mann, das hat vorhin wirklich weh getan", sagte Arne und besah sich die Wunde an seinem Knie. „Hoffentlich hat das Gelenk nichts abgekriegt."

„Hättest du aufgepasst, wärst du beim Abstieg auch nicht gestürzt", sagte Asger hämisch. „Überprüf lieber den Kasten, ob alles da ist."

Widerspruchslos sah Arne die große Transportbox durch, wühlte in ihrem Inhalt herum und nickte beiläufig. Dann kam er mit schmerzverzerrtem Gesicht wieder hoch und sagte: „Sieht gut aus. Alles da, jedenfalls soweit ich sehen kann." Die Verschlüsse klackten, als Arne den Deckel wieder auf der Box befestigte.

„Und jetzt zu euch", sagte Asger. Er stand breitbeinig vor ihnen und ließ demonstrativ seine Fingerknöchel knacken. „Du hast uns ganz schön in die Suppe gespuckt, du Mistkerl! Lästig wie eine Fliege und genauso hartnäckig. Ohne dich hätten wir die Box schon viel früher gefunden."

Sprotte versuchte, dem giftigen Blick so gut es ging, standzuhalten, und verkniff sich jede Bemerkung. Die Vorstellung, dass die beiden Gangster, oder gar Asger allein, die Hinweise gelöst und hierhergefunden hätten, belustigte ihn, auch wenn ihm gerade nicht nach Lachen zumute war.

„Am liebsten würde ich dir den Kopf abreißen", zischte Asger. Seine Fäuste ballten sich.

Sprotte spürte, wie sein ganzer Körper sich in Gummi verwandelte. Er wollte sich nicht einmal ansatzweise vorstellen, wozu dieser Mensch fähig war.

„Es gibt anderes zu klären", sagte Arne. „Wir stehen genau da, wo wir schon vor einem halben Jahr waren. Und wir haben immer noch das gleiche Problem …"

„Was meinst du?"

„Ich meine, dass wir die Beute jetzt zwar haben, aber mit ihr immer noch auf dieser Insel festsitzen. Ich wäre dafür, dass wir sie sofort aufteilen. Dann kann sich jeder auf den Weg machen, wie es ihm gefällt, und man kann nicht mehr so leicht eine Verbindung zwischen uns herstellen."

„Interessant …", sagte Asger, „aber das wird nichts. Wir trennen uns erst wieder, wenn wir das Festland erreicht haben. Morgen früh verlässt du dein Hotel und kommst in das Versteck."

„Und dann?"

„Ich funke meinen Skipper an. Der hat mich ungesehen hergebracht, der holt mich auch wieder ab. Du wirst natürlich um eine gewisse Gebühr für den Transport nicht herum kommen", sagte Asger und betonte dabei das Wort ‚Gebühr' über die Maßen. „Bleibt nur noch die Frage, was mit den beiden da ist…"

Aufreizend langsam griff er in seinen Hosenbund. Locker, so als wäre es für ihn das Normalste auf der Welt, hielt er plötzlich wieder die Waffe in der Hand.

„Bist du irre!?", sagte Arne. Mit weit aufgerissenen Augen starrte er seinen Komplizen an. „Du kannst die beiden nicht einfach abknallen!"

„Weichei", sagte Asger zischend und grinste hässlich. Sein Gesicht verzog sich zu einer Fratze aus Bösartigkeit und Brutalität. „Was für ein Problem hast du damit?"

„Ich bin kein Engel, keine Frage", blaffte Arne zurück. „Ich stehle, ich betrüge und ich breche in Häuser ein. Aber ich bringe keine Kinder um! Außerdem schafft uns das nur zusätzliche Probleme. Selbst der dämlichste Bulle merkt, dass hier was nicht stimmt, wenn plötzlich Kinder verschwinden – oder am Ende sogar Leichen auftauchen!"

„Leichen, die auftauchen?", fragte Asger. „Die tauchen nicht auf, glaub mir!"

Mit angehaltenem Atem und von Angst verzerrten Gesichtern saßen die beiden Jungen wie erstarrt an der Felswand und beobachteten die Auseinandersetzung. Arne humpelte einen Schritt auf Asger zu. Wortlos schüttelte er den Kopf.

Asgers Augen funkelten wütend. Seine freie Hand ballte sich zur Faust und für einen Moment schien es, als würde er zuschlagen wollen.

Langsam richtete er die Waffe auf Arne und drückte ihm den Lauf in die Brust. Eine endlose Sekunde lang standen sie so da. Dann schubste Asger seinen Komplizen mit einem Stoß beiseite. „Sprich nie wieder in diesem Ton mit mir", sagte er.

Endlich ließ er die Waffe sinken und begann wie ein wildes Tier im Käfig auf und ab zu gehen. Sprotte erinnerte sich an eine ähnliche Situation im Bunker. Offensichtlich dachte Asger gerade angestrengt nach.

„Ich rufe meinen Skipper an", sagte er schließlich noch einmal. „Dann können wir ungesehen von der Insel verschwinden. Samt diesem Kasten da. Und bis er hier ist, warten wir hier. Alle!"

Widerstreitende Gefühle machten sich in Sprotte breit. Einerseits beruhigt er sich etwas, denn anscheinend wollte Asger ihnen nun nicht mehr das Fell über die Ohren ziehen. Andererseits hatte er die Aussicht auf einen längeren Aufenthalt in einer Höhle.

Er hätte Finn gerne einen Blick zugeworfen und sei es nur, um zu sehen, wie es seinem Freund ging, aber er wagte kaum, den Kopf zu drehen. Er konnte nur leise hören, dass Finn immer noch auf der Suche nach einer bequemen Sitzposition war.

„Willst du wirklich hier warten?", fragte Arne. „Wäre es nicht besser, wenn wir die Beute ins Versteck bringen und die Wartezeit dort überbrücken?"

„Nein. Von da ist diese Mistratte schon einmal

entkommen. Das hier ist klein und überschaubar. Wir bleiben, wo wir sind. Hier", sagte er und drückte Arne die Waffe in die Hand. „Ich gehe raus und kläre den Transport. Hier drinnen habe ich kein Netz."

Asger verschwand nach draußen. Nur Sekunden später waren dumpfe Schläge und ein unterdrücktes Keuchen zu hören. Asger taumelte in die Höhle zurück. Er stöhnte und blutete heftig aus der Nase.

Erschrocken sah Sprotte, wie der Gangster in die Mitte der Höhe wankte und dort mit glasigem Blick stehen blieb. Hinter ihm tauchte eine dunkle Gestalt auf und kam langsam und bedrohlich näher.

Asger war wackelig auf den Beinen. Er taumelte und schaffte es kaum, seine Arme zur Abwehr gegen den Angreifer zu heben.

Der Mann trat auf ihn zu und versetzte ihm trocken und ansatzlos einen mächtigen Kinnhaken. Krachend traf die Faust Asgers Kiefer und schickte ihn zu Boden. Dann richtete die Gestalt eine Waffe auf Arne.

Der stand wie versteinert da und versuchte, zu verstehen, was gerade passierte.

„Hinsetzen", befahl der Mann.

Arne gehorchte und saß wenige Augenblicke später gefesselt und regungslos an der Höhlenwand.

Sprotte beobachtete die ganz in schwarz gekleidete Gestalt. Der Mann trug Handschuhe und eine Skimaske. Außer einem schmalen Streifen an den Augen war jeder Zentimeter seines Körpers bedeckt. Ihre Blicke trafen sich und Sprotte hatte das eigenartige Gefühl, dass der Mann versuchte, ihm auszuweichen.

Langsam ging der Neuankömmling auf die große Transportbox zu. Zum dritten Mal in dieser Nacht wurde ihr Inhalt kontrolliert.

„Dass das so lange dauern würde ...", flüsterte er.

„Und das ist noch längst nicht vorbei", sagte Arne. „Oder

glaubst du, dass du mit der Beute hier einfach raus spazierst, und alles ist gut? Natürlich, im Moment hast du Oberwasser. Aber was ist mit der Kiste? Hast du dir darüber schon Gedanken gemacht? Ich denke, du weißt, was ich meine.

Man kann nicht mit Uhren, Ringen oder Armbändern bezahlen. Du musst alles erst zu Geld machen. Und mit diesen Sachen kannst du nicht zu irgendeinem Pfandleiher oder Juwelier gehen. Da muss man schon die richtigen Leute kennen. Hast du die Kontakte dafür?"

Der Mann legte den Kopf schief und und nickte langsam. Dann verschloss er die Box wieder. Sprotte erkannte die Enttäuschung in Arnes Gesicht. Er hatte wohl damit gerechnet, einen Handel abschließen zu können. Während Finn neben ihm immer noch herumrutschte, ging Arne offensichtlich gerade ein Licht auf.

„Du bist unser Informant!", sagte er und nickte, als der Mann nicht widersprach. „Natürlich! Der Professor hatte von jemandem auf der Insel einen Tipp erhalten! Von jemandem, der bereit war, ein gewisses Risiko einzugehen, weil er sich in argen Geldnöten befand.

Deshalb wollte der Professor die Beute damals auch verstecken und hat anschließend dieses ganze Theater mit der Karte und den Hinweisen veranstaltet.

Er hätte die Kiste zwar auch bei dir lassen können, aber er hat dir einfach nicht weit genug über den Weg getraut, weil du das da", er deutete mit dem Kinn auf die Box, „auch selbst zu Geld hättest machen können."

„Teils, teils", sagte der Mann.

Sprotte runzelte die Stirn. Der Neuankömmling war auffallend einsilbig. Dabei hatte er doch alle Fäden in der Hand. Er konnte sich als Einziger frei bewegen, er hatte die Waffe und dennoch ...

„Ja, der Professor war vorsichtig", sagte Arne und lächelte. „Offensichtlich war es richtig, dir nicht zu trauen. Aber da war noch etwas, oder? Hast du kalte Füße bekommen?"

„Reine Vorsichtsmaßnahme." Der Mann zog die Kiste an den Höhleneingang und trat dann zurück in die Mitte der Höhle. Es waren nur zwei Schritte, doch sie reichten, um in Sprotte einen Verdacht aufkeimen zu lassen, der ihm einen Stich in sein Innerstes versetzte.

Das konnte nicht sein!

Eindringlich musterte er die Kopfform des Mannes. Größe und Statur passten. Noch bevor er näher darüber nachdachte, was diese Erkenntnis bedeutete, rutschte ihm die Frage heraus:

„Wolfgang?"

Die Gestalt versteinerte augenblicklich. Ihre Augen hefteten sich auf Sprotte und flackerten im Licht der Taschenlampe.

Sprotte erwiderte den Blick und bemerkte, wie der Mann anfing, schwerer zu atmen. Eine beklemmende Stille machte sich breit und wurde nur durch Finn unterbrochen, der aufgehört hatte, hin und her zu rutschen.

„Was meinst du mit ‚Wolfgang'?", fragte er flüsternd.

„Ich habe doch recht, oder?", sagte Sprotte und ließ den Mann nicht aus den Augen. „Du bist Wolfgang Kallmann."

Die Aura von Kontrolle und Überlegenheit, die den Mann bisher umgeben hatte, verging und die eben noch aufrecht dastehende Gestalt, senkte die Schultern und ließ den Kopf hängen. Eine Hand glitt in den Nacken, zögerte kurz und zog sich dann langsam die Maske vom Gesicht.

Finn gab ein quietschendes Geräusch von sich. „Das gibt's nicht! Das ist ja tatsächlich Wolfgang ... Unglaublich! Woher wusstest du das?"

„Der Gang", sagte Sprotte. „Der Gang und die Kopfform. Aber das Wichtigste war, dass er mir die ganze Zeit nicht in die Augen sehen wollte. Oder konnte."

„Warum hast du das getan?", fragte Wolfgang. Seine Stimme klang traurig und ein Hauch Verzweiflung schwang in ihr.

„Was soll ich jetzt machen? Bis eben hätte ich einfach mit der Kiste verschwinden und euch hier lassen können. Aber so? Um diese beiden hier, ist es nicht schade ...", sagte er und die Worte, die er nicht aussprach, wogen schwerer, als alles, was er hätte hinzufügen können.

Sprotte wurde kalt.

„Du zwingst mich, eine Entscheidung zu treffen, die ich nie treffen wollte." Nachdenklich sah er auf die Waffe in seiner Hand. „Es sollte nie jemand zu schaden kommen. Es sollte nur ein Einbruch sein, ein sehr lukrativer, ja, aber nach allem, was ich gehört hatte, war die Lieferung versichert. Außer der Versicherung hätte niemand etwas verloren. Und jetzt?"

„Jetzt bist du ein Verbrecher!", sagte Sprotte. „So oder so. Und sie werden dich kriegen! Ganz egal, wie du dich entscheidest. Sie werden dich kriegen. Dir bleibt nur eine einzige Chance, nämlich, es nicht noch schlimmer zu machen. Bisher hast du andere nur zu etwas angestiftet. Und das da", Sprotte deutete auf den bewusstlosen Asger, „wird man dir eher zu Gute halten."

Traurig schüttelte Wolfgang den Kopf. „Nein, ich glaube nicht, dass da noch etwas zu machen ist. Vielleicht kann ich das Ganze so drehen, dass ich zu spät gekommen bin. Ich habe gesehen, wie ihr hierher gelaufen seid, dass ihr verfolgt wurdet, aber bevor ich einschreiten konnte, haben diese beiden hier ..."

Die unverhohlene Drohung hing wie ein giftiger Dunst in der Luft. Sprotte überlegte fieberhaft, wie er Wolfgang weiter beschäftigen und von seinen Plänen ablenken konnte. Mit einem Mal spürte er, wie Finn ihm etwas Spitzes in die Hand drückte.

Dann passierte alles gleichzeitig!

Finn sprang auf und holte weit aus. Etwas flog durch die Luft und Wolfgang schrie auf! Er ließ die Waffe fallen und ein Schuss krachte. Mit schmerzverzerrtem Gesicht fasste er sich an die Stirn, wo Finns Stein ihn getroffen hatte. Blut sickerte durch seine Finger.

Sprotte ging in Deckung und sah aus dem Augenwinkel, wie Finn auf Kallmann zustürmte.

„Verdammter Kerl!", fluchte der und versuchte, seinen Angreifer zu fassen zu kriegen.

Aber Finn war schneller!

Mit gesenktem Kopf ging er auf ihn los und rammte ihn seitlich mit der Schulter, wie ein Footballspieler. Finn war kräftig genug, um ihn umzuwerfen, ohne dabei selbst nennenswert aus dem Gleichgewicht zu geraten. Kallmann drehte sich ächzend einmal um die eigene Achse. Er fiel und schlug hart auf dem Boden auf.

Finn schnappte sich die einzige Lampe und verschwand durch den Spalt nach draußen.

Wolfgang Kallmann eilte dem entschwindenden Lichtschein nach und von einem Moment auf den anderen fand Sprotte sich in völliger Finsternis wieder.

Die alten Ängste kamen in ihm hoch und brachten ihn an den Rand einer neuerlichen Panikattacke! Sein Hals wurde eng und schnürte ihm die Luft ab.

Er schloss die Augen, versuchte, ruhig zu atmen, und zählte bis zehn. „Reiß dich zusammen!", rief eine Stimme in ihm. „Du musst hier raus! Du musst Finn helfen!"

Finn!

Der war hoffentlich so schlau, dass er die Lampe draußen sofort wegwarf! Aber er hatte ihm eben auch noch etwas gegeben.

Er drehte dieses Etwas in der Hand und betastete es. Es war ein Stein mit scharfen Kanten, die ihm fast in die Finger schnitten. Deshalb war Finn die ganze Zeit so eigenartig hin und hergerutscht! Er hatte seine Fesseln durchgeschnitten und versucht dabei nicht aufzufallen!

In dieser Hinsicht musste Sprotte sich glücklicherweise keine Sorgen machen. Es war stockduster und niemand würde sehen, was er tat. Dafür hatte er nicht einmal annähernd so viel Zeit zur Verfügung.

In seiner Nähe hörte er Arne sich rühren und ein leises Röcheln ließ ihn vermuten, dass auch Asger allmählich wieder zu Bewusstsein kam.

Er drehte den Stein in eine günstige Position und setzte die Kante an seinen Fesseln an. Es ging deutlich besser, als er angenommen hatte, wenn auch nicht so schnell, wie er es sich wünschte. Aber als der erste Schnitt vollbracht war, riss das Klebeband beinahe von selbst auf. Endlich hatte er die Hände wieder frei!

Sprotte widerstand dem Drang einfach aufzuspringen, und aus der Höhle zu eilen. Er hatte keine Ahnung, was in der Zwischenzeit draußen passiert war, und was ihn dort erwarten würde. Wenn er Glück hatte, war Finn auf und davon und Wolfgang wäre hinter ihm her. Wenn er Pech hatte, würde er auf einen Wolfgang Kallmann treffen, der Finn bereits wieder eingefangen hatte.

Vorsichtig kroch er auf allen vieren umher und fand den flachen Fels, hinter dem die Box versteckt gewesen war. So leise wie möglich, zog er sich daran hoch und tastete die steinige Oberfläche ab. Seine Hand zuckte einmal kurz zurück, als sie den Gegenstand berührte, den er gesucht hatte.

Leise hob er das Nachtsichtgerät an und setzte es sich auf. Seine Finger glitten über die verschieden Knöpfe. Jäh flammte vor seinen Augen ein grünliches, grobkörniges Bild auf und zeigte ihm das Innere der Höhle. Schnell vergewisserte er sich, dass von den beiden Gangstern keine Gefahr drohte.

Arne versuchte zwar, sich zu befreien, hatte es aber bisher nicht geschafft, seine Fesseln zu lösen. Und sein angeschlagenes Knie hinderte ihn offensichtlich daran, aufzustehen oder sich anderweitig zu bewegen. Asger lag

346

ganz in seiner Nähe und rührte sich kaum. Nur das Stöhnen war lauter geworden.

Fieberhaft überlegte Sprotte. Sollte er Finn jetzt einfach folgen? Mit ziemlicher Sicherheit würde er dann Wolfgang in die Arme laufen, Nachtsichtgerät hin oder her. Außerdem war die Beute - das, was Wolfgang und alle anderen wollten - immer noch hier.

Er zog die Transportbox in die Mitte der Höhle und setzte sich ganz hinten auf den flachen Felsen. Dann wartete er.

Es dauerte nur wenige Minuten, bis sich am Höhleneingang etwas tat. Wolfgang Kallmann glitt lautlos durch den Spalt und blieb an der Wand gleich daneben stehen. Er lauschte und sein Blick huschte unstet durch das Dunkel der Höhle. In der einen Hand hielt er die Waffe, während die andere tastend nach der Kiste suchte.

„Das war gar nicht schlecht von deinem Kumpel", sagte Wolfgang. „Er war nur nicht schnell genug."

„Was ist passiert?", fragte Sprotte, obwohl er überzeugt war, dass Wolfgang ihn so oder so anlügen würde.

„Ich habe ihn schon nach ein paar Metern eingeholt. Er liegt jetzt draußen. Ich konnte einfach nicht widerstehen, mich für sein Andenken zu revanchieren. Aber du warst auch nicht schlecht. Nein, wirklich. Nicht nur, wie du die Hinweise entschlüsselt hast. Gerade hier drin hast du dich gut gehalten. Wie du versucht hast, mich zu überzeugen und abzulenken. Ein Jammer, dass es so enden muss."

„Bleib da stehen, Wolfgang. Bleib stehen und leg die Waffe weg", sagte Sprotte und zwang sich, ruhig und beherrscht zu klingen, so als wäre er völlig Herr der Lage. „Ich kann dich übrigens sehen. Die beiden, die vor dir hier reingekommen sind, waren so freundlich, ein Nachtsichtgerät mitzubringen. Also: Weg mit der Waffe!"

„Und wenn nicht?", fragte Wolfgang. Im grünlichen Schimmer, den das Gerät produzierte, wirkte sein Lächeln falsch und hässlich.

„Dann schieße ich", sagte Sprotte und sah befriedigt, wie Wolfgang sich versteifte.

„Das wirst du nicht. Womit auch?"

„Mit der zweiten Waffe. Du hättest die beiden vorhin durchsuchen sollen", sagte Sprotte.

„Das ist richtig", sagte Arne. „Er hat mir das Eisen abgenommen, als du draußen warst."

„Also, weg mit dem Ding!", wiederholte Sprotte seinen Befehl.

„Nein", sagte Wolfgang. „Du wirst nicht schießen. Hinweisen nachgehen, ein Rätsel lösen oder ein paar Regeln brechen, um hierherzukommen - das ist eine Sache. Aber auf einen Menschen schießen? Nein mein Junge, beim besten Willen ... So viel ich auch von dir halte, das traue ich dir nicht zu."

Die Worte verfehlten ihre Wirkung nicht. Sprotte hatte keine Waffe und selbst wenn ... Er wusste, dass Wolfgang recht hatte.

Doch was ihn wirklich unruhig machte, war, dass der ihn unverwandt anzusehen schien. Als könnte er ihn durch die Dunkelheit hindurch erblicken. Oder orientierte er sich nur an seiner Stimme?

„Wir haben jetzt zwei Möglichkeiten", sagte Wolfgang. „Die eine besteht darin, dass du aufgibst. Bei der anderen komme ich und hole dich. Mittlerweile haben sich meine Augen ganz gut an die Dunkelheit gewöhnt. Ich habe eine sehr genaue Vorstellung, wo du bist. Übrigens siehst du mit diesem Ding vor der Nase ziemlich albern aus."

„Dann wirst du mich holen müssen", sagte Sprotte. Bis aufs Äußerste angespannt, beobachtete er, wie Wolfgang Kallmann sich langsam in Bewegung setzte.

Tatsächlich kam er direkt auf ihn zu, doch Sprotte konnte den flackernden Blick ausmachen und Augen, die auf der Suche nach ihm hin und her zuckten. Wolfgang konnte nichts sehen! Er war hier drinnen blind wie ein Maulwurf!

Geräuschlos rutschte Sprotte von seinem Felsen herunter. Nur noch einen Meter, dann musste es passieren!

Wolfgang machte einen weiteren Schritt und stolperte über die Kiste. Fluchend ruderte er mit den Armen und fiel vornüber.

Sprotte sprang zur Seite und drückte sich an der Höhlenwand entlang, bis er hinter Wolfgang gelangte. Dann war der Weg zum Ausgang endlich frei!

Doch auf den letzten Metern wurde er brutal gestoppt!

Ein Lichtstrahl bohrte sich in seinen Kopf. Das plötzliche Aufflammen vor seinem Gesicht war so grell, dass er sich mit einem Schmerzensschrei das Nachtsichtgerät herunterriss und zu Boden taumelte.

Schreie gellten durch die Höhle und Sprotte spürte, wie eine Hand ihn an der Schulter packte und zur Seite riss. Über ihm krachte es und ein unangenehmer Duft nach Rauch, ähnlich wie bei einem Silvesterfeuerwerk, wenn auch viel intensiver, erfüllte die Luft.

„Keiner rührt sich! Sie da! Hinknien und die Hände hinter den Kopf!", kommandierte eine Frauenstimme. „Und sie gucken vielleicht mal nach, ob da drüben alles in Ordnung ist", fügte sie etwas freundlicher hinzu.

„Geht klar", sagte eine zweite Stimme. Es war die eines Mannes und es war die schönste, die Sprotte jemals in seinem Leben gehört hatte!

„Onkel Matti ...", stammelte er und spürte, wie die plötzlich aufwallende Erleichterung ihm Tränen in die Augen trieb.

„Komm mal her", sagte Onkel Matti und ergriff seine Schulter.

Sprotte fühlte eine warme Hand, die ihm durchs Haar strich. Für einen Moment gab er sich der Umarmung und dem Gefühl hin, wieder in Sicherheit zu sein, doch das Geräusch zuschnappender Handschellen ließ ihn auffahren.

Nach allem, was er erlebt hatte, war er gerade dabei, seine

erste Verhaftung zu versäumen! Er machte sich los und rieb sich die Augen. Allmählich konnte er wieder etwas erkennen.

Vor ihm stand Sofie Bartels, die Wolfgang Kallmann soeben festgenommen hatte und nun ein zweites Paar Handschellen hervorholte. „Wenn ich das geahnt hätte, hätte ich mehr von den Dingern mitgebracht", sagte sie und näherte sich Arne.

„Der da ist ausreichend mit Klebeband gefesselt", sagte Sprotte. „Außerdem hat er sich am Knie verletzt. Der läuft ihnen nicht weg. Der andere ist viel gefährlicher, auch wenn er gerade nicht danach aussieht."

„Der hier?", sagte Sofie Bartels und sah auf Asger hinab, der von allem nichts mitbekommen hatte.

„Der hat mich entführt, im Bunker festgehalten und geschlagen. Also, wenn ich mich entscheiden müsste, wüsste ich, wem ich die Dinger anlege."

„Na, wenn das so ist", grinste Sofie Bartels und übergab Sprotte die Handschellen. „Ehre, wem Ehre gebührt."

Sprottes Augen leuchteten! Sein Herz klopfte vor Aufregung und das Triumphgefühl, das er beim Auffinden der Beute verspürt hatte, kehrte in einem ungekannten Ausmaß zurück.

Er ergriff Asgers Arme und als die Fesseln sich klickend um dessen Handgelenke schlossen, war dies der großartigste Moment in Sprottes Leben!

Eine Sache gab es da aber noch. Eine Sorgenfalte zog sich über seine Stirn.

„Wo ist Finn?", fragte er.

„Ich bin hier", erklang eine Stimme am Höhleneingang. „Tüm hoog, mein Freund!"

Sprotte atmete auf.

Kapitel 16
Die Lösung

Ächzend und mit schmerzenden Armen stolperten Sprotte und Finn mitsamt der Kiste durch die Tür der Helgoländer Polizeiwache. Zu ihrer Enttäuschung stand hinter dem Tresen nicht wie üblich, ein schlecht gelaunter Robert Blankenburg, sondern lediglich ein junger Beamter, der sie erstaunt ansah.

In seinem Gesicht erschienen so viele unausgesprochene Fragen auf einmal, dass es wohl Stunden gedauert hätte, sie alle zu beantworten.

Hinter ihnen führte Sofie Bartels die drei Festgenommenen in die Wache. „Hallo Tobi", sagte sie. „Tust du mir bitte einen Gefallen? Ruf mal den Chef an, ja? Ich glaube, die drei Kollegen hier möchte er gerne kennenlernen."

„Um diese Zeit? Echt jetzt? Und wenn er fragt, worum es geht?"

„Sag ihm einfach, dass zwei Jungen den Silvester-Einbruch aufgeklärt haben."

„Aha. Und du meinst, das reicht ihm?"

„Der wird in Rekordzeit hier sein! Glaub mir!" Mit einem breiten Grinsen klopfte Sofie Bartels Sprotte demonstrativ auf die Schulter und deutete auf die Transportbox. „Und such schon mal alles raus, was wir an Beweismittelbeuteln haben. Am besten machst du auch gleich die Materialanforderungen für die Nachlieferung fertig. Für das, was die Jungs gefunden haben, reicht unser Vorrat nicht aus. Nicht einmal annähernd."

In Begleitung einer weiteren Polizistin betraten sie ein Besprechungszimmer. Die Personalien der drei Männer wurden aufgenommen, ebenso die von Sprotte, Finn und Onkel Matti. Man würde sie für spätere Zeugenaussagen noch benötigen, wie es hieß.

Sofie Bartels wollte gerade das weitere Vorgehen erklären, als die Tür aufflog und ein schwer atmender Polizeichef sie mit hoch rotem Kopf anstarrte.

„Was ist denn hier los? Was machen die alle in unserem Besprechungsraum?", sagte er. Schweißperlen standen auf seiner Stirn und seine Stimme bebte.

„Sorry Chef, aber das Vernehmungszimmer ist zu klein für alle."

Blankenburg überging die Antwort und deutete mit dem Zeigefinger nacheinander auf Sprotte, Finn und Onkel Matti. „Ihr drei. Raus! Sofort!"

„Aber …"

„Frau Bartels, es reicht! Ich weiß nicht, was für eine Geschichte diese Experten ihnen nun wieder erzählt haben, aber jetzt ist Schluss! Die drei verschwinden und dann erklären sie mir gefälligst, warum die anderen hier in Handschellen sitzen. Einer davon auch noch ein respektabler und angesehener Bürger unserer Gemeinde!"

„Das wird viel einfacher, wenn die drei hierbleiben. Insbesondere dieser Junge." Sie deutete auf Sprotte. „Er hat nämlich …"

„… hier nichts verloren! Wann begreifen sie endlich, dass der sich nur wichtig machen will? Außerdem …"

„Jetzt halt doch einfach mal die Klappe, Robert!" Polternd stellte Onkel Matti die Box mit der Beute auf den Tisch.

Entgeistert starrte Blankenburg erst ihn und dann die Kiste an. „Was soll das? Raus hier, sofort! Ansonsten …"

Wie ein Dampfhammer donnerte Onkel Mattis Faust auf die Tischplatte!

„Untersteh dich, mir zu drohen, du überforderter Mensch!

Du wirst jetzt den Mund halten und zuhören! Das war schon immer dein Problem! Du willst nie hören, was andere zu sagen haben! Weil ja sonst niemand so clever ist, wie Du! Deswegen hat Frauke damals auch mit dir Schluss gemacht! Also setz dich hin und halt die Klappe!"

Eine gespenstische Stille trat ein. Aus Blankenburgs Gesicht war jede Farbe gewichen. Er schluckte trocken und seine Nasenflügel bebten wie die Nüstern eines wütenden Stieres.

Für einen Moment fragte Sprotte sich, ob Onkel Matti zu weit gegangen war, als er seine alte Fehde mit dem Polizeichef benutzt hatte, um den zum Schweigen zu bringen. Doch zu seiner Überraschung schien es zu funktionieren.

Zögernd zog Blankenburg einen Stuhl heran und machte Anstalten, sich hinzusetzen.

„Noch so ein Spruch und ich lege *dir* die Handschellen an", sagte er. Seine Stimme war leiser geworden. „Na dann legt mal los, ich bin schon ganz gespannt …"

„Ich fass es mal kurz zusammen", sagte Sofie Bartels und räusperte sich. „Der Einbruch beim Juwelier in der Silvesternacht ist aufgeklärt. Die beiden Jungen hier haben die Beute aufgespürt und sichergestellt. Und bei der Gelegenheit, haben sie auch noch dafür gesorgt, dass wir die Verantwortlichen festnehmen konnten."

Blankenburg gab ein Grunzen von sich und rieb sein Knie.

Sprotte war überzeugt, dass er am liebsten widersprochen und jedes einzelne Wort als blanken Unfug abgetan hätte. Aber angesichts der Kiste mit der Beute und drei Personen in Handschellen war das kaum möglich.

„Vielleicht machst du von hier an weiter", sagte Sofie Bartels zu Sprotte. „Was die Ereignisse nach dem Einbruch angeht, hast du den besseren Überblick."

Sprotte nickte und erzählte die ganze Geschichte.

Er begann mit den Postkarten, die Arne Trabert und Asger

Mortensen von einem gewissen ‚Professor', nach dem Einbruch beim Juwelier erhalten hatten. In verschlüsselter Form wurde ihnen mitgeteilt, dass sie weitere Informationen über den Verbleib ihrer Beute in einer Ausgabe vom ‚Herrn der Ringe' finden würden. Und zwar auf Helgoland. Als Arne Trabert in der Bücherhalle auftauchte, musste er jedoch feststellen, dass kein einziges Exemplar mehr in den Regalen zu finden war. Also brach er dort ein, um herauszufinden, wer sie ausgeliehen hatte. Die folgende Einbruchserie stellte dann nur Traberts Suche nach diesem einem Buch dar. Unglücklicherweise war die Ausgabe, um die es ging, bereits weiterverliehen worden. Und zwar an Sprotte.

„Und warum hast du dich überhaupt mit den Einbrüchen befasst?", fragte Blankenburg.

„Weil ich befürchtete, dass sie die Sache meinem Onkel in die Schuhe schieben würden. Jedenfalls haben sie so etwas an dem Tag zu Finns Vater gesagt."

„Ist ja hochinteressant", sagte Onkel Matti und sah Blankenburg schief an. „Und wie ging es dann weiter?"

In groben Zügen beschrieb Sprotte seine Ermittlungen und wie sie schließlich die Sache mit dem ‚Herrn der Ringe' herausgefunden und die Karte entdeckt hatten. Die ‚Operation Kaffeeknall' ließ er vorsichtshalber unerwähnt und deutete nur an, wie er Arne Trabert auf die Schliche gekommen war. Der schüttelte immer wieder den Kopf und wirkte peinlich berührt. Insbesondere, als Sprotte erzählte, wie er von ihm auf der Düne angegriffen und betäubt wurde.

Onkel Mattis Gesicht nahm einen ungesunden, rötlichen Farbton an, als er hörte, dass Sprotte danach bei der Polizei gewesen war und Blankenburg ihn postwendend wieder vor die Tür gesetzt hatte.

„Aber die Verbindung zu dem Einbruch an Silvester? Wie bist du darauf gekommen?", fragte Sofie Bartels.

„Das war Zufall. Ich war dem einen auf den Fersen, als plötzlich auch der andere auftauchte. In den Schrebergärten konnte ich die beiden belauschen. Erst danach wurde langsam klar, worum es bei der Karte eigentlich ging."

„Und dann seid ihr auf Schatzsuche gegangen?", fragte Onkel Matti.

Sprotte nickte und setzte seinen Bericht fort. Er erzählte von den Hinweisen und schilderte in allen Einzelheiten, wie die Gangster ihn verfolgt und schließlich entführt hatten.

Onkel Matti bekam ein ums andere Mal Schnappatmung, als er von den Ferienerlebnissen seines Neffen hörte. Besonders als die Ereignisse im Bunker und Sprottes Flucht zur Sprache kamen, machte er den Eindruck, als wollte er sich jeden Moment auf die beiden gefesselten Gangster stürzen, um ihnen das Fell über die Ohren zu ziehen.

Sprotte fuhr fort und beschrieb kurz, wie sie die Hinweise entschlüsselten und schließlich die Botschaft des Professors fanden. Auf die Geschehnisse in der Höhle ging er dann wieder genauer ein. Mehrfach musste er sich bei seinem Vortrag auf die Zunge beißen, um jedes ‚Ich hatte es ihnen ja gleich gesagt...' zu vermeiden.

Als Sprotte am Ende seines Berichts angelangt war, gab Blankenburg ein ungläubiges Schnauben von sich.

„Ist ja eine tolle Geschichte", sagte er. „Aber wer soll das glauben? Man fragt sich ja schon, warum die Beute überhaupt versteckt wurde, oder?"

Sprotte hielt einen Atemzug lang die Luft an. Er konnte ein genervtes Augenrollen gerade noch verhindern, während neben ihm Sofie Bartels hörbar aus atmete.

Auf der anderen Seite des Tisches sah Arne Trabert Blankenburg fassungslos an. Selbst Asger, der alle äußeren Anzeichen eines Kieferbruchs aufwies und daher nicht sprechen konnte, schüttelte den Kopf.

„Weil die Einbrecher ihre Beute nicht unbemerkt von der Insel schaffen konnten", sagte Sprotte. „Nach dem Einbruch waren hier auf Helgoland alle alarmiert und die Ermittlungen liefen auf Hochtouren. In so einer Situation samt Beute auf ein Schiff zu gehen, wäre, nun ja, ziemlich dämlich gewesen. Da hätten die drei sich auch gleich stellen können."

Sprotte ignorierte den giftigen Blick, den Blankenburg ihm zuwarf und setzte noch einen drauf.

„Die einzige Frage, die man sich hier tatsächlich stellen könnte, ist, warum der Professor es so kompliziert gemacht hat."

„Kompliziert?", sagte Arne Trabert. „Für die Verhältnisse des Professors war das noch verhältnismäßig simpel. So war er eben. Aber um seine Rätsel zu lösen, musste man ihn ein bisschen kennen. Es sei denn ..."

„Es sei denn, was?", fragte Blankenburg.

„Es sei denn, man ist clever!", sagte Arne Trabert und grinste den Polizeichef frech an.

„Soll das heißen, dass die Karte und die ganzen Hinweise einfach nur ein Spaß waren?", sagte Sprotte. Ungläubig sah er Arne an. Der zuckte nur die Schultern.

„Ja, so kann man es auch sagen. Für ihn war das tatsächlich ein großer Spaß, da bin ich mir sicher. Ich kann mir lebhaft vorstellen, wie er am Feixen war, als er sich all diese Rätsel und Umwege ausgedacht hat. Außerdem – er selbst hat wohl am allerwenigsten damit gerechnet, dass er zwischenzeitlich sterben würde.

Die Karte war ja nur Plan B. Wäre der Professor nicht erkrankt und Asger und ich nicht mit anderen Dingen beschäftigt gewesen, hätten wir uns einfach irgendwann hier getroffen, die Beute abgeholt und wären wieder nach Hause gefahren. Aber so?"

Blankenburg verschränkte die Arme vor der Brust und runzelte die Stirn. Man sah ihm an, dass er das Gehörte immer noch nicht glauben wollte. Kopfschüttelnd sah er von einem zum anderen, bis sein Blick bei Wolfgang Kallmann hängen blieb.

„Kommen wir jetzt vielleicht einmal zu dir, Wolfgang", sagte er. „Da stehen hier ein paar sehr ernste

Anschuldigungen gegen dich im Raum. Hast du dazu was zu sagen?"

„Zu der Geschichte mit der Karte - nein. Und alles andere ..." Er seufzte. „Wie es aussieht, komme ich da so oder so nicht mehr raus."

„Soll das heißen, dass du tatsächlich an dem Einbruch beteiligt warst?", fragte Blankenburg. Fassungslos starrte er Wolfgang an. Der nickte, vermied aber den direkten Augenkontakt.

„Ich hatte Geldprobleme. Sehr ernste sogar, weil ich mich beim Kauf der Ferienhäuser finanziell übernommen hatte."

„Moment ... Es weiß aber doch eigentlich jeder auf der Insel, dass du die Häuser mit dem Geld aus einer Erbschaft bezahlt hast!"

„Das stimmt auch. Aber die Erbschaft kam erst später. Das war sozusagen meine Rettung. Den Kauf hatte ich schon viel früher eingeleitet, als ich glaubte, das Geld zu haben, aber ein oder zwei falsche Entscheidungen an der Börse und ... Pffff ..." Er machte eine Geste, als würde sich etwas in Luft auflösen. „Da war das Kapital dahin. Aber der Vertrag war schon abgeschlossen und ich wusste, dass ich in kürzester Zeit Geld brauchen würde. Viel Geld."

„Und da wolltest du dann einen Einbruch begehen?"

„Keinesfalls. So was ist nicht mein Ding. Aber ich kannte jemanden, der da besser Bescheid wusste. Ein alter Schulfreund von mir, Jürgen Schlage, auch ‚Professor' genannt. Als ich von der Sonderlieferung beim Juwelier erfuhr, hatte ich den Einfall, dass Jürgen mir helfen könnte. Und er selbst würde auch einen guten Schnitt machen. Das war jedenfalls die Idee."

„Und die Erbschaft?"

„Kam glücklicherweise rechtzeitig. Die Tage nach dem Einbruch waren natürlich recht chaotisch. Ich sprach mit Jürgen, aber er fragte nicht einmal, ob er die Beute bei mir deponieren könnte. Bei sowas war er von Natur aus ziemlich misstrauisch. Ich hingegen war in dem Moment schlicht verzweifelt. Im Grunde war ich pleite und die erhoffte Finanzspritze blieb auf unabsehbare Zeit aus. Dann kam glücklicherweise der Brief von diesem Anwalt und ich war kurz danach wieder flüssig. Die Sache mit dem Juwelier habe ich dann auch mal vorsichtshalber abgehakt. Das hat sich erst geändert, als ... Na ja, irgendwann, nachdem Sprotte hier aufgetaucht ist."

„Woher wusstest du, wo die Höhle war?", fragte Blankenburg. „Wenn alles stimmt, was der Junge sagt, musst du gewusst haben, wo sie ist. Und warum bist du ausgerechnet heute Nacht dort hingegangen?"

„Wegen der beiden hier", sagte Wolfgang und zeigte auf Asger und Arne. „Von der Höhle wusste ich schon seit einiger Zeit. Bei einer Lesung von einem alten Helgoländer habe ich das erste Mal von ihr gehört und mich seitdem gefragt, ob es sie noch gibt. Als ich anfing, nachts durch die Gegend zu wandern, habe ich dann irgendwann angefangen, nach ihr zu suchen. Und sie tatsächlich auch gefunden. Aber dass der Professor sie als Beuteversteck nutzten würde, konnte ich ja nicht ahnen. Keine Ahnung, woher er überhaupt von der Höhle wusste.

Alles andere war im Grunde aber eher Zufall ... Dass Sprotte dabei war, die Beute zu suchen, hätte ich niemals vermutet. Das erste Mal wurde ich aufmerksam, als Fragen nach Wilhelm Knoche gestellt wurden. Das kam mir irgendwie seltsam vor."

„Warum?", fragte Sprotte. „Es hätte doch auch sein können, dass ich mich einfach nur für die Geschichte der Insel interessiere."

Kallmann schüttelte den Kopf. „Dann geht man in ein Museum oder in die Bücherhalle. Aber man fragt nicht so genau nach einer bestimmten Person. Derjenige, der sich für Geschichte interessiert hat, war tatsächlich ich. Ansonsten wäre ich an dem Tag bei Finns Ooti gar nicht dazu gekommen. Und da hast du so seltsame Fragen gestellt ...

In der Nordseehalle sah ich dann während der Bombenentschärfung zwei Männer, die dich sehr genau in Augenschein nahmen. Es sah aus, als ob sie dich beobachten würden. Da habe ich mir noch nicht wirklich etwas bei gedacht, aber heute Nacht habe ich genau diese beiden an der Südspitze wiedergetroffen. Wieder schienen sie jemandem zu folgen und aus der kurzen Unterhaltung, die ich mitbekam, war eindeutig das Wort ‚Beute' herauszuhören."

„Und weiter?"

„Nicht viel. Ich habe die beiden meinerseits beobachtet. Als sie über die Absperrung gestiegen waren, wusste ich, wo ich hinmusste. Also bin ich schnell nach Hause, habe mich umgezogen und bin ihnen hinterher. Es war ein Kinderspiel."

Asger stöhnte leise auf. Sein Kiefer hatte sich dort, wo Wolfgangs Faust ihn getroffen hatte, mittlerweile dunkelrot und blau verfärbt und die Schmerzen hinderten ihn nach wie vor am Sprechen. Dafür waren seine Augen umso redseliger.

Sprotte hätte nicht sagen können, wer die giftigeren Blicke von ihnen abbekam, Wolfgang, Finn oder er selbst, aber das war nur noch eine Nebensache. Asger würde für lange Zeit im Gefängnis sitzen.

„Und wieso – wenn die Frage gestattet ist – sind sie da aufgetaucht, Frau Kollegin?", sagte Blankenburg, nun an Sofie Bartels gewandt.

„Ich habe eine Textnachricht erhalten", sagte sie und holte ihr Smartphone hervor. „Hier: ‚Juwelenbeute vermutlich in Höhle in Westküste. Bergung läuft. Erscheinen Einbrecher denkbar'. Da habe ich mich besser auf den Weg gemacht – und unterwegs noch jemanden aufgegabelt, der eine ähnliche Mitteilung bekommen hatte." Sie grinste Onkel Matti an. „Clever, ihr Herr Neffe", sagte sie. „Clever und vorsichtig."

„Du hast noch die Polizei gerufen, bevor wir über den Zaun sind?", sagte Finn. Er flüsterte, aber wahrscheinlich bekam es dennoch jeder am Tisch mit.

„Aber klar doch!", sagte Sprotte. „Ich war mir ziemlich sicher, dass die beiden uns beobachten und wir Hilfe gebrauchen können. Die Sache im Bunker hat mir damals nämlich wirklich gereicht!"

„Na, wie schön", sagte Blankenburg grunzend. „Dann hätten wir jetzt ja wohl soweit alles geklärt."

„Nein", sagte Sprotte. „Eine Sache haben sie noch vergessen."

Blankenburg stierte Sprotte aus kleinen, schmalen Augen an. „Und was sollte das sein?"

„Ich glaube, es ist Zeit, dass sie Finns Vater wieder freilassen. Oder?"

Hanke Flensen wieder auf freien Fuß zu setzen, dauerte deutlich länger, als Sprotte sich das vorgestellt hatte. Gemeinsam mit Finn und Onkel Matti wartete er eine kleine Ewigkeit, bis der Papierkram endlich erledigt und Finns Vater wieder ein freier Mann war.

Doch das Warten lohnte sich. Sprotte konnte sich nicht erinnern, schon einmal ein so überraschtes und fassungsloses Gesicht gesehen zu haben, wie das von Finns Vater, als der ausgerechnet von seinem Sohn in Empfang genommen wurde.

„Soll ich noch ein wenig Geleitschutz geben?", fragte Sofie Bartels, als sie sich endlich auf den Weg machen wollten.

„Keine schlechte Idee", sagte Sprotte. Die Erleichterung durchströmte ihn wie ein warmer Fluss und ein Teil von ihm führte innerlich einen Siegestanz auf, und dennoch … Die Vorstellung, erneut über die nächtliche Insel zu laufen, dämpfte seine Euphorie. Je mehr Menschen gerade bei ihm waren, desto besser.

Als sie die Strandpromenade in Richtung Lung Wai gingen, seufzte Onkel Matti unvermittelt.

„Ich bin ein toter Mann", sagte er. „Deine Mutter bringt mich um. Wenn sie auch nur einen Bruchteil von dem erfährt, was sich in deinen Ferien – und vor allem in dieser Nacht! – abgespielt hat, dann bringt sie mich um. Gar keine Frage!"

„Wir müssen ihr ja nichts erzählen", sagte Sprotte. Verschwörerisch knuffte er seinen Onkel in die Seite.

„Also, ich halte in jedem Fall dicht", sagte Finn. „Allerdings muss ich auch mit Ärger rechnen. Spätestens übermorgen weiß die ganze Insel, was passiert ist. Oh Mann, das Donnerwetter von meiner Ooti kann ich jetzt schon hören!"

„Wird schon nicht so schlimm werden", sagte Finns Vater leise. „Die Aktion hatte ja auch was Gutes. Schließlich bin ich wieder draußen. Aber dass sich die Sache herumspricht, wird sich kaum verhindern lassen."

„Wir werden eure Aussagen auf jeden Fall benötigen", sagte Sofie Bartels. In ihrer Stimme schwang so etwas wie Bedauern mit. „Das lässt sich leider nicht vermeiden. Ansonsten riskieren wir, dass die Drei schneller wieder draußen sind, als uns lieb sein kann."

„Wenn trotzdem jemand eine Idee hat, wie wir diese Geschichte Sprottes Eltern beibringen können, und zwar ohne, dass sie mir den Kopf abreißen und Sprotte bis zu seinem achtzehnten Geburtstag zu Hause einsperren ..."

Sofie Bartels lachte leise. „Mal sehen, was sich machen lässt."

Mittlerweile war es spät geworden. Als sie an einer der wenigen noch offenen Kneipen vorbeikamen, hielt Onkel Matti dennoch plötzlich an und schlug vor, dort wenigstens kurz einzukehren.

Nach all der Aufregung brauchte er ein ‚hopfenhaltiges Kaltgetränk‘, wie er es ausdrückte. Eine Idee, die Finns Vater augenblicklich unterstützte.

Als sie einen Moment später alle zusammen an einem

Tisch saßen, sah Sprotte sich dem forschenden Blick seines Onkels ausgesetzt.

„Was meinst du Sprotte", sagte er, „könnte man sagen, dass du dem ollen Blankenburg das eine oder andere Mal auf die Füße getreten bist?"

„Ja, ich fürchte schon", sagte Sprotte. Er hatte so eine Ahnung, worauf sein Onkel hinauswollte.

„Und in den Tetrapoden bist du auch rumgeklettert", sagte er. Dieses Mal war es keine Frage mehr, sondern eher eine Feststellung.

„Ja, aber aus einem *echt* guten Grund", sagte Sprotte. Schließlich war das damals ja nicht seine Idee gewesen, sondern so eine Art höherer Gewalt.

„Tja", sagte Onkel Matti. „Dann hast du ja schon zwei von den drei Regeln, auf die wir uns geeinigt hatten, gebrochen." Er grinste breit. „Eigentlich sollte ich dir jetzt einen Eiergrog bestellen. Nur der Vollständigkeit halber."

„Einspruch!", sagte Sofie Bartels. Sie lachte, schüttelte aber entschieden den Kopf. „Das lassen wir mal lieber bleiben."

„Es wäre ja vielleicht auch nicht schlecht, wenn ich wenigstens eine unserer Regeln bis zum Ende der Ferien beachte, oder?", sagte Sprotte.

„Ist gut", sagte Onkel Matti. Er lächelte still und trank einen Schluck Bier. Dann wandte er sich an Sofie Bartels. „Können sie ungefähr absehen, wann die Jungs ihre Aussagen machen müssen?"

„Nicht genau", sagte sie. „Ich vermute, dass ein paar Kollegen vom Festland kommen werden. Die interessieren sich auch für diesen Fall und werden mit Sicherheit einige Fragen haben."

„Okay", sagte Finn, „wir können denen sagen, was immer die wissen wollen. Aber nur unter einer Bedingung."

„Und die wäre?"

„Ich will in den Bunker!"

„Prima Idee!", sagte Finns Vater. In seinen Augen blitzte sofort Begeisterung auf. „Ich will auch mit! Sozusagen als Entschädigung!"

Sprotte schüttelte verständnislos den Kopf.

Sofie Bartels lachte. „Wir gucken mal, was möglich ist", sagte sie und fügte noch schmunzelnd ein leises „Jungs" hinzu.

„Eine Kleinigkeit hätte ich dann aber auch noch", sagte Sprotte. Die Erwähnung der ‚Kollegen vom Festland' hatte ihn auf eine Idee gebracht.

„Willst du auch in den Bunker?", sagte Sofie Bartels.

„Auf gar keinen Fall!", sagte er. „Den kenne ich schon und das eine Mal hat absolut gereicht. Nein, ich will nicht irgendwohin oder etwas haben. Ich möchte, dass sie mir was erklären."

„Und was?"

„Eigentlich sind es zwei Dinge. Erstens: Wie kann ich schon mit dreizehn ein Praktikum bei der Polizei machen?"

„Und zweitens?"

„Wie wird man Polizist auf Helgoland?"

Als Sprotte am nächsten Morgen erwachte, fühlte er sich seltsam leer und zerschlagen. Hatte er am Ende doch noch den Eiergrog getrunken? Nein, er war sich absolut sicher, dass er da konsequent geblieben war.

Dennoch wog sein ganzer Körper schwer wie Blei. Er war träge und unbeweglich, so als hätte man ihn an der Matratze festgeklebt.

Mühsam quälte er sich zum Frühstück und starrte mit einem Glas Orangensaft in der Hand aus dem Fenster.

Erst nach und nach wurde ihm klar, was am vorigen Abend passiert war.

Sein Abenteuer war plötzlich zu Ende! Einfach so!

Gut, es folgten noch die Vernehmungen, wahrscheinlich

auch zusammen mit Finn und vielleicht würden sie ein paar Dinge identifizieren müssen. Da konnte in der Tat so einiges auf sie zukommen.

Aber die Rätsel waren alle gelöst. Der Fall war aufgeklärt und es gab kein Geheimnis mehr, dass es zu lüften galt. Von jetzt an würde er ganz einfach ‚nur' noch Ferien machen ...

Onkel Matti schenkte ihm Orangensaft nach und sah ihn gespielt mitleidig an.

„Nun guck nicht so traurig. Dir ist doch nichts Schlimmes passiert. Du hast bloß den größten Kriminalfall der letzten zehn Jahre auf Helgoland gelöst. Das ist eher ein Grund für ein unfassbar breites Dauergrinsen."

Sprotte zuckte nur die Schultern. „Mag sein. Aber was mache ich denn jetzt?", fragte er.

„Du kannst in Ruhe dein Buch zu Ende lesen, die Düne genießen und mit Finn über die Insel stromern. Nicht zu vergessen den Umstand, dass du dir dabei von nun an keine Sorgen um weitere Entführungen machen musst."

Wie Sofie Bartels vermutet hatte, kamen tatsächlich Beamte vom Festland und beschäftigten sich ausgiebig mit dem Fall. Es waren ausnahmslos erfahrene Kommissare, die schon unzählige Verbrechen untersucht und aufgeklärt hatten. Trotzdem staunte das dreiköpfige Team unter der Leitung von Kriminalhauptkommissar Gregor Frisch nicht schlecht, als es bei der wichtigsten Befragung auf zwei halbwüchsige Jungen traf.

Robert Blankenburg saß während dessen missmutig daneben und musste sich angesichts von Sprottes Schilderungen, den einen oder anderen fragenden Seitenblick der Kollegen gefallen lassen. Sprotte hatte nicht den geringsten Zweifel, dass es dabei nicht bleiben würde. Sobald er den Raum verlassen hatte, würde der Helgoländer Polizeichef so einiges zu erklären haben.

Angesichts seiner eigenen Erfahrungen mit diesem Mann kümmerte ihn das zunächst herzlich wenig. Trotzdem beschlich ihn ein eigenartiges Gefühl, als er nach der Vernehmung mit Finn an den Hummerbuden entlang ging.

„Ob wir ihn in Schwierigkeiten gebracht haben?"

„Wen? Blankenburg? Weiß nicht", sagte Finn. Er war etwas maulig. Zwar hatte er seine Aussage gemacht, aber bislang war trotz seiner Nachfragen noch niemand auf ihn zugekommen, um ihn einen Blick in die Bunkeranlagen werfen zu lassen. „Wenn er Ärger kriegt, ist er selbst schuld, oder?"

„Ja", sagte Sprotte. „Wahrscheinlich hast du Recht."

Es dauerte noch diesen und die beiden folgenden Tage, bis alle Vernehmungen auf der Insel durchgeführt und die Protokolle geschrieben waren. Sprotte durfte einen Einblick in den vorläufigen Ermittlungsbericht werfen und platzte fast vor Stolz, als dieser ihm nicht nur eine bemerkenswerte Kombinationsgabe bescheinigte, sondern darüber hinaus auch Mut und Engagement.

Und schließlich kam auch Finn nicht zu kurz.

Ganz zum Schluss hatte Asger Mortensen doch noch den Eingang zu seinem Versteck preisgegeben. Und so erhielt Finn die Erlaubnis, an einer der Untersuchungen vor Ort teilzunehmen. Zusammen mit einem der Kriminalbeamten und jemandem von der Gemeinde durfte er sich eine Stunde lang im Bunker umsehen!

Als er über eine Leiter wieder ans Tageslicht kletterte, strahlte er, als hätte man ihm gerade gesagt, dass seine Sommerferien dieses Jahr um zwei Monate verlängert wurden.

Nachdem die Haftbefehle für Asger Mortensen, Arne Trabert und Wolfgang Kallmann ausgestellt waren, wurden alle drei aufs Festland überstellt. Robert Blankenburg war die Erleichterung deutlich anzusehen, als das Trio seine Arrestzelle endlich verlassen hatte und gemeinsam mit Hauptkommissar Frisch und seinen Kollegen nach Cuxhaven ausgeflogen wurde. Böse Zungen behaupteten jedoch, dass es vor allem die Abreise der anderen Beamten war, die seine Stimmung schlagartig verbesserte.

Allerdings währte dieser Zustand nicht lange, denn auf der Insel hatte sich schnell herumgesprochen, was passiert war, und dass Robert Blankenburg dabei keine besonders gute Figur abgegeben hatte.

Innerhalb von Stunden konnte niemand mehr nachvollziehen, wer was wann zu wem gesagt hatte, aber jeder wusste, dass Helgoland zwei neue Helden hatte!

Neben der offenen Anerkennung und Bewunderung, die Sprotte und Finn nun von allen Seiten ungehemmt entgegenschlug, hatte das auch ganz praktische Vorteile. Besonders in den ersten Tagen konnten sie keine drei Schritte tun, ohne dass man sie auf die Ereignisse ansprach oder ihnen etwas Gutes tun wollte. Immer wieder wurden sie auf einen Burger oder ein Knieperbrötchen eingeladen. Und bestellten sie tatsächlich einmal von sich aus etwas zu essen, gab es Gratisgetränke und Eisbecher, die kostenlos vergrößert wurden. Selbst beim Ein- und Aussteigen an der ‚Witte Kliff' gewährte man ihnen plötzlich den Vortritt!

Nicht lange, und es kam auch zu ersten Legendenbildungen. Erstaunt hörte Finn nach etwa einer Woche, dass er Wolfgang Kallmann nicht einfach einen Stein an den Kopf geworfen hatte. Tatsächlich hatte er ihn wohl mit einem Karatetrick außer Gefecht gesetzt und war dabei sekundenlang waagerecht durch die Luft geflogen! Anschließend hatte er auch gleich ein ganzes Sondereinsatzkommando organisiert, das die Höhle in einem Überraschungsangriff mit Blendgranaten und Tränengas stürmte. Glaubte man anderen, wäre das gar nicht nötig gewesen, weil Sprotte die Gangster längst ausgetrickst, überwältigt und gefesselt hatte.

Sprotte konnte mit diesen Geschichten gut leben. Sein größtes Problem bestand darin, sie nicht auch noch zu bestätigen. So weit es ging, blieb er bei der Wahrheit, wenn er wieder einmal erzählen musste, was passiert war. Die eine oder andere Übertreibung ließ sich aber auf Dauer nicht vermeiden.

Als seine Ferien sich schließlich ihrem Ende näherten, hatte sich alles wieder einigermaßen beruhigt. Sprotte hatte die Insel und seine wiedergewonnene Freiheit genossen und konnte sich nicht erinnern, jemals eine solch grandiose Zeit verlebt zu haben. Kaum vorstellbar, dass er bald wieder in einer Welt leben würde, in der es Autoverkehr und Ampeln gab. Und in der das Meer und das nächste Börteboot meilenweit weg waren.

Aber dafür hatte er etwas bekommen, das weit über seine Ferien hinaus wirken konnte:

Sofie Bartels hatte ihm eine Empfehlung für den Polizeidienst geschrieben!

Kapitel 17
Abschied

Am Anleger im Südhafen herrschte Trubel und von der Gelassenheit der letzten Wochen war nicht mehr viel zu spüren. Suchend schaute Sprotte sich um. Hoffentlich schaffte Finn es noch. Sie hatten sich zwar am Abend zuvor gesehen, aber der Abschied war etwas kürzer und knapper ausgefallen, als ihre gemeinsame Zeit und ihr bestandenes Abenteuer es verdient hatten.

„Der kommt schon noch", sagte Onkel Matti und klopfte ihm aufmunternd auf die Schulter.

Wehmütig gab Sprotte seinen Koffer am Katamaran ab. Dass seine Zeit auf Helgoland nun zu Ende sein sollte, passte ihm überhaupt nicht. Ächzend schulterte er seinen viel zu schweren Rucksack. Er hatte auf der Insel eindeutig zu viele Süßigkeiten entdeckt, die er auf dem Festland noch nie gesehen hatte.

„Ach, guck an, wer da ist!", sagte Onkel Matti plötzlich.

Lächelnd und von Weitem mit einem Briefumschlag winkend, kam Sofie Bartels auf sie zu.

„Schön, dass ich euch noch erwische", sagte sie. „Ich hab da nämlich noch etwas für dich. Per Post wäre es natürlich auch gegangen, aber das wollte ich lieber persönlich erledigen." Mit einem strahlenden Lächeln reichte sie Sprotte den Umschlag.

„Ist euch übrigens etwas an mir aufgefallen?", fragte sie, während Sprotte das Kuvert öffnete. Onkel Matti folgte ihrem Blick, der demonstrativ auf ihre Schulter ging.

„Oha! Ein neuer Stern!", rief Onkel Matti. „Du bist befördert worden! Herzlichen Glückwunsch!"

„Ja, seit gestern ist es offiziell und ..."

„Ich werd verrückt!", rief Sprotte, den Blick starr auf den Brief gerichtet.

In den Händen hielt er ein Schreiben von Kommissar Frisch. Es war eine Einladung zu einer einwöchigen Hospitation in dessen Dienststelle während der Herbstferien. Obendrein hatte der Kommissar seine Visitenkarte, mit einer handschriftlichen Notiz auf der Rückseite angeheftet: „Wir brauchen gute Leute!"

Onkel Matti warf einen Blick über Sprottes Schulter und überflog das Schreiben. „Tja, ich würde sagen, die Ferien haben sich für dich auf jeden Fall gelohnt."

Überrascht und auch etwas fassungslos stand Sprotte da. Wieder und wieder las er den Brief durch, bis er endlich davon überzeugt war, dass er nicht träumte.

„Ist ja der Hammer", sagte er. Für einen Moment vergaß er sogar, dass Finn nach wie vor nicht aufgetaucht war.

Das Bedauern darüber stellte sich erst wieder ein, als sie sich von Sofie Bartels verabschiedet hatten und am Heck des Katamarans auf dem Freideck standen. Von dort hielt Sprotte noch einmal nach Finn Ausschau.

Vergeblich.

Die Leinen wurden losgemacht und pünktlich auf die Minute glitt der Schiffskörper langsam von der Kaimauer ins Hafenbecken. Die Triebwerke schäumten das Wasser auf und als das Horn erklang, wusste man überall auf der Insel, dass sie ablegten.

„Schade", sagte Sprotte.

Etwas traurig und gedankenverloren stand er an der Reling. Als der Katamaran sich langsam in Bewegung setzte, sah er einen kleinen, dunklen Punkt, der in einer affenartigen Geschwindigkeit auf den Anleger zurannte.

Es war Finn!

Sprotte winkte ihm freudig zu, und nun begann auch sein Freund heftig mit den Armen zu fuchteln. Selbst auf die Entfernung konnte er das Lachen des Helgoländer Jungen sehen.

„Na, sag ich doch", sagte Onkel Matti. „Nicht ganz pünktlich, aber gesehen habt ihr euch noch."

Sprotte sah, wie Finn die Hände trichterförmig an den Mund legte und etwas zu ihm herüberrief. Aber die Schiffsgeräusche und das Rauschen des Windes machten es unmöglich, ihn zu verstehen.

„Weißt du, was er ruft?"

„Ich habe da so eine Ahnung", sagte Onkel Matti.

Sprotte hob die Schultern und signalisierte Finn, dass er ihn nicht verstanden hatte. Der versuchte es noch zwei weitere Male, aber ohne Erfolg. Schließlich griff er in seine Tasche.

Einen Moment später piepte Sprottes Smartphone. Er öffnete die Textnachricht und runzelte die Stirn. „Was heißt das denn?", fragte er und hielt das Display hoch. Die Nachricht bestand nur aus zwei Worten:

„Kumm weer!"

„Das heißt: Komm wieder!", sagte Onkel Matti. „Und es ist das Beste, das ein Helgoländer dir zum Abschied sagen kann."

Eilig tippte Sprotte „Auf jeden Fall! Bis bald!", und schickte die Nachricht ab.

Hinter der Hafeneinfahrt nahm der Katamaran Fahrt auf und Finn schrumpfte langsam zu einem kleinen, winkenden Punkt, der bald kaum noch zu erkennen war.

Onkel Matti reichte Sprotte eine Praline. „Hier", sagte er.

„Schokolade?"

„Ja. ‚Die Insel weggucken' ist ein altes Ritual."

Schweigend aßen sie ihre Pralinen und schauten zu, wie Helgoland immer kleiner wurde. Die Details verschwommen zusehends und schon kurze Zeit später war der rote Felsen nur noch ein Umriss und die Düne kaum mehr von den Wellen zu unterscheiden.

Gemeinschaftlich sahen Onkel und Neffe auf das Meer und den Horizont und kümmerten sich nicht um den Trubel, der um sie herum auf dem Freideck herrschte.

„Ich hoffe, es hat dir gefallen", sagte Onkel Matti schließlich.

„Viel besser, als Norwegen jemals hätte sein können!", sagte Sprotte und lachte zufrieden.

„Na ja, du hast ja auch so einiges erlebt. Insgesamt hatten wir gutes Wetter, du hast einen tollen Sturm mitgemacht und deinen ersten Fall gelöst. Aber das Wichtigste: Du hast einen echten Freund gewonnen ..."

„Ja, gar nicht schlecht für meinen ersten Besuch hier, oder?"

Onkel Matti nickte und lächelte versonnen. „Weißt du, ein weiser Mann hat einmal gesagt, dass du dir den Ort, den du liebst, nicht aussuchst. Der Ort sucht dich aus. Und so, wie es aussieht, ist Helgoland ganz angetan von dir ... Die Sache hat bloß einen Haken. Ich bin mir nämlich ziemlich sicher, dass du es jetzt auch kriegst."

„Was denn?", sagte Sprotte.

„Buntsandsteinmangel", sagte Onkel Matti. In seinem Gesicht erschien das leiseste und sanfteste Lächeln, das Sprotte jemals an ihm gesehen hatte. „Wird gar nicht lange dauern, dann packt er dich. Und dagegen gibt es dann nur eine wirksame Therapie." Er zwinkerte ihm zu. „Einfach wieder hinfahren!"

Sprotte lächelte und sah auf den fernen Umriss, der am Horizont verging. Das war eine hervorragende Idee. Einfach wieder hinfahren.

Nach Helgoland ...

Anmerkungen und Danksagung

Auch wenn die Geschichte um Sprotte und die Suche nach der Beute an einem realen Ort wie Helgoland spielt, so entspringen wesentliche Elemente doch ausschließlich meiner Fantasie. Das gilt vor allem für die Figur des Robert Blankenburg. Um es deutlich zu sagen: Diese Figur hat kein reales Vorbild! Schon gar nicht bei der Helgoländer Polizei.

Auch alle Beschreibungen hinsichtlich der militärischen Bunkeranlagen, durch die Sprotte nach seiner Entführung entkommt, sind frei erfunden. Ebenso habe ich mir die Darstellungen des Klippenkontrollweges ausgedacht bzw. von dem abgeleitet, was vom Oberland aus einsehbar ist.

Dem gegenüber steht einiges, was nach Fantasie klingt, aber einen realen Hintergrund hat. Die Sturmfolgen in Kapitel 4 hat es im Jahr 2013 tatsächlich gegeben, allerdings nicht im Sommer, sondern Ende Oktober.

Als Sturmtief „Christian" mit fast zweihundert Kilometern in der Stunde über Helgoland hinwegbrauste, hinterließ er Tang an der Kirchturmspitze und - ob man es nun glaubt oder nicht - einen Fisch auf dem Schulhof. Es war eine Kliesche, die nun präpariert in der James-Krüss-Schule in einem Schaukasten hängt.

Von Finns bevorzugter Freizeitbeschäftigung bei Sturm, dem 'Wellenducken', hörte ich das erste Mal während einer Überfahrt mit dem Katamaran, als ein Helgoländer Kindheitserlebnisse schilderte.

Die vielen Bezugspunkte zur „Rock 'n' Roll Butterfahrt" habe ich bewusst und mit voller Absicht gesetzt. In meinem dritten Helgoland-Buch konnte und wollte ich nicht mehr darauf verzichten, dieses großartige Festival mit in die Geschichte einzubinden.

Neben den offenen Erwähnungen, wie z. B. der Stehle auf dem 'Friedhof der Namenlosen' gibt es allerdings eine Verbindung, die sich auf den ersten Blick vielleicht nicht jedem erschließt.

Sprottes bester Freund und unverzichtbarer Gefährte auf der Insel hat seinen Namen nicht zufällig erhalten. „Finn Fabian Flensen" ist eine kleine Hommage an drei der Hauptverantwortlichen der „Rock 'n' Roll Butterfahrt", Finn Diedrichsen, Claus Fabian sowie Jens „Flens" Bertram und ein großes Dankeschön für das „Piratentum", viele neu gefundene Freunde und unvergessliche Konzertmomente auf der Düne!

Und natürlich werden die Butterfahrer unter den Lesern erkannt haben, dass Sprotte von niemand geringerem, als unserem „Captain" Fabsi auf die Insel gefahren wurde. An dieser Stelle ein großes „Danke" an Fabsi, dass ich ihn so offen in die Geschichte reinschreiben durfte.

Mein Dank gilt vor allem aber auch Kim Scheider, die nicht nur einen, sondern gleich zwei Entwürfe dieses Buches durchgesehen hat, und mir mit wertvollen Tipps und Hinweisen zur Seite stand. Einige Schnitzer konnte ich so rechtzeitig entfernen. Alle anderen, die in der Geschichte verblieben sind, sind ganz sicher die meinen.

Und dann ist da auch immer das eine Element eines jeden Buches, das so gar nichts mit dem Schreiben zu tun hat und sich dem Autor damit oftmals entzieht. Das Cover.

Ein herzliches „Danke schön" geht hier an Levke Grote, die Bildmaterial von der Westküste beisteuerte und es so ermöglichte, dass ein wesentlicher Handlungsort der

Geschichte sozusagen schon auf dem Einband erscheint. Ebenso danke ich Thomas Wüppermann, der mir gestattete, Elemente aus den Grafiken der „Creag Dearg Distillery" zu verwenden.

Und dann ist da natürlich Christina Retzdorff, die, kreativ und virtuos, per Grafikprogramm aus allen Einzelteilen das Cover gestaltet hat. Für mich grenzt das jedes Mal wieder ein wenig an Zauberei, deswegen auch an dieser Stelle noch einmal ein riesiges, großes „Danke schön"!

Aber diese Geschichte wäre niemals entstanden, geschweige denn fertig geworden, hätte ich nicht einen besonderen Menschen an meiner Seite. Meine Anne! Meine große Liebe, die mir nicht nur eine unerschöpfliche Inspirationsquelle ist, sondern es auch immer wieder schafft, meinen Perfektionismus im Zaum zu halten und mir mit Rat und Tat zur Seite zu stehen! Danke, dass Du in meinem Leben bist!

Falls Sie wissen möchten, was es von mir als Autor noch zu lesen gibt oder Kritik oder Anmerkungen haben, dann besuchen Sie mich doch einfach auf meiner Website:

www.michael-stoffers.de

Ich freue mich auf Ihren Besuch!

Hamburg, März 2021

"Ein MUSS für jeden Helgoland-Fan!"

Es ist jeden Morgen das gleiche Spiel: Im Helgoländer Kirchturm versammeln sich die Möwen und werden auf ihre verschiedenen Aufgaben verteilt. Nur eine nicht.

Wie gerne würde auch Waldemar sich einmal an der Steilküste den Touristen präsentieren. Aber er darf nicht, und das nur, weil er einen schwarzen Fleck auf dem Schnabel hat. Doch Waldemar lässt sich nicht unterkriegen!

Wenn man einen Traum hat,
sollte man ihn auch leben!

Sie werden Möwen mit ganz anderen Augen sehen, nachdem Sie Waldemar kennen gelernt haben.

Aber nehmen Sie ihn nicht zu ernst...

Seltsame Dinge geschehen auf Helgoland...

Zuerst ist Helgoland für den 12-jährigen Philip nur etwas seltsam. Man gibt sich nicht die Hand, Fahrrad darf man nur mit Ausnahmegenehmigung fahren und bei Schnee fällt die Schule aus.

Doch dann sieht er ein Schiff, das es gar nicht geben kann. Und wer ist der Mann in Blau, der ihn immer so eigenartig ansieht? Die seltsamen Ereignisse häufen sich, und ehe er es sich versieht, erlebt Philip ein Abenteuer, von dem er nie zu träumen gewagt hätte!